Le Livre National

65ᶜ

I0632075

Jules MARY

14 500

LES AMANTS DE LA FRONTIÈRE

*

La Vierge en Danger

DÉPOT LÉGAL

TIRAGE : 14500 EXEMPLAIRES

LES AMANTS DE LA FRONTIÈRE

*

La

Vierge en Danger

LES AMANTS DE LA FRONTIÈRE

*

La
Vierge en Danger

PAR

JULES MARY

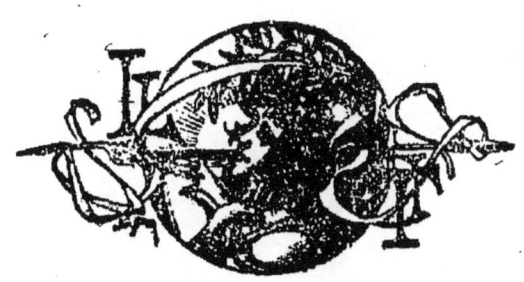

PARIS
Librairie Illustrée Jules TALLANDIER, Éditeur
75, RUE DAREAU (14ᵉ ARR.)

La Vierge en Danger

DEUX FRÈRES ENNEMIS

I

L'AMOUR SUR LA FRONTIÈRE

L'ancien domaine se composait des forges et usines de Haute-Goulaine dépendant du village de Villaville et de deux cents hectares de terres de culture et de bois traversés par la Moselle, dépendant de Thiancourt, à la pointe extrême de l'arrondissement de Nancy.

En 1871, après la guerre néfaste, à la signature du traité de Francfort, le domaine se trouva coupé en deux, et quand fut délimitée la nouvelle frontière, les usines demeurèrent en territoire d'Allemagne, alors que les terres et les bois continuèrent d'appartenir à la France.

Les usines et forges, sur les cartes comme dans les actes officiels, s'appelèrent toujours de Haute-Goulaine, tandis que le domaine agricole prenait le nom de la Faloise, une des principales fermes, située à peu près au centre de la propriété.

Ce beau domaine appartenait à la famille Sauvageot.

En 1872, lorsqu'il fallut opter pour l'une ou l'autre des deux nationalités, de douloureuses discussions s'élevèrent entre les deux fils du père Sauvageot, Joseph et Clément.

Une admirable poussée nationale dirigeait vers la mère patrie tous ceux qui répugnaient au joug allemand.

Toutefois, certains esprits réfléchis et inquiets pensaient à l'avenir et ne voyaient pas sans effroi la désertion en masse qui créerait une solitude où les émigrants allemands se caseraient en liberté, en répandant ainsi, presque

sans contrepoids, autour d'eux, les idées, les ambitions
l'influence de l'étranger, à la place des souvenirs du peu
ple vaincu.

Beaucoup, confiants dans la force de la race, passèren
outre à ces craintes.

D'autres restèrent, pour entretenir, dans l'orbe de leu
vie, l'atmosphère et les traditions françaises.

Tous, donnèrent ainsi la preuve de leur amour pou
leur pays d'origine.

Le père et les deux frères Sauvageot avaient porté les
armes en 1870. Leurs hésitations furent cruelles. Un désir
violent les rejetait vers l'ancienne patrie. Mais des intérêts
de premier ordre les retenaient à Villaville.

Longtemps ils tergiversèrent.

Il fallut la volonté paternelle pour guider, vers leur décision, l'âme émue des jeunes gens.

Voici ce que dit alors le père Sauvageot :

— J'ai le bonheur d'avoir deux fils.... J'en donne un à
la France. Je lui réserve l'autre, quand même, en le gardant près de moi.... Vous êtes libres. Ce ne peut être une
question d'argent qui vous arrêtera dans votre choix.....
Je saurai rendre égales les parts de ma fortune.

Le mois d'octobre tirait à sa fin.

Et la fin d'octobre amena les derniers jours et les dernières heures, après quoi l'option n'était plus possible.

Le moment arrivait, de la séparation. Les frères hésitaient toujours.

Ils s'en remirent au hasard du soin de choisir pour
eux, entre eux...

Clément tira de sa bourse une pièce d'or :

— Pile ou face, dit-il, la voix tremblante.

— Pile, je reste... Face, je pars !.... dit Joseph, non
moins troublé.

Allemand ou Français, le sort allait décider en maître
et souverain juge.

Et de cette pièce d'or luisante entre les doigts de Clément, tout à l'heure, lorsqu'elle s'abattrait, allait naître
le germe d'un des drames d'amour, d'un des martyres les
plus émouvants que nous ayons eu à raconter.

La pièce fut lancée en l'air où elle fila en tournoyant.

Puis, elle retomba, avec un joli tintement, sur les dalles d'ardoises qui pavaient la cour de Haute-Goulaine. Ensuite, elle roula, n'en finissant plus, comme si elle avait voulu redoubler, pousser à bout, l'angoisse des deux frères, craintifs et muets...

Roule... roule... petite pièce d'or qui emportes dans ta course le Destin aveugle...

Roule... roule, et disparais, plutôt que de t'arrêter puisque c'est toi qui, pareille au mauvais génie, dois faire couler des larmes et répandre le sang...

Roule, roule, et refuse de répondre...

Elle finit par s'abattre... Ils se penchèrent... Ils virent l'aigle impériale...

Joseph pâlit... Il venait d'opter pour l'Allemagne.

Il resterait à la Haute-Goulaine, auprès de son père. Il dirigerait les usines pendant que Clément émigrerait en France et prendrait possession de la Faloise.

Il fut convenu qu'il y construirait une maison d'habitation en haut d'un coteau, d'où la vue s'étendait sur les vastes plaines baignées par la Moselle. Ainsi, les frères pourraient se guetter avec une longue-vue installée sur une terrasse. Chacun pourrait vivre un peu de la vie de l'autre, sous les yeux soupçonneux et les lois rigoureuses de l'Allemand. Ils échangeraient même des signaux.

Il leur semblerait donc que la séparation n'était pas complète.

Ce fut, en effet, ce qu'il advint.

Clément Sauvageot passa les trois premières années chez un de ses fermiers, où il s'était fait arranger un logement provisoire.

L'habitation, dont il dressa lui-même les plans, s'éleva lentement sur la colline de la Faloise, son regard — pour ainsi parler — tourné vers Haute-Goulaine. Car c'était bien, en effet, vers l'Est que s'orientaient les fenêtres de sa façade.

Là-bas, au loin, les usines envoyaient les longs serpentins de leur fumée noire, dont les volutes épaisses s'en allaient s'amincissant, s'éparpillant, se dissolvant dans le pur azur du ciel...

Les relations sur la frontière furent difficiles en ces années qui suivirent la conquête.

On n'entrait en Allemagne qu'avec des passeports.

Les émigrés en Lorraine française étaient surveillés étroitement.

D'autre part, les annexés éprouvaient les mêmes obstacles. Une tyrannie pointilleuse pesait sur eux lorsqu'ils voulaient venir visiter, en France, près de la frontière, les membres de la famille qui, par amour du sol natal, n'avaient pas eu la force de s'en éloigner, désirant vivre et mourir dans l'horizon du ciel lorrain.

A quelques centaines de mètres l'un de l'autre, Clément et Joseph furent étrangers.

La Faloise et Haute-Goulaine se dressaient face à face et pourtant se trouvaient si loin, si loin, qu'elles n'eussent pas été davantage éloignées par un millier de lieues.

Entre Clément et Joseph, une différence profonde de caractère.

Clément était doux et effacé, avec une pointe de mélancolie et de rêverie, tandis que Joseph, plus actif, plus robuste, plus emporté, avait senti s'augmenter encore certains de ses défauts au contact des ouvriers, venus de partout, auxquels il avait bien fallu recourir pour l'usine, lorsque le pays s'était dépeuplé. Cette population cosmopolite d'aventuriers, les uns Allemands d'origine, les autres Italiens ou même Polonais, exigeait une direction sévère, parfois brutale. Joseph s'accoutuma à une autorité despotique, ombrageuse, reportant autour de lui, dans la vie privée, la manière forte et la violence, dont il usait envers ses subalternes.

Le frère, à la Faloise, dans ses travaux agricoles ou forestiers — du reste très épris de la nature — resta le doux Clément que chacun aima.

L'autre, à Haute-Goulaine, retint vite, pour ne plus le perdre, le surnom expressif qui lui fut donné :

Sauvageot le Dur !...

Quand même, Clément le Doux et Sauvageot le Dur s'aimaient toujours.

Ce fut Joseph qui, le premier, se maria.

Il eut un fils : Renaud.

Quatre ans après, Clément était en deuil. Marié depuis un an à peine, il voyait mourir sa femme dans ses bras au moment où elle venait de lui donner une fille qui porta le nom de sa mère : Josette.

Josette fut chérie doublement par cet homme. Aimée pour elle, aimée dans le souvenir de la morte, elle grandit au milieu d'adorations attentives, dans la brûlante atmosphère d'un cœur désespéré qui ne dut de survivre qu'à l'enfant dont le visage, la voix, la douceur, le sourire et les gestes, offraient le fantôme parfait — oh ! parfois la ressemblance avait ses cruautés ! — de ce qu'avait été l'autre.

A ce point que, plus tard, devenue jeune fille, il l'amenait devant une glace et lui disait en tremblant d'émotion :

— Regarde, chérie.... regarde-toi bien... C'est elle !...

Entre Haute-Goulaine et la Faloise avait commencé le plus doux, le plus chaste, le plus enfantin des amours et cet amour, peu d'années après, allait se changer en la passion la plus vivace, parmi tous les obstacles et les dangers qui ne feraient qu'en exaspérer la violence.

A la Faloise, on avait parlé de Renaud à Josette.

A Haute-Goulaine, on avait entretenu Renaud bien souvent, de la petite cousine — de la petite amie jolie –- qui grandissait non loin.

Parfois ils s'étaient vus, dans les rares réunions familiales.

Une brusque affection était née entre eux le premier jour. Chacun des deux enfants, en franchissant la frontière, — cette ligne dont ils ne se rendaient pas compte et qui ne représentait rien encore à leurs jeunes esprits — emporta l'image de l'autre, n'aspira plus qu'au jour incertain d'un second rendez-vous.

La seconde fois qu'ils se virent, ils eurent une détente nerveuse qui les fit pleurer, sans raison. Il fut malaisé de les séparer, tant leurs petits bras s'étreignaient. Et lorsqu'ils durent partir, il fallut désunir leurs mains, détacher leurs lèvres, sécher leurs larmes.

D'un commun accord, à l'insu de tous, se jouant des douaniers, des gendarmes et des forestiers allemands,

ils se revirent, franchissant la ligne frontière, se donnant
rendez-vous dans les bois pour vivre quelques minutes
ensemble.

C'était un grand secret.

Un secret, le premier de tous ceux qui les enchaînè-
rent.

On ne se défiait pas d'eux. Personne ne songeait à en-
traver leur liberté d'allure.

Quand on y songea, il n'était plus temps. La pousse vi-
goureuse de cet amour dépassait leur âge et souvent leur
inspirait des réflexions, des prévoyances de l'avenir dont
on eût été surpris, même effrayé, si on avait pu les surprendre. Cette génération grandie au lendemain de nos
désastres nationaux, fut inquiète, empreinte de tristesse
et de soucis moraux, repliée sur elle-même, infiniment
nerveuse et délicate.

Josette n'avait pas douze ans... Renaud n'en avait pas
quinze... qu'ils échangeaient de graves et étranges paroles :

— Pourquoi sommes-nous obligés de nous cacher
quand nous voulons nous voir ? Nous faisons partie de la
même famille. Ton père et le mien sont frères. Nous
avons le même grand-père et la même grand'mère.

— C'est que je suis en Allemagne, toi en France.

— Nous avons les mêmes pensées et les mêmes habitudes... Ici et là, les coutumes sont les mêmes. Tu le sais
bien. Et nous parlons la même langue....

— Oui, mais moi, c'est en cachette. On nous défend
de parler français....

— Voilà ce qui nous divise.... et ce qui fera notre
malheur peut-être.

— Sûrement le malheur de l'un ou de l'autre de nous
deux....

— De nous deux alors, fit Josette... Nous ne pourrons
être heureux l'un sans l'autre.

— Non, jamais, jamais, l'un sans l'autre...

Ils se promenaient dans un petit bois de chênes dont la
moitié appartenait à la Haute-Goulaine, allemande, l'autre moitié à la Faloise, française. Mais ils étaient sur le
côté français.

A l'orée du bois, ils se reposèrent un peu, sur le talus d'un fossé plein d'herbes.

Devant eux, dans la plaine, des troupeaux rentraient avec lenteur et les vaches agitaient des sonnailles qui carillonnaient. C'était une idée de la petite fille qui avait voulu ces clochettes et Clément Sauvageot n'avait pas refusé. Des moutons, trop pressés parfois par la dent du chien, se bousculaient ventre contre ventre dans un nuage de poussière. Puis des garçons de labour, le soleil se couchant, sautèrent sur les chevaux, à cru, abandonnant dans leurs sillons les charrues, prêtes au travail du lendemain et reprirent le chemin de la ferme, cahincaha, sur la route rougeoyante du pays mosellan.

Les enfants ne songeaient pas à se quitter. Pourtant il était tard. Ils se serraient l'un contre l'autre, comme pour se réchauffer, et se garer de la rosée qui montait. Leurs chastes amours n'avaient pas la crainte des témoins.

Parfois, des vieilles paysannes, surgissant du fourré avec des fagots de bois morts, leur souriaient, en s'arrêtant pour les regarder. Ou des paysans leur faisaient, de près comme de loin, des signes de connaissance et d'amitié !

Tout le pays était leur complice.

Tout le pays leur criait :

— Aimez-vous ! Aimez-vous !

Et sur le talus du fossé, l'un contre l'autre, les enfants continuaient leur confidence :

— C'est parce que je sais que nous devons être malheureux qu'il faut que nous nous aimions bien en nous jurant de nous aimer toujours....

— Toujours !

— Malgré tout le monde, et quoi qu'il arrive ?

— Oui... dit une voix énergique et douce, malgré tout le monde !

C'était Josette qui avait parlé la dernière. Renaud fut le plus sage.

— Le temps de rentrer chacun chez nous, et ce sera la nuit...

— Reste encore. J'ai peur, comme si nous allions être séparés à jamais.

— Il ne faut pas avoir peur de ça, puisque je t'aime.

— Est ce que tu crois que nous pourrons nous marier un jour ?

— Bien sûr !... fit-il.... avec une hésitation craintive... Cette drôle de question !

— C'est que... on entend parler, vois-tu... on ne se défie pas des enfants et les enfants réfléchissent.... Moi, à l'école, on m'apprend à aimer tous les pays...

— Moi, à l'école, on m'apprend à détester le tien...

— Voilà, voilà ce qui nous divise !... Et j'ai entendu mon père qui disait un jour : « C'est un grand crime qui a été commis.... » Il parlait de choses que je comprends mal... Mais quelqu'un fit allusion à toi... en riant... disant : « Voilà un mari tout trouvé pour votre fille... » Et mon père se dressa, tout pâle.... regarda avec des yeux de courroux celui qui avait parlé... Puis ses yeux se mouillèrent et il murmura : « Voilà pourquoi c'est un grand crime, puisque ce mariage sera toujours impossible. »

— Ecoute bien ce que je vais te dire, Josette, et retiens-le pour plus tard....

— J'écoute, Renaud. Et n'aie pas peur que j'oublie ce qui vient de toi.

— C'est parce que je ne suis plus Français que ton père s'est ému à l'idée de nous marier... Et il en a été attristé parce qu'il m'aime... et parce qu'il sait que tout cela, ce n'est pas notre faute... ce qui n'empêche pas que ce soit entre nous deux comme un mur qu'on ne pourrait franchir... Donc, Josette, garde-moi ton amour comme je te garde le mien... J'ai quinze ans.... Dans six ans, je serai majeur....

— Dans six ans, tu seras soldat... chez eux !!...

Renaud se redressa, un éclair dans les yeux.

— Jamais, ma Josette.... Et voilà justement ce que je voulais te dire !.... Je ne serai jamais soldat chez eux !...

Tout le pays les voyait. Tout le pays était leur complice.

Il arriva donc que, forcément, les deux Sauvageot finirent par deviner ces amours.

L'odieux régime des passeports n'existait plus. La dictature qui pesait si lourdement sur les pays annexés fut aboli. D'un côté et de l'autre de la frontière, dans les villages si proches, chez les parents, chez les amis, les relations reprirent, normales, fréquentes et de la ferme aux usines, ce furent bientôt des allées et venues.

— Tu n'ignores pas ce qu'on dit ? fit Clément à Joseph, certain soir.

— On dit beaucoup de choses. De quoi veux-tu parler ?

— De nos enfants. Les voici bien grands et leurs imaginations entrent en fièvre. Ils se voient souvent... Leur cœur pourrait s'émouvoir... Josette pense trop à Renaud.

— S'ils s'aimaient plus tard, où serait le mal ?

— Tu n'y songes pas... Si nous étions du même côté de la frontière, un pareil mariage me rendrait très heureux... mais, séparés, hélas !...

— Est-ce notre faute ? Nous n'avons pas eu à choisir. Le sort a décidé.

— Qu'importe !

— Donc, le refus viendrait de toi, Clément ?

— Oui.

— Sans appel ?

— Oui.

— Alors, il est sage de les séparer au plus vite avant que le mal soit trop profond...

Ils restèrent silencieux. Ce fut la première gêne entre les deux frères. Quelque chose de précis, à quoi ils n'avaient pas songé encore, venait de leur faire toucher l'obstacle qui les séparait, avait soulevé le voile d'un abîme... Eux, sous le régime nouveau, pouvaient s'accommoder pour vivre... Mais les enfants ? Le présent, c'était eux-mêmes, et ce n'était rien. L'abîme se creusait de tout ce que recelait l'avenir. Et ils n'étaient coupables de rien, mais victimes. Le Destin les avait menés.

Clément soupira :

— Renaud est sérieux et grave... Josette est réfléchie... Ils vont souffrir !...

— Ils oublieront...

— Dieu le veuille, Joseph, pour la tranquillité de notre vieillesse.

Huit jours après, Renaud était à Metz, dans une école industrielle.

Et, comme si les deux pères avaient jugé que l'enfant n'était pas encore assez loin de Josette — barbares jusqu'au bout de leur affection — ils convinrent que Josette irait dans un couvent de Nancy.

Ils annoncèrent en tremblant la nouvelle, l'un à Haute-Goulaine et l'autre à la Faloise.

Devant le calme singulier, stoïque, des enfants, leurs craintes s'évanouirent.

Ils se rassurèrent, joyeux et surpris.

Ils auraient dû frémir ..

Renaud et Josette s'attendaient à la catastrophe. Ils n'en furent point émus.

Quand l'heure sonna de la rentrée des classes, et que Renaud vint embrasser son oncle, il n'essaya même pas de parler en secret à la petite fille.

Il se contenta de lui dire, simplement, et sans crainte :

— A bientôt, Josette, et à toujours !...

A quoi elle répondit avec le calme d'une volonté arrêtée pour sa vie tout entière :

— A toujours, Renaud....

Pendant les vacances de chaque année — avec une profondeur de dissimulation et une dépense d'énergie dont personne autour d'eux ne se douta — ils se revirent sans que rien manifestât chez eux quelque arrière-pensée.

Mais chaque année, à la fin des vacances, lorsqu'ils se quittaient, c'était les mêmes mots, rappelant les promesses enfantines qui, lentement, se changeaient en promesses plus graves, dans la probité de leur cœur.

— A toujours Josette ?

— A toujours...

Ils n'avaient besoin ni d'une autre protestation, ni de rien de plus.

Et leurs études terminées, ils se retrouvèrent.

Renaud avait dépassé sa vingtième année. Josette allait sur ses dix-huit ans. Lui, était un grand et vigoureux garçon, de cette forte race lorraine un peu lourde. Elle, avec une peau d'un ton chaud comme une fille du Midi, était blonde; sa figure était angélique et ses yeux d'aca-

jou clair très doux. Sa bouche, un peu accentuée et char-
nue, se relevait contre deux fossettes en laissant voir
toute les dents, lorsqu'elle riait.

A leur retour, les deux frères les mirent en surveillance.

Et quelques semaines après, Sauvageot le Dur disait à
Clément le Doux :

— Nos craintes étaient vaines... Ces jeunes gens sont
indifférents l'un à l'autre. Je peux te l'avouer maintenant : j'ai eu peur.... Puisque leur mariage est impossible,
un pareil amour aurait pu éveiller chez mon fils des idées
de révolte et de désertion... Et avec un fils réfractaire,
mes projets d'avenir, ma situation vis-à-vis des autorités
allemandes, fussent devenus difficiles... Je respire !...

Clément le Doux, répondit, triste :

— Tu te trompes, Joseph. Ils s'aiment passionnément.
Et il faut tout redouter...

Il y avait de cela deux jours.

Renaud avait franchi la frontière, était venu passer la
journée à la Faloise.

Dans toute cette journée, Renaud et Josette ne s'étaient
dit que des paroles vagues où le plus soupçonneux n'eût
rien découvert. Mais tout en eux, pourtant, trahissait
l'amour : leur air profondément heureux, cet air *aimé*,
qui est intraduisible, leurs yeux alanguis, et cette attitude
de l'homme, même parmi les plus chastes, qui parfois
paraît menaçant comme s'il a hâte d'emporter la femme
en se grisant de son approche et de son parfum. Toutes
petites et bien grandes choses, qui se manifestaient par
un regard, ou un simple frôlement de mains nues, et qui
ne valaient que par le mystère de ces cœurs, seuls à se
comprendre...

Le soir, dans le salon familial, la veillée s'était conti-
nuée très tard. Il y avait là des fermiers de la Faloise, et
aussi leurs fils et leurs filles. Même des vieux domestiques, qui travaillaient sur le domaine depuis trente ans,
quelques-uns de père en fils.

On avait donné un grand repas pour fêter Josette qui
ne retournait plus à Nancy.

Vers neuf heures, Renaud allait prendre congé et
rentrer en Allemagne.

Tout à coup, dans le silence de cette nuit d'été, extrêmement calme et douce, on entendit des clameurs, des rires, des coups de fouets, des éclats de trompettes.

Après quoi, ce fut un chant, encore, lointain, mais qui était familier à tous, car tous en même temps le fredonnèrent en souriant :

> La belle fille que nous vous vendons
> Pour peu d'argent nous vous la donnerons
> Nous lui souhaitons de bien heureux jours
> De beaux enfants et d'être aimée toujours.

— Hé ! hé ! voilà les garçons qui réveillent la coutume des *Vosenottes*, dit l'un.

— Oui, ce sont ceux d'Thiancourt qui s'amusent, la moisson faite.

Ainsi font parfois les jeunes gens des villages des rives de la Moselle. Ils vont, le soir, de porte en porte, au fracas d'instruments et de chants rustiques, annoncer les fiançailles prochaines ou les mariages qu'on prévoit. Ces annonces ne sont pas toutes sérieuses, car les gars mystifient des gens, mariant de vieilles filles avec des veufs, s'ingéniant à trouver des rencontres imprévues, se gaussant à des idées bizarres, mais aussi révélant des amourettes inconnues et bravant, parfois, dans ce genre d'accordailles, la volonté des pères.

C'est une vieille coutume du pays lorrain qui n'est pas tout à fait morte encore. Elle revit à la fantaisie curieuse et narquoise des jeunes paysans.

Et Renaud et Josette, lorsqu'ils devinèrent que la bande joyeuse s'approchait, eurent un même sentiment de terreur et regardèrent Clément Sauvageot.

Jusqu'où irait l'indiscrétion des chanteurs ? Clément et Joseph, rassurés depuis longtemps, ne pensaient plus à leurs amours. Eux, confiants dans l'avenir, s'endormaient dans leur sécurité. Le réveil des soupçons chez les frères déchaînerait un orage. Pour l'instant, Clément le Doux souriait comme les autres. Il avait fait comme ceux-là dans sa jeunesse, mariant des infirmes, unissant des bossus par devant à des bossues par derrière, joignant des caractères intraitables, et puis, aussi, plus sérieusement.

Il avait marié des filles et des garçons qui s'aimaient, et il avait révélé maintes fois à des garçons, qui ne s'en souciaient, que de gentils cœurs timides battaient pour eux.

Le fracas des chants, des coups de fouets et des trompettes, s'approchait.

La bande avait fait sa tournée dans Thiancourt. Maintenant, elle parcourait la campagne et, en toute évidence, venait droit à la Faloise....

> La belle fille que nous vous vendons...

En prévision de leur irruption dans la salle, Clément, pour les buveurs, se hâta de faire monter des brocs de vin gris et une fille de ferme rinça des verres.

On n'entendit plus rien. Chants, trompettes, se taisaient. Un espoir remonta dans l'âme de Josette, dont le visage s'empourpra violemment.

Renaud, lui, paraissait indifférent et tranquille.

Mais un vieux dit, en battant le culot de sa pipe contre son pouce :

— Ils s'avancent à pas de loup. Ça va éclater près de la fenêtre....

Presque en même temps, en effet, et tout contre la maison, trompettes sonnèrent et coups de fouets claquèrent. Brusque silence. Après quoi, une voix forte, au dehors :

— Mariage ! Mariage ! (1).

Toute la bande hurla :

— Oui, oui qui voulez-vous marier ?

— Donne qui donne !.... Je donne Catherine Le Fileux à Pierre Cordier. Hé ! vous autres, seront-ils bien mariés?

— Ma foi si fait !...

Et un immense éclat de rire. Cette Catherine était une bonne vieille de 90 ans, impotente, à la charge de la mairie, et Cordier, un marchand de bestiaux, ivrogne et débauché, que tout le monde détestait et qui roulait sur l'or.

Quand les rires furent apaisés, la même voix forte reprit :

(1) La coutume est celle-ci : « Saudage ! Saudage ! » — « Qui voulez-vous sauder ? »

— Donne qui donne, Je marie Pâlotte à Célestin Binaud. Il n'est que temps !

Nouvel accès de gaieté. Pâlotte était une servante de
l'auberge du Pont. Elle en était à son quatrième enfant du
fait de Binaud, son patron, et attendait toujours, patiente,
le maire et le curé !

— Donne qui donne !... Les Allemandes à tous les diables !...

Un rire plus étouffé, comme surpris et gêné, mais gros
d'éternelles rancœurs.

Alors un silence. Renaud et Josette se disaient :

— Maintenant, ils vont devenir sérieux et ce sera notre
tour...

Ils se concertaient, en effet, et l'on entendait des collo-
ques à mi-voix. Dans le salon, les paysans prêtaient
l'oreille. Au dehors, la bande des garçons se pressait
contre la porte et contre les fenêtres entr'ouvertes. Ils
riaient en sourdine

Une voix de femme s'éleva, au ton juste, mais grelot-
tante :

> Jeunes filles de mon âge
> Qui pensez à vous marier
> Pensez bien à ce que vous faites
> Auparavant de commencer.

Chez Clément le Doux, il y avait ce soir-là, à la veillée,
des garçons et des filles autres que Josette et Renaud. Et
pourtant, il ne vint à personne la pensée que les accordailles allaient viser une autre que la fille de la maison.
Les regards étaient donc tournés vers Josette. Clément
fut traversé d'un soupçon. Renaud pâlissait, et comme il
était assis auprès de son oncle il se leva et se rapprocha
de Josette. S'il leur était resté quelque doute, il se fût
vite dissipé en écoutant :

> Ouvrez la porte, ouvrez,
> Josette, ma mignonne,
> J'ons des cadeaux à vous présenter.
> Josette, ma mie, laissez-nous entrer...

Les fouets claquèrent. Les trompettes mugirent. Le
tohu-bohu dura une minute. La question fut suspendue un

moment dans le silence qui suivit. Puis, elle éclata.

— Mariage ! Mariage !

— Oui, oui, qui voulez-vous marier ?

— Donne qui donne !... Je donne la jolie Josette à Renaud Sauvageot... Ils s'aiment depuis longtemps.... Hé ! vous autres, seront-ils bien mariés ?

— Ma foi si fait !

Dans le salon familial, les paysans applaudirent, mais se turent soudain. Clément dressé, regardait sa fille évanouie. Et Renaud, debout lui aussi, et placé entre elle et le père semblait vouloir la défendre.

Clément murmura seulement, et d'une voix bien douloureuse :

— Est-il vrai, Renaud, que vous m'ayez, tous deux, trompé ?...

— Oui. Nous nous sommes aimés toujours...

Clément baissa le front comme sous un grand coup reçu, et ce fut une plainte très douce, sans reproche, qui tomba de ses lèvres :

— Le malheur s'est abattu sur nous !

Josette revenait à elle, sous les soins qu'on lui prodiguait. Son regard éperdu erra sur les amis qui l'entouraient, alla implorer son père, caressa Renaud.

— Ma fille, dit Clément, il ne faut pas laisser croire dans le pays que ce mariage est fait, ni qu'il est même possible... Il est impossible et ne se fera jamais.... Ceci est en dehors de ma volonté... et passe au-dessus de l'affection que j'ai pour vous... Si j'avais su que vous vous aimiez encore, vous ne vous seriez point revus...

Au dehors, la bande, silencieuse, attendait qu'on répondît et qu'on la priât d'entrer.

— Mon enfant, ma Josette, il ne faut pas les laisser sans réponse... Réponds donc selon mon désir formel, marche sur ton cœur et réponds selon ma volonté...

Josette écarta doucement de la main ceux qui s'empressaient... Elle étouffait.... Elle respira à deux reprises largement... Elle implora son père qui détourna les yeux... Les siens s'emplirent de larmes qu'elle refoula....

Puis elle chanta, plaintive, la réponse qui était un refus :

Mon père est en chagrin, ma mère en tristesse
Et moi je suis fille de trop grand merci
Pour ouvrir ma porte à cette heure-ci...

Dehors, de sourdes exclamations de surprise, et de déconvenue. Une vive émotion. Puis, des pas s'éloignèrent,
lentement, avec précautions, comme si tous éprouvaient
quelque honte d'être venus et de s'être à ce point mépris.
Les sabots traînèrent sur la route. Le murmure des voix
s'affaiblit. Le silence absolu reprit possession de la nuit
autour de la Faloise. On eût dit qu'il ne s'était rien passé ..

Il n'y avait qu'une douleur de plus....

Mais, les yeux ardents, les lèvres chargées de passion,
Renaud, penché sur la jeune fille, venait de lui dire encore :

— A toujours, n'est-ce pas, Josette ?

— A toujours, Renaud....

Elle disparut sans un adieu à personne et remonta dans
sa chambre.

Voilà pourquoi, deux jours après, Clément le Doux disait à Sauvageot le Dur :

— Tu te trompes, Joseph.... Ils s'aiment passionnément et il faut tout redouter.

Quelques jours s'écoulèrent, pendant lesquels il était
visible que sous la monotonie habituelle de la vie et des
travaux de la ferme grondait un orage.

L'orage éclata.

Les deux frères avaient déjeuné ensemble à Haute-
Goulaine et après déjeuner ils avaient fait signe à Renaud
de les accompagner.

Ils traversèrent, en silence, le grand jardin potager,
puis un immense verger, véritable parc de pommiers, de
poiriers, de pruniers et de toutes les espèces de cerisiers
et mirabelliers. Au bout du verger, contre le mur de
clôture et surplombant la route de Metz, s'élevait un
kiosque rustique couvert en chaume, ouvert de tous côtés, où Sauvageot le Dur aimait venir boire de la bière
en fumant. Ils y montèrent.

— Nous avons à causer, dit Joseph, et ici personne ne
nous dérangera.

Le soleil brillait. On avait commencé à « hosser » certains pommiers précoces et les pommes ramassées, en tas, au pied des arbres, achevaient de mûrir et répandaient dans l'air pur de délicieuses odeurs aromatiques.

Renaud et Josette prirent place l'un près de l'autre sur un canapé d'osier.

En face, les deux frères semblaient être là pour les juger, Clément était triste, Joseph Sauvageot était sombre et son regard sévère, autoritaire, redoutable de dureté quand il s'abaissait sur celui de son fils.

Ce fut lui qui parla.

— Renaud, et toi aussi Josette, vous nous avez trompés en nous cachant votre amour et si vous l'avez caché, c'est que vous vous rendiez compte que cet amour était, sinon coupable, du moins impossible, puisque tout mariage vous est défendu. Pourquoi votre mariage est défendu, il faut qu'on vous le dise... une fois pour toutes... et que vous entendiez les raisons qui viennent de Clément et qui viennent de moi. Clément n'a qu'une raison à vous donner.... elle prime toutes les autres....

— Renaud est devenu sujet allemand.... moi, je suis resté Français.... Je veux que mes petits-fils, si Josette m'en donne, restent autour de moi, dans mon pays, pour consoler ma vieillesse.... Je ne veux pas voir mes petits-fils, si Josette m'en donne, sous le casque allemand...... Telle est ma volonté....

— Mes raisons, à moi. sont plus nombreuses. En un autre temps, j'aurais accepté ce mariage avec joie, si Clément y avait consenti. Aujourd'hui, même avec son consentement, je m'y refuserais.... J'ai d'autres vues pour mon fils et j'ai assez de confiance en son affection pour être sûr qu'il ne les repoussera pas.... Mes usines de Haute-Goulaine traversent une crise terrible dont je ne vois l'issue que par une association avec la société Fischer, qui me concurrence et qui est venue, comme vous le savez, s'établir près de moi, après la guerre. Cette association est facile. On me l'a offerte. On n'y met qu'une condition, le mariage de Renaud avec Elise Fischer, la fille unique de l'usinier.... Fischer est Prussien, je le sais, mais Elise est jolie et charmante.... Elle t'aime, Renaud. Tu l'ignorais peut-être ?

— Je l'ignorais, fit le jeune homme en s'inclinant.

— Je te l'apprends. Les usines qui me concurrencent ont pu abaisser leurs prix, grâce aux commandes qui viennent d'Allemagne et même du gouvernement et qui vont à elles tout naturellement, au lieu de s'adresser à des annexés.... Ma position est donc critique. Je vais plus loin, elle est perdue !...

— Je puis disposer de cinquante mille francs, mon frère.... je te les donne.

— Une goutte d'eau, fit Joseph, en haussant les épaules.... Cela retarderait ma perte de six mois. Cela ne me sauverait pas. Il faut une mesure radicale. Le mariage de mon fils avec Elise Fischer, c'est le salut certain, mieux que cela, c'est la fortune.... Mieux que cela encore — dit Joseph avec une hésitation dans la voix. Puisque le sort a voulu que je sois devenu Allemand, j'accepte avec toutes ses conséquences ma destinée. Je reste Français de tout mon cœur, mais il ne peut m'être interdit de penser à mes intérêts et à mon ambition. Or, tout cela, salut, fortune, intérêts d'avenir et ambition, tient dans un seul fait : le mariage de Renaud avec la jeune fille que je lui ai choisie.... En effet, les usines associées défieront toute concurrence, grâce aux commandes allemandes qui se feront d'autant plus nombreuses et importantes que les Fischer auront rallié les Sauvageot.... D'autre part, les cheminées de Fischer ne fument pas seulement pour eux, comme ils disent au pays d'outre-Rhin, mais pour les comtes de Lilienthal, la riche et puissante famille de la contrée badoise, dont plusieurs membres sont mésalliés avec les usiniers....

A ce nom de Lilienthal, qui paraissait inconnu aux autres, Josette avait fait un brusque mouvement. Sa main, froide, était venue se poser sur celle de Renaud. Et elle avait pâli un peu. Renaud la regarda avec inquiétude. Mais Josette s'était reprise....

— Tous les Lilienthal ne sont point mésalliés à des industriels. On redore son blason en Prusse comme en France, mais plusieurs, par les alliances dans la plus haute aristocratie, approchent de près la famille impériale.... et voici où je veux en venir....

La voix de Sauvageot le Dur se troubla davantage.....
On eût dit qu'il avait peur...

Et quand il allait continuer, Clément le Doux l'interrompit :

— Je t'en épargnerai la peine.... Je ne connaissais pas tout ce que tu nous révèles.... et la crise que traversent tes affaires, tu me l'avais cachée... Toutefois, d'autres bruits étaient arrivés jusqu'à moi.... et je n'avais pas voulu y croire... On m'avait affirmé que des ambitions étaient nées en toi et que pour les satisfaire tu n'hésiterais pas à oublier le sang qui coule dans tes veines..... Est-il vrai que tu te sois rallié à l'Empire et que tu rêves une députation qui ne lui serait point hostile ?....

— Je n'oublie rien, ni le passé, ni l'espoir de l'avenir. Je ne m'occupe que du présent. Il faut vivre et je me sens pris dans un engrenage où je laisserai honneur et fortune, si je ne trouve le moyen d'en sortir. Ce moyen je l'ai trouvé. Avec l'appui du gouvernement, que j'obtiendrai grâce aux Fischer et aux Lilienthal, je serai sûrement député. Après nous verrons. Mais je ne serai soutenu que si les usines s'associent, et si les familles s'unissent.... Donc, le mariage de Renaud avec Elise est nécessaire... Je le demande à mon fils comme une preuve d'affection....

Cet aveu avait dû coûter à Joseph un prodigieux effort, car de grosses gouttes de sueur coulaient de son front. Clément s'éloigna de son frère, avec le geste de l'homme qui ne veut plus rien avoir de commun avec un autre homme.

Il imposa silence à Renaud qui allait parler.

— Avant que ton fils te réponde, Joseph, voici, moi, ce que j'ai à te dire.... Tu as dû réfléchir longuement à tes projets et tu ne viens pas de nous les confier à la légère. Si tu y donnais suite, tu n'ignores pas que tu ne serais plus mon frère ni même un compatriote, fils du même pays, tu ne serais plus un étranger qu'on peut estimer ou aimer encore, tu deviendrais l'ennemi.... et, de plus, celui dont on aurait honte !

— Il faut vivre, je le répète, et marcher avec son temps.

— Le temps marche contre toi, mais je ne discute pas ces choses, car j'ai peur que nos deux âmes ne se recon-

naissent plus... Je voudrais pourtant empêcher ton crime.
Afin de rétablir l'ordre dans tes affaires, pour te garder
à nous comme par le passé, pour ne point faire mourir
de douleur notre père, je te donne la moitié de ma fortune
et de celle de ma fille Josette....

Sauvageot se tut et détourna la tête.

— Cela ne te suffit pas ? dit Clément, dont la voix devint tremblante. Alors je vendrai ce qui nous appar
tient... Je te donne la fortune tout entière de Josette et la
mienne...

Chez Sauvageot le Dur, un rapide battement de paupières.

Il hésitait.

Clément crut que son frère allait accepter....

Hélas !

— Je te remercie, Clément, du fond du cœur, mais.....

— Mais tu refuses ?

— Oui.... Il faut que tu saches.... Déjà les Fischer me
sont venus en aide....

La colère de Clément le Doux éclata :

— Mensonge ! Tu n'obéis qu'à ton ambition... Mensonge ! Tu ne nourris que des projets d'orgueil... Mensonge encore ! tu n'es plus que le plus lâche des rené-
gats !... Ainsi tu veux la séparation entre nous ....

— Tu m'as donné l'exemple, en t'opposant le premier
à ce mariage !... Souviens-toi !

Et avec un regard en dessous, certain que Clément refuserait encore :

— Donne Josette à Renaud ! Je t'en défie !

Clément eut un profond soupir de détresse, une plainte
qui trahissait sa violente émotion. Il appuya le poing sur
ses yeux pour y renfoncer des larmes.

Joseph triomphait.

Mais tout à coup, Clément eut un rire navrant, comme
en un accès de folie :

— Mariage ! Mariage ! Donne qui donne ! La jolie Josette à Renaud Sauvageot ! Seront-ils bien mariés ? Ma
foi si fait !

Et il s'abîma en sanglots bruyants entre Renaud et
Josette qui le soutenaient.

— Tu ferais cela ? dit Joseph, blême de surprise et de terreur.

— Oui.... Maintenant, toi, quel est ton dernier mot ?

— Il est trop tard. Je ne suis plus libre. J'ai pris des engagements. Les Fischer me tiennent et Renaud n'a plus qu'à se conformer à mes ordres.

— Parle, Renaud, parle !

— Mon père vous a dit quels étaient ses projets. Il a oublié de me demander les miens. Il y a six ans, j'ai échangé avec Josette des paroles plus graves, certes, qu'on ne devait les attendre de deux enfants.... J'ai dit à Josette : « Je serai ton mari un jour, et comme je ne pourrais pas l'être si je reste Allemand, je ne serai jamais soldat en Allemagne. »

Clément pleurait encore, mais c'était de joie.

— Ah ! Renaud, je ne doutais pas de ton cœur !

Sauvageot bégaya une menace.

— Et depuis six ans ?

— Je n'ai pas changé d'avis, mon père.

— Ainsi tu oserais ?

— Dans deux mois, au lieu de répondre à l'appel, je déserterai....

— Eh bien, moi, je te le dis.... je saurai t'en empêcher !

— Oh ! la frontière est si proche.... Quelque minutes de course, et je suis en France....

— La frontière est proche.... et pourtant, prends garde, tu y trébucheras peut-être !

Sauvageot le Dur a des yeux fous de colère. Pour la première fois, il sent autour de lui une résistance à sa volonté. Il s'élance sur son frère. Ses deux poings s'abattent, le secouent dans un transport furieux.

— S'il déserte, je suis perdu !... Et c'est ta faute !... Projets, fortune, ambition, plus rien, la ruine !... Et ce sera ta faute.... Je ne veux pas, entends-tu, je ne veux pas !

Clément se dégage lentement :

— Prends garde, frère.... Tu viens de porter la main sur moi !

— Perdu ! tout est perdu !

— Je te jure que pas un mot de moi n'a pesé sur la décision de ton fils !

Mais Sauvageot ne l'écoute plus.

Il est ivre de rage. Et il laisse tomber l'outrage qui brûle ses lèvres, l'outrage mortel, l'outrage qui creuse l'abîme, et qui, de ces deux frères qui s'aimaient, va faire désormais, deux ennemis :

— C'est la haine que tu veux ?... soit ! Je te hais, toi qui fais commerce de ta fille et qui viens l'offrir à mon fils comme une prime à sa désertion !

A l'outrage, Clément ne répondit pas. Il était accablé, courbé sous le choc de ce malheur imprévu. Les yeux cachés dans les mains jointes il avait l'air de réfléchir ou de pleurer. Il ne pleurait ni réfléchissait. Il se contentait de souffrir. Josette se pressait contre lui, pour le réchauffer de sa tendresse craintive.

Le plus calme était Renaud.

Renaud était le seul qui fût de taille à lutter contre Sauvageot le Dur.

Celui-ci vint se planter devant son fils, les bras croisés, le touchant presque de sa vaste poitrine, comme s'il voulait le faire reculer en un geste d'autorité et de défi.

Renaud ne recula pas.... Renaud tint bon... son regard resta ferme.... Et ce fut Joseph qui recula d'un pas...

— Veux-tu sauver ton père ?

— Oui.... et sans avoir besoin de consulter Josette, je parlerai pour Josette et pour moi. Je consentirai à oublier que je l'aime.... Elle oubliera son amour.... Ce sera notre malheur à tous deux, mais nous vous sauverons.... Répondez à votre tour ... Vers quel père ira mon sacrifice, car, moi, je ne sais plus.... qui dois-je sauver ? Est-ce le père que j'ai toujours connu, avec qui je suis resté en communion d'idées, dont rien ne m'a séparé ? qui n'a rien fait pour diminuer le respect que je lui dois ? dont les chagrins et les soucis doivent être mes soucis et mes chagrins ? Alors, celui-là a droit à tout mon dévouement et peut exiger tous les sacrifices. J'y suis prêt, Josette aussi. Mais ne l'avez-vous pas entendu ? Pour vous tirer d'une situation périlleuse, mon oncle vous donne tout ce qu'il possède. Ce n'est donc plus une question d'argent qui vous arrête. Le problème, l'affection de votre frère l'a résolu et mon renoncement et celui de Josette deviennent inutiles.... Vous n'êtes plus en danger, et vous n'avez plus besoin qu'on vous sauve...

Joseph fit un geste d'impatience. Renaud, toujours calme, poursuivait :

— Je n'ai pas fini.... Il s'agit de moi et j'ai le devoir de parler. Vous ne pouvez disposer de ma vie sans m'entendre, et je vous le demande encore : qui dois-je sauver ? Est-ce le père, que je ne connaissais pas et qui se révèle à moi tout à coup avec des idées, des ambitions que je ne juge point, car je resterai votre fils respectueux, mais qui me troublent, qui me révoltent dans ce que j'ai de plus cher parmi mes croyances, dans ma foi de paysan de Lorraine.... dans ma douleur d'exilé français.... Dois-je sauver mon père de la faillite et de la ruine ? Ou bien, est-ce les visées ambitieuses de mon père que je dois servir par mon sacrifice et celui de Josette ?.... Dans le premier cas.... oui, j'accepte !....

— Nous acceptons ! fit la voix tremblante de Josette.

— Dans le second cas, je refuse !....

Sauvageot marchait, tournait, dans le kiosque étroit, autour des sièges d'osier, pareil à un loup dans sa cage.... Pour être refrénée dans son cœur, la tempête n'en était pas moins terrible.... On la devinait.... On la voyait.... Pourtant, il sut se contenir.

— Du reste, nous avons le temps.... Ton mariage avec Elise Fischer ne sera possible qu'à ton retour du régiment, après ta libération.....

— De quel régiment, père ?.... fit doucement Renaud.

— Mais je veux — je désire — fit Joseph avec un visible effort, que ta décision me soit connue avant ton départ pour le service.... Tu as donc encore devant toi deux mois de liberté, deux mois pour réfléchir....

Et courbant sa haute taille vers son frère :

— Quant à toi, adieu.... Entre nous, c'est fini !...

— Adieu donc, dit Clément, à voix basse.

A ce même instant, on entendit, à quelque centaines de mètres, la fanfare bruyante et rythmée, d'une musique militaire mêlée aux fifres aigus et aux sons assourdis des tambours plats. C'était un régiment d'infanterie de la garnison de Metz qui revenait de manœuvrer, tout proche de la frontière. On ne le voyait pas encore, à cause d'un coude que faisait la route longée par un hoqueteau. Mais on percevait nettement, déjà, le bruit des pas pesants et rapides. Il faisait un temps très pur. Le ciel était sans nuages et comme on était au milieu de l'après-midi, le soleil dardait ses rayons brûlants sur la campagne pelée, jaune de ses chaumes et dépouillée de ses moissons. Quelques taches vertes marquaient seulement, par endroits, des trèfles dont la deuxième pousse commençait de fleurir, et des champs de pommes de terre dont les tiges se fanaient sous les ardeurs de la canicule.

Au tournant de la route, le régiment déboucha brusquement, s'avança vers le kiosque surplombant, coula contre lui, solide, régulier, sans flottement, admirable machine humaine dont on sentait les rouages à l'épreuve. Les hommes, pantalon de treillis dans les demi-bottes, musettes, cartouchières et sacs, avaient l'arme à l'épaule gauche. Les casques, sans le manchon de guerre brillaient de toutes les petites flammes que le soleil y allumait, sur les ornements blancs. Les pas de ces milliers d'hommes ne formaient qu'un seul pas, et l'allure était si raide que c'est à peine si deux ou trois regards furtifs glissèrent sous la visière, vers le kiosque.

Les paysans des deux côtés de la frontière sont habitués à ces spectacles. Clément descendu n'y prenait pas garde. Mais les deux jeunes gens étaient restés en haut, retenus là, peut-être, par une pensée qu'ils n'échangeaient pas.... C'était dans un régiment pareil, sous cet uniforme, que Renaud, peut-être.... Hélas !... Et Sauvageot, dans l'angle du kiosque, les observait de son œil dur....

Sans s'inquiéter de sa présence, et comme si leur amour les avait mis à l'abri sous son aile puissante, ils se tenaient par une main, et penchés au-dessus du mur, ils voyaient passer les guerriers, gris de poussière, poussière plaquée sur les faces rouges ruisselantes de sueur, poussière sur les tuniques aux morceaux rapiécés, poussière sur le cuir bouilli des casques et poussière dans l'air flottant en nuage opaque sur la longée

des lignes mouvantes, rigides et brusques.... Les officiers,
jeunes, l'œil bleu très fier, marquaient à cheval l'intervalle des bataillons ou des compagnies : plusieurs, moustaches en crocs à la Guillaume, et d'autres, moustaches
coupées dru et droit, à la mode qui commençait, au gré
des colonels

Au dernier bataillon, un capitaine qui montait une
bête magnifique, redressa la tête vers le couple que formaient au-dessus de lui — presque à portée de son bras —
Josette et Renaud. C'était un beau garçon d'une trentaine
d'années, aux cheveux d'un blond pâle, presque imberbe,
aux lignes énergiques et hardies.

Et Renaud vit ceci :

L'officier chercha le regard de Josette, eut un sourire,
et d'un geste d'une élégance rare, hautain à la fois et galant, salua largement du sabre....

Et Renaud sentit ceci :

La main de Josette qu'il serrait, avait tremblé violemment....

Josette avait détourné son joli visage, devenu pâle....

Un long frisson avait parcouru ce corps charmant.

Dans un flot de poussière, le régiment disparut au loin
et lorsque Renaud, saisi d'un grand trouble, essaya de
rencontrer les yeux de Josette, il y vit une sorte de vague
terreur mêlée de dégoût.

Une voix d'ironie et de rancune le fit tressaillir.

Sauvageot le Dur s'était rapproché d'eux.

— Tous mes compliments Josette.... Vous venez de recevoir le salut du capitaine comte Ulrich de Lilienthal !...

Et Sauvageot, lentement, descendit les marches du kiosque, traversa le verger et les bâtiments de l'usine...

Renaud et Josette restaient seuls.

Josette était brisée par une émotion soudaine, incompréhensible.

Affaissée dans un fauteuil, et pour se donner une contenance, elle avait l'air de suivre, vers le bout de la plaine,
les dernières ondulations de la troupe qu'on ne voyait
plus, pourtant, qu'on ne faisait plus que deviner aux
échos des cuivres, au sifflement des fifres, au tourbillon

de poussière dont les nuages souples, dans l'atmosphère surchauffée, marquaient fidèlement les oscillations des hommes aux tournants de la route.

Une immense fatigue sur ce fin visage de jeune fille. Des yeux brusquement creusés, soulignés de bistre. Des lèvres alourdies, entr'ouvertes pour respirer plus librement, sans doute parce que les battements du cœur étaient trop précipités.

Elle surprit le regard inquiet de Renaud, attaché sur elle avec persistance.

Et peut-être eut-elle peur de certaines questions trop graves, car elle se hâta, pour les prévenir, d'expliquer son trouble.

— Cette querelle entre mon père et le tien m'a fait beaucoup de mal... Est-ce que notre amour serait maudit, pour jeter ainsi la division et la haine dans nos familles ?.. Ah ! Renaud, quel avenir nous est réservé ?

— Il faut avoir confiance dans l'avenir, Josette.... Il faut nous aimer.... et tu verras, nous triompherons de tout...

Puis, il ajouta, avec une sorte de gêne, presque de honte :

— Est-ce bien la seule cause de ton émotion et de ta douleur, Josette ?

Elle n'entendit pas, ou fit semblant de ne point entendre, car elle dit :

— As tu bien compris la menace de ton père, lorsqu'il te criait : « La frontière est proche.... et pourtant, prends garde ! tu y trébucheras peut-être ! » Moi, j'en suis encore toute bouleversée....

— Menace échappée dans un moment de colère...... parole qu'il regrette, j'en suis sûr....

— Non, non, sois prudent et ne t'endors pas dans ta confiance.... Moi, je ne sais plus comment je vais vivre pendant les deux mois qui vont s'écouler... .

— Que pourrait-il m'arriver ?.... Rien....

— Tout.... je crains tout !....

— Personne ne peut rien, te dis-je, rien contre moi, jusqu'au jour inscrit, jusqu'à l'heure fixée où, pour répondre à l'appel, je devrai rejoindre mon régiment.......

Tiens, je n'ai pas encore reçu mon ordre de convocation et je ne sais pas encore à quel régiment je suis affecté... Il est vrai que ça ne tardera plus guère, à présent.

— Pourquoi attendre et défier le malheur ?

— Pourquoi se hâter ? J'ai deux mois, te dis-je.... Du reste, rassure-toi, Josette, je n'attendrai ni la dernière heure, ni même le dernier jour....

Les doigts de la jeune fille, joints sur ses genoux, se mouvaient et se liaient dans un geste nerveux qui seul, avec sa pâleur, trahissait son angoisse.

— Et si, au dernier moment, quelque chose.... un obstacle....: se dressait ?.... Si tu ne pouvais fuir ?... Si ton père exécutait sa menace ?...: Si une trahison ?...

Il haussa les épaules..... mais pourtant garda le silence.

Et longtemps, longtemps après, il murmura :

— Obstacle.... trahison.... D'où cela pourrait-il venir ?

— Sait-on jamais d'où vient la trahison ?

Renaud appuya son front dans sa main. Il était troublé, malgré lui.

— Soldat chez eux, alors que j'aurais tout fait pour leur échapper, ce serait la torture. Mais c'est impossible.... Aie confiance !... Ne me parle plus de cela, Josette.... Car si ce malheur.... impossible, te dis-je,.... arrivait.... il faudrait tout craindre.

— Renaud ! mon Renaud !

— Est-ce qu'on sait à quoi peuvent vous pousser leur discipline de fer et leurs brutalités ?.. A quelles souffrances et à quelles révoltes !.... Leurs sous-officiers sont des brutes.... Non, non, Josette, n'en parlons plus, n'en parlons plus !

Certes, il avait dû, le pauvre garçon, envisager cet avenir, car il était dans une agitation extrême. Et machinalement, ses yeux se reportèrent vers l'horizon où les nuages de poussières s'étaient dissipés et où plus rien ne restait du passage du régiment de Metz.

Ce qu'il redoutait, ce n'était pas la discipline rigoureuse, inflexible, cruelle.... Ce n'était pas les fatigues excessives que l'on imposait aux soldats dès leur arrivée et sans re-

lâche.... Courageux, il se plierait à la discipline, robuste,
il supporterait aisément les fatigues. Ce qu'il redoutait,
contre quoi il se sentait faible d'avance, c'était la torture
morale, insupportable celle-là, qui deviendrait sa vie là-
bas, de tous les jours.... Il n'en connaissait pas, et il
n'en est pas de plus abominable.... C'est l'esclavage absolu de l'âme, c'est l'enchaînement du cerveau, la con-
trainte à des pensées que l'on réprouve.... tendues vers
un but qui apparaît comme un parricide, devant lequel
on a beau se cabrer et qu'il faut atteindre, sous peine de
folie ou de mort... c'est l'oreille ouverte à tout ce que
vous deviez aimer et que l'on vous apprend à haïr... C'est
la coulée vers un abîme où il n'y a pas d'autre sortie que
l'obéissance, la rage au cœur — a-t-on encore un cœur ?
— ou le suicide ! C'est l'atroce supplice d'être seul de son
sang, seul de son âme, au milieu d'âmes qui vous sont
étrangères ! C'est la torture, enfin, de tout un être livré
par les os, par la chair et par le crâne, à la machine qui
va le malaxer, le détendre, l'assouplir, l'écarteler et devant qui passera ensuite le drapeau aux trois couleurs,
où le noir du deuil, le noir de la tristesse et des larmes,
remplace le bleu français, couleur d'azur et d'idéal.... Et
le drapeau, claquant au vent, fera incliner ce front de victime, meurtri par le casque germain. Et la main tendue
prêtera serment d'être fidèle, jusqu'à la mort, pour le défendre....

— J'y deviendrais fou, assurément, s'était-il dit parfois,
lorsque ces affres avaient traversé sa pensée. J'aimerais
mieux le bagne pour un crime que je n'aurais pas commis. Au bagne, j'aurais toujours le droit de crier mon innocence.... Soldat chez eux, je devrais tout subir en silence, tout écouter en silence, tout approuver par mon
silence.... Non, non, cela ne sera pas !....

La même gêne, remarquée tout à l'heure, se manifesta
de nouveau dans l'attitude de Josette. Elle aurait voulu,
ce jour-là, malgré son amour, malgré ses craintes, briser
l'entretien, et se séparer de Renaud, avant que le désir ne
vînt au jeune homme de poser, peut-être, certaines questions qu'elle avait pressenties déjà, oubliées durant quelques minutes sur l'apparition dans leur vie, de ce comte

de Lilienthal, dont Renaud avait dû remarquer le sourire
et dont il avait vu le salut. Les officiers allemands, rigides, ne sont point galants dans le service, et pour que
celui-là eût incliné son sabre en signe de soumission devant la jeune fille, il fallait donc qu'il la connût ? Ce
n'était donc pas la première fois qu'il la voyait ? Ils
s'étaient donc rencontrés, parlé, peut-être ?... Alors, un
secret ?

Son doux regard inquiet fixé sur Renaud, Josette lisait
en lui !....

Dans le silence qui suivit, elle comprit nettement le travail qui se faisait dans cette pensée. Peu à peu, il venait
d'abandonner ces détresses de l'avenir, entrevues, évo-
quées par Josette.... Il oubliait la menace de son père...
même la haine naissante entre les deux Sauvageot.... Elle
comprit qu'il oubliait tout cela pour ne plus se souvenir
que d'un détail.... ce sourire hautain et tendre d'un homme
chevauchant dans un nuage de poussière blonde.... et ce
grand geste de salut.... A cet instant-là, elle avait fris-
sonné violemment.... et ce frisson de terreur était passé
dans la main de Renaud qu'elle serrait... Elle comprit
qu'il se rappelait cette émotion... que son cœur, non point
jaloux, mais inquiet, s'en était ému.... et qu'il voulait la
questionner et qu'il voulait savoir.....

En relevant la tête, il vit qu'elle l'observait ardemment.

Alors elle baissa les yeux. La chaleur de cet après-midi
était accablante. Et elle eut froid, soudain, par tout le
corps.

— Josette....

— Renaud ?

— Je voudrais te demander....

— Demande, Renaud.... je sais ce que tu veux....

Elle eut un profond soupir, résignée et navrée.

— Le comte Ulrich de Lilienthal. Ce n'est pas la première fois qu'il te voyait ?

— Non....

La voix de Renaud s'assourdit sous une émotion poi-
gnante.

— Dis-moi tout !....

— Mais il n'y a rien, mon Renaud.

— Si... dis-moi tout ! répète-t-il, les yeux devenus brusquement douloureux.

— Soit.... mais, promets-moi.... jure que tu ne tenteras rien contre cet homme !...

Toute l'hésitation de Renaud tomba. La bonté de son visage s'évanouit. Elle ne vit plus que de la gravité, de la sévérité presque.

— Josette, j'ai le droit de savoir.... Je ne jure rien... je ne promets rien !....

Alors, elle conta, très bas, d'un ton monotone, s'interrompant par de longs silences pendant lesquels elle entendait battre, en désordre, le cœur aimé qui souffrait auprès d'elle.

Un jour, elle était à Metz, pour la cérémonie commémorative des soldats français morts pendant le siège. Tous les ans, les dames de Metz, patronesses de cette œuvre du souvenir, composent des sujets et tressent des guirlandes, avec l'aide des jeunes filles, pour en orner la cathédrale. Après la messe, une procession de fidèles va déposer des couronnes sur le monument funèbre des soldats, au cimetière de Chambières, pendant que de ces milliers de lèvres françaises monte vers le ciel d'automne le *Parce Domine*.

Josette s'était attardée au cimetière auprès des tombes de sa famille et elle revint à Metz en longeant l'avenue triste, à demi déserte, plantée d'arbres maigres et bordée par de vastes bâtiments militaires, ou par des terrains affectés aux manœuvres.

Elle était seule. Elle entendit derrière elle sonner les éperons d'un cavalier. Un officier la dépassa en jetant sur son frais visage de dix-sept ans un regard hardi. Il était très grand, en tunique, la coquille du sabre sur le bras gauche. Il ralentit le pas, se laissa dépasser à son tour et, de nouveau regarda. Elle comprit le manège, traversa la chaussée et prit l'autre trottoir. Il l'imita, se tint à son côté, et galant, la main à la casquette, s'inclinant un peu :

— Mademoiselle....

Elle s'arrêta, le fixa de son œil doux et triste et dit, simplement :

— Monsieur, je viens de l'île Chambières où j'ai prié pour nos morts....

Il salua, raide. Elle passa. Mais elle entendit toujours son pas sonner sur les pavés de la ville, assez loin d'elle, et gardant la même distance.

Lorsqu'elle rentra dans la maison du quai Félix-Maréchal, où elle habitait, elle n'eut pas besoin de se retourner pour s'assurer qu'elle avait été suivie jusque-là.

Elle en était sûre !

Le lendemain, au matin, lorsqu'elle ouvrit sa fenêtre qui donnait sur la Moselle, elle aperçut l'officier. On eût dit qu'il avait passé la nuit à la guetter. Il la salua encore et disparut.

Elle le revit le jour d'après et tous les jours qu'elle fut à Metz. Par une boutiquière d'en bas, elle apprit qu'on était venu chercher sur elle des renseignements.... La police, toujours vigilante, s'inquiétait de tous les émigrés.... Mais la police, cette fois, travaillait pour le compte de l'amour, et c'est au capitaine comte Ulrich de Lilienthal, qu'elle avait adressé son rapport sur la fille de Clément Sauvageot.

— Et ceci se passait ? demande Renaud attentif.

— Aux grandes vacances de l'année dernière... Depuis lors, je n'ai pas cessé d'être en butte à ses assiduités... Il m'a cherchée partout.... Un jour, à Nancy, on nous avait conduites à une revue de la garnison... Il s'y trouvait, en civil.... Il a suivi notre cortège de pensionnaires jusqu'au couvent.... Si bien que la mère supérieure, en le remarquant, dit très haut : « Celui-là, c'est un officier prussien qui vient voir comment manœuvre la division de fer !.... » Il entendit et tourna court.... Aux vacances de Pâques, un mendiant me remit une lettre... Je l'ouvris sans me douter, croyant à une demande d'aumône.... La lettre était de Lilienthal....

— Il a osé !! fit Renaud, serrant les poings.

— Calme-toi ! n'as-tu pas confiance ? dit-elle avec un sourire superbe d'énergie et de droiture... Je ne pouvais plus me rendre à Metz sans qu'il fût là.... Cet homme semble entretenir une police attachée à ma personne, qui l'avertit de mes démarches.

— Et depuis que tu es revenue à la Faloise ?

— Il rôde en civil autour de la maison, laisse son cheval dans le bois, de l'autre côté du poteau-frontière.... évite les rencontres.... toujours seul....

— Il n'a jamais réussi à te parler ?

— Il y a trois jours — la veille de nos accordailles par les garçons de Thiancourt — au moment où je venais de te quitter au coin du bois des moines, quand je me hâtais de rentrer, il était là.... il m'a accostée....

— Il t'a parlé ? insista Renaud frémissant.

— Il m'a dit : « Je vous aime... C'est votre faute.... Il ne fallait pas me dire, à Chambières : « Je reviens du cimetière où j'ai prié pour nos morts ! » Il y a des paroles qui décident de toute une vie.... Je vous aime à commettre des folies, ou des crimes, pour vous avoir !!! »

— Tu n'as pas répondu ?

— Je me suis sauvée.... J'avais peur, Renaud, j'avais très peur !....

— La réponse que tu ne lui as pas faite, c'est moi qui irai la lui porter.

— Renaud !

— Un mot encore.... Pourquoi n'avoir rien confié à ton père ?.... à moi ?....

— Non, ni à lui, ni à toi !.... Hélas ! est-ce qu'il ne fallait pas craindre une querelle.... des dangers..... des violences.... du sang versé.... une mort peut-être ?.... ah ! non, non... ah ! Renaud ! pourquoi m'as-tu obligée à parler ?

Les yeux de Josette s'emplirent d'égarement.

— Rassure-toi. J'aurai avec lui une explication toute simple, très calme....

— Alors, tu veux le voir ?

— Il le faut.

— Quand ?

— Demain !...

Ils descendirent du kiosque et s'engagèrent à travers les pommiers du verger. Tous ces arbres étaient chargés de fruits et des branches pliaient et traînaient jusqu'au sol, sous le fardeau. Mais les cerisiers, dont la récolte était faite depuis longtemps, commençaient à accuser, les premiers de tous, les approches de l'automne. Leurs longues feuilles en fer de lance se desséchaient et prenaient des tons roussâtres.

Auprès de la haute grille en bois qui clôturait le verger, sur la route, Clément-le-Doux les attendait, pensif et triste, le désespoir visible en son attitude et en tous ses traits.

— Mes pauvres enfants ! murmura-t-il.

Et ce fut tout. Il ne pensait qu'à leur jeune souffrance, non à la sienne.

Ce fut là qu'ils se quittèrent. Ils étaient venus à pied. Renaud resta près de la clôture tant qu'il put les voir, sur la longée de la route inondée de soleil.

Le père et la fille marchaient côte à côte sans s'adresser la parole.

Tous deux, ils avaient le cœur gros de pensées et de prévisions funèbres.

Elle, craignait pour cette entrevue du lendemain, entre Renaud et Lilienthal.

Lui, se disait que pour la dernière fois, il venait de mettre le pied sur cette terre de Haute-Goulaine, où il était né, où il avait grandi... où il avait connu tant d'affection, où il laissait son père et sa mère, malades et vieux, auxquels tout ce drame intime était encore inconnu.... mais où il venait aussi de voir surgir quelque chose de terrible et d'inattendu.... un fantôme affreux.... la haine d'un frère...

De temps en temps, il paraissait oublier la présence de Josette.

Il se retournait, regardait les bâtiments de l'usine, la maison d'habitation, les pavillons, les remises, les hangars. Si près de lui que tout cela fut encore, déjà cela s'éloignait... très loin, très loin... et quand ils furent à l'angle du petit bois que traversait la frontière.... où il s'arrêta une dernière fois.... tout disparut subitement, comme si chaque chose avait été rayée de sa mémoire et de son cœur....

Il ne fit à Josette aucune allusion à ce qui s'était passé !

De même, à l'usine, pendant le reste de cette journée,

pas un mot entre Renaud et son père ne fut prononcé qui rappelât les dures paroles de la querelle.

Au contraire, Joseph prit un air dégagé et indifférent, et se mit à siffloter des fanfares de chasse.

Le lendemain de bonne heure, Renaud attelait lui-même un cheval à une charrette basse et se préparait à partir, lorsque Joseph survint :

— Où vas-tu donc ?

— A Metz... J'ai des courses à faire.. des amis à voir...

— C'est tout ?

— Oui !

Un soupçon rapide traversait l'esprit de Sauvageot. Il savait son fils de taille à lutter contre lui. Derrière ces yeux hardis et ce front d'entêtement, que se passait-il ? Un moment, on eût dit qu'il allait s'informer, questionner, dans une inquiétude. Puis il haussa les épaules, alluma sa pipe, lentement, à petits coups, et dit :

— Bon voyage !

— Merci, père. Je compte qu'il réussira....

Il avait sauté lestement sur le siège et rassemblé les guides.

Un appel de la langue, un cri d'amitié :

— En route, Gamine !

Et la jument partit d'un trot relevé et allongé qui abattait six lieues à l'heure.

A Metz, son père avait l'habitude, depuis quelque temps, de descendre au Grand-Hôtel, tenu par des Allemands et fréquenté par des officiers supérieurs de la garnison ; mais lui, Renaud, quand il était seul, retrouvait vite les vieilles coutumes, et s'en allait remiser cheval et voiture à l'auberge de la Côte-de-Delme, sur la place Mazelle, où, les jours de foires ou de marchés, affluent les campagnards des environs, en casquettes noires ou chapeaux mous, pantalons noirs et blouses bleues à soutaches et épaulières brodées de liserés blancs.

Il ne connaissait pas l'adresse de Lilienthal. Mais, la veille, il avait vu le numéro du régiment. Il n'était pas difficile de compléter son renseignement en passant au casino des officiers. Et, en effet, il lui fut répondu là, par un planton de service.

Le comte de Lilienthal habitait une villa près de la gare, dans le quartier neuf.

Il ne s'y présenta pas tout de suite. Le service des officiers est très chargé le matin. L'après-midi, au contraire, ils sont libres. Renaud attendit l'après-midi.

Vers deux heures, il sonnait à la grille d'un petit jardinet au fond duquel s'élevait une villa d'architecture prétentieuse, flanquée de deux tourelles étroites et essayant de rappeler les façades bariolées d'Alsace.

Un soldat, en tenue d'ordonnance, vint ouvrir et salua.

Renaud s'exprimait en allemand aussi aisément qu'en français.

— Je désire parler à votre capitaine, comte Ulrich de Lilienthal.... Voici ma carte....

L'ordonnance le fit entrer dans un vestibule encombré d'armes anciennes, où il n'attendit pas longtemps. Cinq minutes après, il montait au premier étage, et le soldat l'introduisait dans une vaste pièce éclairée, somptueusement meublée, et qui servait de cabinet de travail à l'officier. Celui-ci qui était assis — à demi couché plutôt — sur un divan bas, parmi des tas de coussins aux riches étoffes, se leva à l'entrée du jeune homme.

Il jeta un magazine qu'il parcourait, salua, le buste raide, et désigna un fauteuil.

Très simplement et sans préambule, Renaud prit la parole :

— Ma carte vous a dit qui je suis.... commença-t-il, en allemand.

— J'ai eu l'honneur de rencontrer monsieur votre père à plusieurs reprises, chez les Fischer... Et je pense qu'il n'a pas perdu mon souvenir.... Serais-je assez heureux pour pouvoir vous rendre quelque service ?.... J'en serais enchanté doublement, à cause de votre père, d'abord, ensuite parce que je n'ignore pas les projets d'union entre Elise Fischer et vous ?

Lilienthal s'était exprimé en français.... Ce fut en français que l'entretien continua.

— Je vois, dit Renaud avec un sourire paisible, que tout le monde paraît avoir été au courant de ces projets, sauf celui qu'ils intéressent le plus....

— Vous ? fit l'officier avec une nuance d'étonnement.

— Moi....

— Aurais-je été indiscret ?

— Pas le moins du monde.... Et du reste, ce mariage qui n'aura pas lieu, se rattache assez étroitement à la visite que j'ai l'honneur de vous faire aujourd'hui....

— Je vous écoute.

Lilienthal était vêtu d'une vareuse de chambre légère et de couleur sombre. Bien qu'il fût ainsi en déshabillé, sans l'apparat de l'uniforme, il gardait dans sa tenue, sa parole et son geste, l'habitude cassante du commandement.... tempérée, il faut le dire, par une distinction réelle et par une exquise politesse. En sortant de la caserne, on ne dépouille pas toute sa raideur. Il était, du reste, à cent lieues de se douter du motif de cette visite. Renaud lui était inconnu. C'était la première fois qu'il le voyait. Il avait entendu parler de lui, seulement.

— Monsieur, je me trouvais par hasard, hier, aux usines de Haute-Goulaine, à l'heure où votre régiment défila sur la route.... Et je me trouvais également dans le kiosque du verger, auprès de mademoiselle Josette Sauvageot, au moment où vous-même défiliez et où vous l'avez saluée du sabre.... très ostensiblement....

La voix de Renaud se fit un peu plus sèche, lorsqu'il ajouta, aussitôt :

— Avec, même, une sorte de défi...

Le regard de l'officier changea, devint attentif. Une dureté passa dans la clarté bleue.

— Etait-ce une galanterie banale à toute jeune fille élégante et jolie, entrevue soudain ?... ou bien votre volonté, d'accord avec votre galanterie, a-t-elle été de distinguer Josette en s'adressant à elle, personnellement ?

Lilienthal laissa tomber les mots et fut longtemps sans répondre.

Puis, avec lenteur, sans qu'on pût deviner s'il était ému :

— C'est elle qui vous envoie ?

— Non.

— Dès lors, de quel droit venez-vous m'interroger ?

— Du droit que me donne mon amour pour elle... son amour pour moi !...

— Elle vous aime ?...

— Oui.

— Elle vous l'a dit ?

— Oui.

— Elle vous aime depuis longtemps ?

— Depuis toujours.

L'officier se leva brusquement, s'approcha d'une fenêtre, l'ouvrit et se pencha. Sans doute avait-il besoin de respirer.... ou peut-être voulait-il cacher son émotion... Un peu de vent soufflait, rafraîchissait l'atmosphère.... un peu de vent qui venait de l'ouest, qui venait de France.

Quand il se retourna vers Renaud, il avait reconquis tout son calme apparent.

— Continuez !

— Je n'ai rien à vous dire de plus.... C'est de vous que j'attends la parole que vous dictera votre droiture, à présent que la vérité vous est connue....

— Se croit-elle donc offensée ?

— Oui.

Lilienthal se redressa, un pli au front. Dans la lueur bleue du regard, la dureté s'accentua.

— Venez-vous pour me provoquer ?

— Je n'en sais rien encore, mais cela se peut et dépend de vous.... Puisque vous hésitez à prononcer la parole qu'il faut, je vais vous y aider... Vous poursuivez d'assiduités qui la fatiguent et, disons le mot, qui l'écœurent, Mᶫᶫᵉ Sauvageot, qui est impuissante à se défendre contre votre audace de jour en jour plus grande... Vous avez osé lui écrire.... Je sais ce que vous lui avez écrit.... Cela semble un défi à la raison. Vous vous présentez partout devant elle.... Vous allez jusqu'à la Faloise, au risque d'être rencontré et découvert par Clément Sauvageot.... au risque d'un drame.... au risque d'un meurtre.... car qui peut savoir où le pousserait la colère ?.... il semblerait que vous agissez par bravade, ou, plus simplement, pour gagner un pari... Toutes les suppositions de toutes les extravagances sont permises... Or, je vous prie de me dire si vous avez conçu l'espoir que vos entreprises sur Josette avaient chance de réussir.

— Avec les femmes, sait-on jamais ?

— Oui, il suffit d'un peu de finesse... Mais puisque la parole que j'attendais, de regrets et d'excuses ne tombe pas de vos lèvres.... une excuse à une femme, votre fierté n'en souffrirait pas.... Voici, moi, ce que j'ai à exiger de vous....

— Exiger ?

— Oui.... je vous ordonne de ne plus vous retrouver sur le chemin de Josette.... de ne plus la rechercher.... de ne plus lui écrire.... de l'éviter ! Je vous ordonne de faire en sorte que vous soyez pour elle comme si vous étiez mort et que votre nom ne soit même plus prononcé devant elle....

— Est-ce tout ?

— Non. J'ai à conclure.... A la condition que vous obéirez à l'ordre que je vous donne, je ne vous châtierai pas de votre insolence envers elle.... J'oublierai, moi aussi, que vous existez et même votre nom.... Nous sommes trop loin l'un de l'autre, pour nous rencontrer jamais..... Vous aurez été fou et toute folie est pardonnable.

— A mon tour !... Je pourrais vous dire que si vous aviez été plus calme....

— Je suis très calme ! fit Renaud avec le même sourire paisible.

— Vos paroles ne le sont pas.... j'aurais peut-être consenti à écouter votre prière et je me serais abstenu de toute autre manifestation vis-à-vis de cette jeune fille..... Je pourrais vous dire que j'aurais écouté un désir et que je n'accepte pas d'ordre.... En vous disant cela, j'aurais menti.... Or, je ne me donne jamais la peine de mentir, c'est un surcroît de fatigue inutile.... Je n'aurais donc pas plus tenu compte de votre prière que je ne tiendrai compte de votre ordre.... Ceci posé, la situation devient très claire, n'est-ce pas votre avis ?

— Certes.... et je vous remercie de votre franchise.

— Ma franchise ira plus loin. Vous ne partirez pas de chez moi sans savoir ce que je pense, tout ce que je pense.... et puisque vous approchez mademoiselle Sauvageot, je vous autorise à lui rapporter ma confidence... Je l'aime.... beaucoup. Je l'aime à ce point que, dans les rares moments où je peux réfléchir, j'ai peur pour moi-même et pour ma raison. C'est vous dire que je ne me fais aucune illusion sur les insurmontables obstacles que rencontrera mon amour....

— Alors ?

— Je répète que je ne raisonne pas.... je déraisonne.... j'aime avec folie et toutes les difficultés que je vois, les impossibilités ne font que grandir cette passion. J'ai tenté de me combattre.... j'ai même songé à changer de garnison pour échapper à l'occasion de revoir cette enfant, pour mettre toute l'immense Allemagne entre elle et moi... Au dernier moment, j'ai hésité.... J'ai arrêté les premières démarches commencées...... Vous voyez donc bien que j'aime et que j'irai jusqu'au bout... Tout ce qui devrait me décourager m'irrite. On n'étouffe pas un foyer qui flambe à force de branches sèches, jetées sur le feu. On l'avive. Je comprends les inquiétudes de mademoiselle Josette.... sa colère.... ses répugnances.... Une Française, une Lorraine émigrée ne revient pas en Lorraine annexée épouser un officier du pays vainqueur.... Ces idées-là, qui nous semblent rétrogrades, à nous autres Allemands, continuent d'être en honneur chez vous... Je le sais... Pourtant, trente années se sont écoulées depuis les événements de la guerre..... Vous ne pouvez pas vivre toujours sur le passé.... Mais je sais que discuter ces choses, c'est perdre son temps.... Nous sommes devant des passions et devant des faits.... J'aime.... Folie, soit !..... En dehors de cette folie, pour moi le reste n'est rien.....

Renaud allait parler. Un geste d'autorité brusque lui imposa silence.

— Tout ce que vous a raconté mademoiselle Josette est la vérité.... Ce qu'elle ne pouvait vous dire et ce que je lui ai écrit, c'est que le malheur vient d'elle... non point de sa beauté, de sa grâce et de son charme.... j'en connais qui sont aussi belles et d'autant de séduction.... mais de son âme.... cela vous surprend ?.... Lorsque je la rencontrai, au retour de l'île Chambières, elle m'adressa certaines paroles d'une dignité si simple et si douloureuse que j'en fus troublé.... Si elle ne m'avait rien dit, je n'aurais plus pensé à elle, en la voyant disparaître.... Je vous le

jure.... Ce sont ces paroles qui, en me montrant l'abîme
creusé entre elle et moi... entre elle et nous... ont occupé
mon esprit, m'ont obligé à repenser à cette vision d'enfant
au sortir d'un cimetière... et ont fait naître l'amour... C'est
un très grand malheur... je m'y abandonne avec une sorte
de volupté... Il peut en résulter les pires catastrophes...
elles me trouveront indifférent...

Et redressant sa haute taille qui eut l'air de grandir
encore :

— Que pouvez-vous faire contre cela ?

— Vous tuer...

— Ce serait une manière de tout dénouer, fit Lilienthal
railleur.... Nous examinerons, si vous le voulez bien, votre
idée, avec tout le sérieux qu'elle comporte....

Comme Renaud était resté assis, l'officier le dominait de
toute sa hauteur. Il s'incrusta un monocle dans l'œil, d'un
geste d'habitude, et ainsi regarda le jeune homme, avec
un demi-sourire où il y avait de la protection et du dédain.

Renaud se leva à son tour.

Et quand il fut debout, il fixa l'officier droit dans les
yeux, car ils étaient de même taille, aussi grands, aussi
forts.

Doucement, avec un sang-froid absolu, Renaud étendit
la main, saisit le fil presque invisible qui retenait le monocle et le tira.... .

Le monocle se détacha de l'orbite et tomba sur la vareuse....

— Monsieur, je n'aime pas qu'on me regarde ainsi...

Dans la lueur bleue des yeux, ce ne fut plus, durant un
instant rapide, de la dureté seulement — ce fut de la
cruauté.

Mais l'officier était maître de lui et se contenait.

— Cet entretien ne vous paraît-il pas avoir assez duré...
Nous nous sommes dit tout ce que nous avions à dire...
Dans ces conditions...

— Dans ces conditions, il ne nous reste plus qu'à nous
occuper de l'offense que vous avez faite à Josette — et
de celles que vous vous proposez de lui faire encore, en
la poursuivant des témoignages de votre amour...

— Ce qui signifie, en bon allemand et en bon français que vous avez bien envie de me couper la gorge ?....

— Je ne vous en veux nullement et n'ai contre vous aucune haine.... J'étais venu chercher une parole de regret... Je ne reçois que des mots de défi à l'adresse de Josette, des insolences et des provocations... Josette a besoin d'être défendue.... Je suis là et je la défends à défaut de son père, qui doit rester hors de cause... Vous ne trouvez pas cela tout naturel !....

— Monsieur, vous êtes presque encore un enfant... Vous ne me ferez pas, je pense, la naïve injure de croire que j'ai peur de me battre avec vous ?

— Certes ! protesta Renaud, avec vivacité... Mais vous admettrez avec moi que cette situation entre nous n'a pas d'autre issue possible ?...

Lilienthal secoua la tête et reprit son air railleur.

— Voilà où nous différons, car je ne l'admets pas du tout.

— Vous refusez de vous battre avec moi ?

— Mon Dieu, oui.... Vous risqueriez de me tuer... Car, avouez que vous en avez bonne envie, tout en ne me haïssant point.... Et je ne veux pas être tué... J'aime Josette et je veux vivre pour continuer de l'aimer. Je n'ai nulle envie de vous céder la place....

— Mais vous courez la chance de vous débarrasser de moi ? Vous me trouveriez toujours, entre Josette et vous... A tous les obstacles qui vous séparent d'elle et que vous entrevoyez déjà, ajoutez celui qui viendrait de mon amour. Pourquoi ne point courir le risque de le supprimer ?...

— Je n'en ai nulle envie... Vous ne comptez pas pour moi comme un obstacle....

— Je peux vous forcer à vous battre !

— Par une injure ?... Par des menaces ? Vous abaisserez-vous jusque-là ?

— Mieux !

— Par des voix de fait ?

Il haussa les épaules.

Tout cet entretien étrange se poursuivait sur un ton en apparence très calme. Et pourtant on sentait sourdre la tempête, en ces deux cœurs... Ils étaient tous les deux d'une extrême pâleur.... Leurs lèvres tremblaient dans une secousse nerveuse. Pour la seconde fois, Lilienthal se dirigea vers la fenêtre, respira largement le vent qui soufflait plus fort... resta penché un instant les coudes sur la balustrade.... Comme s'il avait oublié la présence du jeune homme.

Il revint tout à coup vers Renaud comme s'il avait pris brusquement un parti.

— Nous autres, de l'autre côté du Rhin, nous sommes gens pratiques et de méthode et nous n'entreprenons rien sans l'avoir mûrement réfléchi... Vous, monsieur, qui avez les défauts de votre race, vous vous êtes lancé dans cette aventure avec une ardeur et une intempérence juvéniles. Je vous en donnerai une preuve nouvelle en vous expliquant pourquoi je ne peux ni ne veux croiser le fer avec vous... Je vous ai entendu prétendre, tout à l'heure, que nous sommes trop loin l'un de l'autre pour nous rencontrer jamais.... Pas si loin, monsieur, que vous le croyez... N'êtes-vous point Allemand ?

— Fils d'annexé... Allemand, oui... puisqu'il n'est pas d'autre mot...

— Votre âge ?

— J'aurai bientôt vingt et un ans.

— Donc vous faites partie du prochain contingent..... vous partez dans deux mois ?

— Oui, je pars dans deux mois...., pour la Légion étrangère, de France.

— Déserteur.... Je m'en doutais.... Et je voulais vous le faire dire... Eh bien monsieur, lorsqu'on nourrit un tel projet... lorsque, surtout, l'on est à quelques semaines d'être incorporé au service de l'Allemagne, on ne commet pas l'imprudence de venir chez lui provoquer un officier allemand... Je vous ai dit que nous autres, nous sommes gens pratiques.... Il y a ici, dans la chambre voisine, dont la porte, comme vous pouvez vous en assurer, n'est qu'à demi fermée, deux soldats — mes deux ordonnances — restés là, sur un signe de moi, depuis que vous êtes entré, et qui ont assisté, invisibles, à notre entretien... Vous ne me croyez pas... Je vais vous les montrer..

Il appuya le doigt sur une sonnerie. Deux soldats parurent, rectifièrent d'un coup brusque des bottes sur le parquet, en faisant sonner les talons l'un contre l'autre, les doigts à la bande rouge du callot.

— Vous avez entendu la provocation de cet homme ?

— A vos ordres, monsieur le capitaine.

— Vous en témoigneriez, au besoin ?

— A vos ordres !

— Allez !

Ils disparurent. Et, souriant, Lilienthal à Renaud :

— Elevés en France, ils parlent le français comme vous et moi... Rien donc de plus facile.... J'appelle... je vous dénonce... Vous m'avez insulté... On vous conduit sous les verrous... On instruit votre affaire et avec deux ou trois mois de prison.... vous vous en sauverez.... Seulement et c'est là où vous allez découvrir mon sens pratique, vous, futur déserteur, vous ne sortirez de prison que pour rejoindre votre régiment... Soldat vous ne vouliez pas être... chez nous... soldat vous serez, quand même... Il est donc parfaitement inutile que je me batte avec vous... vous êtes soldat, je suis officier... un monde nous sépare, ainsi !...

Il s'avance vivement vers le bouton de sonnette — lorsqu'il entend derrière lui un bruissement clair de lame glissant du fourreau — et un mot l'arrête :

— Si vous appelez, je vous fends le crâne !

Renaud avait décroché de sa patère le sabre de l'officier !

Il n'y avait pas à douter de sa résolution, tant son regard était terrible.

C'était la mort, suspendue sur la tête de Lilienthal :

Toute la force, toute l'énergie, tout le désespoir du jeune homme étaient concentrés dans le geste de ce bras levé comme chargé de la foudre, et un rayon du soleil oblique qui s'inclinait lentement vers la France, vint animer d'un éclair l'acier qui étincela et sembla vivre joyeusement pour une œuvre de meurtre.

Certes, Lilienthal était brave .

Mais mourir ainsi !!!

Les yeux se cherchèrent, « se tâtèrent » pour ainsi dire.

Et ce fut Lilienthal qui baissa les siens.

— J'aurais trop beau jeu, dit-il.... désignant la porte derrière laquelle, passifs, muets, aux écoutes, les deux soldats attendaient un ordre.

— Vous seriez mort avant !

Une suprême hésitation, puis l'officier recule de quelque
pas.

— Allez ! dit-il.

— J'ai votre parole que je ne serai pas inquiété ?

— Vous l'avez... mais n'oubliez pas que si vous devenez
soldat chez nous.... nous avons chance de nous retrouver ?

Renaud avait baissé le bras.

Il jeta le sabre sur le divan.

— Vous voyez que je saurai me défendre !

Il salua et sortit.

Correct, le capitaine comte Ulrich de Lilienthal répondit à son salut et l'accompagna jusqu'à la porte....

En bas, l'ordonnance qui l'avait introduit, lui ouvrit la
grille et s'effaça, rigide, la main au bonnet.

Mais Renaud avait l'oreille fine....

Et il sourit, en entendant — la grille refermée — une
grossièreté à son adresse :

— Chien !

On était dans la seconde quinzaine du mois d'août.

Les recrues allemandes ne sont convoquées et n'arrivent
guère au corps que dans la seconde quinzaine d'octobre,
en général vers le 20.

Renaud avait donc encore— ainsi qu'il l'avait dit —
deux mois de liberté et de liberté d'esprit avant de quitter
le territoire annexé pour échapper au service de l'Allemagne.

C'est l'histoire de ces deux mois dont les événements
multipliés vont tout d'abord se dérouler sous les yeux de
nos lecteurs, jusqu'à cette date fatidique du 20 octobre.

Renaud rentra paisiblement à Haute-Goulaine, modé-
rant l'allure de Camine, car, cette fois, il avait le temps.
Puis, ce n'était que tristesse, soupçons, colères, qu'il savait retrouver à l'usine. La vie que son père lui ferait serait lourde à supporter. Il n'était donc pas bien pressé de
se rejeter dans cette fournaise. Il eût peut-être donné suite,
sans plus de retard, à son projet d'exil s'il n'avait laissé à
Haute-Goulaine sa mère, malade, alitée depuis longtemps,
dont les jours étaient menacés. Il y avait bien aussi le
grand-père Sauvageot, qui ne s'occupait plus de rien, vi-

vant retiré dans son pavillon séparé du logis principal,
faisait son ménage et sa popote lui-même, et passait son
temps, du matin au soir, à fumer son éternelle pipe en
terre, culottée du plus beau noir. Le vieux, qui n'était pas
bien loin de ses quatre-vingts ans, ne disait pas quatre
paroles dans la journée. Il vivait chez lui, pour lui, avec
l'apparence d'un égoïsme profond et comme si le monde
entier lui était devenu indifférent.

— L'annexion, ça lui a porté un coup là ! disaient les
gens, désignant leur front.

Il ne se mêlait en aucune façon à la vie de famille, ne
s'intéressait à rien, ne paraissait jamais chez son fils, ne
lui adressait jamais la parole, répondait par des signes
de tête, ou des monosyllabes, sortait rarement, du jardin
ou du verger, et s'il sortait, ne poussait pas ses promenades
plus loin que le bois des Moines. Il y a souvent dans les
villages de ces vieux paysans, morts pour tout, pour tous,
et morts pour eux-mêmes, car ils ont bien l'air de se survivre. Celui-là était de très haute taille, et sa maigreur excessive le faisait paraître plus grand que nature. Très
droit, tout en os, la peau collée dessus, rasé, il était à peu
près complètement chauve, avec une couronne brisée de
cheveux gris qui lui allait, derrière le crâne, d'une oreille
à l'autre. Enfin, alors qu'on l'avait toujours vu, en riche
manufacturier qu'il était, habillé comme un bourgeois
cossu, il avait adopté depuis une dizaine d'années la blouse
bleue aux broderies blanches, des paysans lorrains. Et
dans ce long vêtement ample, flottant autour de ce corps
maigre, il paraissait immense.

Aimait-il encore quelqu'un et quelque chose .... Entre
les affections et ce cœur lointain, la vieillesse avait-elle
fondu une triple cuirasse d'airain, invulnérable ? Nul
n'aurait pu l'affirmer.... Tout le monde, hélas ! disait le
contraire !

Cependant, sur la longue route poussiéreuse, Gamine
commençait à s'énerver de marcher au pas. Des essaims
de mouches voltigeaient autour d'elle. Des taons la har-
celaient. Renaud avait beau les décoller, du bout de son
fouet. Ils revenaient, assoiffés de sang, s'abattre contre
les flancs de la noble bête, où passaient des frissons.

Il rendit la main. Gaiement, Gamine allongea. Les kilomètres s'enfuyaient derrière eux.

Or, lorsqu'il fut en vue de Haute-Goulaine — qu'un pli de terrain cachait, du côté de Metz, et qu'on devinait seulement aux panaches de ses fumées, — Renaud crut apercevoir une haute silhouette, debout, immobile, dans le kiosque, surplombant la route. Encore quelques foulées de Gamine, et il reconnut le vieux Sauvageot.

En passant sous le kiosque, il cria, joyeusement :

— Hé ! bonjour, grand-père !

Le vieux ne bougea pas, ne le regarda pas, ne répondit pas. Et, du reste, Renaud ne s'attendait à aucune réponse. Ces deux lèvres minces, rentrées sur une bouche sans dents, ne s'ouvraient plus que pour manger et boire, ou lâcher des bouffées de sa pipe.

Gamine passa comme un éclair, tourna le clos et gagna le château.

Alors, le grand-père, lentement, bougea. Il était là, debout, depuis le matin, ayant vu partir son petit-fils, — debout, le regard vers la route de Metz, depuis le matin. Il ôta sa casquette noire et sur son crâne de buis, qui luisait, coururent de grosses gouttes de sueur. Il y fit glisser sa main tremblante. Dans ses petits yeux bridés de mille rides s'alluma une flamme qui s'éteignit aussitôt.

Et il marmotta, très bas, pour lui-même :

— Ah ! s'il était arrivé malheur ! S'il était arrivé malheur !!!...

Renaud était dans la cour pavée de larges dalles d'ardoise. Il appela le cocher et lui confia la jument. Au moment où il se disposait à remonter dans sa chambre, Joseph Sauvageot sortit de son cabinet de travail et l'arrêta par le bras :

— Tu n'as pas encore embrassé ta mère aujourd'hui ?

— Non. Je suis parti de si bonne heure... .

— Elle t'attend.... elle s'inquiète et désire te voir.... Viens !

Et Renaud remarqua, non sans surprise, qu'au lieu de le laisser aller, seul, chez la malade, Sauvageot le Dur tenait à l'accompagner.

Il eut tout de suite le soupçon de quelque trame ourdie

contre lui. Est-ce qu'on n'allait pas se servir de toute sa tendresse filiale, de toute la pitié que lui inspirait sa mère, pour peser sur sa volonté ?.... Joseph en était capable.... Et l'enfant n'était point préparé à un pareil assaut. Il eut peur.

La pauvre femme — presque complètement privée de ses jambes — était couchée, ainsi que du premier au dernier jour de l'année, sur une chaise longue, le buste contre des oreillers et la chaise rapprochée de la fenêtre ouverte, elle se baignait de lumière, se réchauffait aux rayons du soleil couchant. Elle n'était pas vieille, pourtant !.... Quarante ans à peine.... et ses beaux cheveux blanchis, encadraient sa figure douce et pâle, rendaient ses yeux noirs plus profonds, plus lumineux, presque mystérieux.... Elle ne souffrait pas.... Elle s'éteignait....

— Renaud, dit-elle après le baiser de son fils, ton père désire que je te parle.... au sujet de ce que tu sais.... et il m'a conté votre grave querelle.... Il a obtenu de moi la promesse que je te répéterai ce qu'il m'a dit... Et ce qu'il m'a dit, c'est qu'il faut que tu te résignes à épouser Elise Fischer, bien que tu ne l'aimes pas... Je te sais trop honnête homme pour craindre que tu la rendes malheureuse... même sans amour.... Et il ne faut pas non plus, mon fils, que tu essayes d'échapper au service militaire, ainsi que tu le voudrais.... Car ton père t'a expliqué ce qu'il en résulterait, pour lui, pour nous, de soucis et de dangers.... Je suis très mal, je sens tous les jours augmenter ma faiblesse..... Ces soucis, ces dangers auraient vite raison du peu de forces qui me restent....

Elle pencha la tête vers Joseph qui écoutait, debout, sur le seuil de la chambre :

— Est-ce bien cela, mon ami, que vous m'avez.... ordonné de lui dire ?....

— Oui.... De cette façon, avant que Renaud prenne son parti, il pensera, je l'espère, qu'il n'y a pas seulement que mes intérêts en jeu... et qu'il y va, aussi, de votre vie...

Renaud sentait son cœur se gonfler. Ses yeux se mouillaient. Il adorait sa mère.... C'était cruel, c'était infâme de la faire intervenir, ainsi, pour obtenir de lui...

Et, bouleversé, il ne pouvait que bégayer, comme un tout petit enfant :

— Oh ! maman ! maman ! si tu savais !... mon Dieu ! si tu savais ! !

Elle hocha la tête, gravement, et se contenta de dire :

— Je sais... Et alors, moi aussi, je te le demande..... écoute ma prière... avant de prendre un parti, promets-moi que tu te souviendras de ta mère... si près de la mort...

Il éclata en pleurs, se pencha sur la figure toute blanche la couvrit de baisers.

— Oui, maman, oui, maman !....

Joseph Sauvageot eut un sourire rapide qui disait son triomphe.

— Et maintenant, Renaud, laisse ta mère.... il faut craindre de la fatiguer....

Mais avant que le jeune homme se fût redressé, la mère lui avait entouré la tête dans ses deux bras câlins et la bouche à l'oreille, avait murmuré dans un souffle :

— Reviens bien vite..... tout de suite.. il faut que je te parle !...

Renaud et Sauvageot se retirèrent.

Renaud rentra chez lui. Son père descendit. Le jeune homme l'entendit qui traversait la cour, et s'étant penché avec précaution en soulevant un coin du rideau de la fenêtre, il s'assura que Sauvageot se dirigeait vers les bureaux de l'usine.

Alors, puisque sa mère lui avait dit : « Reviens ! » il obéit.

Elle l'attendait, le visage tourné vers la porte, le buste soulevé de ses oreillers, dans une attitude d'impatience étrange, presque d'angoisse.

Quand il entra, un sourire de bonheur l'accueillit. Elle retomba en arrière, comme fatiguée de l'effort, et ses magnifiques yeux noirs s'élargirent, s'élargirent, emplis de lumière à l'infini.... Attendri, il s'élance, se met à genoux, pour être plus à portée d'elle.... Une main, de douceur enfantine, le caresse.... Et lui, répète encore :

— Oh ! maman ! maman ! si tu savais ! !

La main descend jusqu'à ses lèvres, pour leur signifier de se taire... et elles se taisent....

La mère interroge :

— Il est parti ?

— Oui.

— Tu es sûr qu'il ne va pas revenir ? qu'il ne nous surprendra pas ?

— Ne crains rien... dit-il, un peu surpris, car il y avait, en effet, de la frayeur, une frayeur un peu puérile peut-être, dans les yeux de la malade.

Elle soupira :

— Craindre ! Oui, j'ai passé ma vie à cela, à le craindre, à avoir peur de lui. Il n'est pas méchant, pourtant, mais il est dur.... et il n'a jamais su trouver les paroles qu'il faut pour attendrir... J'ai eu peur de lui, toujours et c'est de cela que je meurs. Je n'ai jamais pu avoir une volonté devant la sienne... Tout doit plier devant lui... Et comme je n'avais pas assez d'énergie pour lui tenir tête, j'ai passé les années à obéir, à ne jamais manifester d'autres désirs que ceux qui étaient les siens....

— Pauvre maman !

— Tu me plains... Ne me plains pas. Je ne peux pas dire que j'aie été malheureuse... Non.. J'ai été tout le temps, comme une chose qui n'existe pas...

Elle se pencha pour écouter, avec une nouvelle frayeur.

— Il me semble que je l'entends ? Tu es bien certain qu'il est parti.

— Rassure-toi, voyons.... dit-il en la grondant doucement...

Elle se pelotonna contre lui. Un peu de rose revenait à la pâleur des joues. Le vent qui avait soufflé une partie de la journée venait de faiblir et un très grand calme régnait sur la campagne apaisée par l'approche du soir. On ne percevait guère que les bruits lointains de l'usine, les marteaux-pilons qui retombaient avec élans étouffés, ou parfois, le marteau d'un ouvrier faisant sonner d'un son d'argent une barre de fer.... Et comme ces bruits revenaient avec une sorte de régularité, ils ne faisaient que rythmer la monotonie de la soirée. Le soleil couchant emplissait la chambre.

— Maman, tu m'avais prié de revenir... et j'avais cru comprendre...

— Que je désirais te parler, seule à seul... Oui... Tout
à l'heure, tu te rappelles ? je t'ai dit : « Avant de prendre
un parti, promets-moi que tu te souviendras de ta mère,
si près de la mort ! » Alors, voici ce que ta mère veut
de toi, voici les choses dont elle veut que tu te souviennes..
auxquelles elle a réfléchi profondément pendant ses longues années de solitude et de silence.... Elle veut que tu
te refuses à supporter le fardeau que t'imposerait l'ambition de ton père ; que tu ne te rendes pas le complice de
ses intrigues ; que tu n'enchaînes pas ta vie pour réparer
des ruines qu'on relèverait sans doute avec du courage
et de l'activité ; que tu ne brises pas ton bonheur en renon-
çant à ton amour ; que tu ne désespères pas l'adorable
fille qui t'aime avec passion et que tu ne te maries pas
avec Elise Fischer.

Elle s'arrêta et sourit. Dans ce sourire, il y avait une
bonté divine.

Lui, était trop bouleversé pour l'interrompre.

Elle reprit, après une pause :

— Telles sont les choses auxquelles ta mère, près de la
mort, a réfléchi ; dont elle veut que tu te souviennes, et non
d'autres... quant au projet que tu nourris de fuir en France
pour échapper à l'esclavage de l'armée allemande — car
c'est un esclavage pour des âmes françaises — je n'aurai
garde de te donner conseil... c'est un débat dont il faut
que ta conscience reste seule juge.

Elle attire son fils jusqu'à ses lèvres.

— Viens que je t'embrasse, afin de sceller mes paroles
à jamais dans ton cerveau.

Longuement elle le baisa au front.

— A présent, va ! qu'il ne nous surprenne pas ensemble... Il se douterait peut-être que nous nous sommes concertés !...

Et comme il se relevait, il vit tout à coup je ne sais
quelle malicieuse lueur dans les yeux de sa mère.... Car il
restait beaucoup de l'enfant, en cette femme que la sévérité
du mari avait empêchée de s'épanouir, au printemps et
dans l'été de sa vie.... de l'enfant timide, mais de l'enfant
rusée aussi...

— Ton père essayera de peser sur ta volonté en se ser-

vant de moi. Il renouvellera sûrement la scène à laquelle
tu viens d'assister.... J'aurai l'air de vouloir le convaincre.... Mais tu sais maintenant tout ce que je pense... La
femme qu'il obligera à parler devant toi, ce sera celle qui
plie, et qui n'ose et qui s'épouvante. Ce ne sera pas la
mère !.... Ce sera une femme qui laissera tomber des paroles apprises comme une leçon et qui seront loin, très
loin de son cœur.... Va, va vite, quitte-moi.... la nuit descend.... c'est l'heure où ton père revient de l'usine....

En effet, une cloche se faisait entendre.

C'était la sortie des ouvriers.

II

LINE ET PERVENCHE

La situation de Renaud devenait difficile. Il avait fait
devant sa mère, à Sauvageot le Dur, presque une promesse.
Il était donc tenu à une extrême prudence vis-à-vis de Josette, obligé de ne la revoir qu'avec toutes sortes de précautions, et de se contenter même de lui écrire. Car s'il
avait continué à ne point paraître tenir compte de la volonté de son père, ou bien celui-ci n'eût pas manqué de
faire intervenir la malade, sans pitié pour sa faiblesse
craintive, ou bien ses soupçons se fussent éveillés et il se
serait douté, peut-être, d'une connivence intime entre le
fils et la mère. A tout prix, Renaud voulait laisser la pauvre femme en dehors de ces querelles douloureuses. Elle
lui donnait son appui moral. Cela suffisait. Durant les
jours qui suivirent, il se contenta donc d'écrire à Josette.
La Faloise et Haute-Goulaine étaient trop près pour qu'il
n'y eût pas de fréquentes occasions de correspondre.
Nous avons dit que tout le pays, des deux côtés de la frontière, était l'ami des jeunes gens : tout le pays le complice
de leurs amours. A la Faloise, on ne se cachait pas de
Clément pour les remettre à Josette, qui les lisait devant

son père. A Haute-Goulaine, il fallait ruser pour que Sauvageot le Dur n'eût pas l'attention en éveil.

Peu à peu, leur prudence se relâcha.

Si près, et ne point se voir, et ne point se dire qu'on s'aime, quel supplice !...

Ils eurent de courtes entrevues, toutes les fois que Joseph s'absentait.

Parfois, quand Renaud devait rentrer à Haute-Goulaine, le soir tombant, elle traversait avec lui le coin de plaine qui séparait la Faloise du petit bois coupé par la ligne frontière. Elle suivait un instant le chemin du bois, côtoyant le ruisseau qui forme la limite. Ils s'arrêtaient. Au moment de se quitter, ils ne parlaient plus. Et que de tendresses à se confier encore pourtant ! Mais leurs deux cœurs étaient trop gros.

Et leurs adieux étaient les mêmes, chaque fois :

— Toujours, Josette ?....

— Toujours, mon Renaud !...

Leurs mains loyales se tendaient, s'étreignaient... Et chacun d'eux disparaissait dans l'épaisseur du bois... du bois témoin de leurs amours saines et fortes....

Or, il arriva ceci, un soir :

Renaud l'avait quittée... franchissant d'un saut le ruisselet frontière.... Il s'était détourné deux fois, deux fois lui avait fait un joli geste d'affection.... Puis, derrière lui, dans le sentier tortueux et étroit, les broussailles avaient eu l'air de se refermer.... Elle soupira plus triste comme si des pressentiments lui eussent fait redouter des malheurs prochains, apportant des douleurs nouvelles... Elle resta longtemps, essayant d'écouter le bruit des pas de son ami écrasant des brindilles....

Et il lui sembla, ce jour-là, qu'elle les entendait plus longtemps qu'à l'ordinaire.

D'abord, le bruit s'en était évanoui, au fur et à mesure que Renaud s'éloignait.

Après, c'avait été le silence....

Mais voici qu'elle croit percevoir les mêmes bruits qui se rapprochent... les mêmes froissements de branches et le craquement de pierrailles roulant dans le ruisseau.... Elle s'étonne et attend.... Renaud reviendrait-il vers elle ?

Non, elle ne se trompe pas.... La marche est de plus en plus distincte.....

Mais ce n'est pas Renaud qui est devant elle....

C'est Lilienthal, en civil, au courant de ses rendez-vous, et qui la guettait.

Elle veut crier : « Renaud ! Renaud ! » L'épouvante clôt ses lèvres, les fait si lourdes que ce n'est même pas un murmure qui en sort.... Il n'en sort qu'un gémissement, un souffle, rien....

Et Lilienthal lui a saisi les deux bras dans une étreinte brutale.

Il bégaye :

— Josette, je vous aime... vous me rendez fou... Malgré tout, malgré vous, je vous aime.... je vous veux et vous serez à moi !....

L'enfant essaye de se débattre. Elle croit qu'elle essaye. Ses membres sont lourds et paralysés. Elle croit crier : « Laissez-moi.... Vous êtes un lâche et un misérable ! » Elle ne dit rien. La terreur, l'horrible terreur a pris possession d'elle... fait d'elle une chose inerte, une pauvre loque humaine, lamentable, dont un enfant aurait raison...

Et soudain, l'homme recule avec un cri de rage.....

Il recule, les mains au front et sur les yeux, comme pour cacher sa honte....

Il recule et s'enfuit... d'une fuite éperdue, se bousculant dans les broussailles...

Plus rien... autour d'elle... Et le silence !... Pas même les coups d'ailes d'oiseaux dérangés !

Aurait-elle rêvé ? Est-ce un accès de fièvre ? Est-il bien vrai qu'elle ait vu cette apparition ? qu'elle ait senti ces mains tordre les siennes ? qu'elle ait entendu ces paroles de passion, de folie et de crime ?...

Rêve ou réalité, elle ne songe plus qu'à prendre la fuite...

Mais voilà qu'un rire joyeux l'arrête...

Et d'entre les branches qui s'ouvrent et les encadrent, surgissent deux têtes, l'une douce, fine et pâle, aux yeux qui ne voient pas, qui n'ont jamais vu la lumière — l'autre, osseuse, équarrie à coups de hache, large, pommettes saillantes, qu'animent deux petits yeux en vrille, perçants et naïfs... et que coupe une bouche énorme...

C'est cette bouche qui rit, qui rit à n'en plus finir... pendant qu'une main de géant aux muscles saillants comme des cordes, désigne, dans le lointain du fourré, la fuite invisible de Lilienthal....

Les branches achèvent de s'ouvrir et livrent passage a deux corps.... à celui d'une jeune fille, frêle et toute menue... à celui d'un jeune colosse ..

Et Josette, soulagée, vivante, murmure dans un soupir profond :

— Line !... Pervenche !... Ah ! je suis sauvée !..

Elle serre fiévreusement la main du garçon.

C'est celui-là qui s'appelle Pervenche, de la couleur de ses yeux naïfs.

Elle serre dans ses bras Line, l'aveugle, dont la calme figure ne donne aucun signe apparent d'émotion. Comment aurait-elle pu comprendre ce qui venait de se passer ? Et puis, ces figures d'aveugles sont impénétrables. Tous les mystères et tous les secrets peuvent s'y cacher, sans y laisser de traces.

— Surtout, Pervenche, ne dites rien, n'est-ce pas ? Ne dites rien !

Le garçon branle la tête. Il rit toujours. Il y a en lui, dans son air, quelque chose de vague, d'égaré. Ce n'est pas un fou, oh ! non, mais un simple, un peu innocent. Dans ce grand corps robuste, c'est toujours l'âme d'un enfant. L'âme est restée toute petite, pendant que les membres devenaient vigoureux. Josette le connaît bien. Il est doux et bon. Elle sait comment il faut lui parler.

Il se contente de répondre :

— N'ayez pas peur... on vous protégera !

Mais elle insiste, tant elle redoute un conflit, à cause de Renaud, à cause de son père.

— Vous m'avez bien compris ? Pas un mot ?

— On vous protégera, mam'selle Josette... et je ne dirai ren, pour sûr de sûr !...

Elle est tranquillisée... Mais telle a été sa frayeur qu'elle dit encore :

— Ni à Renaud ? Ni à mon père ? Ni à personne ?

— Ren, à personne !...

Il lève la main en l'air, crache de côté, et grave, formule son serment :

— Je le jure ! Tout droit en enfer, si je n'ai pas dit la vérité !...

Josette se retire, rapidement.

Son pas est si léger, son allure si souple, qu'elle ne fait aucun bruit.

Mais si léger qu'il soit, son pied laisse des traces dans l'herbe légèrement foulée.

Pervenche attend qu'elle ait disparu.

Et quand il est sûr qu'on ne le verra pas — car la petite aveugle, auprès de lui, est dans un autre monde — il se baisse, il s'agenouille, devant une des traces ainsi laissées au passage de la jeune fille... Les herbes, humides déjà de la rosée du soir augmentée par le voisinage du ruisseau, se sont courbées... Elles dessinent la forme du petit pied qui les a froissées...

Pervenche se baisse encore, se baisse très bas...

Maintenant, son front touche le sol et la rosée mouille ses cheveux drus, bruns, plantés en une ligne droite sur le front....

Ses lèvres, humbles, ont touché la trace discrète...

Hommage d'amour infini, esclave, rendu à celle qui vient de disparaître, qui n'a même pas l'idée de se retourner, et qui toujours, toujours, ignorera...

Il se relève... son visage est devenu grave, presque douloureux....

Une voix très douce, d'un timbre d'argent, sonne derrière lui...

Mais il est habitué à cette voix. Elle ne le fait point tressaillir. Il sait que le témoin qui est là est étranger au monde et ne pénètre pas jusqu'à son secret.

— Elle est partie ?

— Oui, ma petite Line.

— Il y a encore quelqu'un auprès de nous ?

— Mais non, Line, tu l'entendrais respirer... Il n'y a personne....

— Alors....

Et si Pervenche n'avait pas eu l'âme innocente et simple,

l'âme enfant, il eût deviné l'émotion qui fit trembler un instant la voix de l'aveugle.

— Alors, Pervenche, qui donc viens-tu d'embrasser ?

Le gros rire épanoui, — à pleine bouche fendue jusqu'aux oreilles :

— Embrasser ? ah ! ah !... j'ai fait claquer ma langue
comme ça, tiens, écoute... ouap ! ouap !.... c'est ça que
t'as pris pour un baiser...

Elle dit, la figure immobile :

— C'est drôle, Pervenche, tu ne viens pas de rire comme
d'habitude !...

Il la regarda avec crainte. Il ne répliqua rien. Il mit
dans sa grosse main les petits doigts de la fillette, pour
la conduire.

— Rentrons, Line, voilà le soleil qui se couche...

— Oh ! moi, Pervenche... dit-elle avec un soupir... le
soleil se couche... le soleil se lève... tu sais bien que c'est
la même chose....

Ils marchèrent lentement le long du ruisseau, suivant le
même chemin que Renaud tout à l'heure, car ils habitaient
Villaville, le pays annexé. Ils gardaient le silence. Mais,
de temps en temps, Pervenche reportait les yeux sur son
amie, puis sur la petite main qu'il tenait dans la sienne...
C'est qu'il sentait sourdre, dans cette main, toute une vie
qu'il ne connaissait pas, et qui l'inquiétait... des frissons
de chaleur et des frissons glacés... et parfois de légers
mouvements de rétraction, comme si la jeune fille avait
voulu tirer ses doigts hors de cette main qui, pourtant, la
protégeait et la guidait, et en qui, depuis si longtemps,
elle avait placé toute sa confiance....

— Tu n'es pas malade, Line ?

— Non.

— Il fait humide dans le bois.... mais nous voici sur la
bordure....

— Et c'est en face de nous que votre soleil se couche ?

— Juste en face, Line.... et je le vois tout rouge qui descend au bout de la plaine....

— Asseyons-nous là un instant, veux-tu ? pour que j'aie
l'air de le regarder ?

Le vrai nom de Pervenche était Lucas Giraud. Orphelin

de père et de mère, à l'âge de six ans, il avait été recueilli à Haute-Goulaine où on l'employa d'abord à l'usine, puis à la maison où il fut chargé, quand il eut douze ans ou quinze ans, d'aider le jardinier. Depuis lors, il n'avait pas quitté sa place et jardinait toujours. L'hiver, on l'occupait aussi pour les gros ouvrages du château et l'entretien des arbres du parc ; pêchait dans la Moselle pour fournir quelques belles pièces à la table de ses maîtres, ou faisait des courses fréquentes à Metz pour les commissions. Il avait grandi à Haute-Goulaine tout près de Renaud. Ils étaient de même âge, avaient déniché des nids, vagabondé ensemble dans leur enfance, et malgré la différence des conditions, ils n'avaient pas cessé de se tutoyer.

Ils avaient l'un pour l'autre une affection très forte et qui maintes fois s'était manifestée, soit lorsque l'un des deux était malade, soit lorsqu'ils avaient maille à partir avec d'autres gamins.

Ils avaient l'un pour l'autre, aussi, une protection différente.

Renaud, quoique robuste, était loin d'égaler la précoce et prodigieuse vigueur de son compagnon et c'était Pervenche qui le protégeait de ses muscles.

Mais Pervenche était un simple, grand innocent dont la ruse pouvait avoir aisément raison, et Renaud ne permettait pas qu'on abusât de cette naïveté.

Renaud aimait Pervenche comme on s'attache à un être plus faible, qui a besoin de vous pour marcher droit dans la vie.

Pervenche aimait Renaud comme un chien fidèle aime son maître.... et en vérité, c'était bien parfois la douceur du chien qui passait dans la couleur de ses yeux lorsqu'il regardait son jeune ami.

Pourtant, ce naïf avait traversé une crise d'âme terrible..

Lorsque, jadis, Renaud et Josette se rencontraient, avant leur première séparation, il arriva souvent que Pervenche accompagnait Renaud.

Est-ce l'amour de Renaud qui engendra l'amour de Pervenche ?

Car il se mit à adorer Josette, comme on adore dans les églises....

Et d'année en année, cet amour se poursuivit, et grandit,
emplissant ce cœur....

Pervenche ne réfléchissait pas, et ne savait pas réfléchir. Tout ce qui se passait en lui était choses très confu-
ses. Il recevait sans les analyser et sans les comprendre,
toute sorte de joies et toute sorte de souffrances. Les joies,
c'était lorsqu'il voyait Josette et qu'elle lui disait quelque
douce parole. Les souffrances, c'était lorsqu'elle passait
auprès de lui sans le voir et sans lui parler. Des dimanches
entiers, du lever au coucher du soleil, il se tint caché en
vue de la Faloise, pour tâcher d'apercevoir Josette une
fois, durant une seconde. Et cela suffisait pour son allé-
gresse intime. Et c'était un amour sans désir, quelque
chose de divin et d'idéal. Il ne savait pas du tout que ce
fût de l'amour. Complice de Renaud et de Josette, comme
le pays tout entier, il entendait bien dire que Josette finirait par être la femme de Renaud. Et il s'en réjouissait.
Tant mieux, puisque Josette serait heureuse ! Il serait heureux, lui aussi. La jalousie était un jeu compliqué inconnu
à son âme droite et fruste, capable de sentiments violents,
mais directs, ouverte à des tendresses extrêmes comme à
des haines sans pardon.

C'était lui, qui, mêlé aux jeune gens de Thiancourt,
quelque temps auparavant, lorsqu'on avait réveillé la
vieille coutume des accordailles, était venu crier de sa
plus joyeuse voix sous les fenêtres de la Faloise :

— Donne qui donne ! Je donne la jolie Josette à Renaud
Sauvageot !!!

Il n'avait même pas très bien compris ensuite, ce qui
était advenu. La coutume veut qu'on invite les gars à entrer. On boit un coup de vin gris. On trinque. Et quand le
vigneron est riche, les bouteilles succèdent aux bouteilles.
Or, ce soir-là, rien ! La porte était restée close. Et la jolie
Josette, elle-même, les avait tout à coup renvoyés :

Mon père est en chagrin, ma mère en tristesse

Josette et Renaud avaient le cœur trop occupé l'un de
l'autre pour s'apercevoir de cet amour. Du reste, Pervenche n'était guère bavard. Très timide, il ne se livrait

pas. Et si quelqu'un avait eu le malheur de deviner son
secret, ou bien il aurait tué celui-là, ou bien il se serait
fait hacher en morceaux, plutôt que d'avouer. Il aurait pu
rivaliser de mutisme avec le grand-père Sauvageot.

Il y avait pourtant une autre femme que Josette, qui
partageait avec elle la puissante tendresse de ce simple.

C'était Line....

Mais Line, Pervenche l'aimait comme une sœur, ou plutôt — bien qu'elle n'eût que trois ou quatre ans de moins
que lui — comme si elle avait été sa fille...

Il est vrai qu'il ne faisait pas de différence entre ces
deux affections.... Pour qu'il pût comprendre l'énorme distance qui les séparait, il fallait des événements capables
de bouleverser ce cœur, et de lui révéler la science, par
la souffrance...

Qu'était-ce que Line ?...

De son vrai nom, Pauline Rémondet. Elle n'avait pas
dix-huit ans : l'âge de Josette.

Un soir d'hiver, il neigeait et les maisons de Villaville
semblaient être blotties sous d'épaisses toitures de chaume
d'une immaculée blancheur. On avait vu passer, avant la
nuit noire, une petite voiture recouverte d'une bâche trouée,
traînée par un âne poussif. C'était une de ces misérables
familles de camps volants qui viennent on ne sait d'où,
vont au hasard, vivent on ne sait comment. Un homme et
une femme poussaient la voiture, qui enfonçait jusqu'au
moyeu dans la neige. La femme était en grossesse avancée.
Ils traversèrent la rue et comme ils ne demandaient rien,
ni renseignements, ni aumône, farouches et tristes, chacun ferma sa porte et personne ne s'occupa d'eux....

La voiture s'arrêta tout près de la dernière maison du
village.

Dans la nuit on entendit des cris.... On n'y prit point
garde... Ces malandrins se querellent et se battent... S'il
fallait intervenir chaque fois !...

Le matin, les camps volants avaient disparu.

Mais sous un arbre, étendu dans une couverture rapié-
cée, couvert de guenilles, un nouveau-né était à demi mort
de froid sur la neige. C'était une fille. La pitié publique
s'émut. Etait-elle née aveugle ? Ou bien, victime de la bar-

barie de cet abandon, la nuit passée dans ce froid lui avait-
elle fermé les yeux, pour toujours ? Quand on connut l'infirmité, la pitié redoubla. Cela serait pourtant une créature inutile, à charge à tout le monde.. La bonté est une
vertu qui ne réfléchit pas.

Alors, pendant les premières années, elle passa de
mains en mains.

Recueillie d'abord par une veuve, la mère Remondet, qui
la fit baptiser sous le nom de Pauline auquel on finit par
accoler celui de sa première bienfaitrice, elle vécut chez
la veuve, deux ans. Après quoi, la veuve mourut. Elle fut
admise alors dans une famille de bûcherons, les Compagnon, qui la gardèrent trois ans. Après quoi, ils s'expa-
trièrent et s'en allèrent aux colonies, laissant la petite
Line aux soins du père et de la mère Drouard. Le père
Drouard était le vacher de la commune de Villaville et
dans cet intérieur pauvre, Line eut son pain et son lit,
tant que le vacher vécut. Mais il fut éventré par un tau-
reau furieux. La Drouard resta seule. Cette bouche à
nourrir, c'était trop pour elle. Puis, la pitié s'était lassée
dans le village. L'enfant allait-elle vivre ainsi de la cha-
rité, aux crochets des uns et des autres, jusqu'à la vieillesse ?.... Et ne valait-il pas mieux, pour elle, l'envoyer à
l'hospice et la remettre aux autorités allemandes ?... Mais
tout le monde avait gros cœur, car tous aimaient Line....
Quelques mois s'écoulèrent encore, avant qu'on ne prît
une décision.... La mère Drouard se privait, et ne se plaignait pas, chacun voyait bien, pourtant, qu'il fallait se résigner. Les conciliabules se tenaient dans le village, on
y prenait des résolutions. Seulement, lorsqu'il fallait porter ces résolutions jusqu'à la petite Line... la prévenir...
lui dire : « Tous ces gens qui t'aiment, qui te protègent,
tu ne les entendras plus.... Nous avions créé une famille
autour de toi.... Désormais tu n'auras plus de famille. »
Personne n'en avait le courage !... En attendant, comme
Line et la Drouard ne pouvaient pas vivre « de l'air du
temps » chacun, dans Villaville, apportait toujours à la
petite maison du vacher, du pain, des légumes, un peu de
linge, du lard, et les plus riches envoyaient du vin et de
l'argent.... sans compter les fournisseurs, épicier, bou-

langer, boucher, charcutier, qui faisaient bénéficier les
deux femmes d'un tas de petites choses... Elles vivaient
donc, mais la Drouard n'en pouvait plus.... La petite faisait tout ce qu'elle pouvait pour se rendre utile, mais
c'était la fin !....

La fin ?... Pas encore !...

Un autre, bien misérable aussi, cependant, avait eu
pitié de ce pauvre oiselet sans nid, ainsi rejeté de branche
en branche.... et qui allait tomber rudement sur le sol...

Et celui-là, c'était le jeune paysan Lucas Giraud, aux
yeux de pervenche.

Il arriva un matin chez la Drouard.

— Causons ! dit-il avec son rire énorme.

Mais il n'était pas très prolixe et trouvait difficilement
les mots dont il avait besoin.

— Moi, je veux bien causer, dit la paysanne gaiement...
Mais avec toi ce n'est pas commode....

— On va voir... on va voir !.... Je viens pour la petite
aveugle.... Je la nourrirai... Et voilà !

C'était simple, en effet, mais la paysanne ne pouvait
pas, toutefois, se contenter d'explications aussi sommai-
res. A force de questions, elle arriva à comprendre que
Lucas était décidé à abandonner ses gages tous les mois
au profit de l'aveugle.

— J'ons besoin de ren, on me donne tout à Haute-Goulaine, linge, vêture, et le reste. Je gagne trente francs par
mois. Je vous en apporterai vingt.... Ça suffit-il ?

Si cela suffisait !!! La Drouard ne pouvait en croire ses
oreilles ! Et elle était si contente, si émue qu'il s'imagina
qu'elle refusait. Il ajouta, en tremblant :

— Si ça vous suffisait point, j'irions jusqu'à vingt-cinq.

La Drouard se hâta d'accepter. Il serait allé jusqu'à
trente !

Line, au fond de la chambre, dans une demi-obscurité,
filait du chanvre au rouet. Elle n'avait rien perdu de ces
paroles et comprenait que c'était d'elle qu'il s'agissait. Le
rouet ronflait doucement, en tournant.... Il ronfla plus
fort, parce qu'il se mit à tourner plus vite, sous le petit
pied qui s'agitait nerveusement...

Et, tout à coup, il cessa....

L'aveugle s'était levée et s'avançait, avec lenteur, la tête haute, vers l'homme qui venait de parler d'elle avec tant de candeur. Elle pénétrait jusqu'au fond de l'âme de ce simple, et elle y voyait des choses invisibles aux autres, visibles pour elle toute seule... le pur rayon d'une bonté simple, primitive, infinie... Elle n'était déjà plus enfant. Elle n'était pas jeune fille encore. Mais l'intelligence dépassait son âge. Les souffrances morales l'avaient formée de bonne heure et depuis qu'elle savait réfléchir un peu, chaque fois qu'elle avait eu à changer de famille et à s'habituer à des voix nouvelles, ces changements avaient retenti profondément sur son cœur. Elle ne s'était pas plainte. Ne devait-elle pas s'estimer bien heureuse encore ? Et personne n'avait pu deviner cette torture intime, derrière la froideur immuable qui était comme un masque posé sur cette douce et triste figure.

Elle connaissait bien Pervenche pour l'avoir rencontré souvent, et toujours elle avait reçu de lui de bonnes paroles.

La Drouard vit Line s'approcher de Lucas et chercher, les bras tendus.

— Elle veut te remercier, mon fi, donne-lui tes mains...

Cette idée qu'on allait le remercier parut très plaisante à Pervenche.... Sa bouche se fendit, découvrant la double rangée de ses fortes dents et il éclata de son rire sonore...

Quand elle eut dans ses petites mains les deux énormes étaus qui terminaient les bras de Pervenche, elle les caressa gentiment.... son cœur qui battait à coups rudes soulevait en soubresaut la guimpe de son corsage... Et lui, disait, riant de plus belle :

— C'est doux comme des ailes de papillon....

Puis elle porta les mains à ses lèvres, et les embrassa, d'un joli geste tendre...

Mais il les retira brusquement, un peu effaré, et se hâta de les frotter contre son pantalon, en murmurant :

— Excusez, mam'zelle Line, je les avons point lavées à ce matin !...

Sans un mot, elle regagna son coin, s'assit à l'escabeau, tâtonna, reprit le fuseau. Et de nouveau, le rouet ronfla, en sourdine, pareil au bourdonnement d'une grosse mouche. Presque aussitôt, du reste, Pervenche était reparti, après avoir remis à la Drouard ses premiers vingt-cinq francs. La paysanne marmonnait :

— Il y a tout de même de braves cœurs au monde.... plus qu'on ne dit... plus qu'on ne croit.

Du fond de l'obscurité une voix d'argent se mêla au bourdonnement du rouet :

— Mère Drouard.... je voudrais savoir... faites-moi le portrait de mon ami Pervenche ?

— Ma pauvre petiote, à quoi ça te servira-t-il ?... J'aurai beau te dire des choses, ça ne représentera rien pour toi.

— Oh ! je me figure, mère Drouard, je me figure !.... dit-elle avec un air d'extase....

La vieille paysanne se gratta la tête avec son aiguille à tricoter. En toute évidence, elle était perplexe. Un portrait ?.... Diable !.... Quoi lui dire, à cette enfant ?...

— Sais-tu ce que c'est qu'un homme qui est beau ?

— Non.

— Et un homme qui n'est pas beau ?

— Non plus !

— Eh bien, Pervenche n'est pas beau...

Et voilà !

Elle eut un regard satisfait, très fière de son explication.

Cela ne suffisait pas à Line, sans doute, car elle reprit, après un ronron du rouet :

— Beau ou pas beau.... qu'est-ce que cela me fait, après tout ?

— Je te le disais bien.... C'est toi qui me questionnes !

— Est-ce qu'il est grand ?

— Il a fallu qu'il se baisse quand il a passé notre porte.

Line se dirigea lentement vers le seuil, mesura la hauteur en élevant le bras....

— Comme ça ?

— Encore plus !.... oui... voilà !... c'est à peu près sa taille...

— Oh ! comme il est grand ! fit l'enfant, rêveuse, et qui se créait une image derrière ses yeux.

Sans doute qu'elle n'y parvenait pas, car elle interrogea encore :

— Dites, mère Drouard, comment faut-il que je me le représente ?....

— Est-ce que je peux dire, moi ? fit la paysanne avec une brusquerie attendrie. C'est un doux et honnête garçon, aussi fort qu'il est bon. Et s'il est bon, tu l'as bien vu. Il est un peu bizarre, comme s'il n'avait pas tout à fait sa tête à lui. Oh ! il n'est pas fou, bien sûr. Il est seulement un peu naïf. Il a poussé trop vite.... Comprends-tu ?... Alors, il y a des choses chez lui qui n'ont pas poussé comme le reste.... le cerveau, par exemple.... Dans le pays, on se moque un peu de lui, parce qu'il est simple.... Mais on se moque sans méchanceté... Il désarme tout le monde par son bon rire, le rire que tu as entendu....

— Oui, oui, j'ai entendu son bon rire !....

— Du reste, si on l'attaquait de trop près, il serait de force à se défendre. Il n'y en a pas un dans le pays qu'il ne tordrait, en un tour de mains... Mais personne n'y songe... Lui moins que personne.... N'y a qu'à voir ses bons yeux pour en être sûr....

— Merci, maman Drouard....

— Ça te suffit ?

— Oui. A présent, je sais très bien comment il est...

Elle revint prendre sa place au rouet. La paysanne comptait et recomptait avec un soin méticuleux les vingt-cinq francs laissés par Pervenche. Elle conserva quelques sous dans la poche de son tablier bleu et serra le reste dans le tiroir d'une commode. Tout à coup, elle tourne la tête du côté de Line.... Le rouet ne marche plus.... et les deux mains de la petite aveugle sont croisées sur le fuseau de chanvre, en travers de ses genoux.

— A quoi rêves-tu, Line ?

Du rose apparaît sur les joues délicates et pâles... Du rose, avec un craintif sourire.

— C'est vrai, je rêve... à quelque chose que je voudrais vous demander encore...

— Dépêche-toi.... j'ai envie d'aller nous acheter un pot-au-feu. Il y a si longtemps que nous n'avons mangé une bonne soupe grasse...

Alors, la très douce voix d'argent :

— Et moi maman Drouard, est-ce que je suis belle ?

— Toi ? fit la paysanne qui commençait à être surprise...
Ma foi, je ne t'ai jamais regardée à ce point de vue là...
En voilà des satanées questions de fillette !

Line se dirigea vers le seuil, s'assura que la porte était
ouverte.

— C'est ici qu'est la lumière, n'est-ce pas ?

— Oui... Et le soleil entre chez nous à pleins rayons....

— Eh bien, puisque votre soleil est ici et que vous autres, vous avez besoin de lui pour voir, regardez-moi, maman Drouard, et dites-moi si je suis belle !

La paysanne est de plus en plus interloquée.

— Belle ? Toi ? Mais, encore une fois, qu'est-ce que ça
peut te rapporter de le savoir ?

— Alors, vous ne voulez pas répondre ?

— Mais je t'ai répondu, fit la Drouard, avec une naïveté
comique.

— Que faut-il pour être belle ? Et dites-moi si j'ai ce
qu'il faut.

— Ça dépend... Chez nous, une belle fille, c'est du plan-
tureux, des épaules larges, de bons bras pour travailler,
et le visage rouge et les yeux clairs...

— Je n'ai guère tout cela, à ce qu'il me semble.

— Non. A la ville, il faut être plus mince, avec une
taille à pincer entre deux doigts... une figure pâlichonne
avec de la poudre... et des fanfreluches et des brodequins
qui font éclater les pieds à force de les serrer... et des
chapeaux à n'en plus finir...

— Moi, maman Drouard, je serais plutôt pareille à ce
portrait-là...

— Sauf les brodequins, puisque tu portes des sabots ;
et la poudre, que tu ne pourrais remplacer que par de
la farine ; et les fanfreluches que notre bourse ne nous
permet pas... et les chapeaux à fleurs... qui cacheraient
tes tresses blondes... Sauf tout le reste, c'est toi, avec ta
figure pâlichonne et ta taille si fragile qu'on croirait, à
chaque pas que tu fais, qu'elle se cassera !... Oui, tu res-
sembles aux filles des villes qui manquent d'air et pous-
sent comme des plantes enfermées dans des caves... Mais
tu es mieux... tu as quelque chose de plus...

— Quoi, maman Drouard ? dit l'aveugle avec un sourire de coquetterie.

— Je ne sais pas... c'est peut-être parce que tu ne vois pas... alors, on te plaint... Et de te plaindre, ça augmente l'intérêt qu'on te porte... On dit : « Quel dommage ! » Tu es comme on se figure les petits anges et les petites vierges autour du bon Dieu...

Cette fois, Line se mit à rire tout à fait. Elle était heureuse...

Voilà ! Et j'espère, maintenant, que tu vas te rassoir à ton rouet ?

— Oui... oui, maman Drouard, quand vous m'aurez dit encore... L'amour ?... dont tout le monde parle... Qu'est-ce que c'est que l'amour ?...

Mais la Drouard se fâchait... On la mettait à la torture...

— Est-ce que tu te moques de moi, à la fin, avec toutes ces bêtises ?... Dis voir, un peu ?

Line, à son rouet, baissa le front et laissa passer la tempête.

Elle savait que ce n'était pas sérieux, et riait en dessous

Tel fut le début de la « paternité » de Pervenche. Car, à partir de ce jour-là, toutes les fois que le garçon avait des minutes de liberté, il accourait chez Drouard, prenait Line et ils allaient faire ensemble de longues randonnées dans les campagnes.

Le pays, voyant cela, disait d'eux : « Voilà Line et son père ! »

Ce fut pour l'aveugle, les jours les plus délicieux de sa vie...

Ils étaient ces deux enfants, deux créatures délicieuses de bonté et de franchise, très près, tous les deux, de la nature. Elle plus fine et plus nerveuse, à cause de son infirmité ; lui, fruste, tout de première impression et pourtant avec des attentions et des prévenances étranges... Bousculée de famille en famille depuis sa naissance, Line n'avait pas été heureuse. Elle avait vécu, toujours, sous la même menace d'expulsion... L'hospice ! l'hospice ! Certes, on ne l'avait jamais maltraitée, mais parfois, cependant, les paysans avaient la parole lourde, qui retombait en douleur sur la délicatesse de l'enfant. Et dans chaque famille où le hasard la poussa, elle fut obligée, pour ainsi dire, de se refaire un cœur...

Quand Pervenche apparut, ses éternelles ténèbres en furent illuminées !...

Deux ou trois années se passèrent ainsi. Line avait dix-sept ans. Et il arriva pour elle, ce qu'il était facile de prévoir...

L'aveugle s'était mise à aimer Pervenche...

Et cet amour la possédait toute...

Pervenche était trop naïf pour s'en apercevoir... Et du reste, il n'avait qu'une pensée, une obsession, celle de Josette. Puis, comment s'en fût-il aperçu ? Ce sont les yeux surtout, qui par leur trouble trahissent la passion. Et si amoureuse qu'elle fut, les yeux de Line demeuraient sans lumière et sans regard — étendant, sur les bouillonnements de son cœur, un impénétrable voile.

Du matin au soir, tous les dimanches, Line et « son père » s'en allaient côte à côte. Il accourait la chercher, après la messe. Et les voilà partis ! C'était presque toujours au bord de la Moselle qu'il l'entraînait hiver comme été, même l'hiver, car elle n'avait peur de rien quand elle était avec lui. Au printemps, lorsque la Moselle, grossie par les neiges fondues, débordait dans les prairies couvertes de joncs, ils s'asseyaient sur un côteau de vignes et il lui expliquait ce qui se passait : toute cette vie de la jolie rivière pour un instant suspendue, le barrage de l'écluse presque disparu et aussi les flots dont les arbrisseaux se noyaient dans le torrent des flots jaunes qui semblaient rouler de la boue. Mais la rivière était-elle rentrée dans son lit ? Vite, il enlevait Line, et à la traverse des prés mous, où leurs pas faisaient flic flac, ils allaient jusqu'au bord, à l'ombre allongée des peupliers frissonnants. La Moselle doucement filait ses eaux vertes qui léchaient en passant, d'un baiser ami, les pointes des gros sabots rouges de Pervenche. Il tirait d'un bissac les apprêts d'un déjeuner apporté de Haute-Goulaine et ils mangeaient sur l'herbe, pendant que les sauterelles grinçaient autour d'eux et que tout là-haut, dans leurs nids balancés comme des escarpolettes, des loriots se jetaient, d'un bout à l'autre de la vallée, des appels sonores. Elle aurait voulu, ainsi, que cela durât toute sa vie. Et lui, était heureux.

Les Lorrains sont caustiques, mais leurs plaisanteries quand ils venaient à les rencontrer, pour dures qu'elles fussent, n'en étaient pas mois affectueuses :

— Hé ! vilain singe, si tu l'as choisie, c'est parce qu'elle ne pourra jamais te voir !...

Il éclatait de son rire énorme.

Et il tâchait de faire comprendre à l'aveugle :

— Ils me disent ça, les farauds, parce que je suis laid comme un singe !

Alors l'innocente répliquait avec une gravité douce :

— Je ne sais pas ce que c'est qu'un singe !

Telle était leur histoire à tous deux, et l'histoire de leur cœur.

Pervenche ne pensait qu'à Josette, et Line ne pensait qu'à Pervenche.

. . . .

Ils s'étaient assis sur le talus d'un fossé et pendant quelques minutes ils gardèrent le silence. Devant eux, la campagne s'étalait à perte de vue, et tout au bout le soleil se couchait vers les plaines de France.

Pervenche n'était pas très perspicace, mais tout à l'heure il avait été surpris de la fièvre que la main de l'aveugle lui communiquait.

Et il regardait, tout de même avec un peu d'inquiétude, cette figure énigmatique, derrière laquelle il sentait, confusément, que se passait quelque chose.

A la longue, ce silence les gêna.

Ce fut elle qui le rompit.

— Tout à l'heure, Lucas, je ne me suis pas bien rendu compte... Tu t'es mis à rire, au moment où, dans le bois, nous arrivions près du ruisseau que j'entendais clapoter... Josette Sauvageot s'y trouvait... J'ai reconnu sa voix... Mais elle n'était pas seule... et notre arrivée a dû déranger un homme qui s'est sauvé en jetant un cri de colère...

— Oui, oui, t'as bien deviné, Line...

— Cet homme ?

— Un officier de Metz, que je vois souvent dans nos bois... où il se cache... Il franchit la frontière et s'en va rôder jusqu'auprès de la Faloise...

— Il en veut à Josette ?

— Sûrement... Mais il ne se doute pas que, moi, j'ouvre l'œil...

— Tu as raison de protéger Josette...

— Sûr, que je la protège...

Et il étendit devant lui ses grands bras, noueux comme des branches de chêne.

— Il lui voulait du mal ?

— Beaucoup de mal... Et, en me voyant, il a eu peur... et il a eu honte aussi...

— Renaud est-il au courant de tout cela ?

— Peut-être bien.

— C'est lui qui t'a prié de veiller sur Josette ?

—Non... Je veille comme ça, tout seul... Je ne veux pas qu'il arrive malheur à Josette.

— Pourquoi ?

Et penchée vers lui, un peu plus blanche encore, elle attendait la réponse...

Elle se fit attendre. Oh ! il n'hésitait pas. En cet être primitif aucune complication de sentiments. Seulement qu'allait-il dire ? Comment s'exprimer pour se faire comprendre ? Elle, au contraire, guettait, l'oreille attentive, prête à la souffrance, et à la jalousie.

— Pourquoi ?... Mais, Line, je ne sais guère... Il me semble qu'il faut toujours que je protège quelqu'un de quelque chose...

L'aveugle réfléchit. Pour pénétrer jusqu'à l'âme de son ami, il fallait lui tendre un piège où il tomberait, et lui poser une question définitive.

— Elle te plaît beaucoup, Josette ?

— Oh ! oui...

— Si elle mourait, que ferais-tu ?

— J'irais me tuer à côté d'elle !

Un brusque frisson secoue la petite aveugle. Ses traits se creusent. Ses lèvres pâlissent.

Elle dit, faiblement :

— Et moi, Pervenche ? qu'est-ce que je deviendrais ?

— Toi... c'est vrai, pourtant, que tu n'aurais plus personne... dit-il avec émotion.

—Tu tiens donc à elle beaucoup plus qu'à la petite Line?

Il se tut. Les imprudentes paroles de l'aveugle le faisaient lire en lui-même. Durant un instant, devant ses
yeux coururent ces deux images charmantes, Line et
Josette. Il ne les aimait pas de la même façon, mais pour
toutes deux son dévouement était égal...

— Line, je serais très malheureux de te quitter...

— Et pourtant, tu me quitterais ?...

— Excuse-moi, Line, je n'avais pas pensé... A présent,
voilà que je ne sais plus !...

Lui, peut-être ! Mais elle savait !...

— Si nous partions, Line ? Je vais te reconduire chez
la Drouard.

— Restons encore un peu... Tout à l'heure, cette scène,
dans le bois... j'ai eu peur... Et ça m'a cassé les jambes...
Je me sens tout accablée...

— T'as peur des autres quand t'es près de moi ! fit le
jeune colosse avec une fierté naïve.

Line écarta d'une main moite et tremblante des cheveux blonds que le froissement des branches, sous bois,
avait ramenés sur son front...

Puis elle désigna, d'un geste indécis, l'horizon lointain :

— C'est par là ?

— Quoi donc, Line ?

— Le soleil ?... Votre soleil qui se couche ?

— Oui...

— Alors, explique-moi, veux-tu ? ce qui se passe, à
votre soleil couchant ?

Après une fatigante perplexité, Pervenche se hasarda :

— On voit quelque chose d'énorme comme un tonneau
rond qui flotte au bas du ciel comme s'il voulait se mêler
à la terre, et qui est rouge, rouge comme du sang...

— Le sang... je sais... quand je me coupe et que ça
coule, c'est une liqueur visqueuse... Je l'ai goûté une fois,
c'est âcre au palais... Mais le ciel, je ne me figure pas...
et rouge, ça ne me dit rien... Le ciel, tu m'as dit, un jour,
que c'était comme un abîme en l'air... au-dessus de nos
têtes et que si quelqu'un tombait de tout en haut, il mettrait des années à arriver jusqu'à chez nous...

— Quoi faire pour t'expliquer ?... ne sens-tu pas de la
fraîcheur sur ta figure ?

— Oui.

— C'est le soleil qui s'en va. Quand il revient, il nous réchauffe. Quand il s'en va, tout se refroidit. Et quand il n'est plus là, nous sommes comme toi, Line, nos yeux ne nous servent plus à rien et si nous voulons marcher sans aide, nous trébuchons... Comme toi, nous sommes aveugles, pendant la moitié de notre vie... Ne sens-tu pas, aussi, que tout s'apaise, que tout devient calme autour de nous ?... Les bruits auxquels tu es habituée, tu ne les entends plus... Les chevaux ont fini leur travail... les troupeaux sont à l'étable... les perdrix ont rappelé leurs petits... On ferme les portes dans les villages... Les hommes vont se mettre au lit... se coucher comme le soleil... Tout le monde dormira.

— Tout le monde ?

— Sauf les gens qui ont envie de commettre de méchantes actions... sauf les insectes qui ne vivent que la nuit... et les bêtes qui cherchent rapines... les fouines, les putois, qui viennent jusque dans nos poulaillers... les renards qui rôdent autour !... les blaireaux qui dévastent les vignes... les belettes qui saignent au cou les petits lapins... les chouettes et les hibous qui prennent les oiselets... A ceux-là le soleil fait peur... et c'est le contraire de nous... ils sont aveugles quand nous voyons...

— Et la rivière, Lucas ?

— Oh ! Line, quand le soleil se couche, il n'y a rien de si calme que la rivière. C'est le repos, le vrai repos... La rivière dort, et tous ses habitants aussi... sauf les loutres... Oui, s'il n'y avait pas les loutres, la rivière pendant la nuit, ce serait la paix... Mais, à l'école allemande, on nous démontre si bien que la paix ne sera jamais possible, parce que tout, tout dans la nature, parmi les hommes, les animaux, les oiseaux, les insectes, tout a été créé pour la guerre, et ne peut vivre que par la guerre... et que, toujours, ce sont les petits qui ne peuvent pas se défendre, qui deviennent la proie des grands... et qu'on a beau avoir raison... Quand on est battu, on a tort... Oui, s'il n'y avait pas les loutres, la nuit, ce serait la paix complète sur la rivière... Les brochets et les perches ne chassent plus... Tous les poissons attendent le réveil, les barbillons dans leurs trous, les carpes au fond des herbes, les truites sous les pierres... Après quoi, au soleil, la guerre recommence... Et le maître d'école allemand dit que depuis que la vie existe, la guerre a existé... et que tant qu'il y aura de la vie, il y aura de la guerre !... et que la guerre qui engendre la mort, engendre aussi la vie... J'ai retenu ces mots-là, mais je ne les comprends pas... à cause que je suis arriéré... et simple... et noué... pas comme tout le monde, à ce qu'ils disent...

— Moi non plus, je ne les comprends pas, Pervenche, mais ce que je sais bien, par exemple, c'est qu'il y a des choses injustes et qu'il y en aura toujours... puisque, moi, je ne suis pas comme les autres, non plus... et que, pas plus que toi, ce n'est ma faute... et que, ni l'un ni l'autre, nous n'y sommes pour rien...

— Pauvre petite Line !...

Le soir tombait tout à fait. L'Occident s'emplit de nuées roses dont la réverbération se réfléchissait à l'Orient, en une longue bande lumineuse.

Puis tout s'éteignit.

La voix d'argent se fit encore entendre :

— Est-on plus gai, ou est-on plus triste, au coucher du soleil, chez les voyants ?

— Plus triste, Line, puisqu'on va vers la nuit.

— Alors, je l'aime... j'aime le soleil qui se couche, puisqu'il vous ramène la nuit où vous êtes aveugles, pareils à moi... J'aime votre soleil qui se couche puisqu'il fait naître le sommeil qui vous repose de vos joies...

Elle ajouta, tout bas, pour elle-même :

— J'aime sa tristesse qui va si bien avec la mienne...

Ils se levèrent du talus et prirent le chemin de Villaville. En route, elle ne parla plus qu'une fois, pour dire

— Puisque tu aimes tant Josette, il faut bien prendre garde et la protéger contre les gens qui lui veulent du mal.

— Oh ! je m'en charge !

Et ramassant un rondin, dégringolé d'une voiture et gros comme son bras, il le brisa en deux en souriant, sans effort...

Après avoir reconduit Line chez la Drouard, Pervenche revint vers l'usine par les petits sentiers qui serpentent dans les champs. Il marchait lentement. Tout ce qu'il avait vu, et tout ce qu'il avait entendu, en cette soirée, préoccupait fortement son esprit, mais il ne s'y retrouvait pas très bien. Il s'en dégageait pourtant une impression directe, et ceci grâce à l'aveugle, c'est que Josette Sauvageot n'était pas en sûreté à la Faloise.

Il ne connaissait pas la qualité de Lilienthal, ni son nom. C'était un Allemand de Metz, voilà tout ce qu'il savait.

— Si jamais il tombe sous ma patte, en combien de morceaux qu'il faudra que je le casse ? se demanda-t-il tout haut, avec un grand sérieux.

Il repassa, au long du bois des Moires, tout près du fossé où avec Line, il était venu s'asseoir tout à l'heure. On voyait encore, sur le haut du talus, les herbes tassées à l'endroit où ils s'étaient arrêtés. Et en passant là, il entendit, au fond du bois, le hennissement d'un cheval. Il dressa l'oreille.

— On ne fait ni coupes ni charrois dans le bois, murmura-t-il... Et puis, il n'y a que des sentiers bons pour des piétons... et pour des piétons qui n'ont pas peur de se déchirer aux ronces ni de traîner les pieds dans la boue... Hé ! je parie que...

Il n'acheva pas et se lança sous bois, fonçant droit devant à travers les ronciers. Un deuxième hennissement venait de le guider ! Et il arriva juste à une étroite clairière — à une éclaircie plutôt — pour surprendre un homme de haute taille qui, d'un bond, sautait à cheval et labourait de deux coups d'éperons les flancs de la bête.

Homme et cheval disparurent.

Pervenche resta bouche béante, yeux écarquillés.

— C'est lui ! Je m'en doutais !... Il n'était pas parti !!

Il prit sa course, et quand il déborda sur la lisière, il eut encore le temps d'entrevoir dans le lointain, et malgré le crépuscule, un cavalier qui filait au galop dans la direction de Metz.

Le « Noué » se gratta les cheveux, poussant sa casquette de travers sur l'oreille.

— Dommage ! Arrêté trop tard ! sans quoi je les aurais cassés tous les deux, lui d'abord, et son cheval ensuite !...

A Haute-Goulaine, il ne souffla mot de l'aventure.

Le lendemain, Joseph Sauvageot le chargea de différentes commissions pour Metz. Il attela Gamine à la charrette anglaise et partit. Ses commissions faites, et avant de repartir pour Villaville, il alla flâner sur les quais de la Moselle, les mains dans les poches et le nez au vent. A chaque instant, il croisait des détachements de soldats en bourgerons et bonnets, qui revenaient de l'exercice. Il en sortait de partout, mais là, sur les quais, c'était surtout de l'artillerie et des charrois transbordant sans cesse des obus d'un parc à un autre parc. On se fût cru à la veille d'une mobilisation. Il finit par n'y plus prendre garde... s'appuya sur le parapet, et regarda couler l'eau... De temps en temps, une détonation bruyante le faisait sursauter... Et un nuage de poussière après s'être éparpillé en l'air, sous la poussée du vent, venait retomber lentement autour de lui... C'était la porte serpenoise qu'on démolissait avec les anciens remparts, et qu'on faisait sauter.

Quand il jugea que Gamine était suffisamment reposée, le « Noué » reprit le chemin de la ville.

A ce moment, un officier, en tenue, s'avançait, sur le même trottoir... venant droit sur Pervenche...

L'officier absorbé n'avait pas encore vu Pervenche.

Pervenche ne prenait pas garde à l'officier.

Ce fut ainsi qu'ils se rencontrèrent tout près l'un de l'autre, s'arrêtant brusquement.

Ils avaient relevé la tête. Ils se regardaient.

Et tous deux, avec un pas de recul, dans la première surprise, laissèrent échapper une sourde exclamation — que Pervenche ponctua ensuite :

— Tiens, c'est l'homme au cheval.

Lilienthal en effet !... Et ils s'étaient reconnus !... Alors, un drame rapide...

Le trottoir était très étroit... La large carrure de Pervenche le barrait tout entier... Et planté comme un pieu, le « Noué » ne paraissait pas vouloir céder le pas à l'officier... Des soldats passaient, pivotaient, saluaient, raides, automatiques... Les yeux de Lilienthal s'emplirent d'une rage froide... Il leva son poing ganté de blanc... Et de toute sa force, le poing s'abattit sur la face de Pervenche...

Le sang gicla !... Pervenche bascula, ébloui, aveuglé sous la surprise brutale et sauvage...

Lilienthal était passé... Il ne se retourna même point...

Pervenche en s'essuyant, se barbouilla de rouge.

Les soldats se mirent à rire...

Alors le Noué cria vers l'officier :

— Hé ! l'homme, faut ben le dire, vous tapions dur !... Pourtant, voyez !...

Lilienthal s'arrête et se retourne. Il s'attend à une insulte. A la moindre parole de menace, un geste, et le paysan sera sous les verrous. Les soldats attendent.

Mais Pervenche s'en va lourdement jusqu'aux démolitions du rempart... Il a besoin d'un effort surhumain pour épancher la colère du fond de son cœur... la rancune de sa honte, qu'il sait bien être impuissante... il avise un moellon énorme, brisé par un coup de mine et qui semble encastré dans le sol... Arc-bouté sur ses deux jambes solides comme des piles de pont, il l'arrache, le bascule, le saisit de ses deux bras puissants, l'enlève au-dessus de sa tête, le balance et le projette à dix pas... où il se pulvérise...

Et plus calme, son visage sanglant vers l'officier dont le dur regard n'a rien perdu de ce coup de force extraordinaire, il exprime sa pensée, avec un sourire où personne ne devinera ce qui se cache de terrible :

— Faut ben le dire... Vous pèscrions pas lourd !...

Après quoi, il remonte vers Metz, sans s'inquiéter du sang qui rigole de son nez sur son menton et sur le col bien blanc de sa chemise...

Il en sera quitte, à Haute-Goulaine, pour conter qu'il est tombé de voiture.

III

LES SECRETS DE MADEMOISELLE ÉLISE

En apparence, pendant les premiers temps, il sembla qu'il n'y avait rien de changé, pas plus à la Faloise qu'à

Haute-Goulaine. Les deux frères gardaient pour eux la grave querelle qui les divisait et personne, devant le calme persistant sur les deux domaines de la frontière, n'aurait pu deviner que le feu couvait sous la cendre.

Il y eut toutefois une alerte.

Par la gendarmerie de Villaville, Renaud reçut un matin son ordre d'affectation.

Il devait rejoindre, le 20 octobre suivant, le régiment prussien n° 163, en garnison à Coblentz, à quatre heures du soir très précises.

Joseph Sauvageot scrutait, sur les traits de son fils, l'impression que devait lui faire le premier acte de l'autorité militaire allemande.

Renaud s'y attendait trop pour être ému.

Il plia tranquillement la lettre et la mit dans sa poche en disant :

— J'ai encore trois bonnes semaines devant moi...

La parole était à double entente, mais Sauvageot l'interpréta en sa faveur. En effet, depuis le jour où il avait fait intervenir auprès de son fils la mère malade, Renaud n'avait plus donné aucun signe de révolte. Il paraissait apaisé et soumis.

Alors, Sauvageot crut l'heure propice et s'enhardit :

— Je vois avec plaisir, mon cher enfant, que tu as réfléchi à tout ce que je t'ai demandé... Tu es devenu beaucoup plus raisonnable.

— C'est vrai, fit Renaud avec un sourire... Je suis même surpris, tout le premier, de me voir aussi sérieux... Je ne croyais pas que cela fût possible...

— Dès maintenant, nous pourrions parler d'Elise Fischer...

— Vous y tenez donc beaucoup ?

— Tu sais pourquoi... Pour moi, ce mariage — encore qu'il ne peut s'agir que d'un projet à réaliser à ton retour de service — ce mariage, c'est le salut !

— Ne pourrait-on renvoyer cette affaire à deux ans ?

— Mon fils ! fit Joseph avec un geste tout à la fois de dureté et de prière.

— Car enfin, il me faudrait le temps de faire ma cour

Elise Fischer... C'est à peine si je la connais. Quant à
elle...

— Quant à elle, ne t'ai-je pas dit qu'elle est folle de toi ?

Avec un intérêt parfaitement joué, Renaud ajoutait :

— Je voudrais bien le lui entendre dire... Ce souhait
ne vous semble-t-il pas naturel ?

Sauvageot ne répondit pas tout de suite. Les réponses
de son fils manifestaient une si étrange curiosité, un empressement si singulier, que le père eut le soupçon que
tout cela cachait un piège. Etait-il possible, en effet, après
tout ce qu'il savait de son violent amour pour Josette,
après tout ce que Joseph avait vu et entendu, après les
menaces et la rébellion, était-il possible que Renaud fût
changé au point de paraître accepter Elise avec joie, et
sans plus de regrets ?... Son profond regard scruta la
pensée de Renaud jusqu'à l'intimité de son âme... Les yeux
du jeune homme restèrent vagues... Le père sentit une
muraille entre lui et son fils...

— Souhait très naturel, certes. Et j'y avais songé...

— Combien je vous sais gré !

— Nous sommes invités, dans deux jours, à une grande
chasse, à Montecreux, chez ces Fischer... Si tu y consens,
les fiançailles auront lieu ce même jour...

— J'y consens.

— Sans arrière-pensée ? fit Sauvageot avec une crainte
dernière.

Renaud ne souriait plus. Son visage se refit extrêmement grave. Et il dit:

— Mon père, ne m'en demandez pas trop... Je me contente de vous obéir...

Joseph n'osa insister, mais la même pensée le poursuivit tout le temps :

— Quelle énigme cache-t-il ?... Car ce serait trop beau,
en vérité...

— Une énigme ?...

Ce fut, bientôt, la question que chacun se posa... Mais
quelle énigme ?... Et lorsque la nouvelle parvint à la
Faloise que Renaud allait chez les Fischer et que les
fiançailles seraient célébrées le même jour, il y eut une
grosse émotion.

Clément prit Josette dans ses bras, la baisa au front et murmura :

— Résigne-toi, pauvre enfant !!

Il fut très surpris de la voir rire, d'un bel élan très franc.

— Croyez-vous vraiment que Renaud renonce à moi ? dit-elle.

— Comment expliquerais-tu qu'il accepte ?...

— Je n'explique rien du tout. J'attends. Et j'ai confiance.

Le bruit de ce qui se passait se répandit dans le pays.

Chose bizarre ! Personne ne voulait y ajouter foi. Les amours de Renaud et de Josette étaient si connues... étaient nées... avaient grandi sous les yeux amis de la contrée entière... et si bien, que l'abandon de Renaud eût paru être un sacrilège.

Les gens se dirent à l'oreille :

— Renaud prépare un coup, c'est sûr !

Et le mot se répéta de village à village : « Un coup ! vous allez voir !! »

A Haute-Goulaine, le vieux père Sauvageot, sans doute, fut mis au courant, comme tout le monde, des fiançailles prochaines... mais il ne parut s'en émouvoir autrement... quand on lui en parla, il découvrit silencieusement sa mâchoire aux gencives sans une seule dent... Ses petits yeux se bridèrent d'une ride subite... et il prononça :

— A voir ! à voir ! Si ça lui plaît, à ce garçon !

On ne put rien en obtenir de plus.

Deux ou trois jours après l'entretien secret que Renaud avait eu avec sa mère, il avait, en rentrant dans sa chambre, trouvé sur son lit, ostensiblement placé, un papier dans une enveloppe et sur ce papier des mots étaient tracés d'une écriture grossière :

« Laissez-vous faire. Ayez l'air de tout accepter. Et ayez confiance ! »

Renaud enquêta discrètement autour de lui, pour tâcher de découvrir comment le billet lui était parvenu. Les domestiques, interrogés, ne savaient rien. Ils n'avaient vu personne d'étranger à la maison pénétrer dans l'appartement de Renaud, situé à l'angle du premier étage. Les fenêtres prenant jour vers la plaine de la Faloise. Il questonna sa mère. Ce n'était pas elle. Jamais la pauvre femme n'aurait eu pareille audace !... Le grand-père ?... Depuis dix années, il ne mettait plus les pieds dans la maison... Pervenche ?... Le jeune paysan éprouva une si parfaite surprise, et, du reste, tant de peine à comprendre, que tout soupçon devait être écarté de lui comme des autres...

Quand il rentra chez lui, après cette enquête inutile, et que ses yeux se reportèrent machinalement sur le lit où le premier billet avait été placé, il eut un haut-le-corps violent et crut rêver.

Il y en avait un autre !

Il le déplia :

« Gardez pour vous les avis qu'on vous donne. Ayez la plus entière confiance ! »

L'aventure, pour mystérieuse qu'elle fût, était en même temps si amusante, que le jeune homme se mit à rire. Il fit le tour de sa chambre, frappa du poing contre les murs, écouta la résonnance...

— Si nous vivions du temps de Catherine de Médicis, murmura-t-il, cela n'aurait rien de surprenant. Il paraît qu'il y avait des couloirs dans l'intérieur des murailles... et justement ce coin du château est contemporain de la terrible reine...

Son parti fut pris, sans autre hésitation.

Puisqu'on lui demandait de se laisser conduire, eh bien ! il obéirait aveuglément.

De là son changement d'attitude, la volte-face qui avait si fort impressionné le pays, et qui paraissait si différente de ce qu'on savait de lui que cela faisait dire :

— C'est un coup qu'il prépare... On va s'amuser !...

Le plus intrigué de tous était Renaud lui-même.

Son instinct lui disait qu'une main inconnue s'étendait sur lui pour le protéger.

— Je finirai bien par la connaître.

Afin de ne pas décourager cette protection qui voulait rester dans l'ombre, il ne fit plus aucun effort pour en soulever le voile. Même, il affecta de rester des journées hors de chez lui, et de laisser les portes ouvertes.

De cette façon, les lettres inconnues auraient toute facilité pour venir le rejoindre.

— Evidemment, celui qui s'est chargé de veiller sur moi habite auprès de moi, est au courant de tout ce qui ne concerne, prévoit les dangers, et tient en réserve une arme qu'il me fournira au dernier moment.

Au dernier moment, il faudra bien qu'il se découvre...

Il se trompait. Et une lettre plaisante l'avertit, qui lui disait :

« C'est parfait !... Plus d'obstacles !... On entre chez « vous comme dans un moulin... Vous avez confiance en « moi... Vous serez récompensé... »

On comprend dès lors pourquoi il put répondre à son père avec tant de calme. Et pourquoi il accepta, presque gaiement, l'invitation pressante transmise par Sauvageot. Il se sentait jeté au milieu d'événements romanesques dont lui-même allait amener le dénouement, et il ne savait pas du tout comment il les dénouerait. La main mystérieuse guiderait ses pas... Il marcherait... La bouche invisible soufflerait les mots... Il parlerait !

Il eut pourtant une grosse inquiétude. Deux jours s'écoulèrent. Il ne reçut plus aucun avis. Le troisième jour arrivait... Le rendez-vous de chasse était d'assez bonne heure... Le lendemain, il aurait à subir les assauts préparés contre lui aussi bien par Sauvageot le Dur que par les Fischer.

Déjà, le soir, après le dîner, en prévoyant cette journée définitive, son père avait dit :

— Ta résolution est toujours formelle ?...

— Oui.

— Tu comptes épouser Elise ?... Aucun obstacle ne viendra de toi ?...

Le cœur de Renaud se serra. Un effroi, tout à coup... Il connaît, il a déjà vu à l'œuvre la ruse de son père... Et voici qu'il se demande si tous ces avertissements qu'il a reçus ne viennent pas de Sauvageot lui-même ? de Sauvageot, qui aurait voulu ainsi endormir sa prudence ? de Sauvageot qui aurait tenté de l'amener jusqu'à la minute où, après avoir virtuellement accepté les fiançailles, Renaud n'oserait plus les refuser, à cause du scandale qui rejaillirait sur lui-même et sur Elise ?... sur Elise, qu'il savait charmante, et qui devait être innocente, en somme, de toutes ces intrigues ourdies ?...

Oui, il a peur ! Et une moiteur lui vient au front !...

Pourquoi, depuis deux jours, l'inconnu, si bien renseigné sur sa vie, le laisse-t-il sans nouvelles? Pourquoi a-t-il mis sa confiance en de pareils avertissements, lesquels, s'ils n'émanaient pas de son père, pouvaient aussi bien lui avoir été envoyés par un fou ? ou même avoir été inventés, pour lui nuire, par quelque âme méchante ?

Ce fut une angoisse terrible. Puis, Renaud s'abandonna, en fermant les yeux, comme on se jette dans un abîme et répondit à son père :

— De moi, vous n'avez à craindre aucun obstacle...

La joie intense qui rayonne dans les yeux de l'usinier augmente le doute de Renaud. Et la souffrance, chez lui, en est si grande, qu'il est prêt à interroger son père, à éclater en reproches... Il se croit victime de quelque basse comédie.

Tous deux se promènent devant la grande entrée du château. De temps en temps, leur promenade régulière et méthodique les pousse jusqu'à l'angle où se trouve l'appartement de Renaud. Ils débordent cet angle. Machinalement. Renaud lève la tête. Tout à l'heure, lorsqu'il est sorti de chez lui, il a ouvert ses fenêtres. Or, il vient de remarquer qu'un des battants s'est agité et que les rideaux se sont soulevés violemment. La soirée est très calme. Il n'y a pas un souffle de vent. Pour agiter ainsi les rideaux, il a fallu la poussée brusque d'un courant d'air. Et pour établir ce courant d'air, il a fallu que la porte de la chambre se fût ouverte. Quelqu'un est entré. Mais aucun domestique, à cette heure tardive, n'a affaire chez Renaud. Cette porte ouverte, est-ce simplement un accident ? En ce cas, les rideaux vont continuer de battre contre la fenêtre... Mais pas du tout... Ils retombent, ne bougent plus... Donc, on est entré, et on est ressorti...

Une pensée, un espoir :

Peut-être le mystérieux inconnu ? Peut-être un avertissement suprême ? Un conseil, à la dernière heure où il ne l'attendait plus.

Sauvageot, redevenu indécis, lui demandait :

— Tu sembles hésiter... tu es inquiet...

— N'est-ce pas naturel, à la veille de prendre une aussi grave résolution ?

Le père a suivi, vers la fenêtre, le regard obstiné de son fils.

Mais il ne saisit rien. Renaud se rassure complètement et sourit. Sa confiance renaît. Le voilà presque certain, maintenant, lorsqu'il va pénétrer dans sa chambre, d'y trouver ce qu'il attend, ce qui calmera sa détresse.

Sous un prétexte quelconque, il a hâte de quitter son père. Il monte au premier étage sans rencontrer personne. Là-haut, il écoute, afin de surprendre — peut-être — quelques pas furtifs qui s'éloigneraient bien vite. Il ne voit rien, n'entend rien.

En poussant sa porte, de nouveau son cœur se serre :

— Si je me suis trompé !!

Un violent courant d'air repousse la fenêtre et fait battre les rideaux.

— Comme tout à l'heure !!

Et il retient à peine une exclamation de délivrance.

Sur le couvre-pied de son lit, une enveloppe grossière, fermée. Il la déchire. Le papier qu'il en tire est blanc d'un côté, empli de l'autre côté, par des annonces, réclames. Cela a bien l'air d'une page arrachée en hâte à un catalogue, et dont on a dû se servir, en hâte, faute d'autre. Mais ces détails, il ne se les rappellera que plus tard. En ce moment, il dévore les lignes écrites, les phrases singulières, qui le plongent en plein désarroi d'esprit, car elles ont vraiment l'air d'être tombées d'une plume démente, émanées d'un cerveau de fou... tant elles paraissent sortir du domaine de la réalité, du terre-à-terre de la raison !...

En général, les avertissements étaient laconiques...

Cette fois la lettre était plus longue...

« Vous aller vous fiancer demain avec Elise Fischer...
« Vous n'aurez rien à dire... Vous n'aurez rien à faire...
« en dehors du conseil que contient cette lettre... Vous
« accepterez avec joie d'être le mari d'Elise... Mais vous
« ferez dépendre votre acceptation et votre volonté de son
« acceptation à elle... Son père ou sa mère l'interrogera

« donc... pour la forme... car ils savent que sa réponse
« est prête et qu'elle veut être votre femme... Pourtant,
« ce n'est pas cette réponse-là qu'on entendra, au dernier
« moment, si vous avez eu soin d'avoir avec Elise un
« court entretien... Vous n'aurez même pas besoin d'un
« entretien... mais de quelques mots glissés à l'oreille...
« A l'instant où elle devra répondre, trouvez le moyen de
« lui dire :

« — Avant d'accepter Renaud Sauvageot pour votre
« fiancé, avez-vous pensé à consulter Michaël Klées ?...

« Cette simple curiosité produira, sans doute, sur elle,
« un effet salutaire... de surprise et d'effroi. Il faut que
« vous soyez vous-même averti. Toutefois comme c'est
« une fille de tête et très résolue, il se peut qu'elle résiste
« à votre curiosité... Vous poursuivrez alors en lui de-
« mandant :

« — Quels soins comptez-vous donner, pour le faire
« revivre, à l'arbre mort du Tourbillon de la Moselle ?...

« Enfin, si malgré tout, elle résiste et si elle continue
« de vouloir vous accepter comme son mari en vous ten-
« dant sa main de fiancée, vous n'auriez plus qu'à ajouter
« ceci :

« — Rien ne peut faire revivre l'arbre mort dont les
« racines se pourrissent au courant profond de la rivière...

« Vous comprendrez un jour ou l'autre. Pour l'instant,
« c'est inutile. Votre rôle se borne à avoir confiance... et
« à aimer celle qui vous aime... »

Assurément, une pareille lettre était bien faite pour redoubler la perplexité de Renaud. Il tournait et retournait
le papier entre ses doigts comme s'il avait espéré en découvrir le secret, à force de le froisser et de l'examiner...
L'énigme restait indéchiffrable... Il y renonça...

— Mieux vaut se laisser conduire... Mais du diable si
je saurais prévoir ce que me réserve la journée de
demain !...

Il y avait bien aussi, chez lui, un peu de colère, venant
de son orgueil humilié et de sa perspicacité mise en défaut... Comment pouvait-on, à ce point et si facilement,
lui dicter des ordres ?... Qui, l'auteur de ces lettres ?...
Et quel était son complice au château ?... Tout en pliant

le papier et en le mettant sous clef, il examinait chaque chose autour de lui, d'un regard attentif. Le parquet de sa chambre était recouvert d'un tapis. C'était une chance de plus pour l'inconnu de dérober sa trace. Le tapis ne garnissait pas sa chambre tout entière et s'arrêtait, partout, à cinquante centimètres de la muraille. Comme les nuits commençaient d'être très fraîches, il avait fait allumer du feu le matin dans la vaste cheminée sur le fronton de laquelle on voyait encore le blason de l'ancien seigneur du lieu. Renaud habitait, nous l'avons dit, l'aile ancienne du château qui n'avait pas été restaurée, mais seulement entretenue et se collait, disparate et bizarre, à l'habitation luxueuse et moderne de Haute-Goulaine. Couché à plat ventre sur le tapis, le jeune homme paraissait vouloir en examiner la trame, fil à fil. On était entré chez lui tout à l'heure. Il était impossible qu'il ne restât pas quelque trace de cette visite !... Tout ce qu'il remarqua, ce fut une traînée blanchâtre de cendre qui, de la cheminée, avait volé vers la porte... Soulevée hors du foyer par le courant d'air... Ce n'était pas un indice... Dans le large couloir dallé qui précédait son appartement, rien non plus ne le mit sur la trace de son visiteur... Mieux valait y renoncer et tout attendre de l'avenir.

Le lendemain, à huit heures du matin, il arrivait à Montecreux, avec son père. La journée s'écoula tout entière à la chasse, et un déjeuner froid avait été servi à midi dans un pavillon de rendez-vous, au milieu des bois.

Mᵐᵉ Fischer vint rejoindre les chasseurs avec Elise et ce fut à ce moment que la présentation officielle eut lieu.

Les jeunes gens se connaissaient du reste, pour s'être rencontrés souvent, mais pourtant ne s'étaient jamais adressé la parole.

Elise était une fort jolie blonde, aux yeux très bleus, fraîche et potelée. Fort appétissante pour l'homme épris d'elle, que n'eût point attiré la fortune des Fischer, solide et grandissante.

Elle aimait rire, et riait à gorge déployée, sans doute parce que ses dents cependant un peu fortes, étaient bien rangées et très blanches.

La première remarque que fit Renaud, ce fut que ce rire sonnait faux.

Rire ainsi, c'est se donner franchement. Il semble que derrière certains rires ne peut exister d'arrière-pensée.

Derrière le rire de Mlle Elise, il y avait une arrière-pensée.

Ils causèrent pendant qu'on achevait les préparatifs du déjeuner. Ce furent d'abord des paroles vagues, indifférentes, sur les premiers sujets qui leur venaient à l'esprit. On eût dit qu'ils se tâtaient, comme en un duel.

Après quoi, ce fut elle qui crânement posa la question :

— On m'avait dit que vous étiez très épris par ailleurs et fort opposé à une alliance entre nos deux familles... J'ai entendu parler de votre cousine Josette Sauvageot, de la Faloise... que j'ai vue... et qui est très belle...

Pourquoi fut-il gêné ? Il crut à je ne sais quelle dureté et quelle menace, au moment où le doux nom de Josette tomba des lèvres de la jolie Elise. Elle ne lui laissa pas le temps de répondre et se mit à rire :

— On m'a trompée, n'est-ce pas ? Il le faut bien puisque vous voici...

Lui tendant sa main nue :

— Ce soir, dit-elle, on nous fiancera... Je sais que nos fiançailles ont été précédées de quelque diplomatie entre nos deux familles... Moi, monsieur Sauvageot, je désire vivement ce mariage...

Ses paupières s'abaissèrent sur le bleu céleste de ses longs yeux.

— Mais il ne faut pas que ce soit seulement un mariage diplomatique... Il faut qu'il y ait aussi l'union des cœurs... Recevrai-je de vous, monsieur Renaud, avant ce soir, une parole de tendresse... comme les Français savent si bien en dire lorsqu'ils sont amoureux, et même lorsqu'ils veulent seulement faire croire qu'ils le sont ?...

En l'écoutant, en la voyant sourire, Renaud se demandait s'il était possible que le mensonge fût dans ce cœur de jeune fille. Et quel mensonge ? Cette vie, presque encore la vie d'une enfant, possédait-elle donc un secret ?... S'il fallait croire le mystérieux visiteur de la chambre de Haute-Goulaine ? Devant le charme très réel d'Elise, Re-

naud se remettait à douter. N'allait-il pas être tout simplement ridicule, lorsqu'il prononcerait les fameuses phrases
qui devaient foudroyer la volonté d'Elise et la retourner de
bout en bout ? Les comprendrait-elle, même, ces phrases ?
Et n'allait-elle pas lui éclater de rire — de ses trente-deux
perles blanches — lui éclater de rire au nez, s'il lui jetait
l'effrayant *Mané-Thécel-Pharès*, qu'il réservait, pourtant,
comme une arme formidable, comme une arme venge-
resse...

On annonça que le déjeuner était servi.

Cela évita à Renaud une réponse.

Mais son hésitation avait frappé Elise... Et il sentit
peser sur lui pendant qu'il lui donnait le bras pour la
conduire à table, un regard soupçonneux, qu'il avait eu
le temps, en l'espace d'une seconde, de surprendre : je ne
sais quelle menace lointaine et quel dédain profond...

— Tiens ! tiens ! murmura-t-il... Est-ce qu'il y aurait
tout de même des dessous ?...

Tenons-nous sur nos gardes !

Après le déjeuner, qui fut rapide, et avant que la chasse
recommençât, le père Fischer prit Renaud à part en même
temps que d'un signe il appelait à lui Joseph Sauvageot.
Fischer, le maître de Montecreux, était un gros homme à
allure débonnaire, aux yeux pâles, lourd d'aspect et vigoureux.

Il se frotta les mains de satisfaction.

— Il me semble que nos jeunes gens sont d'accord ?...

— J'ai dit à mon père, qu'aucun obstacle ne viendrait de
moi.

— Très bien, très bien, ce n'est pas de l'enthousiasme,
assurément ; mais en amour, il ne faut pas que ça brûle
trop vite, et alors ça brûle plus longtemps. J'ai du reste
une grosse nouvelle à vous apprendre... L'empereur, oui,
notre empereur qui va venir dans quelques jours à son
château d'Urville, daignera s'arrêter... pendant une heure...
pour luncher... non point à Montecreux, comme vous
pourriez le croire, mais devinez chez qui, mon cher Sauvageot ?

Et il frappa amicalement sur l'épaule de Joseph !

Celui-ci n'osa comprendre. Tout à la fois, l'orgueil et la crainte, le saisissaient. Etait-ce possible et ce gros homme ne voulait-il pas se moquer de lui ?

Il balbutia :

— Chez moi, à Haute-Goulaine ?

— Chez vous... C'est comme j'ai l'honneur de vous le dire.

— Est-ce vraisemblable ?

— J'en ai reçu, par dépêche, la nouvelle officielle ce matin.

Il se tourna vers Renaud.

— Et je vous réservais la surprise comme un cadeau de fiançailles...

Le regard de Renaud se croisa avec celui de Sauvageot. Il y avait chez celui-ci de la honte, de la gêne, de l'orgueil. Chez Renaud, un reproche douloureux.

Bonhomme, le père Fischer reprenait :

— Oui, vous êtes un peu abasourdi... Dame ! C'est un gros événement dans son allure toute simple. Il aurait eu moins de portée si notre empereur avait daigné s'arrêter chez moi... C'eût été une marque de distinction, mais rien de plus, donnée à un sujet loyal... tandis que sa visite emprunte une signification toute particulière à ce fait que Sauvageot est rallié à notre empire, ce qui n'empêche nullement chez lui le regret de l'ancienne patrie — regret très honorable. Notre empereur, en daignant s'arrêter à Haute-Goulaine, consacre le loyalisme de Sauvageot. Et, du même coup, la candidature prochaine de votre père, mon jeune ami, est sûre d'un éclatant succès... Vous voyez que votre mariage avec ma fille n'est pas une mince affaire et quels énormes intérêts s'y rattachent.

Renaud n'écoutait guère. Il se disait, à ce moment :

— Si l'on m'a trompé... si l'on s'est joué de ma bonne foi... si Elise ne s'effraye pas des menaces mystérieuses avec lesquelles je dois peser sur sa volonté, ma démarche d'aujourd'hui m'engage... et mon refus emporterait avec lui un scandale si énorme, retentissant jusqu'à l'Empereur, que ce refus est impossible et que je suis perdu...

Et un frisson coula dans ses veines. De nouveau, parmi les tiraillements de ses épouvantes, il se reprochait d'avoir été trop crédule et d'avoir abandonné ainsi sa vie, à l'heure la plus sérieuse, en la confiant à un hasard romanesque.

— Il faut que ce soit elle qui refuse !!... Ai-je été trompé ?

Sauvageot l'observait. Et lui-même était repris d'inquiétudes. Cette visite impériale devait froisser profondément l'âme française de Renaud. Hier encore, Renaud ne songeait-il pas à déserter ? qu'il eût été amené à cette résolution par son amour pour Josette... qu'il y eût été amené par sa répugnance à porter l'uniforme ennemi et à prêter serment de fidélité à un drapeau exécré, peu importe. Le fait était le même, quelles qu'en fussent les causes. Il s'attendait donc à des reproches de son fils, à un esclandre. Et rien, rien qu'un seul regard !... C'était étrange... et en dépit de ce calme, de cette résignation apparente, Sauvageot avait peur...

Il oublia un peu ses craintes au courant de l'après-midi, au fur et à mesure qu'il recevait les félicitations de ceux qui l'approchaient. Il n'y avait du reste, autour de lui, que des immigrés allemands, pas un annexé, pas un Lorrain.

L'orgueil finit par l'emporter en lui sur son remords... Le sang qui coulait dans ses veines lui avait fait monter à la face comme un peu de pudeur, à l'annonce inattendue du grand honneur qu'on lui préparait.

Mais cet honneur, c'était la consécration de son triomphe...

Renaud semblait courber le front...

Sauvageot le Dur releva le sien.

Quand ils rentrèrent à Montecreux le soir, ils eurent une heure de liberté dont ils profitèrent pour faire leur toilette, en vue du dîner pour lequel de nombreuses invitations avaient été lancées. Car, depuis quelques jours, les fiançailles de Renaud et d'Elise n'étaient plus un secret pour personne. Tout à l'heure, au salon, avant le dîner, le père Fischer en ferait l'annonce officielle à chacun de ses invités, au fur et à mesure qu'il aurait à présenter Renaud.

Le salon était encore **désert** lorsque le jeune homme y entra...

La jeune fille le guettait sans doute car elle y fut presque aussitôt.

Elle semblait transfigurée et heureuse. Peut-être avait-elle la certitude que désormais rien ne s'opposerait plus à son bonheur... Elle vint à Renaud les mains tendues et souriante.

— Vous ne m'avez pas répondu, dit-elle, et je tiens à une réponse...

Pourquoi n'essayerait-il pas, dès maintenant sur elle le pouvoir des armes qu'il possédait?... Il se révoltait contre toutes les volontés qui le poussaient à ce mariage, et qui, singulièrement, abusaient de sa liberté.

— Mademoiselle, dit-il, à mon père qui m'interrogeait, j'ai répondu qu'aucun obstacle ne viendrait de moi... A votre père, j'ai fait la même réponse... Avec vous, j'irai un peu plus loin...

Comme il hésitait, à la suprême minute, elle dit en souriant toujours :

— Avec moi, je vous permets d'être un peu plus hardi...

— Peut-être vous en repentirez-vous...

Il était très ému. Il était pâle. Et elle fut frappée de cette émotion.

— Avant de consentir à notre mariage, mademoiselle, avez-vous pris conseil de ceux qui, en dehors de votre famille, s'intéressent à vous ?

Chez elle, une très légère, très fugitive nuance de surprise inquiète.

— Que voulez-vous dire ?

— *Avant de m'accepter pour votre fiancé, avez-vous consulté Michaël Klées ?*

Et alors, Renaud fut effrayé de ce qu'il vit...

Comme si elle venait de recevoir un coup violent en pleine poitrine, Elise avait chancelé. Elle avait porté les deux mains à son cœur. Et ses yeux exprimèrent une sorte de folie pendant que ses lèvres, toutes blanches, balbutiaient des choses qu'il n'entendait pas, qui, peut-être, n'avaient aucun sens — et qui n'étaient que des soupirs de l'oppression de son cœur.

Elle se raidit par un visible effort.

D'une voix changée, rauque, étouffée par une indéfinissable terreur :

— Quel nom avez-vous dit ?

Il répéta :

— Michaël Klées...

Et de posséder un pareil pouvoir sur la jeune fille, lui-même trembla, car dans ce regard il lisait une angoisse terrible.

Puis, soudain, se calma la tempête. Le rouge revint aux lèvres. Le bleu si altéré des jolis yeux redevint limpide et pur, bleu du ciel sans nuages et bleu des profondeurs tranquilles. Le rose remonta aux joues. Et un large rire de toutes les dents blanches éclata, très long, n'en finissant plus.

— Je ne connais point votre Michaël Klées dit-elle. Qu'est-il donc ?

Un instant il avait conçu presque de la pitié pour elle... Toute pitié disparaissait, maintenant qu'il la jugeait de taille à dissimuler et à mentir... Or, les minutes s'écoulaient... Des voitures et des autos s'arrêtaient devant la grille de Montecreux... Tout à l'heure, ils ne seraient plus libres de causer... Et l'obstacle à son mariage qui ne viendrait pas de Renaud, il l'avait promis, Renaud voulait qu'il vînt d'Elise...

Elle le bravait :

— La douce parole que j'attendais de vous, Renaud, est-ce donc ce Michaël Klées qui sera chargé de me l'apporter ?

Rien n'est dur comme ces yeux bleus, parfois. Et Renaud y vit je ne sais quoi d'implacable.

Il répliqua, sentant qu'il fallait broyer cette volonté :

— Michaël Klées est curieux et il voudrait savoir, sûrement, — *quels soins vous comptez donner, pour le faire revivre, à l'arbre mort du Tourbillon de la Moselle ?*

C'était, à un tournant de la rivière, un peu plus bas que le barrage, un endroit très dangereux et très profond que l'on appelait ainsi.

Si complète qu'eût été l'épouvante d'Elise, aux premiers mots qui lui jetaient à la face l'existence de ce Michaël

Klées, elle ne fut rien, encore, devant la détresse de ce visage tout à coup vieilli et horrifié... Toute la délicatesse des traits disparaissait... Les joues se creusèrent... faisant des pommettes saillantes... Les yeux restèrent obstinément fixés sur Renaud, comme sur un fantôme se dressant d'une tombe...

Elle bégaya — il crut qu'elle disait — car il ne fut pas bien sûr d'entendre :

— Taisez-vous ! Taisez-vous !...

Il la voyait vaincue, et palpitante.

Et sans pitié, parce qu'il devinait, dans cette jeunesse, quelque chose d'affreux, peut-être un crime, il acheva cette défaite par un mot... employant la dernière arme, bien qu'il la jugeât inutile :

— Mais Michaël Klées vous épargnerait sans doute la peine de répondre en vous disant lui-même — *que rien ne peut faire revivre l'arbre mort dont les racines se pourrissent au courant profond de la rivière...*

Elle battit l'air de ses deux bras... eut pourtant la force de lancer :

— Ah ! je me vengerai ! Je me vengerai.

Elle s'affaissa sur un canapé, où elle resta immobile, évanouie.

Le salon était encore désert. Depuis qu'ils étaient là, personne n'était encore entré, n'avait pu surprendre leur entretien.

Renaud s'esquiva lentement, sans bruit, remonta trouver son père.

Il resta, l'oreille aux écoutes.

Il entendit bientôt du brouhaha, des pas rapides, des exclamations dans le château. Etant sorti, il s'informa. On lui dit que l'on venait de trouver Elise évanouie et qu'on avait eu beaucoup de peine à la rappeler à la vie.

Ce fut un grand désarroi. Elle avait demandé son père auprès d'elle.

Que se dirent-ils ?... La conversation fut longue, très longue. L'heure du dîner était passée depuis longtemps. Au salon, les invités s'entretenaient à voix basse, faisaient mille conjectures et ne pouvaient rien préciser. Sauvageot et Renaud se taisaient.

Le jeune homme pensait :

— Tout à l'heure, il va nous tomber quelque tuile...

Enfin, on se mit à table. Une gêne pesait sur tous. Fischer était pâle. Il excusa Elise de ne point paraître au dîner. Un médecin, qui avait été mandé en hâte, craignait un transport au cerveau. Sa mère n'avait pas voulu la quitter. Ce fut comme un repas de funérailles... La gaieté des fiançailles était loin... Le dîner fut court... On se sentait sous le coup de tonnerre d'une catastrophe... Chacun ne rêvait qu'au départ... Un à un, à l'anglaise, on partit... Le salon se désemplissait... il fut vide... Il ne resta que Renaud et son père, que Fischer avait retenus d'un geste impérieux...

Quand ils furent seuls :

— J'ignore ce qui s'est passé, dit-il d'une voix rude... J'ignore ce qui a pu changer brusquement la décision de ma fille ou peser sur sa volonté... Elle m'a signifié tout à l'heure que tout projet de mariage était rompu et que jamais elle ne serait la femme de Renaud Sauvageot... Sa mère et moi nous avons insisté... nous nous sommes fâchés... Vous avez vu que nous n'avons pas eu raison de sa volonté puisqu'Elise n'a pas paru au repas... Heureusement que personne ne se doute de cette rupture... Vous seuls savez... Il se peut que nous fassions revenir Elise à plus de raison, car elle vous aime, Renaud, et elle désirait vivement ce mariage... Je vous prie donc de garder le secret... Je fais plus que vous prier... reprit-il en se tournant vers Joseph Sauvageot, je vous l'ordonne, et c'est mon droit... Et c'est aussi votre intérêt... Qu'un seul mot de tout ceci transpire avant la visite promise de notre empereur, et, de par tous les diables, Sauvageot, je vous exécute et vous réduis aussi plat que le sol !... C'est compris ?...

Renaud avait bien envie de répliquer à cette insolence et à cette menace.

Qui sait si ce nom — qui paraissait redoutable — de Michaël Klées, ne produirait pas sur cet homme le même effet foudroyant ?...

Sous la menace, il voyait Sauvageot petit, humble, et si tremblant — lui si autoritaire à Haute-Goulaine — que

Renaud en avait pitié... et que malgré les torts de son père, il lui vint le désir fou d'abaisser l'orgueil brutal de Fischer d'un mot... d'un seul mot...

Et il le tenta...

Fischer se promenait de long en large dans le salon, les mains derrière le dos.

Il paraissait en proie à une violente colère — mais une colère concentrée.

Joseph Sauvageot, affaissé dans un fauteuil, le dos voûté, la tête basse, recevait toute cette tempête sans répliquer, comme un esclave soumis.

Alors passa un souffle libérateur...

D'où vint-il ? fût-ce de Sauvageot le Dur ? Fût-ce de Renaud ? Personne n'aurait pu le dire. Il sembla tomber de là-haut... pénétrer par la porte... se glisser par la fenêtre... Ce fut le murmure très bas d'un nom prononcé :

Michaël Klées...

Et ce fut la foudre.

Fischer l'a entendu, ou plutôt, il a cru l'entendre. Il s'est arrêté brusquement, dans sa promenade, ployé en deux, en arrêt, la mâchoire tendue, prêt à mordre, les yeux emplis de rage... bredouillant des exclamations de terreur...

— Quoi ? Qu'avez-vous dit ? Quel nom ?...

Il se précipite sur Joseph, sur Renaud, les poings en avant, de l'écume aux lèvres, — on jurerait qu'il va frapper... Toute la brutalité de la race reparaît en un court moment, hors de toute feinte... Mais son exaspération s'évanouit, s'effondre, devant l'étonnement de Joseph qui ne sait rien, qui n'a rien compris et devant le calme absolu, un peu hautain de Renaud, qui réplique :

— Remettez-vous, monsieur... Il me semble que vous êtes bien près de nous offenser ?... Le voudriez-vous ?

— Alors, qui a dit ? Qui a prononcé le nom ?

— Quel nom, je vous prie ?

Fischer se calme. Il appuie la main sur son front. Evidemment, il a cru entendre et n'a pas entendu le nom de « Michaël Klées ». Cela flottait dans sa cervelle, comme une hantise, et a pris corps, soudain. Du moins, il a eu cette hallucination. Et il se met à rire — d'un rire qui

4

sonne faux — en tendant la main aux deux hommes qui
se lèvent pour prendre congé.

— Bien convenu ? Pas un mot, jusqu'à la visite de notre
Empereur ?

— Pas un mot !

Tapant familièrement sur l'épaule de Renaud, le maître
de forges ajoutait :

— Du reste, tout ceci n'est qu'un malentendu... cela
s'arrangera, je vous le promets.

Imperturbable, Renaud laissa tomber, en saluant :

— C'est mon plus cher désir !!

En chemin, de Haute-Goulaine à la Faloise, le père et
le fils n'échangèrent pas un mot. Seulement, en arrivant
au château, Joseph voulut demander :

— Jure que tu n'es pour rien dans ce qui s'est passé ?...

Devant le visage sévère et fermé de son fils, il n'osa...
Toutefois on eût dit que sa rentrée à la Faloise lui rendait
sa volonté, son autorité rude... comme ce géant de la fable
qui reprenait plus de force chaque fois qu'il touchait la
terre, sa mère... En sautant de voiture, il serra le bras de
Renaud, violemment :

— Si l'obstacle est venu de toi !... prends garde !... Je
te briserai !...

Renaud avait trop souffert durant cette journée.

Il lui échappa une amertume suprême... qui fit pâlir
Sauvageot :

— Père, gardez tout votre sang-froid... vous allez recevoir l'empereur !!...

Le jeune homme rentra chez lui. Il ne se sentait nulle
envie de dormir. Il se mit à la fenêtre, rêva longuement,
le regard tourné vers les plaines onduleuses de la Faloise.
Il passa ainsi une partie de la nuit, dans des songes
tristes. Quand il se décida à venir dans sa chambre à coucher, il eut un sursaut, en s'approchant de son lit...

Sur l'oreiller, bien en évidence, un livre...

Un livre d'Henri Heine...

Et le livre était ouvert... Et un coup de crayon souli-
gnait quelques phrases...

Ces phrases, il les lut... avec émotion... car il y voyait
le dénouement prochain — quoique encore inconnu —

des événements romanesques auxquels il venait d'être
mêlé... et qu'un autre avait provoqués, en restant dans la
coulisse et s'enveloppant de mystère... dénouement de rancune et de haine...

Voici ce qu'il lut sur les Allemands, écrit par un Allemand illustre :

« Les Allemands sont plus vindicatifs que les peuples
« latins et cela parce qu'ils sont idéalistes dans la haine.
« Nous ne haïssons pas pour des raisons purement exté-
« rieures, pour un froissement de vanité, une épigramme,
« une carte de visite restée sans réponse. Non. Nous haïs-
« sons en nos ennemis le plus intime de leur être, leur
« pensée... Vous autres, Français, vous êtes superficiels
« et changeants dans la haine comme dans l'amour. Nous,
« Allemands, haïssons, du fond de l'âme et pour long-
« temps ; étant trop loyaux et trop malhabiles pour nous
« venger rapidement, nous haïssons jusqu'à notre dernier
« souffle !... »

Et Renaud se rappela qu'Elise avait dit :
— Je me vengerai !

Il s'y attendait. C'était à lui de se garer, d'opposer toute
la prudence prévoyante de l'homme à la ruse et à la dissimulation, à l'accomplissement des lointaines haines qu'il
prévit dès ce premier jour. C'était à lui qu'il appartenait,
non pas seulement de se protéger lui-même contre des
résolutions de froide rancune, inlassables et sans cesse
avivées — mais de protéger aussi celle qu'il aimait, car
la vengeance la plus atroce est celle qui frappe dans les
êtres qui vous sont chers. Cette vengeance-là, pour in-
juste qu'elle soit, n'en est que plus cruelle.

— Pauvre Josette ! murmura-t-il.... Ne crains rien... je
veillerai !

Il examina ensuite le livre qui lui avait été envoyé
pour le mettre sur ses gardes. Il ne le connaissait pas. Il
ne l'avait jamais remarqué dans la bibliothèque de Haute-
Goulaine et quant à son grand-père Sauvageot, depuis
longtemps la faiblesse de ses yeux l'empêchait de lire et
il ne possédait chez lui aucun volume. Celui-là venait donc

du dehors ? Qui l'avait apporté ? ou confié à un complice pour le faire parvenir à Renaud ? Toujours le même mystère. Un instant, il pensa à son oncle. Mais c'était invraisemblable, c'était une impossibilité matérielle... Auprès de lui, quelle complicité ? Parmi les domestiques ? Oui, sans doute. Mais lequel ? Tout à coup, voici que l'honnête figure de Pervenche passe devant ses yeux. Pervenche va et vient comme il veut dans le château et personne n'a jamais eu la pensée de s'occuper de ses allées et venues... Est-ce que ce serait ?...

Mais il faut de la ruse et Pervenche est un simple.

Justement, il l'aperçoit qui traverse une allée sous ses fenêtres. Il l'appelle.

— Lucas, monte donc un peu, j'ai à causer avec toi.

Pervenche obéit sans se presser, lourdement, comme il fait toutes choses. Il entre et se met tout de suite à rire de son large rire sonore. Que lui veut son jeune maître ? cela lui est égal. Il est prêt à lui obéir en tout.

Alors, Renaud le presse de questions enveloppantes, habiles, où le plus rusé se laisserait prendre au piège. Il ne rencontre que des yeux énormes qui ne comprennent rien de ce qu'il dit, et une bouche béante d'étonnement.

— Ainsi, ce n'est pas toi, Pervenche ? Tu ne voudrais pas mentir ?

Le jeune paysan lève la main droite en l'air, avec solennité, et crache de côté :

— Je le jure, Renaud... Droit en enfer, si je ne dis pas la vérité...

Le lendemain, dans la matinée, Renaud alla se promener vers la Moselle, attiré par une attraction invincible vers le Tourbillon au bas du barrage. Il contempla longuement le remous dangereux, comme s'il avait compté découvrir ainsi le secret.

En remontant dans les prés où paissaient des vaches, il vit, dans un chemin creux, une ombrelle qui semblait glisser en l'air, sans être soutenue, à la hauteur de la haie, et quand l'ombrelle passa devant une barrière à claire-voie, il reconnut Elise.

Elle aussi, ce matin-là, avait voulu se rapprocher du Tourbillon.

De loin, ils se saluèrent... Elle s'était arrêtée.

Et longtemps, longtemps, il sentit — sans avoir besoin de se retourner — qu'elle le suivait des yeux...

IV

LE PLUS LACHE DES CRIMES

Le 20 octobre, quatre heures du soir, à Coblentz !!...

Cette date flamboyait devant le yeux de Renaud. Elle marquerait une étape de sa vie, la décision grave qui influerait sur le reste de son existence, puisqu'à cette date, au lieu de répondre à l'appel, il s'affranchirait de l'esclavage allemand. Elle se rapprochait avec une rapidité prodigieuse. Il aurait voulu arrêter le temps, effaré qu'il était parfois à l'idée de laisser loin de lui sa mère malade, qu'il quitterait pour toujours.

Le 20 octobre, quatre heures du soir.

Les jours s'étaient bousculés les uns sur les autres à ce point qu'il n'avait pas eu le temps de réfléchir et qu'il se réveilla un matin en se disant :

— C'est pour demain ! !

Demain ! !

La visite de l'empereur avait été annoncée officiellement pour le 19 octobre, à deux heures de l'après midi. Déjeuner rapide aussitôt après la réception.

Il venait de se réveiller au matin de cette visite, dernier jour de sa liberté.

L'empereur arriverait à Haute-Goulaine, s'arrêterait une heure, disparaîtrait comme un météore. Et Sauvageot avait voulu que cette apparition si courte se fît dans la gloire d'une apothéose. Il savait le goût du souverain pour l'apparat et pour la mise en scène, et depuis que Fischer lui avait appris la nouvelle triomphale, il pensait à la réception qu'il allait faire.

La veille, une répétition avait eu lieu de la cérémonie

du lendemain. Les oriflammes battaient et claquaient au
vent, en haut des mâts plantés en double rangée le long
de l'avenue qui conduisait de la route de Metz au château.
Un drapeau flottait sur la vieille tour démantelée et crou-
lante contre laquelle était la demeure particulière où Renaud réfugiait son émoi et sa tristesse. Des arcs de feuillages et de fleurs étaient prêts à recevoir, à la dernière
minute, leurs fleurs et leurs feuillages. Des guirlandes re-
liaient les mâts entre eux, formant une suite ininterrompue
de couleurs exquises et de parfums. Un immense velum
se drapait devant la porte d'honneur ornée des plantes les
plus rares. Toute la contrée allemande, tous les immigrés
allaient affluer là, pour apporter au souverain le tribut de
leurs acclamations, pendant que le Lorrain obstiné dans
son silence regarderait l'arrivée de son œil goguenard de
paysan finaud et sceptique, sans se déranger de sa charrue — et de loin.

Or, ce matin-là, en s'éveillant, Renaud ouvrit ses fenêtres et contempla ces choses qui ne le touchaient pas, auxquelles il avait voulu rester étranger. Un soleil pâle d'automne les éclairait. La journée promettait d'être calme,
mais brumeuse.

Déjà, allant et venant, affairé, Sauvageot s'occupait des
derniers préparatifs. Des jeunes filles et des fillettes, venues de tous les coins du pays mosellan annexé, toutes
de familles d'immigrés allemands, étaient accourues dès le
matin, en costumes national. Elles formaient une cohorte
de quelques centaines de figures fraîches et gaies, riant
et bavardant. C'était une idée de Sauvageot qui avait voulu
les réunir ainsi. Et toutes, massées sur le passage du
souverain, lui offriraient des fleurs. Il avait fait appel aux
familles, amies, mais alors, il avait eu, du premier coup,
la preuve brutale et décisive qu'il ne faisait plus partie
du pays lorrain.... Toutes les portes des annexés s'étaient
fermées à son appel....

Et en cette région qui était la sienne, sur ce sol où il
était né, où depuis des siècles vivait sa race, il se sentit
soudain seul, tout seul, comme en un vaste désert moral...

Sur ce visage implacable, de dureté et de sévérité, nul
ne devina quels purent être les sentiments tumultueux qui

agitèrent son âme. Fut-il atteint, par le reproche muet de ces refus ? Y eut-il, en lui, un remords qui vibra ? Ou bien l'orgueil réussit-il à tout endormir ?

Orgueil, ambition, crainte....

L'orgueil qui le faisait marcher sur tout ce qui lui résistait, on l'a vu, quels que fussent les obstacles.

L'ambition qui le poussait vers ce siège, au Reichstag, grâce auquel il retrouverait une influence nouvelle et échapperait à la ruine ! Car la rupture du mariage d'Elise n'avait pas changé ses relations avec son puissant voisin. Au contraire, et non sans surprise, il avait cru remarquer je ne sais quelle hésitation dans l'attitude de l'usinier de Montecreux.... Renaud ne s'était donc pas trompé lorsqu'il avait pensé que ce nom de Michaël Klées, qui le défendait lui-même contre les entreprises d'Elise Fischer, flotterait également au-dessus de Sauvageot comme une invisible et souveraine puissance protectrice.

La crainte aussi !.... La crainte de tout annexé contre l'espionnage, les dénonciations ! La crainte de ce dossier secret où chaque acte a une fiche, où chaque pensée est attendue, prévue, exploitée même avant l'acte !... L'annexé s'endort, mais le casier veille, avec ses cent yeux, autour de son sommeil....

Depuis la veille, Renaud souffrait d'une grave incertitude et un cas de conscience douloureux se posait à son esprit.

Devait-il assister à cette fête ? Devait-il au contraire, déserter, ce jour-là ?

En assistant à la fête, il favorisait les desseins de son père.

En fuyant, il les renversait, car le scandale éclaterait avec un retentissement énorme. Mais il était, alors, logique avec lui-même. Puisqu'il était, résolu à déserter, le lendemain, le drapeau de l'empire, il devait fuir tout ce qui pourrait être considéré comme l'acte de soumission et de reconnaissance d'un sujet fidèle.

A qui demander conseil ? Et il pensait à Josette dont la douceur réfléchie le guiderait. Mais Josette était loin, là-bas, derrière le bois des Moines.... Et depuis leur dernière rencontre auprès du ruisseau-frontière, il ne l'avait

pas revue.... Il est vrai qu'ils s'étaient écrit, souvent....
Pervenche en savait quelque chose, car c'était lui qui remettait les lettres... ou bien les confiait à Line... parfois...
quand le temps lui manquait pour courir à la Faloise...
Et Line, tâtonnant le long des chemins du bout de son
grand bâton d'aveugle, obéissait à Pervenche, et portait
les paroles d'amour de Renaud....

C'est ainsi que quatre ou cinq jours auparavant, une
lettre était parvenue à Josette et dans cette lettre, Renaud
lui disait :

« Trouve-toi, jeudi, près du bois, dans la carrière abandonnée.... à dix heures. »

En écrivant, Renaud ne savait pas encore que la visite
impériale serait pour ce jeudi, 19 octobre. La nouvelle
n'en était venue que le lendemain.

Or, en s'éveillant le matin, le jeune homme se disait que
Josette, si elle se rendait à la carrière à l'heure convenue,
risquerait peut-être de faire quelque mauvaise rencontre,
car les curieux empliraient les routes, qui accouraient jusqu'à Haute-Goulaine sur le passage de Guillaume. En
outre, et malgré le caractère intime de la visite, il était à
prévoir qu'un service d'ordre considérable serait établi le
long de la frontière. Il valait donc mieux, de toutes façons,
que Josette restât ce jour-là à la Faloise.

Alors, sur une feuille arrachée vivement à un bloc-notes
de commerce qui se trouvait sur sa table, il crayonna un
mot qu'il mit sous enveloppe.

Et se penchant à la fenêtre, il chercha Pervenche.

Pervenche, avec des ouvriers de l'usine, aidait Sauvageot dans les derniers préparatifs.

Il aperçu son jeune maître, lui fit signe d'amitié et ôta
sa casquette.

Renaud l'appela d'un geste, pour qu'il se rapprochât.

En ce moment, la cour présentait un spectacle de fièvre
et d'affairement. Les mâts enguirlandés supportaient maintenant sous les faisceaux de drapeaux allemands et lorrains, des cartouches aux couleurs prussiennes avec l'aigle
impérial. Et Joseph Sauvageot s'amusait à placer — répétition générale de la cérémonie de l'après-midi — les
fillettes allemandes en face de l'entrée d'honneur, sur une

vaste estrade où elles se bousculaient, en criant avec les cris d'écolières, lâchées en liberté. De chaque côté de l'avenue principale partaient, en croix de Saint-André, deux autres avenues également bordées d'oriflammes, de plantes et de fleurs, où se masseraient les pompiers des villages des alentours, les conseils municipaux, les membres des Kriégervereine, les petits garçons des écoles, les gardes forestiers.

Pervenche, accourut au bas du mur, la tête renversée sur les épaules, attendait que Renaud, de là-haut, à sa fenêtre, voulut bien lui donner ses ordres.

Désignant du doigt ces apprêts de fête, Renaud disait :

— Ça t'amuse, Lucas, cette besogne ?

— Dam ! Renaud.... Faire ça ou autre chose... Je dois-t-y pas tout mon temps à ton père puisqu'y me paye ?... Et c'est pas aujourd'hui dimanche, pour flâner.....

— Tu seras là, tantôt, sur le passage ?

Le noué prit un air naïf :

— Oui-dà, là-bas, à la lucarne de ma chambre, d'où je verrai tout... Un empereur !... J'en ai pas encore vu !...

Et nul n'aurait pu dire, chez ce paysan de terre lorraine, tout près du sol et tout près de la nature, s'il était sérieux et convaincu.... ou s'il se gaussait....

— Monte donc un instant près de moi. J'ai à te parler, dit Renaud.

Pervenche obéit, grimpa quatre à quatre les marches de l'escalier de la tour et entra.

Renaud lui tendit l'enveloppe :

— Voici une lettre que je voudrais faire parvenir à Josette.... Veux-tu t'en charger ?

Pervenche se gratta la tête.

— En toute occasion, toujours, tu le sais bien, mais aujourd'hui, impossible... Ton père voudra savoir où je vais.... Je ne peux pas lui dire... Et alors....

— Tu as raison... Pourtant, je veux que cette lettre arrive à Josette... Je suis inquiet. Je ne sais pourquoi..... comme si un danger la menaçait... Avec cette lettre, le danger n'existerait plus, et je redeviendrais tranquille... Il est huit heures à peine... Tu as le temps... Trouve un moyen....

— Il y a ma petite Line... Elle nous a déjà servi...

— Je consens... Confie la lettre à Line, et qu'elle parte sur-le-champ...

— Ça sera fait... Mais qu'est-ce que tu crains pour elle ?... Lilienthal est donc chez nous ?

Renaud tressaillit violemment. Pourquoi ce nom dans la bouche de Pervenche ?

— Explique-toi... Que veux-tu dire ?

— Je veux dire que Lilienthal est amoureux, qu'il la cherche partout.... et que sans moi ! ! !

Et brièvement il raconta à Renaud, pâle de fureur, le premier outrage de l'officier.

— Pourquoi ne m'as-tu rien dit ? finit-il par bégayer, la voix rauque.

— A quoi bon ? Pas besoin d'être trente-six pour protéger une jolie fille sur la frontière.... Quand y faudra, deux doigts suffiront....

Et il ouvrit, comme une pince formidable, deux doigts de sa main de colosse.

— Bien. Va... ne perds pas une minute... Ce que j'éprouve, c'est de l'enfantillage... J'en ai honte... Et cependant, je l'avoue, j'ai peur...

A quoi Pervenche, répliqua, tranquille, pour consoler son maître :

— Y a point de honte ! Moi aussi j'ai peur des bois, la nuit, quand les fantômes reviennent...

Il salua, ôtant poliment sa casquette, et redescendit, emportant la lettre sous sa blouse.

En même temps, une fanfare, sur la route de Metz, annonçait l'arrivée d'un groupe de cavaliers venant assurer le service d'ordre. C'était un escadron du 13ᵉ hussards. Les hommes mirent pied à terre sur la route, devant le kiosque. Ils avaient la tunique courte, dite *Attila*, de couleur verte, ornée de tresses blanches sur la poitrine, avec bordure blanche au bas de la jupe, au collet, aux parements polonais, où elles formaient trèfle autour des manches et sur les coutures du dos. Collet et parements verts. Cinq boutons blancs sur la poitrine, deux en arrière sur la tresse, un sur chaque épaule, portant le numéro de l'escadron. Pantalon gris bleu foncé, basané de cuir avec une bande blanche étroite. Bottes montant jusqu'au milieu du mollet, bordées d'un galon blanc sur la tige, kolbak, ceinturon noir, bouclé sur l'attila, sabretache en cuir noir, avec initiales et couronne. Et, autour de la taille, une ceinture de laine blanche et noire, couleurs de la Prusse.

Une autre troupe, plus nombreuse, martelait au loin la route : de l'infanterie.

Et, en écoutant le bruit de ces pas lourds et rythmés, Renaud sentit son cœur se serrer.

— Est-ce que Lilienthal viendrait ?

Il ne souhaitait pas revoir cet homme. Depuis le court récit de Pervenche, au contraire, il n'avait qu'un désir : celui de se retrouver en sa présence pour lui lancer un outrage à la face. Le hasard, provocateur de tant de catastrophes, allait-il l'amener jusqu'à lui ?

Un peu de prudence revint pourtant dans ce cerveau surexcité par la passion....

Il se voyait au bord d'un abîme, à l'extrême bord, comme sur une pierre branlante et vacillante qui n'attendait qu'une poussée pour l'entraîner jusqu'au fond.

Qu'un mot trop vif ! qu'une insulte lui échappe ! et Renaud est perdu...

Demain, 20 octobre, à quatre heures du soir, il entrerait à la caserne de Coblentz.

Il lui reste deux jours de liberté, aujourd'hui et demain !... Qu'il commette une imprudence ! qu'il se laisse aller à sa rancune !... que sa haine éclate, pas même en un mot, mais en un geste, et c'en sera fait de cette liberté... Et, le lendemain, ce sera la caserne !...

Les pas se rapprochent de Haute-Goulaine.... s'arrêtent... On entend des commandements brefs, saccadés... Les armes tombent... Puis, repos !... Les armes sont en faisceaux.... Les hommes se débandent.... On a le temps.... La visite impériale n'est que pour deux heures...

D'abord, de sa fenêtre, et malgré la hauteur — car, dans cette tour, elle est à dix mètres du sol — le jeune homme ne peut rien voir. Mais il attend. Des soldats, en se promenant, déborderont bien vers son angle... Il verra des numéros de régiment.... Il verra peut-être des officiers... Ah ! si Lilienthal est là !... Eh bien, s'il est là, que

fera Renaud ? Il passe la main sur son front en sueur....
Il se retire de la fenêtre... Il est condamné à la prudence,
au silence, à la soumission jusqu'à demain, demain jour
de liberté... Et il aime mieux ne pas voir... encore... ne
rien voir !... Ce n'est pas de cet homme qu'il a peur.... Il
a peur de l'outrage ! Et de l'esclavage des années qui sui-
vraient. Il frémit à la seule pensée de cette torture... Non,
non, il sera calme... Il se contiendra. Du reste, ce qu'il
vient de résoudre, en son esprit, c'est qu'il ne quittera pas
sa chambre.... Sa mère, malade, ne verra pas l'empereur..
Lui, en fera autant.... Les apparences sont sauvées. Rien
de plus simple.... Ah ! qu'elle sera pénible et longue, cette
journée !.... Il revient à la fenêtre, comme malgré lui...
Son père l'aperçoit, lui fait des signes, de loin.... lui
crie :

— Tu ne descends pas nous aider ?
— Non !...

Et pour éloigner tous ces bruits de fêtes, il va s'enfermer, lorsque des soldats surgissent au pied de la tour
qu'ils regardent avec curiosité.... Ce sont des fantassins en
tunique bleu foncé passepoilée de rouge casque, et sur les
pattes d'épaule rouge ponceau, le jeune homme vient de
lire visiblement le numéro du régiment de Lilienthal... li-
seré bleu clair à la patte du parement... La dragonne des
hommes se termine par un gland blanc... c'est le signe distinctif du 1er bataillon... bataillon de Lilienthal... et ceux-
là, qui le regardent, yeux écarquillés, figures épanouies,
appartiennent à la 2e compagnie, celle de Lilienthal, car
aux dragonnes le coulant et la couronne sont de couleur
rouge, ce qui est le signe distinctif de la 2e compagnie...

Du reste, s'il doutait encore, bientôt il ne doutera plus...

Des officiers jeunes, élégants, de tenue irréprochable,
s'avancent vers Joseph Sauvageot.... Et les présentations
commencent, ponctuées de saluts brusques et raides...

Celui qui présente, grand maigre, l'air hautain et monocle à l'œil, figure émaciée à la de Moltke, et regard aigu,
c'est Lilienthal lui-même !... L'écharpe de soie à gland
d'argent, aux couleurs nationales, qui est nouée à sa ceinture, indique chez lui, et chez les autres, qu'ils sont de
service... Il a grand air...

Renaud se recule un peu de la fenêtre pour ne pas être vu...

Mais il voit... Et ce qu'il voit c'est une scène bizarre, qu'il ne comprend pas....

Pervenche, qui est de retour — et qui sans doute a confié à Line la lettre de Renaud — Pervenche a repris sa besogne dans la cour....

Tout à coup, il s'arrête, brusquement devant Lilienthal...

L'officier a jeté les yeux sur lui, l'a reconnu, et lui a tourné le dos....

Pervenche se met à rire, bouche fendue jusqu'aux oreilles — et avisant un mât non encore dressé — arbre immense pour lequel il eût fallu dix hommes — il l'empoigne, par le haut, le soulève, avançant par dessous, à pas lents, sûr de sa force, arrachant aux soldats, là-bas près de la tour, des cris de stupeur et d'admiration.

Quand le mât est dressé, quand toute une escouade d'ouvriers se précipite pour le maintenir, Pervenche s'essuie le front du revers de la main.

Et on l'entend qui dit, très haut, des mots dont personne ne devinera le sens :

— Y en a pourtant des ceuss qui ne pèseriont pas lourd, entre mes bras....

. . . .

Pervenche s'était échappé du château, avait couru à Villaville, chez la Drouard.

Il entendit, avant d'entrer, le ronron monotone du rouet de Line.

— Elle est chez elle !

Oui, elle était là, et toute seule. Et quand il ouvrit la porte, elle dit, heureuse :

— Bonjour, Pervenche.... Je t'ai entendu venir, de très loin !... C'est donc pressé ?.... car tes sabots sonnaient sur la route et tu courais à longues enjambées....

— C'est pressé, oui, ma Line.

Elle arrêta son rouet, posa dessus sa quenouille et relevant son front calme.

— De quoi s'agit-il ?

— D'une lettre à porter.

— De Renaud à Josette ?

— Oui.

— Donne !

— La voilà... Mets-la dans ton corsage et garde la main dessus, pour ne pas la perdre en chemin.... Pour Josette, quand elle sera seule, c'est compris ?

— Pour Josette toute seule, puisque c'est une lettre d'amour — fit l'aveugle, dont la voix parut profonde — pendant que ses doigts délicats effleuraient l'enveloppe d'un toucher léger, comme si elle avait voulu pénétrer le secret de ces mystères de tendresses que les amants s'envoient ainsi l'un à l'autre, sur de minces feuilles de papier.

Elle prit son grand bâton, dans un coin de la chambre, et sortit.

Et là, s'arrêtant un moment, sa jolie tête levée vers le ciel inconnu :

— Avez-vous votre soleil, aujourd'hui, vous autres ?

— Non, Line.... Le soleil se cache.... et y a de la brume, montant de la rivière.

— Oh ! moi, ça m'est égal.... le soleil est dans mon cœur....

Pendant que, lentement, suivant l'accotement de la route l'aveugle descendait vers l'ouest, Pervenche, à grands pas remontait vers Villaville.

Line avait fait souvent le chemin. Elle n'hésitait pas. Afin de n'être pas arrêtée par les voitures, elle suivait le long du fossé, dont son bâton tâtait le rebord ; sans que son pas égal et menu se ralentît jamais. Personne n'aurait pu deviner son infirmité, si ce n'avait été son attitude, cette démarche tout d'une pièce, tête haute, et quand même un peu hésitante. Tout le monde la connaissait dans le pays. Tous, amicalement, criaient :

— Salut, Line !....

Beaucoup de gens passaient. Beaucoup de voitures aussi. Elle finit par s'informer.

Il y a donc fête quelque part, aux environs ?...

— Comment, vous ne savez pas ? on attend l'empereur, chez Joseph Sauvageot !....

Mais ces choses la laissaient indifférente.... L'empereur ?... Un homme qui commandait à beaucoup de sol-

dats.... Les soldats ?.... Elle les entendait souvent passer
dans l'unique rue de Villaville.... musique en tête... Et la
musique la réjouissait.... Voilà tout... La rectitude des
alignements, la solidité, la vigueur décidée de ces jeunes,
la beauté des uniformes, l'allure martiale de ces casques
qui donnaient des airs fiers et guerriers aux visages les
plus balourds. pour elle, rien !.... On lui avait dit que ces
gens avaient des armes pour tuer d'autres gens.... Dans
la paix immense des éternelles ténèbres où elle vit, Line
ne comprend pas pourquoi les *hommes* haïssent d'autres
hommes !.... Pour l'intéresser, que lui dirait-on ?.... Que
cet empereur ressemble à tous les hommes !... Qu'il n'a
rien fait pour commander en maître ?.... Qu'il a trouvé
la toute-puissance, avec la gloire, auprès de son berceau ?
Que s'il était né dans une échoppe, il eût gagné sa vie
misérablement comme tout le monde ? et que ceux qui ont
été ainsi marqués souverainement, sont des êtres prédes-
tinés au malheur, s'il y a un Dieu, et s'ils n'ont pas été
humains, pitoyables et justes, en leur vie qui plane au-
dessus des autres vies ?.... Line ne sait rien puisqu'elle
va dans la nuit....

Depuis qu'elle est partie, elle a compté ses pas. Elle
s'arrête et murmure :

— Il me semble que je dois approcher de la Faloise....
Elle interroge des femmes qui passent.

— Encore une centaine de pas, petite Line, et vous serez
à l'avenue du Château.

Alors le bâton en avant, elle reprend sa marche... la
main gauche appuyée sur son corsage où elle sent la lettre
de Renaud, la lettre d'amour qui se chauffe à la chaleur
de son jeune sein... la lettre comme elle en voudrait
écrire....

— Gare ! garez-vous !... crie-t-on.

Elle rêve, et en rêvant, elle a débordé sur la route au
moment où une voiture passe au trot allongé de ses quatre
chevaux.

Il est trop tard.... Un grand cri !... Un des chevaux l'a
fait rouler, tournoyer, et elle reste immobile, comme
morte, au fond du fossé....

La voiture s'arrête.... celle de Fischer, qui amenait Elise

et le maître de Montecreux à Haute-Goulaine, et Elise, en
émoi se hâte de secourir l'aveugle.

— Line ! La petite Line ! !

Et pendant qu'elle se soulève, pour la faire revenir à
elle, Elise aperçoit la lettre qui s'échappe du corsage et
tombe dans les herbes.....

Dans sa hâte à écrire, à envoyer la lettre à Josette, Renaud avait à peine pris le temps de fermer l'enveloppe...
Celle-ci, à demi ouverte, appelle la tentation.... comme si
elle voulait livrer son secret.... Un nom, sur cette enveloppe, tracé par Renaud, on ne sait pourquoi....

« Josette ».

Alors, Elise se dit que la lettre ne peut venir que de
Haute-Goulaine.

Et qui, de Haute-Goulaine, écrit ainsi à Josette, si ce
n'est Renaud ?

Cependant, madame Fischer s'empresse auprès de
l'aveugle. Celle-ci ne porte aucune blessure apparente. Elle
a été bousculée par le cheval, simplement, et c'est la peur,
avec la secousse, qui l'a fait évanouir. Des paysans qui
passent s'attardent autour de la voiture. Elise craint d'être
vue. Elle a roulé la lettre dans sa main. Elle guette, chez
tous, un moment d'inattention pour décacheter l'enveloppe
retirer la lettre et la dissimuler. Plus tard, elle trouvera
le moyen de la lire, et qui sait si, de ce qu'elle lira, ne
découlera pas la vengeance qu'elle rêve et qu'elle a promise ?.... Ce moment d'inattention se produit quand Line
rouvre les yeux. On s'empresse. On l'interroge. On lui demande si elle ne souffre pas. Elle ne se rend pas bien
compte de ce qui lui est arrivé....

Elise la prend dans ses bras et lui prodigue des soins
affectueux.

Et comme des boutons du corsage de l'infirme ont sauté,
elle remet d'une main adroite un peu d'ordre dans la
pauvre toilette, rajuste le corsage...

Si prestement que personne n'a vu qu'elle a glissé l'enveloppe là où elle se cachait tout à l'heure... pendant que
la lettre, roulée en boule, entrait dans l'ouverture de son
gant.....

Line est tout à fait remise....

Elle remercie, sourit au hasard aux braves gens qui l'entourent, descend de la voiture et reprend le chemin de la Faloise....

Ses doigts s'appuient sur son cœur, où elle sent le papier qui se plie et se froisse avec un léger bruissement sous son étreinte....

— Elle est là !

Seulement, elle vient de perdre une demi-heure. Neuf heures ont sonné, il y a longtemps, au clocher de Villa-ville, et neuf heures ont répondu au clocher de Thian-court.... Elle ne s'en émeut pas trop, car elle ne sait pas ce que la lettre contient... et Pervenche ne lui a pas confié les pressentiments qui ont assailli Renaud et dicté les paroles tendres qu'elle apporte....

Au bout d'une centaine de pas, elle arrive à l'embranchement de l'avenue qui monte à la Faloise. Elle tâtonne à peine et prend l'avenue.

De chaque côté, des cerisiers sont plantés, cinquante à droite, cinquante à gauche. Elle les compte en cognant dessus avec son bâton. Quand elle en aura compté cinquante, elle sera tout près de la grille. Elle sonnera. On viendra. Elle demandera Josette. Et sa mission aura été remplie.

Maintenant qu'elle est au bout de sa course, elle n'a plus besoin de rien céler.

Elle retire la lettre du corsage.... Elle la palpe... Et elle a un cri d'effroi et de surprise.

L'enveloppe est ouverte... et ses doigts délicats, ses doigts d'aveugle qui ont des yeux cherchent vainement, à l'intérieur... L'enveloppe est vide... La lettre est perdue !..

Que faire ? Retourner sur le lieu de l'accident ?... Chercher dans le fossé, chercher sur la route ? S'informer ? Raconter son angoisse ? Faire chercher les autres ?

— Ah ! mon Dieu ! mon Dieu !!

Le plus simple, n'est-il pas de tout conter à Josette ? Elle a de bons yeux, Josette, elle saura bien apercevoir là-bas, dans les herbes, le papier qui contient la pensée de Renaud et qu'il ne faut pas qu'un autre puisse lire.

Son bâton rencontre et fait résonner des barreaux de fonte.

C'est la grille.... Elle sait où est la cloche... Elle tire
avec violence... On accourt.

— Mademoiselle Josette... tout de suite... Il faut que
je lui parle...

On cherche Josette... On crie son nom... On s'informe..
Les gens l'ont vue... mais il y a déjà quelque temps....
Clément Sauvageot lui a parlé, mais il était alors deux
heures... Depuis, personne ne peut plus rien dire...

A ce moment, dix heures sonnent à Thiancourt.

Dans le lointain, le clocher de Villaville répond en sonnant dix heures.

Line est arrivée trop tard....

Vers le bois des Moines, sur la frontière, tout près de
Haute-Goulaine, Josette, qui n'a aucune crainte, Josette
confiante dans son ami qui sûrement, ainsi que toujours,
la précède à leur rendez-vous, descend dans les fonds de
la carrière abandonnée... Elle n'y trouve pas Renaud,
mais elle sait qu'il viendra... Car s'il n'avait dû venir, il
eût écrit...

Et patiente, heureuse, dans la solitude silencieuse de
l'abîme de pierres moussues où ils échangent leurs éternelles promesses, où ils se réconfortent contre les malheurs qu'ils ont prévus.... où ils se donnent, par leur
chaste et forte tendresse, du courage pour l'avenir... elle
l'attendra...

. . . .

Depuis longtemps, la voiture des Fischer a franchi le
seuil de la Haute-Goulaine.

La lettre mystérieuse, la lettre volée, brûle la main
d'Elise....

Et son cœur bat, rapide, désordonné... Tiendrait-elle
donc sa vengeance ?

Elle réussit enfin à lire, sans être vue...

Et ce qu'elle lit fait remonter à ses lèvres tout le fiel du
fond de son cœur.

La lettre était ainsi conçue :

« Ma douce Josette, je renonce à te voir à dix heures,
» comme il était convenu... à cause de la réception que
» l'on prépare, ce serait t'exposer dans les alentours de
» la Carrière, à des rencontres de soldats, gendarmes,

» douaniers, forestiers, ou simples curieux, qu'il faut
» mieux éviter.

» Tu sais de quoi je veux te parler.

» Je ne quitterai point Haute-Goulaine aujourd'hui pour
» ne pas provoquer un scandale par ma fuite, si elle ve-
» nait à être connue — et elle le serait — mais je n'atten-
» drai pas mon dernier jour de demain, mon dernier jour
» de liberté pour partir et j'irai cette nuit vous rejoindre.
» Cette nuit, j'aurai enfin réalisé mon rêve et je me serai
» rapproché de la France et de toi... Je serai soldat chez
» nous, je ne serai pas soldat chez eux.... Je t'envoie notre
» devise : « s'aimer malgré tout ! »

Elise consulta une petite montre, glissée dans sa ceinture.

Il n'était pas dix heures....

Elle calcula que Josette devait être ou bien allait arriver
au rendez-vous....

La carrière ?..

Elle en distinguait d'ici les broussailles, contre le bois
des Moines. Les années écoulées depuis l'invasion, depuis
l'abandon des carriers, avaient revêtu les pans de murailles à pic et les décombres de pierres gisant partout, d'une
couche de verdure, de mousse, de bruyères, de genêts.
Des arbrisseaux maigres avaient grandi. Les galeries
étaient bouchées par d'impénétrables cuirasses épineuses,
sous lesquelles on apercevait, par-ci, par-là, des coulées
de renards. Elise était descendue là une fois, avec son
père. C'était une retraite sauvage et sûre pour des amoureux.

— Ils l'ont bien choisie ! murmura-t-elle.

Et de la haine passa dans ses jolis yeux, d'un bleu céleste.

Puis, elle resta longtemps rêveuse.

Cette lettre, à quoi pouvait-elle servir ? C'était une
arme, arme terrible, puisqu'elle révélait deux choses...

Un rendez-vous où Josette allait se trouver seule...

Un projet de désertion qu'il fallait faire avorter....

Mais comment ?....

Sans doute, ce furent des rêveries redoutables qui
passèrent en ce cerveau de fille, car elle eut, devant

l'une d'elles, comme un recul d'effroi et d'horreur.

— Non, non, pas ça ! pas ça !

Et pourtant la pensée qui venait de surgir germait sous la poussée des mystérieuses menaces tombées des lèvres de Renaud.... « Quels soins comptez-vous donner, pour le faire revivre, à l'arbre mort du tourbillon de la Moselle ?.... »

Elle pâlissait à ce souvenir et se demandait, affolée d'angoisse :

— Comment peut-il savoir ?... qui lui a dit ?

Alors, tintait à son oreille le même mot.... revenait la même pensée obsédante :

— Me venger ! Me venger !!....

Les hésitations suprêmes s'évanouissaient... Mais pour se venger il fallait un complice ?

Lilienthal passa, la salua, s'approcha d'elle... Nous avons dit qu'ils se connaissaient. Les familles Fischer et Lilienthal avaient des liens de parenté.

— Vous semblez préoccupée et triste...

Et avisant la lettre qu'elle froissait dans la main gantée.

— Quelque mauvaise nouvelle ?

— Non.

— Je vous prie de m'excuser.

Il salua de nouveau et déjà s'éloignait lorsqu'elle le retint d'un mot, presque d'un cri étouffé :

— Restez !

Il fut surpris. Il obéit.

— Il est évident qu'il se passe quelque chose, dit-il... Confiez-moi votre inquiétude....

— Je vous ai entendu parfois parler de Josette Sauvageot...

Il eut un brusque mouvement d'attention....

— Vous vous exprimiez sur elle en termes qui laissaient deviner que vous n'étiez pas resté insensible à sa beauté, car, il faut l'avouer, elle est très belle....

Il mit du temps à répondre, soit qu'il fût violemment ému, soit qu'il éprouvât une répugnance d'orgueil à laisser deviner la passion qui le dévorait.

— Pourquoi cette allusion ? J'ai un peu le droit de m'étonner....

— Répondez, fit-elle fiévreuse. Répondez vite... car vous regretteriez peut-être demain chaque minute que vous allez perdre....

— Oui, je l'aime !... Que mon secret reste à jamais le vôtre !

— Lisez maintenant....

Ils se promenaient sous une allée de tilleuls qui déjà souffraient des premières atteintes de l'automne. Elise, autour d'elle, jeta un coup d'œil. Dans l'affairement de tous, nul ne songeait à s'occuper d'eux...

Elle ne regarda qu'autour d'elle...

Elle ne pensa point à relever les yeux vers les fenêtres de la tour au pied de laquelle ils se trouvaient... Si elle l'avait fait, elle eût entraîné Lilienthal loin de là, car elle eut surpris, à l'une des fenêtres, Renaud qui ne la perdait pas de vue...

Déjà Lilienthal avait lu la lettre et la lui rendait... Elle la repoussa :

— Non.... gardez... Il veut déserter demain... Ceci n'en est-il pas la preuve ?

— Vous le haïssez donc beaucoup ?

— Autant que vous aimez Josette..

Un court silence. Ils essayent, par des regards honteux, de pénétrer leurs pensées réciproques...

Elise murmure :

— Vous ignoriez cet amour de Renaud pour sa cousine ?...

Il haussa les épaules :

— Il y a quelques jours, j'ai reçu chez moi, à Metz, sa visite... Il est venu me provoquer, m'insulter... Deux soldats ont entendu... j'ai failli le faire arrêter...

— Il l'eût fallu !

— Je n'ai pas osé... Il était le maître, il était fou... il m'eût fendu le crâne....

— Vous avez eu peur ?

— Non... mais c'était une mort ridicule... et...

Montrant la lettre froissée, qu'il glissa dans sa poche :

— Vous voyez que j'ai bien fait d'attendre...

Dix heures sonnèrent, non loin, à l'église de Villaville.

Tous deux — l'homme et la femme — eurent le même frisson....

Josette, à cette heure, arrivait à la carrière !... Josette attendait la venue de Renaud.

L'homme, très bas, tout pâle devant le crime qu'il rêvait :

— Je vous remercie de votre confidence, Elise....

— M'aiderez-vous à me venger ?...

— J'aviserai... Nous avons jusqu'à demain...

— Relisez cette lettre... Demain, il sera trop tard !

— Je donnerai des ordres.... la frontière sera surveillée... il ne passera pas !...

Il avait la voix cassée et tremblante...

De l'autre côté de la frontière, à l'église française de Thiancourt, dix heures répondirent au clocher de Villaville.

Comme malgré lui, l'homme disait, comptant les sonneries :

— Dix heures !... Là-bas, personne ne la protégerait !...

Alors, Elise se retira... lentement.... effrayée peut-être de l'infamie à laquelle elle avait prêté les mains... ne voulant plus rien comprendre, ni rien entendre... essayant d'échapper, par la fuite, à la complicité morale d'un forfait...

Il ne s'aperçut même pas qu'il était seul... Il répétait, à l'image obsédante :

— Dix heures !... Elle est loin de tout.... Et, confiante, elle attend...

Tout à coup, il tressaille comme cinglé d'un coup de fouet.

Derrière lui, quelqu'un qu'il n'a pas vu, qu'il n'a pas entendu, l'interpelle :

— Monsieur de Lilienthal, un mot, je vous prie !...

Il se retourne et se trouve en face de Renaud... Un flot de sang empourpre sa face maigre, qu'envahit aussitôt après une mortelle pâleur... Car l'apparition du jeune homme vient pour ainsi dire de préciser deux images, celle de la trahison qu'il rêvait contre Renaud, de la trahison qu'il rêvait contre Josette.

De sa fenêtre, Renaud a pu suivre le singulier manège

d'Elise et de l'officier. D'abord, il n'y a pas prêté grande attention. Que lui importait, en vérité, ce qu'ils avaient à se dire ?... Mais leur attitude était si étrange, leur émotion surtout si manifeste qu'il se mit à les examiner, puisqu'il était trop loin, trop haut pour surprendre leurs paroles... Rien n'empêchait de les voir... Les tilleuls perdent leurs feuilles de bonne heure.... déjà à demi dépouillés...

Aucun détail ne lui échappa.

Lorsque Elise montra la lettre, lorsqu'elle la tendit à Lilienthal, lorsque celui-ci la lut, lorsqu'il voulut la rendre à la jeune fille, et lorsque, finalement, il la serra dans sa poche, ce fut autant de gestes qu'il pouvait étudier...

Ah ! s'ils avaient eu l'idée de relever les yeux !

Voici ce qu'ils auraient surpris à leur tour....

Un corps demi-penché à la fenêtre, un visage éperdu d'effroi et de colère... une respiration haletante.... et ces mots entrecoupés :

— La lettre !... La lettre !.... Il me semble... Non, c'est impossible...

Il croyait reconnaître celle qu'il avait écrite à Josette....

Et pour mieux voir il se penchait, se penchait, au risque d'une chute....

Le papier dont il s'était servi était une feuille bleue, la première qui lui était tombée sous la main... une de ces feuilles larges, à peu près carrées, dont on se sert dans le commerce... Et ce qu'il apercevait, c'était cette même feuille bleue, du même format.... Certes, elle pouvait ressembler à d'autres, à beaucoup d'autres, et peut-être bien que chez les Fischer on se servait de papier pareil... Mais une remarque le frappait maintenant, en réveillant un souvenir... Cette feuille, il l'avait détachée d'un bloc-notes, sur son bureau... et le coin s'était arraché... Dans sa hâte, il n'en avait point pris d'autres, et ce qu'il voyait là-bas, entre les mains d'Elise, et confié par Elise au comte de Lilienthal, c'était la feuille bleue du bloc-notes à laquelle manquait un morceau....

Il se retira vivement de la fenêtre, les mains appuyées sur son cœur.

— Quelle invraisemblance !... murmura-t-il... Je deviens fou !...

Oui, cette lettre qu'il a confiée à Pervenche, que Pervenche a remise à Line et qu'il savait être en sûreté, chez Line comme chez Pervenche, cette lettre, comment, par quel hasard incompréhensible, inouï, serait-elle tombée en la possession d'Elise ?.... Il se refuse à admettre la possibilité de cette aventure... Et pourtant, qui sait ?... Les paroles d'Elise lui reviennent à l'esprit. Elle se vengera !.. Et pour se venger, n'est-elle pas femme à guetter toutes les occasions, avec une patience de fauve.... la patience allemande.... et même, au besoin, à les faire naître ?...

Il répète encore tout haut, refusant de croire :

— Non, non, c'est de la folie....

Il revient à la fenêtre, regarde de nouveau. Mais plus rien. Elise s'en va et l'officier reste seul, dans l'avenue... abîmé dans une rêverie profonde...

— Cependant, si je ne me trompais pas... Si c'était ma lettre !!...

Il a une exclamation de fureur....

— Ah ! je le saurai, car il faudra bien que cet homme me le dise !....

Et il s'élance hors de la chambre, dégringolant l'escalier de pierres, traverse la pelouse qui le sépare des tilleuls... Il va, d'instinct, poussé par je ne sais quelle mystérieuse force... sans plus hésiter ni réfléchir... Il passe devant Elise sans la voir et sans la saluer.... Elise, alors, s'arrête, peureuse.... Elle devine qu'il va y avoir un choc entre ces deux hommes également forts, également redoutables... mais elle ne doute pas de la victoire... S'il y a choc, la victoire restera à Lilienthal.... quoi qu'il arrive à Renaud, n'est-il pas le fils d'un vaincu ?....

— Un mot, je vous prie !

Triomphant de son premier trouble, Lilienthal a répondu :

— Je vous écoute !

Plus rien en lui de son émotion. Il a repris son air hautain, ses yeux durs. Les plus violentes tempêtes peuvent bouleverser ce cœur. A la surface rien n'apparaîtra. Du reste, sur ce sol conquis, il se sent maître, tout puissant. En ce jour surtout, où une mission de sécurité lui est confiée, où il attend l'empereur, qu'aurait-il à craindre ?

Renaud, de son côté, a la conscience du danger qu'il court, et par un merveilleux effort de son énergie, il a retrouvé tout son sang-froid. Il ne veut point, par une imprudence, donner prise à cet homme, courir le risque d'une aventure qui le retiendrait, ne fût-ce que quelques heures, sous les verroux — car, de la prison, il le sait et déjà Lilienthal lui-même l'en a averti, il passerait à la caserne... Tout cela, en une seconde, il se le dit...

— Une prière, monsieur.... Je désire... non, je vous prie de vouloir bien me remettre le papier que vous venez de recevoir de M\ufffdle Fischer !...

Et comme Lilienthal garde le silence :

— J'ai reconnu cette lettre. Je ne sais comment elle est parvenue jusqu'à vous. Peu m'importe. Elle ne vous est point destinée... Vous l'avez lue... C'est une indélicatesse... et vous en profiterez sans doute contre moi.... Peu m'importe encore....

— Vous êtes fou... mesurez vos paroles.... Je vous ai épargné une première fois....

Renaud sourit.

— Vous voulez dire que vous avez eu peur, une première fois ?... Veuillez vous éviter la peine de nier l'existence de cette lettre.... Elle est là !

Il appuya le doigt sur le côté gauche de l'officier.

— Elle est de moi... Si je me trompe, vous avez un moyen très simple de m'obliger à vous faire des excuses.... Montrez la !

— Et si je refuse ?

— Comme vous aurez prouvé, de cette façon, que vous détenez un objet qui ne vous appartient pas — et comme je vous aurai pris en flagrant délit — j'aurai le vif regret, par la force, de rentrer en possession de ma correspondance.... Ensuite, il ne me restera plus qu'à demander à votre cousine Elise comment elle a pu voler ma lettre... Car, notez bien ceci, cette lettre a dû être volée....

Lilienthal fit un geste d'impatience.

— Monsieur, je voudrais ne point oublier que je suis chez vous, chez votre père... mais vous mettez ma patience à une bien rude épreuve.... Prenez garde...

Renaud recula et ferma un instant les yeux pour reprendre un peu de calme.

Il voyait rouge.... il voulait échapper à sa colère montante...

— Monsieur, dit-il, si cette lettre avait été adressée à toute autre que celle qui aurait dû la recevoir, je vous jure que je n'insisterais pas pour que vous me la rendiez.... Nous sommes, hélas ! habitués, en ce pays, à vos procédés de brutalité et d'espionnage.... Mais justement à cause du nom que cette lettre porte, je désire qu'elle ne reste pas entre vos mains.... Et j'ai quelque honte pour vous d'être obligé d'insister...

— Je vous ai dit que ma patience a des bornes !...

— Mon mépris pour vous n'en a pas !

Renaud avait saisi le poignet de l'officier et le retenait dans sa main puissante.

— Vous osez !

— Je prends mon bien de force, puisque vous m'y contraignez....

Lilienthal voulut se dégager, il ne le put... Sa main libre essaya de chercher la poignée de son sabre... L'autre main de Renaud s'abattit sur elle...

Alors, l'officier, blême, hurla un ordre bref, strident, qui emplit la cour.

Des pas rapides, scandés par des cliquetis de sabres, martelèrent le gravier de l'avenue, de l'autre côté de la tour féodale.

Des sous-officiers apparurent, suivis par quelques hommes.

Renaud se vit perdu. Il s'était abandonné à la colère, à la violence de son caractère qui, parfois, éclatait malgré lui, sous l'action de quelque révolte intérieure contre des injustices... car sa froideur de paysan lorrain n'était que superficielle... elle se mélangeait d'exaltation et d'enthousiasme...

Il se vit perdu... il était tombé dans le piège...

Fuir, alors ?... Ne pas attendre une seconde de plus ?... Il jeta autour de lui un regard rapide... La fuite était impossible... Il y avait des soldats partout... Il n'eut pas fait dix pas qu'il eut été rejoint, brutalisé, foulé aux pieds...

Il fallait attendre le bon plaisir de Lilienthal...

Il avait lâché les bras de l'officier, lui rendant ainsi sa liberté... et fièrement, sans baisser les yeux, il attendit...

— Monsieur, dit le comte à voix basse, je vous ferai connaître ce soir ou demain ce que j'aurai résolu en ce qui vous concerne... Vous avez porté la main sur moi et bien que vous ne soyez pas encore au service, ces sortes d'outrages se payent, chez nous, chèrement... Ces soldats et ces sous-officiers sont témoins de ʼinsulte... d'autres témoins se trouveraient, s'il en fallait... Vous me semblez dans un état de surexcitation dangereuse, en un jour où notre Empereur est attendu dans ce château... J'ai donc un double et pénible devoir à remplir contre vous... Je ne puis laisser impunie votre violence... et je ne peux non plus vous laisser votre liberté dont vous seriez peut-être tenté d'abuser pendant la visite de notre souverain... J'ai la charge d'éviter tout incident et tout scandale... Veuillez donc remonter dans votre chambre... Je la ferai garder militairement jusqu'à nouvel ordre... Il faut que Sa Majesté ignore cet esclandre... et elle l'ignorera... Je vais avertir votre père et m'excuser auprès de lui...

Il se tourna vers les sous-officiers, donna un ordre, d'un ton cassant, salua légèrement Renaud, et partit, méprisant et hautain.

La rage impuissante avait amené des larmes dans les yeux du jeune homme.

Il les refoula...

Une fièvre faisait battre ses tempes. Il était envahi par un froid intense. Il grelottait et ses dents claquèrent. Il eut la sensation qu'autour de lui le monde s'écroulait.

Un sous-officier fit deux pas, salua, le torse raide, et dit :

— Vous avez entendu... il faut obéir... marchez... montrez-moi le chemin.

Alors Renaud baissa le front et lentement se dirigea vers la petite porte de la tour.

Quand il l'atteignit, et avant de la pousser, il jeta un regard en arrière, comme s'il avait espéré quelques secours providentiel... et ce regard lui montra Elise, non loin qui souriait...

Oui, oui, en toute évidence, le coup venait de là ! il en était sûr, maintenant, comme si elle le lui avait crié à pleine gorge !...

Cette vision lui rendit toute la force de sa jeunesse insouciante et brave.

Il enleva son chapeau d'un grand geste de gamin, la salua très bas, et sa voix incisive et mordante porta jusqu'à la jolie fille la phrase mystérieuse qui l'avait une première fois troublée au point de la faire évanouir :

« Rien ne peut faire revivre l'arbre mort dont les racines se pourrissent au courant profond de la rivière... »

Il eut la joie de la voir, toute pâlissante, se hâter de disparaître en chancelant.

Mais le même coup d'œil, en arrière, lui avait montré aussi, tout près d'Elise, le bon Pervenche qui avait assisté, bouche béante, à ce qui se passait.

Renaud fit au « noué » un signe amical.

— Me voilà prisonnier, Lucas ! lui cria-t-il.

Et la petite porte de la tour s'ouvrit. Il s'engouffra dans le noir... Le sous-officier le suivait tout près, avec deux hommes...

La porte se referma et ce fut tout...

Alors Pervenche ôta sa casquette, se gratta vigoureusement la tignasse et murmura :

— C'est drôle... Quoi qu'ils lui voulons ?

Le quart de dix heures sonna au clocher voisin de Villaville.

Presque aussitôt, en écho fidèle, répondit le clocher de Thiancourt, en sonnant un quart.

Pour la seconde fois, Lilienthal trembla :

— Elle attend !... Sans doute elle s'impatiente... Et elle finira par s'en aller.

Il a rejoint Joseph Sauvageot, et, rapidement, il lui a raconté quelle mesure énergique de prudence il a été contraint de prendre contre Renaud.

Sauvageot s'est tu... Il est en complet désarroi d'esprit... A force d'illusions, et parce que son intérêt le poussait à y croire, il avait fini par se persuader que Renaud avait pris son parti de ce service militaire qui l'éloignerait de Haute-Goulaine pendant deux ans... Deux ans, c'était si vite passé... Puis Josette et Renaud avaient si bien caché leurs amours, en ces derniers temps, que Sauvageot n'y pensait plus. Et voilà que tout se réveillait, avec la passion exaltée, avec les répugnances invincibles des premiers jours... la passion des deux jeunes gens l'un pour l'autre... la haine de l'esclavage sous l'uniforme abhorré...

Et le scandale allait éclater, triomphant !...

Un flot de colère contre son fils monte à ce cerveau d'ambitieux en détresse.

Il serre la main de Lilienthal :

— Vous avez bien fait... J'approuve votre conduite... Dans la surexcitation dangereuse où est ce malheureux garçon, il faut tout craindre... Un geste, un cri, sur le passage de l'Empereur... et c'est un crime de lèse-majesté... je ne l'ignore pas, et je n'ignore pas non plus que ce serait ensuite des années de forteresse... Je vous remercie, monsieur...

Les deux hommes se quittent...

Sauvageot pour veiller aux derniers préparatifs...

Lilienthal...

L'officier est libre. Il ne reprendra son service qu'à midi. Il s'éloigne, pensif, par l'allée des tilleuls, rejoint le verger. Tout est plein de monde. Personne ne fait attention à lui. Il répond à peine aux camarades qu'il rencontre. Il est absorbé par une pensée fascinante, lourde...

La pensée de Josette, la pensée du crime !...

Hors du verger, il fait quelques pas dans la plaine... Il s'arrête, hésitant, combattu... et sa main gantée de blanc essuie les gouttes de sueur qui coulent sous la visière de son casque... Il a des yeux de fou... et tout bas profère des paroles incohérentes...

Lentement, il s'éloigne toujours par des sentiers qui sont dans les champs.. Il prend des attitudes de promeneur vaguant au hasard pendant des minutes de farniente...

Il dit, de temps à autre :

— Non, non, je n'irai pas plus loin... C'est infâme et je me déshonore...

Il dit cela et il marche.

Et chaque pas qu'il fait le rapproche du bois des Moines... Et c'est tout contre le bois des Moines que se trouve la carrière abandonnée... Et c'est dans la carrière qu'une vierge, confiante, en sûreté, attend celui à qui elle a donné son cœur... la vierge qu'il aime d'un amour insensé, lui, et qu'il convoite !...

Il a traversé les champs...

Le voici près du bois.

— Non, non, je n'entrerai pas là !

Et il entre.

Et une fois qu'il est entré, qu'il est à l'abri des regards derrière les broussailles, il se met à courir par les petits chemins qui lui sont familiers... La passion mauvaise a triomphé de ses suprêmes hésitations... La folie est dans sa tête et dans son cœur.

Tout à l'heure encore, il murmurait :

— Non, je suis infâme, je suis lâche... je n'irai pas plus loin !

Maintenant une seule crainte hante son esprit :

— A-t-elle attendu ?... Vais-je la trouver ?... N'est-elle point partie ?,

Deux quarts sonnent au clocher de Villaville.

Et en ami, à qui on ne s'adresse pas en vain, le clocher de Thiancourt répond en sonnant deux quarts !...

Les brumes qui ont obscurci le ciel depuis que le soleil est levé, se sont dissipées enfin et la campagne s'est emplie de lumière. Pourtant le bleu du firmament n'est pas très pur et s'estompe d'une légère buée. Il fait une chaleur anormale. C'est un effort de l'automne, comme un regret tardif de l'été... Pas une brise, pas un souffle... Pas une branche, pas une feuille ne bouge... Les arbres ont l'air de se figer pour une immobilité éternelle et des insectes, ranimés par ce bien-être imprévu, bruissent dans l'air, dansent et volètent, paraissent et disparaissent à travers les ors des arbrisseaux... C'est la seule vie qui se manifeste sous bois avec le clapotis du ruisseau frontière qui court sous des herbes flétries.

Au fond de la carrière, assise sur une pierre moussue, Josette attend...

Elle a entendu sonner l'heure, puis le premier quart...

Elle n'est pas anxieuse... Que pouvait-il arriver à Renaud ?... Même ce retard lui paraît naturel, s'explique aisément... Dans le tohu-bohu de la fête qui se prépare, à laquelle la jeune fille sait pourtant qu'il doit rester étranger, il n'a pu trouver le moyen de s'échapper sans éveiller l'attention...

Mais il va venir... il viendra...

S'il n'avait pas pu, il eût tout mis en œuvre pour qu'elle fût avertie...

Cependant, en ce fond où s'emmagasine la chaleur comme un foyer, elle respire mal à l'aise, elle se sent oppressée...

A la longue, et bien qu'elle soit familière avec cette solitude, le silence qui l'entoure se fait menaçant.

Jusqu'à dix heures et demie, elle est restée confiante...

Maintenant, elle est prise de peur... Les deux quarts ont sonné aux deux églises... et elle se dit que Renaud ne la rejoindra pas...

Encore une minute, encore cinq minutes...

Quelle déconvenue, s'il arrivait et qu'elle fût partie !... Il doit être si triste, si plein d'angoisse, à la veille de prendre la détermination à laquelle il s'est résolu, qu'elle connaît, et qui lui créera une vie nouvelle, loin des siens, loin de sa mère, loin de l'aisance acquise... Et il doit avoir besoin, pour ne pas faiblir au dernier moment, de la tendresse de Josette, de son sourire plein de courage et de promesses, et de se réconforter au regard caressant de ses yeux si doux...

Encore une minute, encore une autre... ce sera la dernière...

Si elle attendait davantage, on s'inquiéterait, à la Faloise, d'où elle s'est échappée sans être vue... C'est une faute de s'échapper de la sorte, si pur que soit son amour, et si graves que fussent les paroles d'avenir échangées... Elle pense à ces choses, à présent, avec une étreinte de son cœur... et elle craint de faire de la peine à son père...

— Encore une minute, mais cette fois la dernière, pour de bon...

Elle prête l'oreille...

Il lui a semblé qu'au-dessus d'elle, dans le bois, quelqu'un s'approchait en courant.

Qui pouvait venir avec tant de hâte, avec tant de joie, si ce n'était Renaud ?

Du bois un sentier dégringole jusqu'au fond parmi les éboulements de pierres.

Là-haut, on s'arrête.... indécis, peut-être, sur le chemin à prendre...

Josette ne pense pas cela.

Elle se dit, seulement, que Renaud s'imagine sans doute qu'elle est repartie.

Et sûre que nul autre ne peut venir, elle appelle, à voix basse :

— Renaud ! Renaud !!

L'homme a pris le sentier qui descend... On ne le voit pas... Il est encore caché par les détours et par les feuilles d'arbrisseaux et d'épines...

Alors, elle s'élance à sa rencontre, toute souriante et n'ayant plus peur...

Elle s'élance les bras tendus vers celui qu'elle aime et qui l'aime... et qui est sa foi et qui est sa vie, puisqu'ils ont juré de s'aimer malgré tout...

Mais elle recule avec un cri horrible...

Car c'est Lilienthal qui apparaît !!...

V

LES DEUX FÊTES

Il est deux heures.

L'arrivée de l'Empereur vient d'être signalée sur la route de Metz et dans le lointain les voitures du cortège laissent derrière elles un épais nuage de poussière.

Un escadron de dragons par devant, un escadron par derrière.

Et c'est tout.

Les voitures sont occupées par des généraux et des fonctionnaires qui, tout à l'heure, prendront part au lunch. Rapidement, elles défilent entre la troupe d'infanterie et les hussards qui font la haie sur le passage, tout près de la grande entrée de Haute-Goulaine.

Lilienthal est à son poste de service, sabre au clair, rigide sur son cheval, les yeux durs empreints de folie, et pâle, pâle comme s'il allait mourir.

Malgré l'approche du souverain, malgré la crainte, malgré le respect, son esprit est loin, le corps seul, est là, et son regard se tourne malgré lui, éperdu, vers le petit bois qui borne l'horizon, sur la frontière...

Les vivats éclatent, les Hoch ! Hoch ! retentissent, poussés par des poitrines allemandes en même temps que les cloches de l'église de Villaville se mettent en branle... Et à tout le cérémonial, à tout ce qui se passera, l'âme de Lilienthal restera lointaine et comme étrangère... Il va vivre dans un rêve, sous le fardeau du crime et du remords, et de la honte, dans un cauchemar affreux... Il regardera tout sans rien voir... Il ne verra pas l'Empereur, qui a revêtu l'uniforme de général d'infanterie, salué par Sauvageot, puis par le Président de la Lorraine et par le kreisdirector. Il ne le verra pas s'arrêter sous le dais où trois jeunes immigrées allemandes, costumées en Lorraines, lui offriront un bouquet de roses thé en lui souhaitant la bienvenue... Il ne le verra point passer devant les sociétés de vétérans auxquels il adresse un mot amical... Il ne le verra point, sur le seuil du château, recevoir de la jolie Elise un bouquet de roses mousseuses... Il ne l'entendra pas remercier les jeunes filles de leur accueil par quelques paroles de galanterie affable...

Devant ses yeux terrifiés, il n'y a plus rien...

Rien qu'un petit bois broussailleux, à l'orée duquel se creusent les abîmes d'une carrière abandonnée...

Rien que la solitude de cette carrière.... la solitude traîtresse...

Et dans le désert des pierres et les enchevêtrements d'une nature redevenue sauvage, rien qu'une jeune fille frémissante dans ses bras, qui appelle du secours, que nul ne peut entendre, et qui s'évanouit...

Rien que la jolie Josette, confiante et tendre.

Rien que la jeune fille aux yeux si doux !

Tout à l'heure, on lui racontera les détails de la réception... que l'Empereur, après une courte station dans les salons du rez-de-chaussée, est passé dans la salle à man-

ger ; qu'à sa droite avaient pris place le maréchal de la
cour, un général ; à sa gauche Joseph Sauvageot le Dur,
un secrétaire privé, un conseiller intime, un docteur... la
famille Fischer ; en face, des généraux et lieutenants-géné-
raux, le directeur de l'arrondissement, le grand-maître des
équipages, le Président de la Lorraine et l'adjudant de
service major... Sauvageot avait excusé sa femme malade...
Quant à Renaud, il était parti la veille pour Coblentz rejoindre son régiment... C'est ainsi qu'on dit la vérité aux
empereurs...

On connaissait le menu...

Bouillon en tasses.
Truites au bleu.
Salmis de canards
Selle d'agneau.
Poulardes de Metz.
Petits pois.
Bombe·glacée à l'orientale.
Fromage Chester en pains
Dessert varié.

On connaissait les vins :

Château-Mouton-Rothschild.
Scharzhofberger (Moselle).
Steinberger-Cabinet (Rhin).
Moët et Chandon (White Star).
Porto, café, liqueurs

Le souverain fit honneur au champagne français et à
la mirabelle lorraine... Après le déjeuner il se rendit avec
sa suite dans les jardins, où le Gesangverein exécuta quelques morceaux applaudis. Deux ou trois des exécutants
étaient décorés de la croix de fer. L'Empereur les félicita.
Il se mêla un instant aux membres des Kriegervereine et
appelant à lui tout à coup la fraîche cohorte des fillettes
dont les yeux brillaient de plaisir, il se fit photographier
au milieu d'elles en riant.

Quand il partit, quatre heures sonnaient à Villaville...
puis à Thiancourt...

Il ne resta plus, à Haute-Goulaine, que le souvenir,
gonflé d'orgueil et d'espoir.

Des officiers des détachements restèrent au château. La
fête devait se continuer jusque dans la soirée par un grand

dîner, un feu d'artifice et un bal... Les détachements furent ramenés à Metz sous la conduite des lieutenants.

Lilienthal resta....

Il se laissait aller, absorbé, au gré de la volonté des autres...

Mais déjà, il sentait que son crime n'était plus inconnu pour tout le monde... Des regards de femme, aigus, le poursuivaient... Il retrouvait partout les yeux d'Elise, qui le surveillaient et qui l'interrogeaient... des yeux cruels et indécis... qui tantôt approuvaient et tantôt se voilaient d'horreur...

Il ne pouvait avoir aucun doute...

Elise savait !!

Oui, elle avait guetté sa détresse, le combat de ce cœur, et sa défaite... Elle avait suivi son départ, de loin... toutes les ruses dont il s'était servi pour dépister la curiosité, pour décourager l'attention, elle les avait devinées... C'était bien vers le bois des Moines qu'il allait... C'était bien vers la carrière qu'il était attiré, invinciblement... quand il disparut, le mal qu'elle faisait remonta comme une nausée jusqu'à ses lèvres.

Elle eut une exclamation étouffée :

— Ah ! c'est affreux !

Mais il était trop tard...

Dès lors, elle espéra que Josette serait partie et que Lilienthal ne la trouverait plus...

Elle guetta le retour de l'officier comme elle avait guetté son départ. Et, quand elle le revit enfin, se rapprochant de Haute-Goulaine avec la démarche d'un homme ivre, le regard jeté en arrière, presque à chaque pas comme s'il avait peur d'être poursuivi, elle s'enfuit pour ne point le rencontrer, pour ne point lui parler... parce que tout en cet homme, criait le crime abominable et lâche... et parce qu'elle se sentait coupable du même crime !!...

. . . .

A la Faloise, régnait l'inquiétude...

A l'arrivée de Line, on avait cherché Josette. On l'avait demandée partout. Et Clément Sauvageot soupçonna que Renaud lui avait donné rendez-vous...

Mais que voulait dire cette lettre de Renaud ?

Cette lettre perdue, ou peut-être volée ?

Son premier sentiment fut un mouvement de colère contre sa fille... Ce n'était certes plus des amours d'enfant, celles-là, qu'on avait pu tolérer jadis, parce qu'on ne les avait pas prises au sérieux... Ce n'était point, certes, des amours coupables, car Josette et Renaud avaient l'un pour l'autre un attachement sérieux où l'âme participait encore maintenant plus que les sens... et de l'un comme de l'autre on ne pouvait se défier... Mais c'était quand même des amours dangereuses, car ces entrevues pouvaient être surprises, et malignement interprétées.

Ces enfants s'aimaient trop et ne comptaient plus avec les imprudences.

La colère, chez Sauvageot, fit bientôt place à l'anxiété... Il ne pensa plus à rien qu'au danger que Josette courait sans doute en ce moment, car le vol de cette lettre, vol évident, dévoilait toute une intrigue, des desseins de méchanceté...

Dix fois, il avait fait redire à Line l'histoire de son accident.

La pauvre aveugle pleurait et ne pouvait que se répéter.

Sauvageot, alarmé, retenant ses sanglots, prévoyant un malheur se disposait à partir, au hasard, à la recherche de Josette, lorsqu'il entendit tout à coup vers l'allée des cerisiers, de grands cris.

Et les cris se répercutèrent à l'infini jusque dans les coins les plus reculés de la Faloise.

— C'est Josette ! Voici Josette !!

Cris de soulagement et cris de joie d'abord.

Presque aussitôt suivis d'un silence étrange...

Josette apparaissait à la grille de l'avenue... marchant comme un fantôme...

Etait-ce bien Josette ?

Et Clément qui voulait gronder, eut une exclamation d'épouvante :

— Mon enfant ! Ma pauvre et chère enfant !!

Elle avait l'air d'une folle. Ses yeux égarés étaient sans regard. Elle ne reconnut pas son père et passa auprès de lui sans le voir, traversa la cour au milieu de la surprise, de l'effarement général et se dirigea vers la maison.

Clément Sauvageot lui avait pris le bras.

Elle se laissa faire sans résistance.

Toute sa colère tombée, en proie maintenant à la crainte d'un malheur et ne songeant qu'à ce malheur, il lui adressait de douces paroles.

Elle ne les entendait ou ne les comprenait pas.

Sa toilette était en désordre et ses cheveux à demi dénoués pendaient sur ses épaules. Elle avait dû courir à travers les buissons, car sa robe était déchirée, ses mains ensanglantées, les ongles cassés.

Elle ne dit pas un mot.

Seulement un lourd gémissement sortait de sa poitrine, et comme du fond de son cœur, une plainte infinie, dernier spasme d'une atroce terreur.

Et Clément ne pouvait que répéter :

— Mon enfant ! ma fille, ma Josette !...

Quand elle fut dans sa chambre, elle parut plus calme. Elle était plus rassurée sans doute en se retrouvant seule avec son père, au milieu des objets qui lui étaient familiers.

Et leur aspect opéra la détente qui pouvait la sauver de la folie.

Elle éclata en longs sanglots bruyants.

Clément l'entourait d'une étreinte passionnée et attendait la fin de la crise sans oser lui adresser de questions.

Parfois elle l'embrassait et semblait prête à toute confidence.

Puis l'horreur même de cette confidence l'arrêtait.

Elle eut tué son père en lui disant la vérité.

Elle cachait alors contre l'épaule paternelle son visage bouleversé.

— Enfin, mon enfant, qu'est-il donc arrivé ?

Elle mentit. Il fallait mentir.

Et très bas, s'entrecoupant de larmes :

— D'abord, il faut que je te demande pardon... J'ai commis une imprudence... Je savais que Renaud était très malheureux... Il m'avait prié de venir le rejoindre à la rivière... Il traverse une crise morale où il a besoin d'être soutenu et encouragé... J'y suis allée... et là, là...

— Parle, ma Josette... qu'as-tu à craindre ?

Il était sans défiance, sans soupçon.

— En arrivant au bord de la carrière, par le sentier que je connais bien pourtant, une pierre a cédé sous mon pied. J'ai glissé, j'ai essayé de m'accrocher à une branche d'acacia... Regarde mes mains trouées par les épines... La branche a cassé et j'ai roulé jusqu'au fond de la carrière... Je ne sais pas comment je ne me suis pas brisée... J'y suis restée évanouie... longtemps... longtemps...

— Comment Renaud ne t'a-t-il pas secourue ?

— Renaud n'est pas venu, cela est certain...

— Mais ce rendez-vous donné ?

— Alors, s'il est venu, il m'a cherché dans le fond des broussailles où j'avais roulé, où j'étais comme morte, et il ne m'aura pas aperçue...

— Ensuite ?

— Quand j'ai repris connaissance, je me suis hâtée de revenir à la Faloise, parce que je me doutais bien que vous deviez être très inquiet.

— Et c'est tout ?

— C'est tout, mon père !... dit-elle les yeux voilés.

Elle se laissa glisser aux genoux de Clément.

— Pardonnez-moi, mon père, l'inquiétude que je vous ai causée...

Il la releva, la fit asseoir sur ses genoux.

Il l'aimait, cette enfant qui lui rappelait la mère adorée, dont il portait le deuil, il l'aimait comme on aime une idole... et d'un amour presque superstitieux.

Pourtant il la gronda... Oh ! doucement, avec de tendres reproches...

Et tout le temps qu'il lui parla, elle ne cessa de pleurer...

Elle ne pleurait pas seulement de ce qu'il disait.

Elle pleurait sur sa vie brisée... sur son amour perdu et impossible, désormais.

Elle pleurait sur la perte d'elle-même et sur la perte de Renaud.

Mais maintenant qu'elle avait commencé de mentir, il fallait mentir encore et mentir jusqu'au bout.

Il fallait, surtout, dissimuler, devant Clément, devant tous.

Et dissimuler, qu'était-ce, en ce jour-là ?

C'était sourire à tous, paraître gaie d'autant plus qu'elle

avait été cause de l'angoisse et de l'inquiétude chez tous...
et pour se faire pardonner ces angoisses et ces inquiétudes,
il fallait, hélas ! montrer plus d'entrain que les autres.

Car, à la Faloise, c'était fête.

Fête comme à Haute-Goulaine.

Clément Sauvageot l'avait voulu ainsi.

Aux réjouissances officielles où Sauvageot le Dur oubliait de l'autre côté de la frontière, son ancienne patrie,
parmi les remords et les hontes qu'il refoulait jusqu'au
fond de son cœur, Sauvageot le Doux répondait par une
fête charmante, depuis longtemps préparée et où il faisait
revivre les vieux souvenirs du sol français.

A cette visite du souverain allemand en pays annexé, il
répondait par la visite à la Faloise, en terre restée française, de la vieille France en costume national.

De même que Joseph Sauvageot avait convié les jeunes
filles et les fillettes des familles allemandes immigrées en
Lorraine à venir complimenter l'empereur.

De même Clément Sauvageot avait convié les jeunes Lorraines de Thiancourt et des environs à venir à la Faloise
en ressuscitant pour un jour les costumes anciens si jolis
et si pittoresques de toutes les provinces de France.

Il avait fait venir les étoffes, les rubans, les dentelles, les
modèles.

Chacune s'était mise à l'ouvrage et tout le monde était
prêt.

Prêtes aussi les illuminations dans les jardins et l'avenue
des cerisiers qui répondraient aux illuminations et aux
feux d'artifices de Haute-Goulaine.

Le frère protestait ainsi contre le frère ! ...

C'est à quoi Clément fit allusion lorsqu'il dit à Josette
après un dernier baiser qui donnait à la jeune fille son
pardon définitif.

— Maintenant, va t'habiller, car tu serais en retard !

Il la laissa seule, dans sa chambre.

Elle resta absorbée de longues minutes, lèvres entr'ouvertes, yeux fous, reprise de ses terreurs et de ses désespoirs, à présent que son père n'était plus là.

— L'infâme ! qui donc le punira ! Et comment le châtier ?...

Elle ne pleurait plus.

Les larmes ne venaient, chez elle, que lorsqu'elle pensait à Renaud.

— Ah ! Dieu ! Ah ! Dieu ! fit-elle tout à coup, les mains appuyées contre son front. Il faut que je sois heureuse !... Il faut que je me fasse belle, alors que je n'ai dans mon cœur qu'une envie : celle de mourir ! !

Elle se leva, alla appuyer son visage fiévreux contre les vitres froides de sa fenêtre et regarda, au loin, pas très loin, le petit bois de la frontière.

Et un reproche doux, tomba de ses lèvres lourdes de sanglots puisque, en cet instant, c'était l'image de Renaud qui reparaissait devant ses yeux.

— Pourquoi n'est-il pas venu? Pourquoi m'a-t-il abandonnée ?

Elle se décida, péniblement, effort par effort à s'habiller.

Puisqu'il fallait feindre, et puisqu'il fallait rire ! !

Déjà, à la Faloise, arrivaient, à pied, quand elles habitaient tout près, en voitures quand elles venaient de loin, des théories de jeunes filles toutes vêtues des anciens costumes nationaux des provinces françaises.

Le vieux pays sacré, le doux pays de France se retrouvait là, tout entier, avec son élégance, sa joliesse, sa distinction — tout entier, depuis le Rhin jusqu'aux rives de la Méditerranée, tout entier depuis les Alpes jusqu'à l'Océan et les Pyrénées.

L'idée de Clément Sauvageot, vite comprise, avait ému les âmes lorraines, fait vibrer leur fierté, fouetté leur orgueil.

Contre l'abandon d'un seul, qui les touchait au cœur, elles protestaient par l'enthousiasme pieux et, de chaque côté de la frontière, c'était ainsi comme une tempête des cœurs que séparait, d'une barrière fragile et pourtant infranchissable, le poteau-mirliton, aux deux couleurs prussiennes.

On eût dit, à les voir, ces fillettes, que l'antique France renaissait souriante et galante. Elles arrivaient bande par bande, se tenant par le bras et faisant la révérence à Clément Sauvageot qui aurait bien voulu les embrasser toutes, mais qui ne le pouvait pas : elles étaient trop.

Les unes avaient le costume lorrain, avec le gracieux bonnet aux ailes éployées et frémissantes sous lesquelles les jolies têtes s'épanouissaient comme des fleurs.

D'autres, le costume d'Alsace, non point de l'Alsace en deuil, mais de l'Alsace vivante et forte, de l'Alsace à la gaieté robuste et saine, de l'Alsace qui réfléchit, qui étudie et compare, et qui sait, patiente, que quarante années ne comptent pour rien dans la vie d'un grand peuple, au milieu des sociétés en transformation.

Puis, les coiffes du pays meusien, celles du pays d'Ardennes, celles des Vosges, celles de l'Argonne ; les capes noires du Berry sérieuses et un peu tristes, et qui faisaient penser à un pays où vivent encore de récents souvenirs de sorciers, ou de légendes fantastiques... Puis les pays des bords de la Loire, aux costumes tantôt riches et tantôt pauvres, selon que le fleuve arrosait des contrées fertiles ou des rives de marais et des solitudes; des Tourangelles pimpantes; des Solognotes aux corsages bas en velours noir, bretelles de velours, guimpes de dentelles, et petits bonnets étroits tout en dentelles ; et les chapeaux auvergnats, frustes et gais ; et les coiffes basques, les bonnets angevins, les fichus marseillais, les chapeaux étranges, ayant un faux air de shapskas, des paysannes bressanes, et la Provence, et les filles d'Arles et tous les pays normands si gais et si imprévus, les pays de Caux, Saint-Lô, Rouen, Dieppe, Coutances, les pêcheuses de toutes les rives de la Manche et de l'Océan, toutes les variétés des costumes de Bretagne, presque village par village et ville par ville depuis l'admirable bonnet à casque et aux longs rubans de Pont-l'Abbé, jusqu'à la coiffe riche, antique, des filles de Pont-Aven.

Toute la vieille France était là, revivait, grouillante, intelligente, aux yeux bleus, aux yeux noirs, aux yeux gris, aux yeux bruns... la vieille France aux lèvres de douceur, d'indulgence et de moquerie.

Un sourire avec une larme !...

La plupart chantaient des chansons populaires des pays dont elles portaient les costumes. Et Line, la petite Line aussi, était pareille aux autres.

Une robe, un corsage, un bonnet d'Alsace, le bonnet

orné d'écailles d'or des jours de gala étaient à sa taille.
On l'en avait vêtue. Elle s'était laissé faire, ne se rendant
pas très bien compte de ce que l'on voulait d'elle et des
raisons de cette cérémonie.

Mais des amis lui disaient :

— Tu seras jolie, Line, très jolie...

Alors, comme elle savait qu'il faut être jolie et coquette
pour plaire aux hommes, elle se prêta à tout ce qu'on voulut parce qu'elle désirait plaire à Pervenche et elle espérait
que Pervenche viendrait et la verrait ainsi et, en la voyant,
s'écrierait :

— Dieu comme elle est belle !

Elle ressemblait à une miniature exquise — tant elle était
délicate, fine et rose sous les vastes rubans rigides qui en
s'élargissant sur son front amincissaient encore sa figure.
Et sa taille fine ondulait sous le corsage noir.

Une ombre, pourtant voilait sa fraîcheur.

Elle pensait à Josette, et ne comprenait pas le mystère
de la lettre volée. Elle craignait de s'être attiré des reproches ou même d'avoir été la cause de quelque chagrin pour
la jeune fille.

Quand elle apprit que Josette était rentrée, elle se rassura.

La cloche de la Faloise sonna l'heure du déjeuner. C'était
un grand banquet préparé sous une tente, par les soins de
Clément. Et ce banquet comme de juste devait être présidé
par Josette.

Les jeunes filles, dont le bourdonnement confus des con-
versations formait une musique joyeuse, attendaient leur
compagne avec impatience.

Josette le savait.

Debout élégante, habillée comme Line en fille d'Alsace,
elle ne se décidait pas à descendre. Elle se regarda dans
la glace. Elle était mortellement pâle. Elle avait des frissons glacés par tout le corps. Où trouverait-elle assez de
force pour prendre part à cette fête, où tout le monde aurait les yeux sur elle ?

Elle soupira profondément et se dirigea vers la porte.

Puisqu'il fallait feindre, et puisqu'il fallait rire !

Mais la mort, sûrement serait au bout de cette journée

Quand elle parut si touchante, si belle et si triste, toutes l'acclamèrent.

Line entendit que c'était Josette qui arrivait.

Elle se rapprocha d'elle dans la foule. Et quand elle sut qu'elle était auprès, elle patienta pour profiter du moment où elle lui parlerait sans témoins.

Josette devina peut-être son intention.

— Line, gentille Line, vous êtes la plus jolie de toutes.

L'aveugle rougit de plaisir. Il fallait donc que ce fût vrai pour que Josette, elle-même, s'en aperçût et le lui dît ?... Et Josette ne devait point mentir jamais.

Line murmura à voix basse :

— Josette nous n'avons plus personne près de nous?

— Personne...

— Personne qui puisse nous écouter ?

— Personne... mais hâtez-vous, Line, si vous avez quelque chose à me dire.

— Renaud m'avait confié une lettre pour vous... que je devais vous apporter avant dix heures, ce matin...

— Cette lettre?... Pourquoi n'êtes-vous pas venue? Qu'en avez-vous fait ?

— Elle m'a été volée...

— Par qui ?

— Par Elise Fischer !...

Josette avait posé sa main sur la main de Line. Et Line sentit ces doigts se contracter, et un courant de chaleur brûlante les traverser.

Puis, tout à coup, Josette balbutia :

— Taisez-vous, Line, ne dites rien de tout cela!...

Peut-être devinait-elle, dans son affreux malheur, l'intervention d'une femme ! d'une femme jalouse ! et qui avait voulu chercher une abominable vengeance.

L'aveugle ne répliqua rien, mais parut effrayée. Dans sa nuit éternelle, elle se heurtait, partout à des sensations qui lui faisaient deviner un drame... où elle avait joué un rôle inconscient et qui s'était déroulé autour de cette lettre.

Elle tâtonna, les mains autour d'elle, pour retrouver Josette et lui parler encore, mais elle ne rencontra que le vide ou bien des indifférents qui, en passant, répétaient en riant :

— Oh ! Line, que vous êtes jolie !

Ce fut ainsi que s'écoula l'après-midi.

Le bruit lointain des hoch ! allemands arriva jusqu'à la Faloise... C'était l'heure où le souverain entrait à Haute-Goulaine.

Et de toutes ces poitrines, de tous ces cœurs de femmes, un cri vibrant s'éleva qui franchit l'espace et qu'on dut entendre, de l'autre côté de la frontière :

— Vive la Lorraine !

Les musiques de Haute-Goulaine envoyaient leurs accents jusqu'à la Faloise.

Et tout à coup l'on perçut le chant national :

La *Garde du Rhin!*...

Mais la Faloise répondit par la *Marseillaise*...

C'était un défi, et comme une sorte de duel entre les deux domaines... mais cela dépassait la portée d'un défi entre les deux hommes, cela atteignait l'intensité d'un duel entre deux opinions, entre deux âmes, entre deux régions... entre deux peuples.

Jusqu'à la fin de cette journée cruelle, Josette resta au poste que lui assignait son père. Et Clément Sauvageot, en la voyant si triste malgré elle, faisait peser sur la pauvre fille un regard douloureux tout plein de questions.

Quand elle le surprenait, ce regard, elle se redressait.

— Puisqu'il fallait feindre et puisqu'il fallait rire !

Mais tout son courage et sa dissimulation n'empêchaient point sa pâleur. Elle aurait eu besoin pour surmonter son trouble, retrouver un parfait sang-froid, d'une énergie surnaturelle... Elle était impuissante et se sentait faiblir....

Non, c'était trop, vraiment, elle n'irait pas jusqu'au bout.

Elle tomberait, succombant sous le fardeau trop lourd.

Le soir de Faloise, on aperçut, par-dessus les arbres du bois des Moines, les fusées d'artifice, aux couleurs de Prusse, d'abord, puis aux couleurs allemandes.

C'était un dernier hommage rendu par Sauvageot le Dur à son hôte disparu.

Mais, au même instant, de Haute-Goulaine, on put apercevoir par-dessus le faîte des mêmes arbres, les fusées d'artifice qui partaient de la plaine de la Faloise, devant l'avenue des cerisiers.

Et qui éparpillaient dans la nuit, sous les étoiles du ciel, des milliers d'étoiles aux couleurs françaises.

Bleues, blanches et rouges !

Ainsi, entre les deux frères, la lutte se poursuivait !...

VI

UNE NUIT D'ÉPOUVANTES

Laissons la Faloise, où l'on dansera tout à l'heure comme on dansera à Haute-Goulaine et revenons chez Sauvageot le Dur. La vie des deux châteaux est si intimement liée, à la veille des événements dramatiques qui se préparent, qu'on ne peut quitter longtemps l'un ou l'autre sans qu'il y ait bientôt une lacune dans le récit. Et du reste, si ces deux familles sont séparées par la haine des frères que d'âmes de chaque côté, tentent de se rapprocher et vont faire des efforts pour se réunir !...

De même qu'à la Faloise erre, parmi ses compagnes, Josette, de même, parmi ses compagnons à Haute-Goulaine, erre le fantôme de Lilienthal, et chez elle comme chez lui ce sont les mêmes regards de trouble et de terreur, si bien qu'à les voir, et si on ne savait, on ne devinerait point des deux quelle est la victime et quel est le bourreau...

Après le départ de Guillaume, Sauvageot s'est arraché aux félicitations qu'il recevait de toutes parts et il a rejoint Lilienthal. Il est inquiet du sort qui attend son fils. Et ce sort dépend de l'officier. Lilienthal le voit venir à lui, mais sa pensée est ailleurs, sa pensée est lointaine. On dirait qu'il a perdu le souvenir de ce qui s'est passé entre lui et Renaud, de l'outrage, de la violence subie devant témoins et du projet de désertion.

Il faut que ce soit Sauvageot lui-même qui le lui rappelle !

Lilienthal paraît s'éveiller d'un lourd sommeil.

— Que comptez-vous faire de mon fils ?.. Permettez-moi d'implorer votre indulgence en faveur de ce jeune homme, presque un enfant... Vous êtes le maître de sa liberté, je le reconnais et vous n'auriez qu'un mot à dire, une plainte à formuler contre lui, pour qu'il soit conduit à Metz, jugé et condamné... Le ferez-vous ?... Vous n'êtes pas homme à vous contenter des excuses qu'il consentirait à vous faire. Du reste, je le connais, ne lui demandez pas d'excuses... Ne l'obligez pas à aggraver son cas et à redoubler sa violence. Ayez égard à sa jeunesse et gardez le silence sur cette aventure, si vous ne voulez pas troubler, pour moi la grande joie de cette inoubliable journée...

L'âme de l'officier paraît absente...

Il a écouté distraitement. Et son regard par-dessus l'épaule de Sauvageot va errer, toujours vers le bois maintenant enseveli dans la nuit. Il soupire, comme s'il souhaitait, dans la terreur de ses remords, que la nuit aussi envahît son cœur, enténébrât éternellement le souvenir d'une lâcheté commise.

Sauvageot tremble et insiste...

Alors Lilienthal s'éveille tout à fait...

Qu'est-ce que cet homme ? Que lui veut-il et que demande-t-il ? Ah oui ! Il s'agit de Renaud, sans doute ?... Il hausse les épaules et il laisse échapper une sorte de gloussement qui est un petit rire sec, de mépris et d'orgueil... Que peut contre lui, vainqueur et maître du pays, cette vermine rampante de vaincu ?...

— Non, je ne porterai pas plainte... Je dédaignerai cet outrage...

Et comme Sauvageot le Dur va se confondre en remerciements, Lilienthal l'arrête d'un geste lent et fatigué de sa main gantée de blanc :

— J'ai mieux que cela à lui offrir... Vous n'ignorez pas que je possède la preuve que Renaud veut déserter cette nuit. Or mon devoir est bien simple. Mon devoir m'oblige à ne point favoriser par mon silence ou par la complicité de mon inaction un acte blâmable que je réprouve... et que je dois empêcher. J'accomplirai donc, simplement, ce qui est mon devoir !...

Il salua, correct et raide, et passa !

Joseph Sauvageot avait à se plaindre de Renaud.

Au lieu de le servir dans ses projets d'ambition, Renaud, avec son amour obstiné pour Josette, avec son dédain de la belle Elise, contrecarrait ces projets. Bien qu'en apparence le jeune homme n'eût paru jouer aucun rôle dans l'étrange refus qu'Elise avait opposé, à la dernière heure, à la demande en mariage et aux fiançailles si bien arrêtées, Sauvageot devinait que la volonté de son fils, en cette aventure, avait dû être agissante et toute-puissante. Autrement, la volonté imprévue d'Elise eût été inexplicable. Le père gardait donc rancune au fils.

Il restait peu de place, dans la dureté de ce cœur, pour de la pitié paternelle. Cependant, il était de bonne foi en intercédant auprès de Lilienthal.

Et là, encore, sa pitié était d'accord avec son intérêt.

C'eût été chose déplorable à tous égards, pour lui, pour sa maison, pour l'avenir, au lendemain de la visite impériale, qu'une affaire devant la justice où Renaud, eût été condamné, pour insulte à un officier allemand.

Quel scandale !

Du moins, grâce à Lilienthal, ce scandale inouï serait évité.

Quant à l'autre catastrophe — quant à ces deux années passées, malgré lui, au service de l'Allemagne, Renaud s'y habituerait, et Sauvageot n'était pas éloigné de s'en féliciter au fond du cœur en se disant que ce temps de dur esclavage et de soumission brutale aplanirait sans doute les côtés anguleux du caractère du jeune soldat. Renaud, ensuite, reviendrait à Haute-Goulaine avec des idées meilleures, plus rassises, plus réfléchies. Il aurait eu tout le loisir d'examiner la situation qui lui était offerte par son mariage avec la jolie fille de Fischer et de la comparer à l'avenir que lui eût créé l'acte de folie d'une désertion. Or, Elise aimait. Elle était patiente. Elle attendrait deux ans.

Et le projet, enrayé, se réaliserait enfin !

Ainsi raisonnait Joseph Sauvageot.

Il ne s'effraya donc point des menaçantes paroles de Lilienthal. Renaud, en faisant ses années de service, ressemblerait à tous les jeunes Lorrains qui se résignent sans abandonner leur foi, leurs espoirs et leurs haines.

Lorsque Joseph rentra au salon, il chercha Lilienthal partout, mais vainement, dans la foule brillante, animée, joyeuse, qui se préparait pour le bal.

Joseph sortit, dans les jardins, de nouveau.

L'officier avait secoué ses remords, essayait de ne plus se souvenir, et s'occupait de donner des ordres aux alentours du château pour que la frontière fût surveillée étroitement. Sauvageot le vit, en effet, dans le verger, parler avec animation à des gendarmes et à des forestiers qui se dispersèrent aussitôt et s'évanouirent dans l'obscurité. A plusieurs reprises, son bras tendu indiqua la tour où Renaud se tenait, puis la direction de la frontière. C'était donc bien de Renaud que Lilienthal causait. Et ses instructions paraissaient minutieuses.

Tout de même, à cet instant, Sauvageot le Dur eut une angoisse.

— Est-ce qu'ils iraient jusqu'à tirer sur lui ?....

Et sa haute taille se redressa, comme s'il s'était cabré, comme si un flot du sang de l'autre race, plus affinée et plus délicate, eût reflué soudain vers son cœur.

— Non, ils n'oseraient... Lilienthal a dû penser à tout!..

Il voulut se rapprocher de l'officier, mais cette fois, ne le trouva plus. L'homme avait disparu, à son tour, et lorsque Joseph s'informa de lui, entre deux valses, auprès de ses camarades, personne ne put le renseigner. On avait remarqué, toutefois, durant cet après-midi, que le comte était soucieux et sombre. Il s'était même, à ce sujet, attiré des plaisanteries qu'il n'avait point paru entendre et auxquelles il n'avait pas répondu.

— Peut-être est-il reparti pour Metz, sans nous prévenir....

Rien n'était plus facile à Sauvageot que de s'en assurer.

Il connaissait le cheval du capitaine.

Il passa aux écuries.

Le cheval était là !... Donc Lilienthal n'avait pas quitté Haute-Goulaine et rôdait sans doute aux alentours, pour vérifier par lui-même si toutes les mesures rigoureuses qu'il avait ordonnées étaient prises.

— Il le hait donc bien ? murmura Sauvageot..... Et pourquoi ?

Pour la seconde fois la race parla en lui. Ses poings se fermèrent. Ses larges épaules semblèrent s'élargir encore. Mais ce fut tout. Il courba le front.

— Non, il accomplit son devoir !... Il n'y a point de haine en lui ! !

Il n'avait pas revu son fils depuis l'algarade de la matinée. Jusqu'après le départ de l'empereur, la chambre de Renaud fut gardée, devant l'unique porte qui s'ouvrait sur le couloir dallé, par les hommes de Lilienthal.

Sauvageot lui avait fait monter son déjeuner, et, le soir, son dîner.

Renaud était bien prisonnier.

Au départ des troupes, les hommes en faction avaient été remplacés par deux gendarmes.

Le matin, lorsqu'il avait réintégré sa chambre et qu'il avait entendu le craquement sec de la clef dans la serrure, le pauvre garçon avait eu des heures de désespoir.

Le bon regard de Pervenche n'était plus là pour le réconforter.

Il tomba sur son lit, la tête dans les mains, les doigts labourant son front.

La catastrophe qu'il redoutait, qu'il avait voulu éviter, il venait de la déchaîner, par sa propre imprudence... Et à quel propos ?.... Car voilà qu'il se demandait maintenant s'il était bien sûr d'avoir vu et d'avoir reconnu sa propre lettre, adressée à Josette, entre les mains de l'officier ?... De là-haut, ne s'était-il pas trompé ?

Il était plein de vaillance. Son abattement dura peu de temps.

— Que je me sois trompé ou non, le fait est le même : je suis prisonnier.... Ce Lilienthal me hait. Il ne pardonnera pas... ou il ne pardonnera qu'à moitié... Donc, il faut que je m'y attende... c'est la prison et le régiment prussien ensuite... Ou, pas de prison, mais le régiment quand même... Avisons ?

Il se redressa, alla s'accouder à sa fenêtre.

D'en bas, beaucoup le virent et l'on se chuchota d'oreille à oreille :

— Il boude ! !

Comme il n'entendait aucun bruit, il espéra un moment que les soldats s'en étaient allés. Alors, il pense à démolir la serrure avec un des chenêts. Il colla son œil à l'ouverture, afin de s'assurer avant tout de sa solitude. Bien lui en prit. Juste en face de la porte, un sous-officier se tenait assis sur le rebord d'une fenêtre du couloir, et, tournant le dos, un soldat s'entretenait à voix basse avec le sous-officier.

Il était bien et sérieusement gardé.

Dégringoler hors de la tour jusque dans le jardin était une entreprise impossible.

Aucune aspérité n'offrait de prise à ses pieds et à ses mains.

Il eût fallu une corde. Renaud n'avait pas de corde.

Il s'agit de filer... mais comment ?

Il ne fallait pas compter, non plus, s'échapper tant qu'il ferait jour.

Il patienta donc jusqu'au soir, se tint coi, ne se montra pas durant la réception afin de ne point susciter de curiosités indiscrètes et dangereuses.

Vers quatre heures, quelques coups de sifflets, des ordres brefs attirèrent son attention. C'était l'empereur qui partait, et les troupes lui rendaient les honneurs.

D'un bond, il fut à la serrure et colla l'œil contre le trou.

Plus personne dans le couloir !...

Les hommes avaient rejoint leur compagnie. Et le bataillon allait rentrer à Metz.

Il voulut ouvrir...

La porte était toujours fermée. Et la clef était enlevée.

— Un oubli, peut-être ?... Non, ces gens-là n'oublient jamais rien ! Alors ?...

Il patienta. De nouveaux coups de sifflets. Des pas rythmiques et pesants ébranlent le sol. Les troupes sont en marche. Elles s'éloignent. La moitié du cauchemar s'en va. Et Renaud recommence à respirer plus librement. Il met la tête à la fenêtre. Il n'y a plus là que des officiers qui se promènent, ceux que Sauvageot a retenus pour le soir.

Un instant, il croit même apercevoir la robe d'Elise,

mais peut-être qu'Elise elle-même l'a vu, car la robe disparaît au tournant du vieux donjon.

Et Renaud pense au souvenir de la phrase lue dans le mystérieux livre :

« Elle veille ! »

Seul, Lilienthal reste invisible. Renaud le cherche. C'est en vain. Il aurait voulu le braver une dernière fois de là-haut, comme il l'avait bravé le matin.

— Ma foi, tant pis, je vais essayer d'ouvrir ! murmure-t-il.

Il s'empare d'un chenêt et frappe sur la serrure. Du coup, la porte s'ébranle. Mais, en même temps, il entend une voix polie, de l'autre côté, qui lui dit :

— Inutile, monsieur, tant que nous n'aurons pas reçu des ordres... .

Il regarde...

Oui, les soldats sont bien partis.

Mais deux gendarmes placides, ventrus, casqués, revolver au côté, ont pris leur place et il les voit, par le trou, qui rient silencieusement, la bouche énorme, les yeux bridés, les mains au ceinturon.

— Diable ! ceci devient plus sérieux.

Il retourne à la fenêtre. Il rêve, le front chargé de soucis et de colère.

Là-bas, vers les tilleuls, un homme est arrêté, la tête renversée en arrière sur les épaules et qui le regarde.

C'est Pervenche, et Pervenche sourit.

Alors, leurs regards se croisent... de si loin pourtant !... s'examinent, s'étudient... leurs regards échangent des confidences, des craintes, des projets....

Mais ces projets, comment les faire comprendre ?.

Soudain, la figure de Pervenche s'épanouit... fendue en deux jusqu'aux oreilles...

Et, dans le feuillage jauni des tilleuls, sous lesquels il se trouve et dont sa haute taille atteint les premières branches, toutes ses dents éclatent en blancheur, pareilles à celles d'un jeune loup...

Pervenche a une idée.

Il a découvert, sans doute, le moyen de se faire comprendre... quel moyen ?

— Dis donc, Renaud, est-ce que tu m'entendions ?

— Certainement, Lucas... As-tu quelque chose à me dire ?

— Pas grand'chose... Une question seulement...

— Laquelle ?

— Je voudrions savoir si ta cheminée fume ?

Et, comme s'il venait de prononcer la phrase la plus naturelle du monde, sans autrement se préoccuper de la réponse, qu'il n'attend pas, Pervenche fourre ses mains dans ses poches et s'en va, tranquille et lourd, en dandinant son vaste torse.

Renaud connaît son ami ! Il sait qu'il ne plaisante guère et qu'il ne prononce, en général, que fort peu de paroles oiseuses. Donc, ces paroles-là ont une signification particulière. Pervenche a voulu attirer l'attention de Renaud sur sa cheminée et peut-être sur l'inconvénient qu'il y aurait à y allumer du feu, ce soir-là. Est-ce tout ?... Non. Et l'esprit du jeune homme travaille....

Tout en réfléchissant, il s'est rapproché de la cheminée. Elle est immense, elle a bien près de trois mètres d'ouverture... L'écusson des anciens seigneurs, au-dessus des moulures de la console, rappelle les temps féodaux...

Renaud pénètre dedans, regarde en l'air....

Là-haut, la trouée du ciel noir et, juste dans le milieu de la trouée une étoile, qui brille comme un œil attentif qui veillerait sur lui....

Cette étoile, était-ce un regard ami ou un regard ennemi ?...

Disait-elle : « Prends garde et ne te hasarde pas ! » ou bien : « Ne crains plus. Viens vers moi.... C'est la liberté ! »

La cheminée était trop large de haut en bas, pour permettre d'y grimper en s'arcboutant le dos contre une paroi et les jambes contre la paroi opposée, gymnastique qui était familière à Renaud et à laquelle, gamin, il s'était livré souvent entre deux murs rapprochés. Pour arriver à l'extrémité et gagner le toit, il eût fallu une forte corde pendante, retenue en haut solidement. Alors l'ascension eût été possible.

Il se creusait le cerveau :

— La cheminée fume ! qu'a-t-il voulu dire ?

Tout à coup la lumière se fit dans son cerveau...

— Parbleu ! Je suis sûr qu'il a trouvé le moyen de me lancer une corde. Je n'ai qu'à attendre... Dans cinq minutes ou dans une heure la corde dégringolera.

Et il attendit.

De temps à autre, il percevait comme le bruit de poids lourds qui se remuaient en face de sa porte, dans le vaste couloir.... et même un ronflement bref qu'interrompit une bourrade. C'était les deux gendarmes de faction. L'un avait bougé, l'autre s'était endormi... un coup de poing dans le dos l'avait réveillé.

L'attente fut longue.

Renaud désespéra.

De temps à autre, il s'en allait, à la fenêtre, regardait en bas, mais la nuit était venue tout à fait depuis l'apparition de Lucas, et l'on ne distinguait plus rien. Deux heures s'étaient écoulées depuis la singulière question du jeune paysan.

Il se jeta sur son lit, non qu'il eût envie de dormir, mais par lassitude d'esprit.

En ce moment, il en était aux idées de révolte. Qu'adviendrait-il, s'il brisait la serrure ? Les gendarmes le retiendraient-ils de force ? Et de quel droit ? Il haussa les épaules. Le droit qu'ils n'ont pas, ils le prennent... S'il se battait contre eux, s'il avait le dessous, s'ils se livraient sur lui, comme c'était probable, à une revanche de brutalités, alors le bruit de la lutte pourrait arriver jusqu'aux oreilles de sa mère. Et cette vie suspendue à un fil ténu, cette vie infiniment délicate, se briserait à ce coup d'émotion trop forte....

Tout à coup, il se redresse à demi dans son lit...

Il écoute avec une attention extrême...

Il vient d'avoir une hallucination bizarre. Il a cru entendre prononcer son nom. Il court vers la fenêtre. Pervenche est sans doute au pied de la tour et il a trouvé le moyen de lui lancer une corde. Il se penche. Ah ! que cette nuit est obscure... La lumière des illuminations ne vient pas jusque là... Toutes sont sur la façade de l'habitation neuve. Le donjon reste dans le noir.

— Est-ce toi, Lucas ? dit-il à voix basse.

Aucune réponse, et ses yeux, s'habituant à l'obscurité, ne distinguent rien, en bas.

Il revient à son lit, et tressaille.

Pour la seconde fois, il entend, et cette fois il est certain de ne pas se tromper.

— Renaud !

En même temps, il perçoit le glissement d'un objet dans la cheminée... De la suie, tombe... un peu de poussière s'épand... Et voilà qu'au ras du foyer une corde se balance de droite et de gauche, remonte, redescend, animée, là-haut, vers les toits, par la gaieté d'une main joyeuse.

Déjà Renaud est sous la cheminée.

A l'ouverture, il ne voit plus le ciel ni l'étoile... mais quelque chose de vague, d'énorme, s'y agite, y paraît ou disparaît.

L'appel tombe, proféré à voix basse, mais distinct le long du boyau où il rencontre des sonorités imprévues.

— Renaud !

— Est-ce toi, Pervenche ?

— Parbleu, qui que ça serient, sauf ton respect ? fait la voix qui se fâche.

— La corde tient-elle ?

— Elle tenont si bien que tu ne l'arracherions pas....

— Attention, je grimpe.

— Je t'attendions depuis pas mal de temps, sans reproche.

Renaud s'enlève à la force du poignet. Du reste Pervenche a ménagé des nœuds, de loin en loin, qui servent à reposer les pieds... L'ascension se fait lentement, avec méthode.

— Souffle ! souffle ! dit Lucas. Ne te pressions point !...

La tête de Renaud apparaît enfin hors de la cheminée, à l'air vif de la nuit... Pervenche empoigne son ami par les épaules, l'enlève comme un enfant et le dépose auprès de lui, sur le toit. Après quoi il dénoue et retire la corde pour enlever toute trace d'évasion.

Le clocher de Villaville sonna neuf heures. Thiancourt répondit presque aussitôt. Devant le château de Haute-Goulaine éclatèrent les feux d'artifice. La façade et le toit en furent illuminés. Renaud et Lucas n'eurent que le temps de se jeter à plat ventre derrière la cheminée protectrice, en sens inverse des lumières. Au loin les feux de la Faloise avaient l'air d'être les réverbérations de Haute-Goulaine.

Renaud s'étonna peu... Josette lui avait parlé du projet de son père... Il s'attendrit.

— Qu'est-ce qu'ils fêtent donc, chez Clément le Doux ? questionna le paysan.

— Ils fêtent la France, mon bon Lucas, comme ici on fête l'Allemagne.

— Je voudrais ben voir ça... Et je le verrions... Tu vas filer, toi Renaud... Tu n'en voulions pas, de leur casque à pointe et de leurs bottes... Moi, je croyais partir pour Coblentz avec toi, puisqu'on nous envoyait tous les deux au même régiment... et ça me consolait de ne point te quitter, et j'aurions porté l'uniforme avec toi... Mais puisque tu refusions de les servir, je refusions également..... Je file avec toi... à l'autre bord de la frontière....

Renaud se contenta de lui serrer la main.

— Je ne te l'aurais pas demandé.... mais j'y comptais...

— Seulement, ça ne va point se passer en douceur... J'ai fait le tour de Haute-Goulaine, je suis allé jusqu'au bois des Moines.... L'homme au coup de poing a posé des factionnaires de tous les côtés, et si rapprochés les uns des autres qu'ils peuvent se voir presque, et sûrement s'entendre... Ça fait une ligne d'hommes qu'il faut franchir.... Or, on te guette, toi Renaud... Ce n'est pas à moi qu'on en veut, bien sûr... Au premier pas que tu feras hors de Haute-Goulaine, tu seras vu, et on te fera rentrer. Voilà !

— Il faut pourtant que je franchisse ces lignes... Nous allons nous séparer. A deux nous aurions trop de chances d'être vus..... Puis, toi, on ne te soupçonne pas.... Je te retrouverai à la Faloise.... Entendu ?....

— Oui... comment t'y prendras-tu ?

— A la grâce de Dieu !.... Mais je passerai, coûte que coûte !... Commençons d'abord par descendre du toit... Tu connais le chemin.... sers-moi de guide !...

Cinq minutes après, par les lucarnes, et en rampant, ils entraient dans la chambrette de Pervenche.... Ils étaient en sûreté.... Et personne ne se doutait, en bas, dans les salons, du drame qui se déroulait silencieusement sous les combles.

— Maintenant, nous allons nous quitter, pour fuir chacun de notre côté... Auparavant, mon bon Pervenche, je voudrais t'adresser une question....

— Qu'est-ce que tu désirions savoir ?

— Il m'a paru que tu étais très familier avec le chemin que tu viens de me faire prendre et qui va de ta chambre à la cheminée... de la cheminée à ta chambre.... Veux-tu m'avouer aujourd'hui que ce n'est pas la première fois que tu t'amuses à cette promenade périlleuse ?

Les larges doigts de Pervenche s'incrustèrent dans ses cheveux en broussailles.

— On ne m'a pas dit que je me tairions pour l'éternité... finit-il par murmurer.

— Tu avoues ?

— Oui.

— Tu as suivi ce chemin plusieurs fois ?

— Oui.

— Et tu descendais chez moi par la cheminée, comme aujourd'hui, à l'aide d'une corde ?

— Oui.

— Et c'est toi qui es venu remettre des lettres, en mon absence ?

— Oui.

— Par trois fois ?

— Oui.

— Et une quatrième fois, tu es venu m'apporter un livre tout ouvert ?

— Oui.

La tignasse s'ébouriffait davantage et les doigts s'y incrustaient de plus en plus. Mais le pauvre Pervenche tremblait de tous ses membres. Il adorait son jeune maître. Il avait peur de lui avoir déplu. Le ton de Renaud était sévère. Les dents de Pervenche claquèrent.

— Lucas, tu sais combien je t'aime ? Je t'aime comme mon frère ?....

— Oh ! Renaud ! mon Renaud ! fait le colosse, qui se met à fondre en larmes.

— Je ne suis pas fâché contre toi et je ne veux pas que

tu pleures.... seulement, si tu tiens à ce que je te pardonne, j'y mettrai pourtant une condition....

— Tout ce que tu voudras, fit Lucas, dans des sanglots d'enfant.

— Sois franc jusqu'au bout et dis-moi le nom de celui qui t'envoyait...

— Celui-là m'avait prévenu : « S'il ne te demande rien, ne lui dis rien.... Mais si quelque jour il te soupçonne et s'il insiste pour savoir, dis la vérité ! »

— Le nom ?

— Le grand-père Sauvageot !... Figure-toi qu'il y avait plus de dix ans que je ne lui avions pas entendu prononcer une parole, quand l'autre soir, il s'approche de moi dans le verger où je venions de répandre une brouettée de fumier, et il me dit :

« Toi, garçon, tiens-tu tant que ça au mariage de Renaud avec Elise ? » Et moi de lui répondre : « Point du tout ! » Et lui d'ajouter : « Moi non plus ! » Là-dessus il m'a remis les petits mots à te porter sans me faire voir... Est-ce que j'avions mal agi, Renaud ?... J'en serions tout triste, car si tu m'aimions, moi je t'aimions aussi comme un chien aimiont son maître....

Renaud lui tend, ému, les bras et lui sourit :

— Viens m'embrasser, avant de courir notre aventure !..

Et ils s'étreignent longuement, fraternellement.

— Est-ce que je pouvions t'aider ?

— Tu le peux. Voici comment : puisque tout est gardé jusqu'à la frontière, le seul moyen pour moi d'y arriver c'est de ne pas être reconnu. Or, il est évident que cette nuit tous les gens qui essayeront de passer seront soumis à un sérieux examen. Si j'échappe à cet examen, je suis sauvé. Or, j'ai une idée... Ecoute ces bruits...

Du geste, il lui indiquait la fenêtre de la mansarde entr'ouverte par laquelle arrivaient les échos de l'orchestre du bal, au rez-de-chaussée.

— Ils s'amusent... Il y en a qui dansent, d'autres qui jouent, d'autres qui boivent... Ils ne pensent guère à moi, sauf l'un d'entre eux, Lilienthal.... mon ennemi...

Le géant serra les poings et grommela entre ses dents :

— Le mien aussi !...

Et il passa lentement son énorme main sur sa figure, comme s'il gardait encore le souvenir cuisant de la brutalité qu'il avait reçue.

— Voici donc ce que tu vas faire... Tous les manteaux des officiers, ceinturons, casques et sabres sont au vestiaire... Les femmes qui s'en occupent sont Marie-Rose et Hortense... toutes deux dévouées... prêtes à ce que tu leur demanderas de ma part... Si elles hésitaient, tu n'aurais qu'à leur dire qu'elles peuvent me sauver la vie... Elles n'hésiteront plus.. Et ce que tu leur demanderas...

— Oui, je sommes ben curieux de le savoir...

— Tout simplement un manteau d'officier, un sabre et un casque... La nuit, tous les chats sont gris... les gendarmes que je rencontrerai me rendront les honneurs... Comprends-tu ?

S'il comprenait ! Le bon Pervenche se tordait dans un vaste rire.

— Tu en feras un ballot que tu passeras par la fenêtre et laisseras tomber... La fenêtre donne juste sur le recoin formé par le donjon... C'est un endroit sombre... enfoncé, défilé à tous les regards... Si j'y arrive sans être vu, je passe le manteau, je ceins le sabre, je me coiffe du casque... et la moitié de la besogne sera faite... Je pourrai même essayer mon premier effet sur les soldats de planton laissés aux écuries pour veiller sur les chevaux des officiers...

— Ça sera fait ! dit Pervenche.

— Ah !... j'oubliais... Tâche que le manteau soit à ma taille... et comme nous avons à peu près la même tête, essaye le casque !... Le reste me regarde...

Ils se séparèrent.

Sur le seuil de la mansarde, Pervenche écouta les pas de son jeune maître qui s'éloignaient avec prudence... qui s'arrêtaient... qui repartaient... Il gagnait les greniers pour, de là, descendre vers l'office, derrière le château d'où il sortirait plus facilement, en guettant une occasion favorable, une seconde d'inattention ou de solitude... Mais Pervenche, tout à coup, trembla. Les pas revenaient vers lui. Renaud reparut. Il dit simplement :

— Est-ce que je peux partir sans embrasser ma mère ?

Et il se dirigea vers le grand escalier.

Mme Sauvageot habitait au premier étage. En traversant, dans les combles, un cabinet noir, deux chambres et la lingerie, on retombait dans le corps principal du logis. Ces chambres n'étaient jamais fermées. On ne fermait que les hautes armoires de la lingerie. Et à cette heure, ce jour-là, surtout, elles étaient désertes. Renaud ne fit aucune rencontre. Toute la vie du château se concentrait dans les salons du rez-de-chaussée. Et le désert du premier étage était si complet, formait un si frappant contraste avec l'animation fiévreuse d'au-dessous qu'on eût dit qu'entre le haut et le bas, une barrière infranchissable avait été jetée.

Le jeune homme s'avança sur la pointe des pieds jusqu'à la chambre maternelle.

Doucement, timidement, il frappa à la porte.

Il avait le cœur bien gros. Cette entrevue, hélas ! allait être la dernière... Sa mère, si faible, déclinait tous les jours. Bientôt, quand il aurait mis, entre elle et lui, cette frontière si proche, ce serait fini. Il ne la reverrait plus.

Mais il ne fallait pas attrister la pauvre femme. Il refoula le sanglot qui l'étreignait à la gorge, soudain, dans un spasme douloureux.

Une voix à peine perceptible avait répondu :

— Entre !

Elle avait reconnu sa façon de frapper.

Mme Sauvageot n'était pas dans son lit. Elle était couchée sur sa chaise longue, tout enveloppée de fourrures, car elle avait fait ouvrir sa fenêtre pour se distraire aux bruits de la fête... Et ainsi préservée du froid de la nuit, elle rêvait, les yeux fermés, sans dormir.

Il entra et sans prononcer un mot alla s'agenouiller devant elle.

Elle murmura, doucement :

— Tu n'as pas voulu de leur fête ? Et tu viens me tenir compagnie ?

— Mère, je viens te faire mes adieux, dit-il, brisé.

— Tes adieux ? Ah ! oui, oui... je devine... je sais... je comptais les jours qui me restaient à vivre auprès de toi... C'est demain la séparation, n'est-ce pas ?... demain que l'ordre t'appelle à ton régiment de Coblentz... à moins que... à moins que...

Elle n'osa plus... parce qu'il y avait deux séparations qu'elle craignait... celle de deux ans, pendant laquelle, tout de même, son fils pouvait la revoir... celle de toujours... Et elle avait peur de se demander à laquelle des deux Renaud s'était résolu...

— Mère, fit-il, la voix étouffée... je pars ce soir, tout à l'heure...

— Ah !... Alors ce n'est pas chez eux que tu vas, c'est chez nous ?... Tu rentres en France ?

— Oui !...

Elle posa sa main attiédie par les fourrures sur ce jeune front tout glacé et le caressa.

— Ne pleure pas, Renaud, ne pleure pas, mon enfant !... Pourtant, c'est bien triste, car c'est la séparation pour jamais... Tu es perdu pour moi...

Il sanglotait, la tête enfoncée dans les genoux qui tant de fois l'avaient bercé.

— Il ne faut pas pleurer, mon fils... tu as besoin de tout ton courage... Malgré ma douleur... j'approuve l'acte grave, définitif, auquel tu te prépares... Oui, je l'approuve, malgré l'horrible déchirement de cette minute qui nous sépare et qui, de toi comme de moi, va ne plus faire que deux souvenirs comme si déjà nous étions morts l'un pour l'autre... Je l'approuve... parce qu'il y a ici une âme perdue pour la France... et qu'il est bon, et qu'il est juste que la France retrouve une autre âme...

Avec un sourire d'extase :

— Tu pars, mon fils... tu rentres chez nous... tu échappes au mauvais rêve d'ici... Je suis envieuse de toi et je te bénis de tout mon amour...

Il souleva son front jusqu'aux lèvres maternelles.

Oh ! quels baisers fiévreux, désespérés, ardents !... Et quel échange d'âmes en ces baisers !

Quand ils se séparaient, vite ils se rejetaient l'un à l'autre.

Encore ! Encore !... N'était-ce pas fini pour toujours ?

Il n'avait plus la force de s'éloigner. Une faiblesse étrange l'envahissait, devant cette pauvre créature qui respirait à peine... et dont le cœur était si vaillant... Elle comprit peut-être qu'il hésitait... et que c'était sa faute, à elle...

— Va, mon enfant... ne t'attendris pas... Garde ta foi, garde ton idéal... garde Josette qui t'aime... sois heureux... Adieu !... Il le faut !!...

Une suprême étreinte...

Mais il ne part point... ses jambes fauchées par l'émotion, tremblent sous son corps.

Il ne partira plus, si elle ne le lui ordonne...

Elle sourit alors, à travers les pleurs qui coulent le long de son visage... elle lève lentement le bras... le doigt tendu...

— Obéis... Va !... Il est temps !...

Et elle a un dernier mot adorable, de tendresse divine :

— Tu emportes ta mère avec toi !!...

C'est tout... Les mains sur les yeux, tout chancelant, éperdu de douleur, il est parti...

La mère écoute les pas qui s'éloignent, s'éloignent, s'éteignent, et c'est fini...

C'est la mort... puisqu'ils ne se reverront plus... et elle n'a qu'une plainte très douce :

— Mon Dieu, pourquoi nous avez-vous rendus si malheureux ?

Renaud est remonté vers les combles. Il a refait, sans être vu, le même trajet. Maintenant, il s'agit de descendre dans la cour, car Pervenche a eu le temps de courir au vestiaire et le ballot d'uniforme doit attendre au bas de la fenêtre, dans l'angle de la tour. Puis, il sait qu'il a peu de choses à redouter, en somme. Les gens du château ne le trahiraient pas. Ils lui prêteraient plutôt leur assistance pour l'exécution de son projet. Et sa sécurité sera même à peu près complète tant qu'on n'aura pas constaté son évasion.

Dans l'escalier de service, il croise un cocher, François :

— Pas un mot, François !!

L'homme se met à rire tout bas, et répond :

— Pas de danger, notre monsieur ! Pas si bête !

Au premier étage, c'est une fille de la basse-cour qui remontait se coucher, Lisbeth. Mais Lisbeth ne sait rien.

Sa large face s'épanouit d'un sourire poli. Et c'est tout.

D'un saut, il est dans la cour, à l'arrière de Haute-Goulaine et en se glissant contre le mur, dans la nuit plus épaisse projetée là par l'ombre colossale du donjon, il gagne le recoin. Un ballot enveloppé d'une serviette l'y attend et le ballot est traversé par un sabre. Pervenche a réussi dans sa mission et Renaud ne retient pas une exclamation joyeuse. En un clin d'œil il est méconnaissable. Il a coiffé le casque et il a jeté sur ses épaules le large et flottant manteau gris pâle des officiers de l'infanterie allemande. Il a reconquis son sang-froid, son esprit est d'une acuité merveilleuse. Tout son effort gigantesque va tendre vers un but : la fuite.

— Pervenche a ma foi, fort bien choisi, murmure-t-il... en boutonnant son collet... On jurerait que tout cela est fait pour moi ! Comme les points de vue diffèrent selon les circonstances et les événements... Je fuis pour ne pas coiffer le casque à pointe... et je me pare d'un casque à pointe pour fuir !! A présent, saluez !...

Il va passer, raide, comme emmanché d'un bâton, devant les écuries.

Devant la porte, un soldat, de planton, flâne et fume un cigare.

A la vue de l'officier, l'homme jette son cigare, se redresse, d'un coup brusque rapproche les talons qui se choquent et porte la main à son bonnet en tournant le regard vers son supérieur jusqu'à la distance de cinq pas... Puis, la main retombe, l'homme fait demi-tour, et ramasse son cigare.

— Très bien, pense Renaud, l'épreuve est satisfaisante !

Mais il n'a garde de se diriger vers la façade de Haute-Goulaine, brillante de ses illuminations. Il serait vite reconnu. Puis là, grouille encore toute une foule restée pour la fête du soir et les feux d'artifice.

Il gagne rapidement le verger... où il y aura un peu plus de solitude. Le seul danger qu'il redoute, c'est de rencontrer un officier... Si cet officier l'aborde et lui parle ?...

Dans le verger, heureusement personne... Et la nuit noire, complète. Il ne se cache plus... Il a ralenti sa marche... Il a trouvé des cigares dans la poche de la capote et ma foi ! il en allume un, lentement, avec méthode... en dilettante !...

La lune se lève. C'est une chance qu'il a contre lui. Les profondeurs du verger, avec ses quinconces d'arbres fruitiers de toute sorte, se dégagent brusquement de l'obscurité, mais tout y reste quand même imprécis, avec des allures de rêve... Ce sont des alignements symétriques qui ne semblent pas tenir à la terre, et qu'on dirait plutôt faire partie de la nuit, plantés là comme des jalons auxquels l'obscurité s'accroche.

Renaud ne se dirige point vers les portes qui donnent sur la campagne.

Il serait trop sûr de trouver, de l'autre côté, quelque gendarme ou quelque forestier en faction dont sa promenade nocturne éveillerait peut-être la curiosité.

Le mur de clôture n'est pas très haut. Au besoin, il tentera l'escalade.

Mais il s'arrête, et vivement se jette derrière le tronc d'un noyer.

Là il s'efface tant qu'il peut et se contente de pencher la tête, juste assez pour voir.

Pour voir quoi ?... Il ne se rend pas bien compte encore mais l'officier dont il vient de distinguer la silhouette, entre deux rangées d'arbres, à la clarté lunaire, n'est-ce pas Lilienthal, facile à reconnaître à sa haute taille maigre, à son allure hautaine ?...

Le cœur de Renaud bondit à cette pensée.

C'est lui ! Ce ne peut être que lui !

Et la femme qui marche à son côté, souple, légère et gracieuse, qui serait-ce, parmi toutes celles qui sont à Haute-Goulaine ce soir-là sinon la jolie Elise...

C'est Elise Fischer, tout le lui crie !...

Et il a peur un moment... Oui, cela l'effraye, cette chose si simple, si naturelle, cet entretien, entre cet homme et cette femme, comme si quelque instinct l'avertissait que sa vie était liée à ce qu'ils allaient dire...

Il se moque de lui-même.

— Que m'importe, après tout, leurs secrets et leurs mystères !

En disant cela, cependant, il ne les perd pas de vue...

Il garde sa distance en se jetant de tronc d'arbre en tronc d'arbre. Et leur préoccupation est telle qu'ils ne prêtent aucune attention au bruit qu'il fait sur les pierres ou sur les menues branchettes qui se cassent.

Ils prennent la direction du kiosque...

Renaud déjà ne s'occupe plus d'eux lorsque son attention est attirée pour la seconde fois vers le couple par une apparition qui emprunte aux ténèbres, un aspect fantomatique.

Derrière Lilienthal — car c'est bien lui — et derrière Elise — car c'est elle — une ombre, qui paraît immense, se détache de la nuit au ras de la clôture, l'enjambe à l'aide des branches d'espalier avec une souplesse et une agilité merveilleuses, et disparaît comme si elle avait fait corps avec les pierres, s'aplatissant, en haut du mur, immobile, invisible..

Si rapide que soit cette vision étrange, cela suffit à Renaud pour voir et reconnaître.

— C'est grand'père !... Que vient-il faire là ?

Et son cœur se met à battre, car la révélation faite tout à l'heure par Pervenche lui revient à l'esprit. Depuis des années et des années, le vieux Sauvageot était auprès de sa famille, à Haute-Goulaine, comme un mort vivant. Rien ne l'intéressait plus chez les autres et il voulait que rien de lui n'intéressât les autres. Or, le vieillard vivait, d'une vie d'autant plus intense qu'elle était intime et pour ainsi dire plus ramassée. Voilà ce que le jeune homme venait de découvrir... Le vieillard mentait à tous, et veillait... alors que personne ne prenait garde à lui... C'était un fantôme, mais vibrant et passionné, et redoutable !... Un fantôme dont le regard d'oiseau de proie s'étendait sur la contrée entière, puisqu'il avait su découvrir des secrets devant lesquels Elise avait pâli et s'était évanouie !

Et voilà que ce fantôme se jetait, une fois de plus, sur la piste d'Elise !

Pourquoi ?

Renaud se sentait troublé... Cet être muet, qui se traînait, lamentable, par les sentiers les plus solitaires de la campagne ; cet être qui avait fini par inspirer de la pitié, cet être qui s'abandonnait, se recroquevillait, se ratatinait comme pour se rapprocher au plus près de la terre et avoir

moins de chemin à faire le jour où l'on viendrait pour l'y
enfouir, cet être, tout à coup, venait d'emprunter aux
ténèbres protectrices une vigueur inconnue. L'homme qui
s'était élancé là-haut, d'un bond de panthère, avait accompli avec aisance un tour de force que ni Renaud, ni Pervenche n'auraient pu exécuter.

— C'est impossible ! murmura Renaud. Ce ne peut être
lui !

Il essayait de douter — mais contre la certitude et l'évidence. Le vieillard était apparu, durant une seconde, sous
la lumière de la lune...

Renaud ne songea plus au danger qu'il courait. De
minute en minute, on pouvait s'apercevoir de son évasion
et se lancer à sa poursuite... Il ne fit pas un pas de plus
pour s'éloigner... attaché là par la force mystérieuse de
l'Inconnu... et il resta... collé contre son tronc d'arbre,
pas très loin du kiosque... attentif et anxieux...

Le vieux Sauvageot venait de jouer dans la vie de
Renaud un rôle définitif, en empêchant son mariage avec
Élise, et le jeune homme réfléchissait, autant qu'il le pouvait dans le désordre de son esprit, que la protection du
grand-père devait s'étendre encore jusqu'au petit-fils, en
cette heure suprême.

La solitude du verger est toujours complète.

Les bruits du bal arrivent assourdis et au bout, de l'autre
côté des arbres, tout à l'heure encore Haute-Goulaine avait
l'air d'un incendie. Mais les illuminations s'éteignaient
lentement, un à un les lampions grésillaient et mouraient...

Villaville et Thiancourt sonnèrent tour à tour deux
quarts...

Il était neuf heures et demie..

Elise avait guetté Lilienthal toute la soirée. Elle l'avait
vu paraître et disparaître. D'abord, elle avait eu peur de
sa rencontre, peur de ce qu'il pouvait dire, peur, enfin
d'elle-même. Puis il fallait que l'ardente curiosité de sa
haine fût satisfaite et la haine l'emporta.

Elle le rejoignit au moment où Lilienthal, fuyant le bal,
harcelé par ce bruit de fête comme par un cauchemar,
s'engageait dans les allées du verger pour y trouver la
solitude.

— Offrez-moi votre bras ! dit-elle.

L'officier laissa poser sur la jeune fille un regard où passèrent des lueurs de folie.

— Soit ! dit-il brutalement... Aussi bien, j'ai besoin de m'épancher en vous, car depuis des heures, j'étouffe... et je ne comprends plus rien de ce qui se passe autour de moi.

— Vous êtes faible, mon pauvre homme ! dit-elle en le plaisantant.

Le regard devint plus lourd encore, si lourd qu'elle s'effara, prise de frayeur.

Elle essaya de dégager son bras, mais il le retint de force.

— Non... vous êtes venue, vous irez jusqu'au bout... Il faut que je vous dise tout ce que je pense de vous, Elise...

Ce fut à son tour de rire, et son rire sonna, sinistre, sous les arbres.

Elle se laissa entraîner et, sans un mot de plus, ils arrivèrent au kiosque.

En chemin, pourtant, elle s'était ressaisie. C'était une fille de ressources. Elle n'attendit pas de se défendre. Ce fut elle qui attaqua.

— Oui, j'ai entendu autour de vous, en cette après-midi, bien des paroles de surprise... Votre air sombre, votre attitude étrange, ont étonné vos amis... Les commentaires n'ont pas été favorables, mon cher... On dit que vous êtes amoureux...

— Oui... vous le savez... à en devenir fou ! à en mourir !

Un léger ricanement de moquerie, répondit :

— Pourquoi mourir, quand on peut courir la chance d'épouser ?

— Elise, j'ai été lâche et j'ai été infâme... et ce sera le déshonneur et le tourment et le remords de ma vie... Je n'ose plus relever les yeux... j'ai peur qu'on ne lise mon crime dans mon regard... Ce que j'ai fait est abominable ! Mais vous, Elise, qui m'avez poussé... qui êtes complice... qui avez agi pour la joie de votre rancune, vous êtes plus lâche encore, et plus infâme que moi !...

— Vous vous égarez, mon cher, fit-elle... Songez seule-

ment, je vous prie, que j'ignore même à quoi vous faites
allusion...

— Ah ! ne mentez pas devant moi. Il est inutile de feindre et de jouer la comédie... Vous êtes une misérable créature... Le crime à commettre, c'est vous qui l'avez rendu
facile, c'est vous qui en avez eu la pensée... moi, ma lâcheté a été de ne pouvoir plus résister à ma passion...

Il eut un gémissement sourd, et tout à coup, devant
l'image obsédante :

— Ah ! la pauvre Josette ! la pauvre enfant ! Elle criait,
elle pleurait, elle implorait. Elle se traînait à genoux... Et
si belle dans ses larmes, dans ses terreurs !... Et je n'ai
pas eu pitié ! J'ai commis ce crime odieux, moi, moi !! ah !
pouah . Et il ne s'est trouvé personne pour accourir à son
aide, pour venir à moi, et me souffleter... comme je le
méritais !... Si celui-là, quel qu'il fût, était survenu pour
cet outrage, me rappelant ainsi à moi-même, il me semble
à présent que je me serais courbé, sans révolte, sous le
soufflet... et que, peut-être, j'aurais demandé pardon !...
Comment vivre, oui, comment vivre avec un tel souvenir ?
Ah ! Elise ! Elise ! je veux, du moins, que vous portiez
comme moi, le fardeau de cette mauvaise action...

— Le fardeau me sera léger... Je n'ai point de reproche
à me faire...

L'homme immobile, raide, laissa tomber une parole
lente :

— Plus infâme et plus lâche !... ah ! comme elle vaut
mieux que vous !! Et que faire pour effacer ? Que faire
pour racheter, expier, ne plus penser ?... Hélas ! rien !!...
Je suis condamné à ne pas oublier... Une petite Française
innocente a été victime... Et je n'ai plus d'honneur !!...

Puis, brusquement — ainsi qu'il eût donné un ordre à
ses hommes :

— Allez-vous en ! avec mon mépris et mon dégoût..
Je ne veux plus vous voir !!

Il descendit l'escalier du kiosque qui aboutissait à la
grande route et se perdit dans la campagne. Et malgré
lui, ce fut vers le bois des Moines et vers la carrière abandonnée que ses pas le portèrent. Trop absorbé, éperdu,
il ne s'en apercevait pas...

Elise était rentrée dans le verger...

Elle portait son mouchoir à ses lèvres et le déchirait pour éteindre les sanglots de sa rage !... Elle avait subi les outrages... Elle se sentait coupable et ne pouvait y répondre...

Mais la haine triomphante fut plus forte que tout. Les pleurs cessèrent. Le mouchoir disparut des lèvres. Les sanglots s'espacèrent... remplacés par un rire bref...

— Est-ce que c'est ma faute, après tout !

Elle était si absorbée qu'elle frôla, sans rien voir, l'arbre contre lequel Renaud n'avait cessé de se tenir blotti...

Renaud murmura :

— Tiens ! Tiens ! la belle Elise a pleuré !

Derrière Lilienthal, qui descendait sur la route, derrière Elise qui s'en retournait par le verger, une ombre immense sur le ciel pâle surgit en haut du mur... Deux bras maigres, levés, tendus au-dessus de la tête, eurent un grand geste tragique de désolation et de supplication vers les yeux brillants des étoiles...

Et Renaud, effaré, entendit, ou plutôt crut entendre un nom, prononcé dans le gémissement d'une douleur surhumaine :

— Josette ! Oh ! Josette !

Et l'ombre s'effondra, fit corps avec la nuit.

Pourquoi le nom de Josette dans la bouche du grand-père, à pareille heure, en pareil lieu, au milieu de circonstances aussi étranges ? Avait-il donc été question de Josette dans l'entretien de Lilienthal avec Elise, dont Renaud n'avait rien entendu et dont il n'avait pu surprendre que les gestes dramatiques ? Ou bien le cri désespéré, angoissé du vieillard, voulait-il dire que la jeune fille courait quelque danger ?... Et d'où venait ce danger ?

Du kiosque, où il monte, Renaud croit voir dans les champs, sur le côté de Haute-Goulaine, de place en place, des gendarmes dont la pointe arrondie du casque accroche en scintillant des rayons de lune.

Il faut risquer le passage.

Partout, il trouvera ces mêmes obstacles, ces mêmes yeux aux aguets.

Le voici sur la route.

Les gendarmes n'ont nulle défiance et continuent leur faction au loin. C'est à peine s'ils ont jeté un regard respectueux — et distrait — sur cet officier qui, sans doute, va faire une promenade mélancolique en pleins champs. Rien ne les étonne. Tout à l'heure, n'ont-ils point vu Lilienthal, lui-même, en faire autant ? Lilienthal de qui ils tenaient les ordres qui, pour cette nuit, les clouaient à cette place ?

A pas lents, comme s'il était absorbé par sa rêverie, alors pourtant que son cœur est en tumulte et que la pensée de Josette vient de le mettre en détresse, Renaud s'éloigne. Comme il ne faut pas qu'il ait l'air de fuir, de temps en temps il s'arrête... Il en profite pour écouter... Aucun bruit anormal ne frappe ses oreilles... Cette évasion qui paraissait si difficile, devient presque un enfantillage... Il reprend sa marche, hâte cette fois un peu le pas...

Déjà il est assez loin de Haute-Goulaine pour que les arbres du verger, les tilleuls, les platanes, n'apparaissent plus que comme des ombres très vagues.

Tous les lampions sont éteints.

La musique du bal arrive encore jusqu'à lui, comme un murmure.

Alors, il se sent pris d'une profonde, d'une insurmontable tristesse.

Maintenant qu'il se croit en sûreté et que ses nerfs ne sont plus tendus à fuir l'esclavage redouté, son cœur se fond tout à coup à la pensée de l'exil, auquel il se résigne, de tous les chers regrets qu'il abandonne derrière lui.

Il s'assied sur un tas de pierre, au long de la route...

Il éprouve vraiment une faiblesse, comme si ses jambes refusaient de le porter plus loin... et son regard humide cherche, là-bas, tout ce qu'il laisse... tout ce qui a été sa vie depuis vingt années... car il n'est rien qui ne retienne un de ses souvenirs... et tout ce que fut sa jeunesse lui apparaît, à cette heure suprême, dans un coup de clarté soudaine, réveillé par l'approche de l'exil, de l'exil qui était la mort de cette jeunesse. Tout petit, il avait joué parmi ces champs et ces bois, grimpé à ces arbres, pêché dans ces ruisseaux... cueilli des fleurs dans ces prairies... parcouru ces routes et ces chemins de traverse dans sa petite

voiture basse attelée d'un âne couleur de café au lait,
grand comme un chien danois... derrière tous ces renfle-
ments de terrains il avait joué aux voleurs, aux gendarmes,
aux soldats — aux soldats français, bien sûr, et qui battaient les Allemands à leur tour ; un jour il était tombé
du haut de cette branche, une autre fois il s'était embourbé
dans la mare ; et l'usine dont tous les ouvriers le gâtaient,
où il passait son temps, parfois les jours de congé, à se
fabriquer des jouets ; et la douceur exquise de ses enfantines amours avec Josette, et leurs rendez-vous, et leurs
longues causeries pour ne rien dire, au coin du bois, heureux de se sentir l'un auprès de l'autre, pendant que les
vieilles paysannes, chargées de bois mort, qui les surpre-
naient, ne manquaient jamais de leur dire : « Aimez-vous,
chers petits, aimez-vous bien ! » Ah ! certes, ils s'aimaient
bien !... Ces souvenirs, pourtant, étaient parsemés de bien
des tristesses. Il avait grandi dans l'atmosphère encore
lourde de la guerre récente... Ceux qui commandaient,
dans le pays, étaient des gens à la voix rude, au rire
brutal, et dont il ne comprenait pas encore le langage
dans ces temps-là... étrangers installés au foyer et dont
on attendait toujours le départ... à l'école, son âme avait
été brusquée, comme violée, par des paroles qui heur-
taient en lui tous les instincts accumulés par des siècles
de la même race... Autour de lui, malgré les exubérances
nécessaires de sa joie d'enfant, il comprenait que c'était
la gêne, et la sourde rancune, et la crainte... Et sa mère,
qu'il avait toujours connue malade, lui caressait les cheveux, souvent, en disant, il ne savait pas pourquoi : « Pauvre enfant ! Pauvre enfant ! »... Ces hommes blonds, au
dur langage, on les avait éloignés d'abord de Haute-Goulaine... puis, ils y apparurent régulièrement, et bientôt
on ne vit plus qu'eux... C'est alors que la mère devint de
plus en plus triste et malade, et que le grand-père résolut
de vivre seul, dans son coin, après s'être exclamé : « C'est
la fin de tout, vois-tu, Renaud ? De tout ! » Et ce fut à
peu près la dernière fois qu'on entendit parler le vieux...
Tristesses, jours sombres, où rayonnèrent deux amours,
celui de la mère, celui de la fiancée... Il laissait tout cela
derrière lui, les joies et les douleurs.. Et, au moment de

les quitter, joies et douleurs lui étaient aussi chères !...

Il se dressa vivement...

Deux coups de feu venaient d'éclater dans le lointain de la campagne silencieuse, vers Haute-Goulaine...

Signal, peut-être ?... Avait-on découvert qu'il s'était enfui ?

Si son évasion est connue, il va falloir jouer des jambes.

Il se débarrasse de la capote d'officier, du sabre qui le gêne, du casque, et suspend le tout à une branche de mirabellier.

Nerveux, souple, entraîné, il ne craint pas grand'monde à la course...

Mais si on aperçoit sa silhouette dans la nuit claire, une balle peut l'arrêter...

Devant lui, à une centaine de mètres, une ligne de saules rabougris indique le cours du ruisseau qui court vers le bois des Moines et y sert de limite aux deux pays.

Il s'y jette, ayant de l'eau parfois jusqu'à la cheville parfois jusqu'au genou.

Le ruisseau est très encaissé. Renaud pourrait s'y tenir debout sans crainte d'être vu. Sa tête n'atteindrait pas à la rive. Mais il se courbe au ras de l'eau, invisible, et lentement, évitant tout bruit de clapotement, il se dirige vers la frontière.

Les deux coups de feu étaient bien un signal.

Dans la soirée, toutes ses dispositions étant prises à l'extérieur, et sûr que Renaud ne pourrait point vouloir s'enfuir sans être aussitôt repris, le comte de Lilienthal avait prescrit aux deux gendarmes, en faction dans le grand couloir dallé du donjon, de rouvrir la porte de la chambre où Renaud était enfermé... et de quitter le château sans lui donner d'explications...

Ils devaient attendre seulement dix heures.

Quand dix heures sonnèrent, ils exécutèrent l'ordre avec ponctualité...

L'un des deux introduisit la clef dans la serrure, ouvrit, poussa la porte...

Dans la chambre, à leur grande surprise, aucun bruit.

Ils entrent...

La lune, qui frappe en plein la fenêtre, éclaire tous les coins...

Personne !...

Dans les deux petites chambres qui communiquent avec la première, personne !

Ils ouvrent les vastes armoires, les placards, les réduits... Personne !

Ils se penchent à la fenêtre... Impossible de sauter sans se rompre les os... Et aucune corde n'est accrochée là pour faciliter la descente...

Les braves gens n'ont pas compris pourquoi on retenait Renaud prisonnier et pourquoi ils servaient de geôliers depuis des heures au fils de la maison.

Un vaste rire épanouit ces deux visages épais.

Et l'un dit, en s'esclaffant :

— Envolé !!

Ils ne s'en préoccuperaient pas davantage, si, en même temps, au rez-de-chaussée, un grand brouhaha n'attirait leur attention en leur faisant passer un frisson dans l'échine.

L'officier volé vient de s'apercevoir de la disparition de son uniforme.

Et croyant leur jeune maître en sûreté, Marie, Rose et Hortense ont révélé la ruse...

Sauvageot est prévenu et une terrible émotion l'envahit : remords, crainte et fureur ! Tous les yeux vigilants qui rôdent autour de Haute-Goulaine, s'animent.

Toutes les oreilles aux écoutes reçoivent le même mot d'ordre qui les met en éveil :

— Renaud va passer la frontière !!...

Mais où est donc le capitaine comte Ulrich de Lilienthal ?

Deux coups de revolver, tirés en l'air envoient au loin le signal qu'il a eu soin d'indiquer lui-même... et ce signal il a dû l'entendre...

On le cherche et on l'appelle en vain !

Le comte promène à travers la nuit des champs le remords de sa lâcheté et essaye sans doute, à force de fatigue, de s'étourdir un moment pour échapper à l'obsession du déshonneur.

Lilienthal, disparu, demeure invisible...

Quelque diligence qu'il fasse, Renaud ne peut avancer

que lentement, dans le ruisseau, tandis que ceux qui le poursuivent gagnent du terrain, en rase campagne.

Le jeune homme s'arrête et passe la tête entre des racines enchevêtrées sur le bord, pareilles aux pattes velues d'un crabe gigantesque.

Là-bas, vers Haute-Goulaine et se rapprochant rapidement, toute une ligne de lanternes dansent au bout des bras... La ligne oscille un instant... quelques lanternes se rassemblent, se groupent autour d'un arbre, et cet arbre, c'est le mirabellier où Renaud a suspendu la défroque de l'officier d'infanterie...

Il perçoit nettement les exclamations arrachées par cette trouvaille.

On est sur sa piste. Ils ont peut-être hésité jusque-là. Ils n'hésitent plus.

C'est une course folle des lanternes, et, dans quelques minutes, on l'aura rejoint.

Son regard se dirige vers le bois des Moines, le bois sauveur, où passe la frontière, au delà de laquelle il pourra s'arrêter et narguer ceux qui le poursuivent.

Il tressaille et il a un cri de désespoir.

Du bois, s'avance vers lui une autre ligne de lanternes, espacées de cent mètres en cent mètres et s'allongeant à l'infini.

Il est pris entre deux feux.

Le ruisseau même ne lui offre plus de refuge, car les lanternes se promènent sur ses bords semblables à des feux follets, et inspectent les broussailles, les racines profondes, les détours, tout l'encaissement du petit cours d'eau, plein de sinuosités et d'imprévu...

Entre ces deux lignes de lanternes qui marchent à la rencontre comme des tirailleurs qui vont s'aborder et qui, en se rejoignant, auront ramassé en route et roulé avec elles l'homme qui se cache, il existe encore une large raie d'ombres traversée par une courte clôture d'épines sèches. L'ombre s'épaissit soudain. Un étroit nuage passe sur la lune... La lumière des lanternes s'avive de toute l'obscurité d'autour d'elles.

Renaud n'a plus d'autre chance de salut... cette raie d'ombre...

Il s'y lance à corps perdu, fuyant ainsi entre les deux haies de forestiers et de gendarmes.

Il longe les épines sèches en se courbant, sans ralentir sa course éperdue.

Mais le nuage a glissé sur la lune, dont la face ronde semble regarder ce drame en goguenarde spectatrice...

Des cris partent de tous les horizons, se répercutant au loin.

— Le voilà ! le voilà !...

On l'a vu.

Les lignes des lanternes se brisent, se disloquent et c'est une poursuite ardente, affolée, haletante, qui commence... poursuite de chiens enragés contre ce gibier qui est un homme....

Il fuit, bondit avec la souplesse, l'aisance d'un chevreuil, en se jouant des obstacles.

Il était trop tard pour lui couper la voie. On ne peut que le suivre... Pour le suivre, il faudrait de pareilles jambes inlassables... Forestiers et gendarmes sont lourds... Il y a une lutte qui dure cinq minutes... après quoi, c'est fini... Les lanternes, espacées, se balancent au hasard, dans les champs... courent encore, par devoir, mais sans plus d'espérance.

Et Renaud, s'essuyant le front, murmure :

— Il me semble que je viens de les semer proprement !

Seulement, il est loin de la Faloise et toujours en terre annexée. Il a été obligé de suivre une ligne parallèle à la frontière. Celle-ci n'est pas éloignée. Voici les côteaux de vignes qui bordent la Moselle. Il y grimpe. Il se sent plus à l'aise. Haies vives, clôtures de pierres, broussailles, petits boqueteaux, autant d'abris, autant de chances de salut. A travers les plants de vignes nues, il redescend vers les prairies. La rivière miroite au clair de lune. Voici l'angle qu'elle forme en atteignant le sol allemand...

Quelques bonds, et il retombe en terre française.

Deux balles ont sifflé à ses oreilles...

D'énormes silhouettes de gendarmes essoufflés surgissent dans le vignoble... des forestiers, plus lestes, sont arrêtés sur la limite des deux nations...

Ce sont eux qui ont tiré...

Ils ont la carabine à l'épaule et vont tirer de nouveau.

Renaud se croise les bras, s'avance et crie :

— Je vous en défie ! Vous n'oserez plus !

Il n'est pas à plus de vingt mètres d'eux... mais ces vingt mètres, c'est de la terre de France, c'est le sol sacré, défendu... Ils le savent et les fusils s'abaissent...

Pendant qu'ils s'en retournent, Renaud leur crie encore, comme s'il voulait décharger son cœur d'un fardeau insupportable :

— Adieu ! adieu pour toujours !...

Les lourdes têtes germaniques roulent parmi les ceps, s'éloignent, disparaissent... Pourtant l'une d'elles a entendu l'adieu, se retourne et lance comme une menace :

— Pas adieu, peut-être au revoir !... Nous avons deux mots à nous dire...

Un souvenir d'enfance revient à Renaud, une vieille légende mosellane racontée par le grand-père, celle d'un soldat russe qui échappe à des périls fantastiques par la ressource de son esprit et où la même phrase revenait comme le refrain des couplets d'une chanson.

Cette phrase, Renaud la réplique au gendarme, en riant :

— C'est bon... ce sera pour quand je repasserai par ici !!...

Le grand-père ! Il regrettait maintenant de n'avoir pas pu l'embrasser une dernière fois. Si vieux ! si près de la tombe ! Et son cœur s'attendrissait encore, à présent que venait de lui être révélée l'affection secrète et vigilante du vieillard, que d'histoires merveilleuses il avait entendues, tout enfant, sur ces lèvres déjà flétries par l'âge dans le temps où l'aïeul daignait parler encore !!... Celle du soldat malin lui plaisait surtout, et il avait fallu la lui raconter cent fois... non seulement parce qu'elle était merveilleuse, mais aussi parce qu'elle était gaie... Cela se passait dans le pays lorrain, sur les bords de la Moselle, juste à l'endroit où il se trouvait... Il y avait eu là, jadis, dans les temps très anciens, un grand château — contait l'aïeul — si grand, si grand, qu'on ne pouvait pas en faire le tour, à cheval, dans la même journée. Un soldat du Roi, revenant de l'armée, y passa certain jour, et frappa, ayant très soif, pour demander à boire... Ce fut un lion qui lui ouvrit... Dans ce temps-là, c'étaient les lions qui servaient de domestiques et ils s'acquittaient très bien de leur devoir... Le militaire demandait de l'eau. Mais le lion lui offrit du vin et se mit à boire avec lui... Après quoi ils jouèrent aux cartes et le lion perdit... Alors il devint furieux. Le militaire, voyant cela, et craignant d'être mangé, ne voulut plus des cartes et proposa d'organiser une balançoire avec des poulies, une corde et des planches... Là, il se balança devant le lion émerveillé qui criait : « C'est mon tour ! c'est mon tour ! » — « Oui, dit le soldat, seulement tu n'as pas l'habitude, tu te casserais les reins... Je vais t'attacher les pattes ! » Il le fit comme il le disait et lança le lion en l'air... Le lion prit peur et hurla. « Descends-moi, descends-moi vite, ou je te mange ! » Mais le soldat se tenait les côtes à force de rire : « C'est bon, qu'il dit, je te descendrai et tu me mangeras *quand je repasserai par ici !* » Et il s'en alla tranquillement... Les maîtres du beau château délivrèrent le lion qui criait : « Je mangerai ce petit crapaud de soldat ! » et il se mit à sa poursuite.

Le militaire étant entré dans le bois des Moines. Il y rencontra un vieux loup qui fendait du bois et qui gronda en le voyant. — « Tu ne connais pas ton métier, dit le soldat. Passe-moi ton merlin. Bon... Mets ta patte dans la fente... pour servir de coin... Le loup qui était bête comme tous les loups, mit sa patte dans la fente. Le soldat retira le merlin et la patte se trouva prise... — « Retire ma patte ! » criait le bêta de loup... — « C'est bon, dit le soldat, *ce sera pour quand je repasserai par ici !* » Et il s'en alla, tranquillement... Ce fut le lion qui délivra le loup qui hurlait : — « Je mangerai ce petit crapaud de soldat. » Et tous deux, lion et loup, se mirent à sa poursuite.

Ils rencontrèrent un renard, fiché contre un tronc d'arbre, avec un bâton au travers du corps, et qui glapissait : « C'est ce petit crapaud de soldat ! » A celui-là comme aux deux autres, le militaire avait dit : « *Ce sera pour quand je repasserai par ici !* »

Alors, tous les trois se mirent à courir, pour tuer et manger le soldat.

Le malin garçon venait de rencontrer une jeune fille qui

s'appelait Jeannette, et qui lui souriait de ses petites dents blanches comme celles d'un tout jeune chien et qui le regardait avec des yeux bleus, moqueurs et très doux. Elle était comme une fleur épanouie dans cette forêt, ou comme un joli fruit savoureux et sain qui tentait violemment le baiser.. Il en devint tout de suite amoureux fou... Il lui dit : « N'allez pas plus loin. Il y a un lion, un loup et un renard qui vous dévoreraient... Mais je vais vous en débarrasser. »

Le rusé soldat fit une balançoire. Quand le lion survint, voyant cela, il prit la fuite. Le soldat se mit à fendre du bois, et le loup qui accourait, détala au plus vite en hurlant : « C'est bon pour une fois ! » Quand au renard, qui avait un bâton au travers du corps, il resta accroché dans les épines...

Ainsi fut sauvée la jeune fille... Il lui dit : « Jeannette, je vous aime ! » Elle rougit, appuya le rose de son ongle contre le rose de ses lèvres et dit : « Chut ! chut ! Je vous aime aussi... »

Il la conduisit chez ses parents. Ils se marièrent et ils furent très heureux...

... Renaud, à ces chers souvenirs, murmura :

— Pauvre bon grand-père !

Et ses yeux se mouillaient.

Il s'était assis dans la prairie pour se reposer un peu, car la course avait été rude, mais plus encore parce qu'il avait besoin d'un moment de calme pour mieux jouir à son aise de la liberté enfin conquise qu'il sentait autour de lui...

Il était rentré sur la douce terre des rêves et de l'idéal... sur la douce et glorieuse terre d'où sortaient les idées qui bouleversaient les mondes... Il savait qu'il fallait avoir confiance, malgré tout, dans le vieux sol généreux... Ce n'est point parce que des nuages voilent un instant la clarté du soleil que le soleil ne luit pas... Quand les nuages se fondent et disparaissent, le soleil est plus brillant que jamais...

Au long de la Moselle, tout près des saules et des aulnes de la rive, il vit tout à coup deux hommes qui semblèrent sortir de la rivière...

Ils se dirigeaient à pas lents de son côté.

Il se releva d'un bond et se tint sur ses gardes...

Mais un des hommes étendit le bras et dit :

— N'ayez pas peur !

Et quand ils furent tout près, il vit que c'étaient un douanier français et un gendarme.

— Ils n'y vont pas de main morte, de l'autre côté ? dit le gendarme.

— Ah ! vous étiez là ? Vous avez vu ?...

— Ils ont tiré sur vous comme sur un sanglier !...

Et le douanier, goguenard, disait :

— Faut croire que chez eux la peau ne coûte pas cher !...

Ils offrirent une poignée de mains à Renaud :

— Au revoir, monsieur Sauvageot... Allons, bonne chance, maintenant !...

Et ce fut fait cordialement, avec une émotion contenue, très douce...

Deux quarts sonnèrent, très loin, à l'église de Villaville, mais qu'il entendit, dans le calme absolu de cette belle nuit d'automne...

Un peu plus près, deux quarts répondirent, à l'église de Thiancourt...

En longeant la ligne frontière, et sans rentrer en territoire allemand, il pouvait regagner la Faloise... Il avait hâte de revoir Josette...

Il partit...

. . . .

À la Faloise.

Josette avait voulu rester le plus tard possible à cette fête... au milieu des jeunes filles.

Puisqu'il fallait feindre et puisqu'il fallait rire !...

Hélas ! elle ne riait pas... Elle allait parmi cette joie comme un fantôme... Elle était inattentive à ce qu'on disait... examinait celles qui lui parlaient avec des yeux égarés, agrandis par la terreur... balbutiait des réponses vagues qui n'avaient aucun sens, qui étaient pareilles à des mots échappés à un délire... et qui trahissaient la torture de son âme en détresse... On s'étonna souvent... Clément fut inquiet... La raison qu'elle avait donnée était si naturelle, pourtant, qu'il voulait se rassurer... Cette

chute dans la carrière, son effroi, tout avait causé sans
doute un peu d'ébranlement dans son esprit. Un jour ou
deux de repos et cela suffirait... N'avait-elle pas menti ?

Cela dura jusqu'après neuf heures.

Vraiment elle était à bout de forces... Une fièvre intense
battait à son cerveau... Parfois, elle ne savait plus où
elle se trouvait et pour comprendre ce qui se passait autour
d'elle, il lui fallait un effort douloureux.

Alors, elle disait, à mi-voix :

— Un peu de solitude, mon Dieu ! un peu de silence !...

Line ne la quittait pas. Et à chaque instant, Josette sentait qu'on lui soulevait sa main... et que cette main s'appuyait sur des lèvres... d'où tombait, sur sa fièvre et sa
folie, un baiser très frais, très pur...

A travers sa nuit éternelle, Line, sans rien savoir, com-
patissait à cette âme.

Des fillettes entourèrent l'aveugle :

— Line ! Line ! chacune de nous a chanté... il faut
chanter à ton tour...

— Mais je ne sais qu'une chanson... toujours la même...

— Chante-la, Line, tu la sais d'autant mieux que tu la
chantes plus souvent.

Docile et rieuse, elle s'exécuta, sans se faire prier. Elle
tenait encore dans ses doigts la main de Josette, et Josette
n'essayait pas de desserrer son étreinte.

> A Thiancourt il y a trois garçons,
>   L'herbe à la verdure,
> A marier selon, dit-on,
> L'herbe à la verdur-luron,
>   L'herbe à la verdure...

C'était Pervenche qui la lui avait apprise... Il en était
très fier... Du reste, le bon garçon, non plus, n'en savait
pas d'autre.... et il la fredonnait sans cesse...

> A marier selon, dit-on,
>   L'herbe à la verdure...
> A la taverne ils s'en vont,
> L'herbe à la verdur-luron,
>   L'herbe à la verdure...

Une voix à l'oreille de Josette murmurait avec un reproche très tendre :

— Toi si joyeuse et qui aimais tant chanter, on ne t'aura pas entendue !....

Elle se retourna.

C'était Clément Sauvageot. Le regard qu'il laissa peser sur la pauvre jeune fille était hésitant, comme timide. On eût dit qu'il voulait lui adresser une prière... la supplier de lui enlever le soupçon qu'elle n'avait pas dit toute la vérité, lorsqu'elle avait raconté l'accident de l'ancienne carrière... Mais cette prière, cette crainte, jamais il n'eût osé les formuler dans son adoration pour l'enfant... Elle les devina... frémissante.... Un rayon d'amour infini anima la fièvre de ses yeux, fatigués de terreur... assombris par le désespoir....

— Vous le désirez, père ? dit-elle, mourante.

Puisqu'il fallait feindre !

— Oui, dit-il, car en toute cette journée ton visage m'a fait peur....

Elle sentit, autour de sa main, une pression un peu plus forte. C'était Line qui lui donnait du courage. Par les petits doigts de la fillette, par les frissons de tous ses nerfs, et par la chaleur de son sang, elle remontait jusqu'à l'âme de l'aveugle, pleine de grâce, pleine de pitié, qui pressentait autour d'elle une douleur très grande, à laquelle le hasard avait mêlé son innocence et sa pureté.

Alors, Josette se décida.... puisqu'il fallait feindre et puisqu'il fallait rire...

> C'est à la rue du Grand-Pont,
> A la cinquième maison,
> Il y a trois jeunes filles
> A marier, l'on dit-on.
> Vole, vole, comme la plume,
> Légèrement comme le vent.

Toutes les fillettes l'applaudirent. Elle avait une délicieuse voix, au timbre grave, souple, aisé, étendu. Mais elle avait vraiment mis toute sa vie dans ce premier couplet. Elle devint d'une pâleur affreuse, sa main se fit rigide et glacée dans les doigts de Line. Elle essaya encore :

> Voici l'une et voici l'autre,
> L'autre, je la tiens pas les doigts,
> Celle que je tiens, la plus jolie,
> C'est la plus jalouse des trois...
> Vole, vole, comme la plume,
> Légèrement comme le vent.

Ce fut tout. Les derniers mots furent assourdis, soupirés dans un souffle rauque, dans un gémisement. Elle se raidit, puis tomba dans les bras de Line et de Clément...

Dans sa chambre, quand elle revint à elle, sous les yeux de son père, elle se jeta à ses genoux.

— Pardon ! pardon ! mais c'est plus fort que moi. Il me faut du silence, de la solitude... Demain, je le jure, père, demain il n'y paraîtra plus.

Le bruit se répandit que Josette était malade.

C'en était fini de la joie, et des danses et des rires.

Du reste, beaucoup, déjà, étaient partis, ceux qui demeuraient loin.

Les autres suivirent bientôt.

Peu à peu, la Faloise retomba dans le silence et la paix profonde, et Clément, respectant le désir de sa fille, l'avait laissée seule.

La pauvre fille s'absorba dans sa détresse. Toute cette journée avait été terrible, avait redoublé sa fièvre. Maintenant, elle n'avait plus les idées bien présentes. Dans son instinct de la vie, elle avait cru retrouver un peu de tranquillité lorsqu'elle ne verrait plus personne autour d'elle, qu'elle n'aurait plus besoin de feindre et qu'elle pourrait enfin s'abandonner librement; et, quand elle se vit seule, elle prit peur... Des fantômes étranges, des ombres d'épouvante se mirent à danser en rond à la clarté de la lampe... et tous, et toutes, prenaient la même figure, empruntaient la même ressemblance : Lilienthal.... Elle les écartait de la main, d'un geste machinal.... Ils riaient, d'un rire diabolique. se rapprochaient, l'enlaçaient, l'entraînaient... malgré ses cris.... Puis, soudain, ces visions de cauchemar disparurent... D'autres les remplacèrent, et celles-là faisaient revivre sous ses yeux le visage triste et désespéré de Renaud, de Renaud dont l'amour, désormais, n'était plus possible et qui, s'il n'éprouvait pas pour elle de l'horreur, ne pouvait plus avoir que de la pitié...

Elle murmurait : « Renaud ! Renaud ! » et tendait ses mains vers les fantômes.

Et ce fut l'excès même de sa douleur et de son effroi qui lui rendit, pour un instant, sa faculté de réfléchir.

Alors, elle se dit :

— Je suis perdue ! bien perdue ! Donc, je n'ai plus qu'à mourir !... Mais je ne veux pas que mon pauvre père connaisse jamais les raisons de ma mort...

En finir, oui... car la vie n'était plus possible... Et lorsque cette pensée germa en elle, puissante, indestructible, elle n'en eut plus d'autres... Devant celle-là qui se dressait comme la fin de son mauvais rêve, disparurent, et l'image de son père que sa mort tuerait, et l'image de Renaud, qu'elle avait tant aimé.... Rien ne resta, que la mort !

Et lucide, ayant recouvré un calme singulier, pour accomplir son funèbre projet, elle commença ses préparatifs.

En quelques minutes, elle eut changé de toilette. Ce costume d'Alsace, qui avait été celui de cette fête, Renaud ne le lui connaissait pas. Lorsqu'on retrouverait son corps dans la Moselle et qu'on la rapporterait à la Faloise, elle voulait que Renaud la revît telle qu'il l'avait aimée.

Ensuite, elle ouvrit sa fenêtre, sans bruit. N'était-elle pas folle et ne traversait-elle pas une de ces heures de lucidité où les fous continuent de suivre leurs idées avec une liberté d'esprit étrange, sans lacune et sans hésitation ?...

Elle s'assura que tout était désert....

Aucune lumière n'indiquait que quelqu'un veillât encore... Il y avait, sur la Faloise, un voile de tristesse depuis que Josette avait disparu... Seul, sans doute, chez lui, Clément le Doux songeait à sa fille, mais l'appartement de Clément était sur l'autre façade de l'habitation.... Elle n'avait rien à craindre....

Quand elle eut fini de s'habiller, elle jeta une mante sur ses épaules et rabattit le capuchon sur sa tête, afin qu'on ne la reconnût point si, par hasard, elle faisait sur son chemin quelque rencontre.

Elle prit dans le tiroir d'un secrétaire toutes les lettres de Renaud.... Ces lettres de tendresse.... ces lettres pleines de projets d'avenir... de rêves de joie....

— Je veux mourir avec elles.... c'est tout le passé, toute ma vie, tout mon amour !

Elle descendit lentement, à pas comptés, avec prudence.

Etait-elle folle, vraiment ?....

Oui, car son regard était en extase, et sur ses lèvres

errait un sourire !... On eût dit qu'elle était déjà morte au monde et qu'elle était enfin redevenue heureuse, puisqu'elle ne se souvenait plus....

Elle traversa la cour des communs et se trouva tout de suite en pleine campagne. Elle s'y engagea par d'étroits sentiers cent fois parcourus. Elle ne pensait pas au chemin qu'elle suivait, l'instinct et l'habitude la guidaient et lui faisaient faire parfois certains détours pour éviter de fortes haies d'épines qu'elle n'aurait pu franchir.

Au bout d'une demi-heure elle arriva dans les prés.... Là-bas entre les saules, les aulnes et les peupliers, immobiles comme de hauts plumeaux déchiqueté par les premiers froids, la Moselle roulait ses eaux miroitantes... et la Moselle, c'était le repos....

. . . .

A la Faloise, dans le désarroi de l'évanouissement de Josette, personne n'avait plus pensé à Line... En un instant, elle s'était trouvée seule... Clément avait emporté Josette dans sa chambre, et la petite aveugle ne l'avait pas suivie... Elle était venue souvent à la Faloise avec Pervenche et les jardins lui étaient familiers.... Elle s'était tout d'abord assise sur une chaise, rencontrée près d'elle, et le hasard ayant voulu qu'elle fût là dans l'ombre d'une charmille, on ne prit point garde à elle... Line put entendre les départs, les adieux, les roulements des voitures, les paroles étouffées des gens qui regrettaient que la jolie fête finit ainsi presque en drame... Et tout à coup, autour d'elle, ce fut le silence...

— On m'a oubliée, murmura l'enfant.

Elle n'était pas peureuse et la nuit ne pouvait l'effrayer.. la nuit, c'était sa vie... Elle y devenait même supérieure aux autres que les ténèbres aveuglent.

Sa pensée retournait sans cesse à Josette.

— Pourquoi sa tristesse que j'ai devinée ? C'est moi qui en suis cause.... sans être coupable.... car je suis sûre que c'est la lettre de Renaud qui a fait tout le mal... Mais comment ?

Comme la soirée fraîchissait, elle eut un frisson par les épaules.

Elle avait repris, depuis une heure ou deux, ses vêtements de tous les jours quittant les autres un peu à regret, puisqu'on lui avait dit qu'elle y était si jolie...

A petits coups de son long bâton, elle tâtonna devant, derrière elle... rencontra des chaises, des bancs, des buissons, des arbres, une grande allée sablée...

— Je m'y reconnais.... je tourne le dos à la grille....

Elle rebroussa chemin, et son bâton fît enfin sonner les barreaux de fonte.

— Maintenant, je vais tâcher de rentrer chez maman Drouard...

Elle hésita, comme si quelque frayeur l'arrêtait. C'est qu'elle venait de se rappeler certaines paroles du bon Pervenche, il n'y avait pas bien longtemps..... Pervenche lui avait dit : « La nuit, les gens vont se mettre au lit et tout le monde dort, sauf ceux qui ont envie de commettre de méchantes actions.... »

Elle se rassura bien vite car elle ne pouvait concevoir qu'il y eût des gens assez barbares pour causer peine et frayeur à la gentille aveugle.

Il n'y avait pas un quart d'heure qu'elle était en marche, lorsqu'elle entendit tout à coup, dans les champs, et pas très loin d'elle, une voix joyeuse qui clamait à pleins poumons :

> A Thiancourt, y a trois garçons
> L'herbe à la verdure...

C'était Pervenche. Elle le reconnut tout de suite. Il se taisait et toussait violemment. Quand Pervenche chantait, il braillait de toutes ses forces en ouvrant une bouche énorme et il avait dû avaler un grain de poussière ou quelque mouche entrée par cette ouverture béante.

Elle appela d'abord :

— Pervenche ! Pervenche !

Puis, pour le faire accourir plus vite, elle acheva le couplet, forçant un peu sa douce voix :

> A marier selon, dit-on,
> L'herbe à la verdur-luron
> L'herbe à la verdure..:

Des pas rapides dans les ténèbres. Puis, un grand corps surgit devant elle. C'est Pervenche.

— Veux-tu me reconduire chez maman Drouard ?

— Oui, ma Line, car il ne faut pas que tu t'en allions ainsi seule dans les ténèbres.... Mais dis-moi, tu as passé la journée à la Faloise... Renaud est arrivé, je suppose ?

— Renaud n'est pas à la Faloise...

— Tu es sûre ?

— Je suis sûre....

— Ah ! mon Dieu, fit le garçon, il faut qu'il y aviont un malheur.... Renaud s'est enfui de Haute-Goulaine... Il déserte.... on a dû le reprendre... Alors, si on l'a repris, et s'il est soldat, moi, je ne désertions plus....

Ces drames de la frontière sont si communs que Line ne demande pas de renseignements. Elle a compris du premier coup.

Mais elle est inquiète et triste, parce que Pervenche est triste et inquiet.

Et doucement, elle à son bras — tout en l'air, car elle est petite et lui si grand ! — ils marchent le long des chemins dans la nuit claire....

. . . .

Tous les événements de cette nuit, conduits par le hasard qui est si souvent le maître de la vie, devaient concorder, dans leurs plus menus détails, au dénouement qui allait s'achever — alors même que ces événements semblaient étrangers les uns aux autres..... Nous sommes donc obligés d'abandonner à tour de rôle, nos personnages pour revenir à eux ensuite, car aux mêmes heures et loin l'une de l'autre, les scènes du même drame s'enchevêtrent et se préparent !

C'est ainsi que nous avons vu Lilienthal partir de Haute-Goulaine, après avoir outragé Elise de son mépris, de son dégoût, de son remords.

Et Lilienthal avait disparu, se confondant avec les ténèbres de ces heures mystérieuses, sonnées aux deux églises et qui furent, on le verra, des heures d'épouvante.

C'est ainsi que nous avons vu le grand-père Sauvageot disparaître à son tour.

C'est ainsi que nous avons vu Josette sortir de la Faloise, poussée par une folie de suicide....

Et voici maintenant, Lise et Pervenche s'en allant par les sentiers des labourés.

Nous allons retrouver Renaud...

Il se rapprochait de la Faloise en descendant le cours de la Moselle, ne voulant point s'en écarter trop, car la jolie rivière était sa sauvegarde.....

Il hâtait le pas, parfois même se mettait à courir...

Et déjà il croyait distinguer, au fond de la plaine, sur leur coteau, les bâtiments de la Faloise se détachant comme une masse plus sombre, à l'horizon....

Il s'arrête surpris... Il écoute.... Il regarde autour de lui...

Il lui a semblé entendre une plainte, longue, lamentable, étrange, et il n'est pas bien sûr que cette plainte sorte d'une poitrine humaine.... Alors, qui donc ?.... il n'ose plus avancer.... Ces souvenirs de légendes, tout à l'heure évoqués, le troublent...

— Je n'ai rien entendu ! finit-il par se dire, avec un geste d'indifférence.

Au même instant, la même plainte, plus longue, plus lamentable et plus proche....

— Je ne me trompe pas !

Cela avait l'air de venir d'un chemin en haut de la prairie, vers lequel Renaud lui-même se dirigeait, et qui fuyait entre deux haies.... Les deux haies ne suivaient pas toute la longueur du chemin.... elles avaient été en partie abattues.... Brusquement, très visible sous la clarté de la lune, un homme parut sortir de terre... Il allait lentement, la tête renversée sur les épaules, en arrière, regardant les étoiles et les deux bras tendus, les poings fermés comme une menace, vers le ciel.... Et cet homme s'avançait ainsi les bras levés, et c'était lui qui poussait des gémissements lugubres..... comme s'il lui avait fallu des cris.... plutôt que des paroles, pour exhaler sa désolation...

Renaud tressaillit, avec une seconde d'incertitude.

— Suis-je bien éveillé ?... Sont-ce les légendes qui me trottent par le cerveau ?....

L'homme pleurait.... seul dans la nuit... se lamentait, aux yeux des étoiles....

Et Renaud, tremblant, indécis, envahi par une terreur

superstitieuse, venait de reconnaître le vieux Sauvageot, son grand-père....

. Plus loin, les deux haies se retrouvaient.... l'homme disparut... mais Renaud entendit longtemps encore la plainte surhumaine, hurlement étouffé de bête à l'agonie....

Il allait s'élancer vers lui, le rejoindre, le prendre dans ses bras, lui demander les causes de son désespoir, lorsqu'une autre vision, l'attira, le retint cloué à sa place, dans l'herbe où s'épandait la rosée au ras du sol, comme un immense voile d'argent qui scintillait....

Une femme accourait droit sur lui, qu'elle ne voyait pas... Sa course faisait flotter un long manteau derrière elle, et ce flottement avait l'air de deux vastes ailes d'oiseau nocturne.

Elle allait droit sur la rivière... et elle aussi tendait les mains, non point vers le ciel pour le supplier, pour le menacer ou pour lui reprocher son indifférence, mais vers les eaux qui lui offraient le repos et l'oubli.

Dans sa course, son capuchon s'était rabattu dans son dos....

Ses cheveux se déroulaient jusqu'à ses reins...

Et son visage halluciné était sublime de beauté.... mais d'une beauté sans âme.....

La folle suivait son idée fixe et s'en allait mourir.

Mais l'âme reparut !...

Il ne fallut, pour cela, qu'un cri... un cri déchirant de Renaud :

— Josette !...

Elle tremble sur ses jambes, son regard d'extase disparaît pour faire place à de l'épouvante.... Elle voudrait repousser loin, loin, cet homme qu'elle aime, puisque c'était pour ne plus le revoir qu'elle était résolue à la mort...

— Va-t'en ! Va-t'en !....

— Ma Josette !.... Ma Josette !...

Et c'est tout... Elle s'effondre contre sa poitrine avec des gestes convulsifs, et dit :

— Mon Renaud !

Il l'emporte, remonte la prairie, la fait asseoir sur la racine d'un arbre coupé, se met à genoux, lui prend les mains, qu'il serre avec tendresse, avec frayeur aussi... et il n'ose l'interroger.... il attend qu'elle parle... en même temps qu'il voudrait qu'elle se tût, car il a l'instinct douloureux que son bonheur est en jeu.... et qu'il va souffrir... Long, très long, ce silence... Peu à peu, elle a repris connaissance, compris pourquoi elle était là... Que va-t-elle lui dire ? Quelle explication donner ?.... Ce regard est une question anxieuse, pressante, cruelle. Révéler la vérité ? Etait-ce possible ?.... Alors, quel mensonge ? Et s'il devine qu'elle ment ? Lui, en la rapidité foudroyante d'un éclair, repasse en son esprit certains détails de cette journée qui l'ont frappé sans qu'il en eût saisi ni la portée ni le sens.... Et, dans tous, il aperçoit maintenant l'image de Josette... C'est autour de Josette que se condensent ces mêmes faits... C'est elle qui en est la cause ou le but.... Josette a flotté partout autour de lui, en cette journée... Et sans qu'il sache pourquoi, derrière cette image de Josette, apparaissent, avec une ironie persistante, les yeux durs d'Elise....

— Où allais-tu, ma Josette, à pareille heure ?... Où allais-tu, comme folle ?

— Je ne sais pas, dit-elle, lointaine, je t'assure que je ne sais pas...

Elle était dans un tel désordre que le drame, en ce cerveau, en cette vie, était évident.

— Quand je t'ai vue, avant de te reconnaître, je me suis dit : « Cette femme court vers la Moselle pour y chercher la mort. » Que s'est-il donc passé, Josette, de si grave, et que tu n'oses m'avouer ?.... et de si terrible, puisque tu rêvais d'en finir ?...

Et comme elle se taisait, dans l'accablement de son horreur :

— Tu as sans doute oublié la devise qui devait être celle de notre vie tout entière ?....

Elle eut un regard navrant, de folie, de reproche, à l'homme qui doutait d'elle.

— Notre devise, fit-elle... s'aimer toujours, s'aimer malgré tout !...

— Ne suis-je plus le confident de tes peines et de tes joies ?

— Renaud, je ne peux rien dire.

— Il y a donc quelque chose ? Il y a donc un secret ? Un malheur, oui, un malheur ?

Il la voyait en si grande détresse qu'il eut pitié d'elle.... Et alors, avec des paroles de tendresse, il voulut rendre le calme à ce cœur, se disant que c'était ainsi qu'il arriverait à sa confiance et vaincrait ses scrupules... Il avait peur de ce qu'elle lui apprendrait, certes ! mais il était homme et voulait savoir... Plutôt la vérité désolante qu'une incertitude qui eût été plus cruelle... Il n'insisterait plus.... Il attendrait qu'elle parlât... et si elle l'aimait encore, la vérité viendrait d'elle-même, éclaterait dans les larmes sans doute... Et quel malheur si grand pouvait être qui ne fût consolé par l'amour ?... Il n'en existait point..... L'amour adoucit les deuils... L'amour tout-puissant rend la joie aux âmes les plus meurtries... Quel sinistre nuage était donc passé sur cette vie de jeune fille, pour qu'elle eût pensé qu'il n'y avait point d'autre remède à son mal que le suicide ?....

— Josette, tu m'aimes encore ?...

Une plainte douce, et ce fut tout. Elle avait le visage dans ses mains et pleurait.

Elle pleurait, enfin, pour la première fois depuis tant d'heures angoissées.... et c'était cela qui l'avait rendue folle, ces larmes qui l'étouffaient, qui retombaient sur son cœur.

— Pour la première fois, Josette, tu ne m'as pas répondu...

— Si tu as pitié de ta Josette, laisse-moi, Renaud, va-t'en... laisse-moi à moi-même... laisse accomplir ce que j'ai résolu ?

— Mourir ? J'avais bien vu ?

— Oui... Et maintenant, je vais te dire à mon tour... si tu veux me prouver que tu m'aimes.... si vraiment, tu m'aimes... ne me questionne plus... ne me demande plus rien.... entends-tu ? rien ! Conserve mon souvenir, le souvenir de celle qui t'aimait tant.... son souvenir le jour où elle t'a aimé le plus.... Adieu !...

Elle tenta de lui échapper. Il la retint contre son cœur ; et tout à coup, leurs lèvres se rencontrant, elle se renversa en arrière avec un tel dégoût qu'il prit peur....

C'était presque tout son secret qui venait d'échapper à Josette...

Il y eut une gêne entre eux, incompréhensible, douloureuse. Leur cœur, à tous deux, battait lourdement.... Renaud devint grave... Il voulait pénétrer ce mystère...

— Assieds-toi encore un instant près de moi, dit-il, et causons !

Les pleurs de Josette redoublèrent. Elle savait bien qu'il allait la mettre à la torture.

Il parla.... Il disait des choses passionnées et sa voix restait sérieuse et comme indifférente.... Contraste singulier... Il faisait effort pour surmonter sa violente émotion... et celle-ci n'apparaissait, parfois, qu'à la voix qui s'enrouait un peu... Il lui rappelait, comme un reproche, toutes leurs heures amoureuses, et ainsi, il était sûr qu'il l'attendrirait, qu'elle ne résisterait pas plus longtemps, que tout le courage qu'elle mettait dans son silence obstiné tomberait enfin, en même temps que tomberaient les voiles de son secret...

Il était cruel, mais il fallait qu'il le fut, et il l'était à cause de son amour.

— Tu as donc tout oublié ?... Il y a deux jours, tu m'aimais... Aujourd'hui, j'hésite à le croire.. Que s'est-il passé dans l'intervalle ?... Qu'a-t-on pu dire de moi et n'est-ce pas ton devoir de me le répéter ? Enfin qui t'a changée ?... Toute ta vie a été à moi depuis que nous nous connaissons.... et je t'avais donné aussi la mienne... Nous n'avions pas besoin de cacher nos amour.... Chacun les voyait et les protégeait.... Elles ont pourtant jeté la discorde entre nos pères... mais ton père, à toi, m'a gardé son affection... son refus de te donner à moi était subordonné à certains événements... Ces événements se sont accomplis cette nuit, Josette... j'ai quitté l'Allemagne pour toujours.... et si je suis encore obligé de me séparer de toi pendant cinq ans, parce que je veux servir la France, même dans sa légion étrangère, du moins je ne serai plus l'exilé du territoire français... et si loin qu'on m'envoie.... je serai près de toi.... Tu as donc tout oublié ?...

— Non, je n'ai pas oublié.... mais rien de nos rêves n'est plus possible.

— Pourquoi, mon Dieu, pourquoi ?

— Ne me questionne pas, je ne peux répondre...

— Alors, tu mens, tu ne te souviens plus.... Un jour, tout enfant, ne t'ai-je pas dit... « C'est parce que je sais que nous devons être malheureux qu'il faut que nous nous aimions bien en nous jurant de nous aimer toujours... » Et toi, tu disais, si tendrement...

— Je disais : « Nous ne pourrons être heureux l'un sans l'autre.... »

— Pourquoi voulais-tu mourir sans moi ?

— Je ne peux répondre...

— Il y a donc quelque chose de plus fort que ton amour ?...

— Oui...

— Quoi ?

— La crainte de perdre le tien.... En mourant, je l'emportais.... et c'eût été très doux de mourir ainsi...

En Renaud, grandissait l'épouvante du mystère... Mais sa voix devint plus brève, presque dure :

— Tu as donc oublié nos projets d'avenir ? lorsque je serai revenu de la Légion, nous devons nous marier, car ton père ne s'y opposera plus... et nous ne quitterons point notre pays, hors duquel il me semble que je ne pourrai pas vivre... Et quel que soit le motif de tes inexplicables terreurs d'aujourd'hui, tu seras heureuse, ma Josette je te le promets....

— Non, non, le bonheur est fini pour moi.

— Tu seras heureuse puisque je t'aime, puisque mon amour grandira auprès de toi, chaque jour, et puisque ma vie te sera consacrée....

— Je ne serai plus heureuse...

— Alors, c'est que tu mens, dit-il avec violence, c'est que tu ne m'aimes plus !

— Renaud ! Oh ! mon Renaud !

— C'est que tu en aimes un autre... Et voilà, peut-être, la raison....

— Ne blasphème pas, Renaud... Renaud aie pitié de moi si tu ne veux pas te repentir éternellement de m'avoir fait souffrir....

— Je veux savoir, entends-tu ? Je veux... Je saurai...

— Jamais ! Jamais !

— Mais quoi donc ! Que me caches-tu ! dit-il, lui serrant les poignets dans un mouvement irréfléchi de son exaspération.

— Tu me brises les mains.

Il la laissa et murmura :

— Pardon ! Tu vois pourtant ce que tu fais de moi, par ton obstination et ton silence. Ainsi, Josette, notre mariage ?

— N'aura jamais lieu.

— Notre amour.

— Est devenu impossible.

— Tes serments ?

— Je les oublierai.

— Toute notre enfance ?

— Je ne sais plus comment je l'ai vécue.

— Malheureuse ! malheureuse !

— Oui, dit-elle farouche, plus malheureuse encore !

Et ils gardèrent longtemps le silence. Malgré son trouble, Renaud la surveillait, et il voyait de temps en temps le regard de Josette se tourner lentement vers la rivière parce que c'était là son but, sa pensée unique... C'était grâce à la rivière qu'elle eût évité ces tortures, si elle n'avait point rencontré Renaud... Et depuis longtemps, ce serait fini...

— Tu ne mourras pas... et je saurai ton secret, dit-il âpre... emporté par le désespoir et la colère... après, si tu veux encore, nous mourrons ensemble...

Elle secoua la tête, mais ne dit plus rien. Elle n'avait plus la force de parler.

— Il y a un homme qui te recherche... que tu as rencontré quelquefois... dont l'image revient peut-être malgré toi dans ton cœur... Il y a un homme dont tu m'as révélé la passion violente et brutale... qui sait, malheureuse, si tu n'as pas fini par être inquiète et émue plus qu'il ne faut ?... Qui sait si tu n'es pas éperdue de ce qui se passe dans ton cœur ?... Qui sait si tu ne veux pas échapper à l'épouvante que tu ressens, malgré toi, à la pensée que tu serais capable de l'aimer...

— Renaud, c'est trop ! râle-t-elle... Tais-toi ! Tais-toi !..

— Ah ! j'ai deviné...

— Tu blasphèmes, te dis-je !...

— Lilienthal, n'est-ce pas... Tu as revu ce Lilienthal...

Elle se jeta à son cou, lui mit la main sur les lèvres et, à demi folle :

— Je te défends de prononcer ce nom-là... si tu m'aimes, Renaud, si tu m'aimes !

Il se dégage. Il est fou ; lui aussi ne sait plus ce qu'il dit... Cette journée a été si cruelle pour lui, et cette nuit si pleine de tragique, qu'il perd un peu l'esprit... Il balbutie :

— C'est Lilienthal qui trouble ainsi ta vie, j'en étais sûr.... Depuis quelque temps, sans bien me rendre compte, je voyais un changement en toi... tu étais préoccupée et triste, alors que rien ne devait motiver ta tristesse... tes lèvres me disaient bien encore que tu continuais de m'aimer, pendant que ton cœur, déjà, hésitait à suivre tes lèvres... Tu as été flattée, dans ta vanité de femme, de la recherche de cet homme, de cet hommage de l'officier vainqueur, de cette humiliation et de cette preuve amoureuse de l'ennemi devant ta jeunesse adorable et devant ta beauté... C'est par l'orgueil et par la curiosité qu'il t'a prise... et quand tu as su réfléchir aux désastres que ta faiblesse emportait autour de toi, à mon désespoir, à mon mépris, à la malédiction de ton père et à sa honte... quand tu t'es vue devant tant de larmes et tant de ruines... quand tu t'es dit, enfin : « J'aime Lilienthal et je n'aime plus Renaud ! » tu as reculé devant l'abîme.... et tu as cherché la solution des lâches, le suicide... Et tu as bien fait, Josette, car, en vérité, je ne vois plus que la mort qui puisse dénouer cette situation... elle sera moins douloureuse que la vérité, pour ton père, et pour moi !....

Et, reculant d'un pas, pour qu'elle fût libre :

— C'est la rivière que tu regardes, Josette... c'est la mort qui t'attire, va, je ne te retiens plus !

Il détourna les yeux pour ne point voir.

Elle ne bougea pas...

Une voix très faible, très basse bégaya :

— Mon Renaud, je t'aime !.... Je n'ai rien oublié : « S'aimer, malgré tout ! »

— Tu mens ! Tu insultes à nos promesses si chères !

— Je t'aime, et puisque tu l'exiges, avec tant de cruauté, avant de mourir je te dirai tout.

— Ah ! parle ! parle !...

— Mais il faut que tu saches, d'abord... Tout ce que tu viens de dire n'est rien... Ce serait un simple et douloureux roman d'amour... La vérité, Renaud, est bien plus terrible... Dans tout ce que tu as dit, Renaud, une seule chose est vraie... Oui, j'ai revu Lilienthal....

— Ah ! j'avais deviné.... tu vois ? tu vois ?

— Hélas !

— Tu l'as revu, aujourd'hui ?

— Oui.

— Pendant la fête ?... Il aura pu s'esquiver de Haute-Goulaine sans être aperçu....

— Avant la fête....

— Ce matin, alors ?... dit-il tout à coup, pris d'une vague inquiétude.

— Oui, ce matin....

— A quelle heure ?

— A l'heure que tu m'avais fixée toi-même, il y a quelques jours, pour notre rendez-vous...

— Dans la carrière ?...

— Oui, dit-elle, d'un signe de tête... résolue à l'aveu, comme au martyre...

Il eut une effroyable étreinte au cœur. Une vision de crime venait de passer devant ses yeux... Un sourd gémissement... Un geste pour écarter la vision... Et il garde le silence... devant Josette, pâle comme une morte, les yeux clos et qui attend qu'on l'interroge.... Mais lui ne veut plus.... Il a peur.... Ce serait trop affreux, ce qu'il pense, ce qu'il n'ose croire....

Il essaye, pourtant, de prononcer quelques mots :

— Josette... pardon... maintenant, puisque tu m'as tout dit...

— J'attends que tu me questionnes encore.

— Non, Josette, non....

— C'est toi qui l'as exigé... tu m'as accusée... interroge toujours, Renaud !

— Puisque je te demande pardon, Josette.

— Il faut que tu m'interroges....

Il eut un cri de détresse :

— Je ne veux plus ! Je ne veux plus savoir !...

Sans un geste, sans un mouvement, pareille à une statue du désespoir et de la résignation, elle redisait, la voix lente et douce :

— Il faut que tu saches, Renaud, puisque telle a été ta volonté cruelle !...

— Ainsi, tu as rencontré Lilienthal dans la carrière...

— Il est venu m'y rejoindre... j'avais confiance....

— Que faisais-tu là ?....

— Je t'attendais, mon Renaud, puisque tu avais voulu me voir....

— Tu n'avais pas reçu ma lettre... Celle que Line t'apportait ?....

S'il se refusait à l'interroger, c'est que le guet-apens tendu à Josette éclatait maintenant dans un coup de lumière aveuglante... Du haut de la fenêtre du donjon, à Haute-Goulaine, c'était bien sa lettre qu'il avait vue entre les mains d'Elise et passer ensuite entre les mains de Lilienthal. Et le crime accompli quelques minutes plus tard se développait à ses yeux. Mais ce crime ? Non, non, c'était trop affreux.

— J'étais partie de la Faloise avant l'arrivée de Line... Si j'avais été là, je n'eusse rien reçu, car l'aveugle ne m'apportait rien.

— La lettre avait disparu !

— On la lui avait volée... en chemin... on lui avait laissé seulement l'enveloppe...

Elise ? Elise, n'est-ce pas ?

— Oui. La voiture des Fischer avait bousculé l'enfant dans un fossé ! En la relevant, Elise en profita pour s'emparer de la lettre.... et afin que Line fût sans défiance et pût accomplir sa commission jusqu'au bout, l'enveloppe déchirée fut remise dans son corsage....

— Infamie !... Maintenant, je sais.... D'une part, Line en retard à cause de cet accident, et d'autre part, Elise, qui n'ignore pas la passion de Lilienthal pour toi, lui livrant la lettre et le secret de notre rendez-vous.

— Cela dut se passer ainsi, fit-elle, mourante... Et dans

la carrière, inquiète de ne pas te voir venir, après une demi-heure d'attente, j'allais m'éloigner, lorsque j'entendis du bruit dans le sentier parmi les pierres qui est celui que tu prends pour me rejoindre... Je me suis précipitée vers toi, et les bras qui m'ont accueillie et qui m'ont retenue..

— N'achève pas....

— Il faut que tu saches tout, Renaud, puisque tu l'as voulu....

— Tais-toi... C'est à moi de te supplier..... tais-toi !...

— Non... Si je me taisais, tu ne comprendrais pas pourquoi j'ai décidé de mourir... Je ne peux plus être ta femme.... je ne puis plus être heureuse... je puis, encore t'aimer, moi, mais toi, tu ne le peux plus, puisque j'ai appartenu à cet homme....

Ce fut une sorte de sourd rugissement qui lui répondit.

C'était bien cela, la vision du crime.... la terreur de l'acte abominable...

— Josette ! ma Josette !

— Ce n'est plus ta Josette, mais celle de l'autre... Tout à l'heure tu m'as dit : « C'est la rivière que tu regardes, c'est la mort qui t'attire... Je ne te retiens plus. » Adieu !.. Laisse-moi seule... Je suis en ce moment tout engourdie... Je ne souffre pas.... Je sens de l'ombre sur mes pensées... Ne me réveille pas.... Eloigne-toi et permets que j'aille jusqu'au bout de mon rêve...

Elle désigna la Moselle dont le clapotis berçait leur douleur :

— Là !!...

— Eh bien, va donc mourir si tu en as le courage.... ma Josette, je t'aime !!....

Elle eut un cri d'angoisse ; et dans l'herbe humide, elle tomba à genoux, les mains jointes :

— Renaud ! je t'en prie !... Ne me prends pas toute ma force....

Comme en délire et dans un défi, car ils étaient fous tous les deux, il redisait :

— Je t'aime ! Je t'aime, ma Josette... Et puisque tu le veux, va donc mourir maintenant...

— Ah ! méchant ! méchant ! fit-elle dans une plainte douce qui s'évanouit avec son souffle.

Elle était étendue à ses pieds, si belle, si malheureuse, la pauvrette.... Il la prit dans ses bras et la retint contre lui.... la berçant comme il eût fait d'une sœur, ou d'une enfant.... Elle rouvrit les yeux, ranimée par la chaleur de ses caresses... En se voyant si près, elle cacha sa tête affolée contre l'épaule du jeune homme.... et il perçut, ainsi, à l'oreille, la dernière agonie de ce désespoir, le dernier spasme de son angoisse et de sa douloureuse honte:

— Jamais plus, mon Renaud, je n'oserais te regarder !!..

Il exhala sa haine dans une menace terrible.

— Tant que cet homme vivra.... peut-être, ma Josette... mais demain, cet homme sera mort.... Il aura été châtié et son souvenir aura vécu !...

Un long frisson secoua la pauvre fille.

Voici donc une autre terreur, celle de Renaud aux prises avec ce misérable.

De Renaud, meurtrier....

Mais les âmes se haussent au niveau des événements les plus tragiques.

— Une lutte entre vous deux !... Hélas ! il ne mérite pas que tu lui fasses un pareil honneur... Pourtant, je suis résignée... Oui, je crois fermement qu'il faut que cet homme soit puni, et il ne peut l'être que par moi ; ou par toi... puisque, seuls, nous connaissons le crime de lâcheté dont il est coupable..... Mais Dieu n'est pas toujours juste dans ces sortes de rencontres.... et il se peut que ce soit toi qui succombes.... Or, mon Renaud, si tu succombes, je ne te survivrai pas....

Il l'embrassa sur le front.

— J'accepte ton sacrifice, mais je crois qu'il ne te sera pas demandé.... quoi que tu en dises, ce misérable doit avoir honte de son acte, s'il n'a pas perdu tout respect, de lui-même et s'il lui reste une parcelle d'honneur. Lorsqu'il me verra, lorsqu'il saura que je connais son infamie, sa main tremblera.... Je te le jure, Josette... Lilienthal est mort !!

Il remonta la prairie jusqu'au chemin caillouteux entre les deux haies. Elle était si faible qu'elle se traînait avec

7

peine. Il la soutenait avec son bras tendrement noué autour de la taille.

— Va, maintenant, Josette... rentre à la Faloise sans moi... Je suis certain que tu n'auras plus de pensées sinistres, et je ne crains pas de te laisser seule, puisque tu sais que je t'aime...

— A te donner ma vie, Renaud, tout de suite, le jour où il te plairait de me la demander.

« Mais toi, Renaud, toi ? Pourquoi ne m'accompagnes-tu pas ? »

— Lilienthal est peut-être encore à Haute-Goulaine.... C'est à Haute-Goulaine, devant mon père, dont il est l'hôte, devant ses amis, devant les Fischer, devant tous, que je veux lui cracher à la face... et personne n'arrêtera mon insulte....

— Ils te prendront, t'emmèneront avant que le misérable réponde à ton outrage....

— Qui sait ?... S'il le dédaigne, je frapperai, et personne n'arrêtera mon bras.... Je ne veux pas, pour toi et pour moi, pour notre amour, que cet homme puisse croire une heure de plus qu'il est à l'abri du châtiment.... Adieu !...

— Adieu, Renaud, je vais prier pour toi, dit-elle en retenant des sanglots.

— Prie !... Va !... Je t'accompagnerai, de loin, sur le chemin de la Faloise, afin de te rassurer contre toute rencontre, et lorsque tu seras en vue du château, je me séparerai de toi !

Il le fit ainsi qu'il le disait, laissant prendre à la jeune fille un peu d'avance...

Quand les bâtiments de la Faloise se dressèrent dans la clarté de la lune, Josette se retourna ; il ne pouvait distinguer le geste qu'elle fit et par lequel, cueillant un baiser sur ses lèvres fiévreuses, elle envoyait à Renaud son âme et sa vie ; mais s'il ne distingua point, il entendit dans le calme nocturne, ce qu'elle disait :

— S'aimer malgré tout, Renaud,...

— Malgré tout, Josette...

Et quand elle eut disparu, il fit un détour et se dirigea, à grands pas, vers la frontière.

Dans le lointain, Villaville sonna onze heures, derrière Haute-Goulaine.

Tout près, Thiancourt répondit en sonnant onze heures, derrière la Faloise.

La douleur de l'exil s'était apaisée en Renaud.... La haine, seule, subsistait... Ou plutôt, il n'y avait pas place en lui pour deux émotions aussi violentes...

La douleur revivrait bientôt.

Pour le moment, il volait vers sa haine...

. . . .

Onze heures.... Cette nuit d'épouvante ne faisait que commencer.

Gravement, pendant qu'ils allaient — elle à son bras — le long de la route, Pervenche expliquait à la petite aveugle les événements de la journée et ses projets pour les jours suivants :

— Si j'étions seulement à demain soir, je ne pourrions point te reconduire chez la Drouard... A Villaville, c'est le pays allemand.... Je pouvions encore y rentrer cette nuit, mais demain va-t-en voir ! J'aurions les gendarmes à mes trousses....

— Pourquoi, Pervenche ? Qu'est-ce que tu as fait ?...

— J'allions te le dire.

Et il lui raconta que Renaud avait résolu de déserter.... S'il n'avait pas été repris, il devait être en France... On le verrait accourir d'une heure à l'autre... Alors lui, Pervenche suivrait l'exemple de Renaud.... Il déserterait.... Il avait encore une nuit de bonne, pour se dégourdir, puisque c'était le lendemain seulement qu'on devait partir....; Voilà pourquoi il n'avait pas peur de rentrer à Villaville, mais il n'y coucherait pas... Aussitôt que Line serait rendue chez la Drouard, il filerait de nouveau.... parce que, à cause de Renaud, les casques à boules étaient en éveil et la frontière allait être dure à franchir....

— Tu me mèneras au plus près, Pervenche, sans franchir le poteau... Ensuite, je me débrouillerai bien toute seule.... J'ai mes yeux, dit-elle.

Elle brandit son bâton en l'air.

Puis, frappée soudain par une réflexion :

— Et moi, que vais-je devenir ? Je ne te parlerai donc plus jamais ?

Il y avait dans cette voix tant de douceur, un reproche si tendre, que le géant en fut troublé. Il se cogna le front d'un coup de poing, qui eût écrasé tout autre crâne....

— J'avions point songé à ça ! murmura-t-il.... Et c'est pas tout.... Je resterions pas à rien faire... on s'engagera dans la Légion, avec Renaud... En v'là pour cinq ans !... quoi qu'elle mangera avec toi, la Drouard, pendant que « ton père » sera parti ?

— Ce qui me chagrine, c'est ton absence, parce que je t'aime bien...

— Moi aussi, pardié, je t'aimions bien...

— Pas comme je t'aime ! soupira l'enfant, qui rougit...

Pervenche cria :

— J'ai le moyen... Ça arrangeriont tout... J'en parlerions à Renaud.... Tu quitteras la Drouard.... on t'installera à la Faloise... Mam'selle Josette ne demandera pas mieux ; quant à m'sieur Clément, si sa fille le voulions, il ne dira ouff, c'thomme... alors, on se parlera toujours jusqu'à mon engagement.... Et pendant cinq ans, tu ne manqueras de rien... V'là une bonne idée ou je veux qu'on me coupiont le cou !

— Ensuite ?

— Dans cinq ans ?

— Oui.

— Pardié, je savions pas voir les choses si loin, moi... C'étiont déjà ben dur de les voir de tout près.... Dans cinq ans, on se retrouvera....

— Et je t'aimerai toujours, mon Pervenche....

La douce main mignonne de l'aveugle se glissait, frileuse, dans l'énorme pince du jeune colosse.... Tout à coup, Pervenche s'arrête brusquement... Et la main a senti un courant de glace dans les doigts du noué.... puis, de suite, un tremblement violent....

Pervenche tremblait !... qu'arrivait-il donc de terrible...

Et l'aveugle l'entendit qui murmurait :

— Oh ! mon bon Dieu de bon Dieu, ayez pitié de nous!

Elle est seule... Pervenche vient de lui échapper... Le voici qui court sur la route, où ses pas résonnent distinctement... Elle fait un geste instinctif des bras en avant pour le retenir ou pour le suivre, envahie par une terreur soudaine et murmure :

— Où vas-tu ? Emmène-moi !...

Mais déjà, sans doute, il est trop loin...

Alors elle reste immobile, appuyée sur son grand bâton... et la tête un peu penchée, dans une attitude méditative, elle fait tous ses efforts pour se rendre compte...

Il se passe là, tout un drame !... mais quel drame ?... Sa main fiévreuse se crispe sur ses pauvres yeux sans lumière parce que rien de vie ne peut arriver jusqu'à eux...

Elle a eu, souvent, la pauvrette, de ces désespoirs, avec le reproche intime, jamais formulé, au Destin qui l'a mise hors des vivants : « Pourquoi ne suis-je pas comme les autres ? »

Oui, que se passe-t-il ?... Pourquoi ces pas lourds, tantôt lents, tantôt précipités, et qui piétinent là-bas, à la même place, sans qu'ils paraissent ni avancer, ni reculer ?... Une fois, à Villaville, en traversant le village, elle a entendu deux hommes, ivres, qui se battaient au sortir d'une auberge, et c'était ainsi qu'ils trépignaient... Elle se souvenait très bien de leurs cris sourds, étouffés, dans les efforts de la lutte... et qui étaient tout pareils aux han ! han ! des boulangers quand ils pétrissent le pain... et ils s'insultaient aussi, et ils criaient encore... puis quelque chose était tombé, un corps, comme une masse... et longtemps, longtemps, elle avait entendu, après, la respiration bruyante du vainqueur qui reprenait haleine.

Est-ce qu'on se battait, là aussi, comme devant l'auberge ?

Qui se battait ?... Pervenche ?... Pourquoi ?... Avec quel adversaire ?...

Elle n'avait pas peur pour son ami... elle le savait si fort !... Mais pour l'autre ?...

Les autres, peut-être ?

En effet, son oreille subtile croyait distinguer des trépignements plus nombreux que s'il n'y avait eu là que deux hommes... Il s'y mêlait les pas de Pervenche, sans doute... Alors, quoi ?... que faisait Pervenche ?... attaquait-il ou défendait-il ?,..

Une affreuse terreur l'envahissait... et elle n'osait plus avancer...

Des exclamations suffoquées... rauques... des mots qui, pour elle, n'étaient que des cris, car elle était trop loin pour qu'ils arrivassent, distincts, jusqu'à elle... pareils à des ronflements, à des grondements de bêtes en furie... des glissements de pieds sur des pierres de la route... et toujours, avec cela, un bruit de course... était-ce quelqu'un qui fuyait ? était-ce Pervenche qui s'éloignait encore de Line, se rapprochant de la lutte ?...

Enfin, un râle... sinistre, profond... le dernier jet de la vie d'un homme...

Et aussitôt un silence redoutable, plus sinistre que tout ce bruit...

Line sanglote, implore :

— Mon Dieu ! protégez-moi !

Elle s'affaisse au bord de la route... non point évanouie mais brisée... se faisant toute petite, la tête dans les mains, parce qu'ainsi elle a l'espoir enfantin qu'on ne la verra pas... dans cette nuit des hommes propice aux actes méchants, ainsi que lui a dit Pervenche !...

Elle écoute...

Oui, les voix se sont tues... Combien étaient-elles ?... Deux ?... Trois ? Peut-être quatre ?... La terreur a brouillé le cerveau de Line, de telle sorte que, lorsqu'elle essayera de se souvenir, plus tard, des quelques secondes qu'elle vient de vivre, elle ne pourra rien préciser... Elle n'est même pas bien sûre d'avoir reconnu, parmi ces exclamations, ces sourds halètements de colère, la voix de son ami Pervenche... Et elle souhaite ardemment — sans savoir pourquoi — ne pas se tromper.

Elle appelle de nouveau :

— Pervenche ! Pervenche ! J'ai peur !...

Tout près d'elle, on lui dit doucement :

— N'aie pas peur, ma Line !...

Mais c'est d'un ton indistinct qu'on a parlé... d'un ton qu'entrecoupent les battements précipités du cœur. C'est Pervenche qui s'est rapproché sans que Line entendît, tellement elle est troublée, à moins peut-être — car elle se le demandera aussi plus tard — à moins qu'il ne se soit pas éloigné du tout, et que, sans qu'elle le remarquât, il fût resté auprès d'elle...

Elle se sent enlevée dans des bras robustes...

Pervenche s'est remis en marche, sans plus rien dire, la portant ainsi.

Elle se rassure en se sentant contre la poitrine de l'homme qu'elle aime... Elle s'étonne seulement qu'il ne lui dise rien... Elle entend le cœur qui bat à grands coups... et pour que le jeune garçon soit ému à ce point !... Mais pourquoi garde-t-il le silence ?

— Pervenche ! Pervenche !

Il ne répond pas... La respiration siffle dans sa poitrine... rauque, haletante.

Tout à coup un doute horrible...

— Celui qui l'emporte, ce n'est pas Pervenche...

Elle se tord dans les bras de l'homme...

— Je veux partir ! Je veux partir ! Je ne vous connais pas !... Laissez-moi...

Un reproche très bas, très doux :

— Tu ne me reconnais pas, ma Line ?

Elle est folle, vraiment, d'avoir cru que ce fût un autre.

— C'est toi !... Pardon !... Aussi pourquoi ne dis-tu rien ?...

— Le plus pressé est de partir ! Ce n'était point de parler !...

— Je suis pleine d'épouvante... Pervenche, j'ai entendu des cris... On se battait... Et puis un soupir, un râle... que je connais bien, car, quoique je ne sois guère vieille, j'ai assisté déjà dans ma courte vie, à trois agonies d'hommes...

— Line, il vaut mieux que je ne te disions rien, pour que tu dormes en paix.

— C'est donc bien affreux ?...

— Oui... et garde souvenance de ce que je te dis... Vaut mieux aussi, pour tous, t'entends ? pour tout le monde, que tu ne te soyons point trouvée par ici c'te nuit... ni moi ?...

— Mon Dieu ! mon Dieu ! que va-t-il nous arriver ?

— Ren du tout... seulement il va falloir qu'un chacun se garde à carreau... et voilà !... Laisse-moi te porter... je marcherai plus vite... et je voudrions marcher plus vite encore...

— Je puis marcher, Pervenche, dépose-moi à terre, si tu veux...

— Non..

De temps en temps, il tournait la tête, et le tumulte de son cœur augmentait.

— Tu regardes par là ? dit-elle.

— Oui !... je peux pas m'en empêcher.

— Tu y as donc laissé quelque chose ?... quelqu'un ?

— Oui, quelqu'un...

— J'ai perçu des voix... plusieurs...

— C'est possible...

— Qui était-ce ?

— Line, faut pas être curieuse... rappelle-toi l'histoire de la femme de Barbe-Bleue... qui avait voulu entrer... là où il y avait tant de cadavres... là où coulaient des ruisseaux de sang... La curiosité, c'est dangereux quéquefois, ma Line...

— Pervenche, soupira-t-elle, je tremble.

— Puisque tu es aveugle... que veux-tu qu'il t'arrive ?... C'est un bonheur que d'être aveugle... souvent... Je sais bien qu'en temps ordinaire on ne se réjouit pas au spectacle des belles choses du bon Dieu... mais on ne voit pas non plus les choses tristes...

— Pervenche, ce râle d'un homme ?...

— C'est des imaginations, ma petite Line...

— Pervenche, on s'est battu... toi, peut-être ?...

— Oh ! moi, je me bats jamais, je suis trop fort...

— Pervenche, tu évites de me répondre... un homme est mort tout à l'heure ?...

Elle sentit, contre elle, une secousse violente dans la poitrine du « noué ».

Pour la première fois de sa vie, peut-être, ce fut brutalement qu'il répliqua :

— Moi, je me mêlions jamais des choses qui ne me regardiont point.

Il continuait de marcher très vite.

Quand il fut à une certaine distance, il se mit à courir. Il ne semblait pas se soucier du fardeau qu'il portait dans ses bras. Elle ne parlait plus. Les dures paroles de Pervenche avaient brusquement amené des larmes à ses yeux.

Elle pleurait silencieusement. Mais comme, en son enlace-
ment, une des mains du jeune homme était passée autour
du cou de Line, les larmes chaudes tombèrent sur cette
main, une à une, longtemps...

Or, il fallait que Pervenche fût bien troublé, car il ne
s'aperçut de rien !...

Quand il fut au village de Villaville, il s'arrêta, déposa
Line sur la route. Ils n'avaient fait aucune rencontre, bien
qu'ils eussent suivi la route. Mais il était tard. Depuis longtemps, à la Faloise, la fête était terminée. Et à Haute-
Goulaine, l'aventure de Renaud, sa fuite, la poursuite,
avaient mis fin au bal brusquement.

— Va, maintenant, Line, tu es près de chez la Drouard...
juste en face de la fontaine...

— Pourquoi ne m'accompagnes-tu pas jusque chez elle ?

— Vaut mieux pas.

— Elle me grondera, en me voyant rentrer si tard...
Voilà minuit qui sonne à Villaville...

— Il ne faut pas qu'elle se doutions que je t'ai reconduite...

— Pourquoi, Pervenche ?

— Parce que je te dis que ça vaut mieux comme ça...
Jure, Line !

— C'est donc bien grave ? fit-elle à voix basse.

— C'est terrible...

— Mon Dieu ! mon Dieu !

— Jure, Line ! que je te dis.

— Je jure ! On aura beau me poser des questions, je
ne répondrai pas.

— C'est bon, alors, y en a des ceuss' qui dormiront
tranquilles.

— Quelle histoire raconter à la Drouard ? Elle est fi-
naude et bavarde.

— Eh bien ! tu lui diras comme ça qu'on t'a oubliée et
que tu as été obligée de rentrer seule... De là, ton retard...
Ça ne sera pas tout à fait mentir...

— Adieu, Pervenche...

— Adieu, Line... demain matin je viendrons te chercher
comme je t'avions promis pour te ramener chez M. Clé
ment Sauvageot, près de mam'zelle Josette...

Ils s'étaient tendus les mains en s'embrassant, et les doigts de Line s'étaient un instant enlacés aux doigts de Pervenche... Le paysan partit.. Elle le laissa partir et resta un moment rêveuse... dans une posture bizarre à laquelle elle n'avait pas pris garde, dans la violence de son émotion... les bras un peu écartés du corps, les mains tendues, avec les doigts se rapprochant et se distendant en un geste étrange, comme si ces doigts, infiniment déli cats et subtils, venaient de se salir à un contact imprévu... Et tout d'un coup, elle porte les doigts à son nez, elle aspire lentement... puis à ses lèvres, et goûte...

Elle a un haut-le-cœur, et balbutie, éperdue :

— Du sang ! J'ai du sang aux mains ! Du sang qui vient de Pervenche !...

Et une pensée de drame, de meurtre :

— De lui ou bien d'un autre !...

Elle ne veut pas rentrer chez la Drouard avec les mains tachées de sang et elle tâtonne avec son bâton pour trouver la fontaine où elle se lave...

Après quoi, elle se dirige vers la maison de la Drouard. Devant la porte il y a, depuis des années et des années, un tronc d'arbre qui a fini par se pourrir sous les averses du ciel et sous les cataractes qui tombent des gouttières du toit, dans les pluies d'orage. C'est ce tronc d'arbre qui sert à l'aveugle de point de repère pour s'arrêter.

De l'intérieur, la Drouard, qui ne s'est pas couchée, tant elle est inquiète, a entendu le frôlement du bâton le long de la route et contre le mur.

Elle va ouvrir et gourmande l'enfant qui laisse passer cette colère.

Ensuite, elle donne l'explication que lui a conseillée Pervenche et cela suffit pour calmer les nerfs de la paysanne...

Un quart d'heure après, toutes deux sont au lit. Mais la nuit tout entière se passa sans que Line puisse s'endormir. Elle a, éveillée, des cauchemars, et le jour naissant la retrouve comme au soir, dans les mêmes alarmes, augmentées encore par toutes les imaginations de ces heures de fièvre. Les ténèbres, pendant lesquelles les hommes sont pareils à des aveugles, cachent la trace des crimes dont ils ont protégé la perpétration. Mais quand le soleil, cette chose qu'elle ne connaît ni ne se figure et qui est si douce et rend chacun si gai, quand le soleil reparaîtra, quand les hommes, délivrés de l'obscurité, recouvreront la vue, le crime apparaîtra, s'il y a eu vraiment crime...

Car il y a eu un crime, puisqu'il y a eu du sang versé.

Déjà, dès la pointe de l'aube, la Drouard est debout, va et vient dans la pièce.

Elle s'aperçoit que Line ne dort pas.

— Hé ! hé ! paraît que la fête de la Faloise ne t'a pas trop fatiguée, petite ?

— Pas fatiguée du tout...

— Ça ne fait rien, tu es rentrée tard... fais la grasse matinée...

Elle s'approche du lit où Line repose et se penche pour l'embrasser, car c'est une brave femme que la Drouard et elle s'est mise à aimer l'enfant comme sa fille...

Au lieu de l'embrasser, quand ses lèvres touchaient ce jeune front, elle recule...

— Ah ! mon Dieu, qu'est-ce que tu as, Line ?...

Line, surprise, se dresse à demi :

— Qu'est-ce que j'ai, maman Drouard ?

— Tu es blessée ? Tu es tombée ? Tu as du sang sur le front et dans les cheveux ?

L'aveugle a pâli et retombe sur l'oreiller. Tout son sang-froid l'abandonne.

— Mais non, je vous assure, je ne suis pas blessée du tout... ou plutôt, si, en effet, en revenant, j'ai buté contre une pierre, et puis, ce matin, ah ! oui, c'est ce matin... la voiture des Fischer m'a renversée...

— Et depuis ce matin, personne n'a pensé à te faire un bout de toilette...

La paysanne a trempé une serviette dans une cruche pleine d'eau, la passe sur le visage terrifié de l'aveugle... Doucement, elle écarte les beaux cheveux, torsade par torsade, et nulle part elle ne trouve la trace de la blessure... pas la moindre égratignure...

— Mais non, tu n'as rien, absolument rien.

— Je vous le disais bien...

— Alors, ce sang dont tu es couverte ? Il n'est pas tombé du ciel, je suppose ?

— Bien sûr ?

— Bien sûr, bien sûr... c'est tout ce que tu réponds, pour m'expliquer ?

— Dam !

Elle se sent défaillir, la pauvrette. Elle est d'autant plus effarée qu'elle entend la Drouard qui prend sa robe, son jupon, son corsage, son fichu, son bonnet, étalés sur une chaise, et qui, un à un, examine tous ces objets de toilette... Elle se dit, morte de peur :

— Puisque j'ai été dans les bras de Pervenche, je dois être couverte de sang !...

Et la paysanne s'exclame :

— Mais tu as du sang partout sur ton corsage !...

Elle revient s'asseoir sur le lit de l'aveugle. Elle se tait. Elle réfléchit. Line a la sensation physique d'un regard lourd qui pèse sur elle, qui la détaille, qui essaye de sonder sa pensée. La Drouard, comme une mère inquiète, découvre les bras de l'enfant, dévoile les épaules, parce qu'elle craint qu'on ne lui cache une blessure. Mais elle ne voit rien. Et Line, avec un sourire contraint :

— Puisque je vous dis que je ne suis pas blessée.

— Oui, je le vois... mais où t'es-tu fourrée ?

— Ah ! je ne sais pas !

— On dirait, ma parole, que tu es allée te frotter contre les murs de l'abattoir.

Line rit de plus en plus, nerveusement. Si peu subtile et perspicace qu'elle soit, la Drouard devine que l'enfant n'est pas ce matin-là, à son réveil, ainsi que tous les autres jours. Son sourire tremble. Son rire sonne faux. Il lui paraît évident qu'il s'est passé quelque chose d'anormal dans la vie de la petite, en cette nuit... Déjà, cette absence si prolongée, est-ce que c'était naturel ?

Tout à coup Line trouve une explication et s'écrie :

— Ah ! j'oubliais, maman Drouard... mon Dieu, faut-il que je sois distraite...

— Bon, et qu'est-ce que tu avais oublié, ma chérie ?

La paysanne a pris un ton naturel, mais son regard reste soupçonneux.

— Une chose bien simple... figurez-vous, j'ai eu, tout à

l'heure, en revenant un saignement de nez... je croyais que ça n'en finirait pas...

— A la bonne heure ! fait la paysanne, ironique. Ça explique tout... alors, quand tu saignes du nez, tu te fourres du sang jusque dans le dos ?...

Cette fois, Line est à bout de ressources. Elle préfère garder le silence. Peu d'instants après, elle se lève et la Drouard lui passe des vêtements propres.

. . . .

A peu près à l'heure où Line rentrait chez la Drouard, Pervenche, de son côté, rentrait à Haute-Goulaine. Le trajet du village à l'usine n'était pas long. Pervenche, sans doute, était pressé, car il fit ce trajet en courant.

Le château avait quitté sa parure de fête... La nuit avait repris possession du parc, des jardins, du verger, de l'avenue des tilleuls. Cependant, des fenêtres éclairées indiquaient chez Sauvageot le Dur que l'angoisse le tenaillait et l'empêchait de se coucher. Il venait pourtant d'être tranquillisé sur le sort de Renaud. Les gendarmes, de retour, avaient rendu compte de la poursuite. Le jeune homme avait réussi dans sa tentative et avait mis la frontière entre lui et ceux qui le poursuivaient.

Pervenche avait une clef de la porte de l'habitation, vers les cuisines. Il pénétra sans faire de bruit. Les domestiques dormaient. Il monta dans sa mansarde.

Là, ayant fermé sa porte, soigneusement, il tomba sur une chaise, anéanti...

Longtemps, il resta ainsi dans l'ombre, rêvant... parfois, semblant s'éveiller de son rêve pour balbutier à mi-voix :

— Ah ! bien, en voilà une affaire !!

Il s'essuya le front du revers de sa main et alluma une petite lampe à pétrole, sans abat-jour, qui reposait sur une table en bois blanc. Contre le mur, une glace pendait, grande comme les deux mains, et par hasard, le regard de Pervenche tomba sur cette glace... Le visage qu'il y vit l'épouvanta certainement, car il recula.

— Bon Dieu ! qu'est-ce qui m'est arrivé ?

En s'essuyant le front où roulaient des gouttes de sueur, il s'était balafré la figure de striures rouges.

Il regarda ses mains avec horreur...

Elles étaient rouges !...

Il approcha la lampe de ses vêtements...

Il y avait du sang sur sa poitrine, sur son veston, son gilet, sur le col de sa chemise.

— J'ai l'air d'un boucher... Heureusement que personne ne m'a vu !

Il se hâta de se dévêtir et fit un lavage complet, minutieux, de toutes les souillures. Cela dura longtemps. Les heures et les heures sonnaient à Villaville, doublées aussitôt de Thiancourt. Sa fenêtre était ouverte. Il y passa la tête. Un peu de vent s'était levé et faisait claquer les oriflammes en haut des mâts... La lune éclairait encore la campagne... Le petit pavillon habité par le grand-père Sauvageot apparaissait tout blanc et tout mesquin à côté des hauts et massifs bâtiments du château.

L'attention de Pervenche était attirée là...

C'est que, à sa porte, assis sur son banc, immobile dans la nuit, le vieux oubliait la fatigue et les émotions et attendait le jour, sans dormir !

Un petit point rouge indiquait qu'il fumait sa pipe, paisiblement.

— Le vieux ! c'est le vieux ! murmura Pervenche avec un frisson... Et il fume !... Il a l'air de se ficher du tiers comme du quart... qué veinard, tout de même !!...

Et il répète, en se prenant le front dans les mains, il répète avec une plainte d'horreur :

— Quelle affaire, bon Dieu, quelle affaire !...

Puis il referme sa fenêtre avec précaution pour ne pas éveiller l'attention du vieillard, parce que, peut-être, il ne veut pas qu'on sache qu'à pareille heure, lui, l'honnête Pervenche, régulier et rangé, n'est pas encore au lit... Et du reste, il ne se couche pas... Il faut croire que la vie du « noué » vient de subir un choc qui la bouleverse, car si tranquille d'habitude, si difficile à émouvoir, il tressaille à tous les bruits... au grésillement de sa lampe dont il a oublié de renouveler le pétrole et qui tire à sa fin... au trottinement menu d'une souris qui vient grignoter... au passage rapide, en coup de vent, de cinq ou six rats qui se poursuivent dans les tuiles au-dessus de sa tête.

— Je me croyais pas si peureux...

Souvent, accablé, le regard fixe, il a l'air de suivre un rêve... mais alors il tressaille, se frotte les yeux... se secoue, comme pour rejeter ce cauchemar.

— Je payerais cher pour ne pas être sorti, cette nuit...

Quand l'aube apparaît, grisâtre, il revient à sa fenêtre, l'entr'ouvre, penche le corps et jette un coup d'œil vers le petit pavillon blanc...

Sur son banc, le grand-père fume toujours, ou plutôt tire sur une pipe éteinte.

— Lui non plus ne s'est pas couché !..

Quels rêves poursuivent-ils ? lui, le vieillard près de la tombe ? l'autre, qui ne fait qu'entrer dans la vie ? quelles images revoient-ils ?...

Pervenche n'attend pas que le soleil soit haut.

Puisque Renaud a déserté, il suivra Renaud. Et il a hâte de quitter Haute-Goulaine... En plein jour, le danger serait plus grand... car on sait qu'il fait partie du contingent et il aurait vite les gendarmes à ses trousses... A pareille heure, quand la campagne est encore enveloppée d'une demi-obscurité, quand les douaniers à leurs postes sont encore engourdis par le froid, le passage est facile... En outre, il a promis à Line d'aller la chercher et de l'emmener avec lui à la Faloise... Lorsqu'on les verra tous les deux Line et Pervenche, « le père » et la fille, vaguer lentement par les chemins, ainsi qu'on les voit si souvent, nul ne se doutera, parmi ceux qui veillent à la frontière, que s'ils franchissent le poteau aux couleurs de l'Empire, c'est pour jamais !

Avant de quitter sa chambre, le « noué » examine avec soin les vêtements lavés. Il n'y apparaît plus aucune trace de sang.

— Faudrait pas qu'on soupçonne... ah ! non !

Il a fait un ballot de toutes ses hardes. Il les enverra chercher un jour prochain.

Tranquille de ce côté, il descend, évitant tout bruit.

. . . .

A peu près à l'heure où Line rentrait chez la Drouard ; où le « noué » remontait prudemment dans sa mansarde et s'y livrait à son mystérieux travail de propreté, Renaud arrivait à la grille de la Faloise...

Renaud arrivait, en chancelant, comme ivre, dans un grand désordre d'esprit.

Or, il avait quitté Josette une heure auparavant en lui disant : « Lilienthal est peut-être encore à Haute-Goulaine... c'est à Haute-Goulaine que j'irai lui cracher à la face ! »

Renaud n'était pas allé à Haute-Goulaine.

Il revenait vers la maison de son oncle, ayant sans doute réfléchi qu'il était bien tard pour que l'officier fût encore au château, et que c'était courir un grand danger que d'essayer de l'y rejoindre.... Aurait-il même la chance d'atteindre les usines sans encombre ? et le premier gendarme, douanier ou forestier qu'il risquait de rencontrer à toutes les croisées de chemins, ne lui mettrait-il pas la main au collet ?...

Alors il devenait impuissant devant la punition du lâche !

Etait-ce vraiment cette crainte qui l'avait retenu ? Cette crainte qui le faisait ainsi marcher, jambes lasses et fauchées ? cette crainte qui jetait à ses lèvres, tout bas, des phrases étranges, où sans cesse se retrouvait le mot de vengeance ?

Quand il fut à la grille, avant d'entrer, il se retourna vers la plaine.

Son regard alla chercher, au loin, perdu dans la nuit, pareil à un nuage qui eût barré l'horizon, le petit bois des Moines... C'était autour de ce bois, confinant à la carrière abandonnée, que s'était passée sa jeunesse... autour de ce bois qu'il avait trouvé la plus grande somme des joies de sa vie, dans son amour pour Josette, autour de ce bois, aussi, qu'était née pour lui la plus affreuse douleur...

Et maintenant, dans ce dernier regard que personne ne pouvait surprendre, ce n'était plus la joie, ce n'était même plus le désespoir....

Ce n'était plus que l'épouvante...

Il poussa la grille et pénétra dans le jardin qui précédait l'habitation.

Là, il parut reprendre un peu de calme et de sang-froid...

Qu'allait-il **faire ?**

A cette heure, il jugeait inutile de réveiller son oncle. Il savait bien que Clément le Doux l'accueillerait comme un fils, mais il n'était pas attendu. C'eût été toute sorte de dérangements. Il eût fallu tirer de leur lit quelques domestiques, préparer une chambre.

— Il sera bien temps demain, murmura-t-il.

Il contourna la maison pour se diriger, de l'autre côté, vers les étables et la bergerie.

Il trouverait là un coin pour dormir.... Dormir, s'il le pouvait... si comme Line, comme Pervenche, comme le grand-père et comme Josette peut-être, il n'était pas poursuivi jusqu'au lever du soleil par le cauchemar de ces ténèbres où il venait de vivre tant d'heures agitées, dans la terreur et dans la fièvre.

A chaque pas, il s'arrêtait, l'esprit obsédé par une image, par une pensée....

Et l'obsession, il la formulait toujours de même :

— Qui donc m'a volé ma vengeance ?

Toutes les fenêtres sont closes sur cette façade de la maison, toutes, sauf une, derrière laquelle, de l'autre côté des rideaux blancs, s'agite la faible lueur d'une veilleuse.

C'est la chambre de Josette.

Un instant, Renaud s'accote — les yeux fixés là — contre une charrue remisée sous un hangar, en attendant le travail du lendemain.

Il espère que la jeune fille apparaîtra peut-être.

Et son espoir n'est pas déçu.

Une fine silhouette s'encadre dans l'ouverture de la fenêtre... s'appuie, languissante, sur la balustrade, et se tient là, immobile, le regard vague, suivant un rêve intime, et l'âme trop bouleversée pour se préoccuper de ce qui se passe près d'elle.

Il fait deux pas... il se trouve presque sous la fenêtre...

Et le bruit de sa marche a fait tressaillir Josette. Craintive, elle va se retirer, lorsqu'une voix amie l'appelle doucement :

— Josette ! Ma Josette !!

— Renaud ! Toi !... Déjà, et vivant !... Ah !... Si tu savais, depuis tout à l'heure, depuis que je t'ai quitté, quelle agonie d'épouvante...

Il dit — et sa voix est si basse qu'elle arrive comme un souffle :

— Dors en paix, maintenant, Josette !..

Maintenant !... cela ne voulait-il pas dire... « J'ai tenu mon serment.... Il fallait châtier, j'ai châtié.... » Et n'avait-il pas juré : « Demain, cet homme sera mort et son souvenir aura vécu ! » Puisqu'elle pouvait dormir en paix, maintenant, c'est donc que justice était faite ?.... Alors ?... Un froid intense l'envahit.. Etait-ce possible que Renaud fût meurtrier....

Et malgré l'horreur qu'elle éprouvait pour Lilienthal, un cri lui échappe :

— Renaud !... Tu n'as pas fait cela !...

De la même voix faible, le jeune homme murmura :

— Il est mort !!

Elle recula, mains jointes, en un geste affolé vers le ciel :

— Dieu bon, ayez pitié de nous !!

La fenêtre se referme. La lueur de la veilleuse s'éteint derrière les rideaux, pendant que Renaud, tête penchée vers le sol, voudrait fouiller le mystère où il se meut, et redit :

— Qui donc m'a volé ma vengeance ?

Il entre dans la bergerie et reste un instant suffoqué par la lourde chaleur. Pourtant elle est aérée et le battant supérieur de la porte est ouvert. Dans un angle de gauche est le large lit du berger, entre des montants de planches.

Des ronflements sonores sortent de dessous un amas de couvertures.

— Faites-moi une petite place, père Blanquin ?

Le berger se réveille à demi. L'obscurité est profonde. Renaud est invisible.

— Qu'est-ce que vous êtes ?

— Renaud, le fils de Joseph Sauvageot.

— Est-ce que le Dur vous a flanqué dehors ?

— Non, mais aujourd'hui il faut que je rejoigne mon régiment à Coblentz.... Or, je n'ai pas cette envie-là... et j'ai pris la route de Thiancourt... On verra quand il fera jour, ce que l'oncle décidera....

Le berger se reculait contre le mur.

— Oh ! l'oncle Clément, c'est tout vu.... Il vous embrassera un peu plus fort, et voilà !

Renaud s'étendit tout habillé. Une minute de silence. Et le ronflement du père Blanquin Léonard avertit Renaud qu'il était seul à veiller, seul à rêver...

Dans l'atmosphère surchauffée par le troupeau, il respirait avec peine.....

Ce fut ainsi que le reste de la nuit s'acheva.

VII

UN INCIDENT DE FRONTIÈRE

Le jour naissait, faisait fuir toutes les ombres sinistres de cette nuit de terreurs....

C'était l'heure où, à Villaville, la Drouard questionnait Line, après avoir trouvé son corsage ensanglanté...

L'heure où Pervenche, ayant lavé les traces de sang qui auraient pu le compromettre, s'échappait de Haute-Goulaine en se coulant dans le crépuscule....

L'heure où le grand-père Sauvageot, fumait sa pipe éteinte, à moitié gelé sur le banc où il avait passé une partie de la nuit.

Sur le matin, Renaud, accablé, avait fini par s'endormir. Ce ne fut pas pour longtemps ... Le père Blanquin l'enjamba et sauta hors du lit.... Il sortit, revint presque aussitôt avec un seau d'eau où il fit sa toilette, se débarbouillant avec les mains... Il avait une figure rouge, couleur uniforme de brique, avec de tout petits yeux bleus timides...., et il était maigre comme un copeau.... il avait été berger toute sa vie.... il l'était, pour ainsi dire, passionnément... Les soirs d'été ou d'automne, quand il avait fermé ses claies, parqué ses bêtes, il appelait auprès de lui son mouton favori qui venait manger dans sa main.... puis, par je ne sais quel atavisme qui faisait songer, avec un sourire, aux pâtres antiques tendrement chantés par Virgile, le père Blanquin ne jouait pas du pipeau, mais de la clarinette, et par les solitudes enténébrées des plaines, — *per amica silentia lunæ* — on entendait ainsi, des territoires de Villaville et de Thiancourt, les sons criards, aigus et mélancoliques de ses mélopées modernes.... La clarinette était pendue dans sa gaine, au mur du lit.... et Renaud la voyait.... Et des rapprochements se faisaient en lui, en son cerveau encore surexcité.... Des souvenirs affluaient dont il n'avait pas la force de se moquer.... *Sylvestrem tenui musam meditaris avena...,* Est-ce qu'ils n'étaient pas bien en situation les accords rustiques du calme berger, alors que Renaud quittait le sol natal..... la douceur des champs où il était né ?... *Nos patriam fugimus et dulcia linquimus arva....* disait Virgile... Et rien n'était plus triste que ce contraste et n'exprimait mieux le regret...

Renaud connaissait les habitudes matinales de son oncle.

Il sortit de la couchette à son tour, et vint dans la cour respirer un peu d'air vif.

A peine avait-il fait deux pas que le berger s'écriait :

— Tiens, vous vous êtes blessé, monsieur Renaud ?

Le jeune homme tressaillit et pâlit — comme avait pâli l'aveugle quand la Drouard lui avait adressé la même question... comme avait pâli Pervenche lorsqu'il avait aperçu dans le petit miroir son visage éraflé de striures sanglantes....

— Mais non !... Du moins je ne pense pas !...

Le père Blanquin se mit à rire et sans penser à mal :

— C'est pourtant pas du sang de navet ! Et vous en avez plein vous, sauf votre respect, comme si vous aviez saigné un cochon...

Après quoi, le berger rentra dans l'étable.

On entendait, de l'autre côté des bâtiments, la voix de Clément Sauvageot qui donnait des ordres pour le travail de la journée. Blême, hésitant, Renaud, qui avait jeté un regard sur son gilet et son veston, et qui voyait que Blanquin n'exagérait pas, Renaud, anéanti par une sorte d'horreur, n'osait pas s'avancer vers son oncle. Mais déjà des ouvriers avaient aperçu le jeune homme. Sa présence était signalée. Clément l'apprenait, accourait en tendant les bras.....

— Où as-tu passé la nuit ?

— Dans le lit de Blanquin.... je n'ai voulu déranger personne...

— Mon Dieu, fit Clément à son tour... tu es couvert de sang.....

— Ce n'est rien... dit Renaud... probablement des égratignures.... Mon oncle, j'ai quitté Haute-Goulaine pour n'y plus retourner.... A Coblentz, quand le sergent fera l'appel ce soir, dans la cour de la caserne, personne ne répondra à mon nom...

— Tu as arrêté cette détermination en toute liberté d'esprit, mon cher enfant... Je me suis bien gardé de peser sur ta volonté... Soldat en Prusse ou soldat en France, je te connais, tu aurais été toujours Français.... Mais nous avons maintenant à causer de choses graves, puisqu'il s'agit de ton avenir !... Donne-moi le bras et viens !

Au ras des prés tondus s'étendait un voile immobile de mousseline grise.

On n'apercevait pas encore la Moselle qui continuait de dormir dans ce linceul de la nuit, mais déjà la vie de campagne se manifestait par des mugissements, des bêlements, des abois de chiens et plus près d'eux, par les cris effarouchés de quelques merles, de pies, et des croassements de corbeaux, changeant de climat.

Ils furent obligés de se ranger contre les tilleuls pour laisser passer le père Blanquin et son troupeau, ventre contre ventre, pendant que la chienne Gourmande, affairée, mettait de l'ordre partout, partout se trouvant à la fois.

— Ici, Gourmande, ici, fit Blanquin.

La chienne noire, au fin museau, aux yeux humains, vint se ranger derrière lui.

Et le pâtre, saluant Renaud :

— Bonne chance !

Ils descendirent lentement vers la route et là, tournant à gauche, remontèrent vers le bois des Moines. Renaud avait passé son bras sous le bras de son oncle. Et Clément crut sentir une sorte de frisson et comme un temps d'arrêt, au moment où ils prirent ainsi la direction de la frontière.

— Cela t'ennuie d'aller de ce côté-là ?

— Mais non, mais non !

Et le regard du jeune homme, un instant troublé, essaya
de se raffermir.

Clément le Doux disait :

— Je veux te mettre en garde contre certaines illusions
entretenues chez toi par ton extrême jeunesse. Ces illusions
pourraient tomber une à une au frottement des mœurs
auxquelles tu vas être mêlé, dans le pays de ton choix et
de ton rêve... Je suis ardemment Français, mais ma passion ne va pas sans clairvoyance. S'il te survenait plus
tard du découragement, tu te diras donc que moi qui
n'avais pas d'illusions, j'aime mon pays malgré tout et tu
feras ce que je fais... tu l'aimeras en dépit de ses défauts.

— La femme la plus adorée est-elle parfaite ?

— Si Josette pouvait t'entendre, tu retiendrais ta langue.

— Josette est une exception.

— Je m'en doute bien, fit Clément avec malice. Donc,
il ne faut pas t'imaginer qu'en entrant en France tu viens
d'entrer dans la Terre promise. Tu chercheras vainement
en France l'accord des cœurs. Il règne partout beaucoup
de défiance, d'inquiétude et de tristesse... On a laissé se
développer avec imprudence les sentiments de particula-
risme au détriment de la solidarité ; et ces sentiments ont
engendré l'égoïsme avec la soif de jouir que rien ne re-
frène... On a abattu beaucoup de grands et beaux arbres
sans rien mettre à la place... Je ne charge pas le tableau,
je ne le flatte pas non plus...

Il ne faudrait pas enlever au peuple le plus enthousiaste
de la terre toute pensée qui peut faire naître l'enthousiasme... Tu vas trouver un pays sans idéal alors que c'est
lui, surtout plus que les autres, avec son cerveau sur-
chauffé, qui a besoin de s'exalter pour un noble et généreux but... Tu trouveras chez nous, pour le moment, des
intérêts mesquins aux prises avec d'autres intérêts mesquins, une lutte farouche de laquelle naissent beaucoup
d'injustices frappant en bas comme en haut, et la désaf-
fection qui s'étend des grands aux petits et des petits aux
grands... Un idéal, dans les esprits simplistes de la multitude — et la multitude, c'est nous, toi, le pays — c'est la
chose sainte, résumée souvent par un mot, qu'on accepte

comme on accepte de vivre, et qui brille comme une étoile, et derrière laquelle on marche quand sonne l'heure des sacrifices.... C'est la lumière qu'on ne discute pas et dans laquelle on respire joyeusement. Toutefois, cher enfant, ne sois pas trop gêné si la lumière te manque et si tu te troubles dans ces ténèbres... Le soleil n'est jamais bien loin... Les nations ont besoin de vivre comme les individus et ne peuvent vivre dans l'obscurité. Du reste il m'apparaît bien que tu rentres en France à la minute où les esprits se ressaisissent et où l'aube va renaître.... Les plus beaux jours sont souvent ceux qui ont été précédés de brouillards... Regarde... Voici la mousseline des prés qui s'écarte, la brume qui se dissipe et la Moselle au loin dont le cours resplendit de rayons d'or rouge, ainsi qu'une gloire...

Clément s'abîma dans la contemplation du paysage aimé....

Renaud était distrait et nerveux....

Son regard allait toujours, malgré lui, là-bas, vers ce bois-frontière, fasciné, retenu par une attraction mystérieuse.

— A quoi penses-tu ? M'écoutes-tu, seulement ? dit Sauvageot avec un sourire.

— Certes... je comprends qu'il passe un peu de mauvais temps sur la France, mais vous savez que je veux être soldat, d'abord... Et l'armée ?

— C'est dans l'armée que se réfugient les meilleures de nos vertus.... On ne devinera jamais ce qu'il faut d'abnégation, de dévouement admirable aux officiers qui se consacrent — de la jeunesse à la vieillesse — au devoir de former des soldats prêts à combattre.... A chaque effort, chacun d'eux doit se dire : « Ce n'est pas moi qui récolterai le blé que je sème ! » Sacrifices ignorés, réfléchis, qui sembleraient perdus si pareille semence pouvait se perdre en une terre aussi généreuse, sacrifices se renouvelant toutes les heures dans l'éternelle et lourde monotonie de chaque jour, et plus héroïques et plus valeureux, certes, que celui de la vie sous les obus et les balles.... C'est dans l'armée qu'on retrouve la simplicité, l'affection mutuelle, la fraternité d'âmes... Une crise a failli pourtant

l'emporter.... Elle s'en est sauvée.... Un coup de vent qui
passe... Le chêne a tenu bon !

Le regard encore tourné vers la frontière, le jeune
homme disait :

— Et eux ?

— On les chauffe à blanc... Tu les as vus à l'œuvre....
et si tu avais fait ton service parmi eux, tu aurais beaucoup
souffert... Esclavage et torture des âmes... Ils sont grisés
de leur force, et grisés d'orgueil.. L'orgueil aussi fait accomplir de grandes choses... Pourtant, fit Clément avec
ironie et après un léger silence, l'armée du grand Frédéric
était la première du monde... elle avait une discipline
rude et inflexible.... Elle était habituée à vaincre..... et elle
fut battue, disloquée, dispersée à tous les vents de la
Prusse, en quatre heures, à Iéna... Et ils n'essayèrent
point de mourir pour l'honneur, sans espérance de victoire, comme les nôtres, en 1870...

Un peu ému, avec un sourire pour ne point le paraître
trop — oh ! que ce trouble et que ce sourire étaient bien
français.... ce sourire, surtout, qui était comme la pudeur
de son émotion :

— Qu'on laisse à nos tourlourous de l'idéal, et ils pas-
seront sur les champs de bataille comme une trombe...

La France renferme une réserve d'énergies, qu'on ne
soupçonne pas, et qui étonneront le monde, au jour du
danger....

— Mais les pacifistes, mon oncle ?

Clément, bonhomme, haussa les épaules :

— Ce n'est pas nous qui les avons inventés.... Il y en
avait déjà sous Marc Aurèle, il y a de cela dix-huit ou dix-
neuf cents ans. Et Dieu sait si depuis l'on s'est battu !

A cet instant, l'attention des deux hommes fut attirée —
même celle de l'oncle — vers le bois des Moines. Il y avait,
arrivant jusqu'au bois, une grande prairie dépendant de
la Faloise et que longeait la route d'Uriancourt à Villaville et à Metz. C'était là que le berger Blanquin conduisait son troupeau La ligne capricieuse de la frontière
suivait un moment la bordure du pré et s'enfonçait ensuite
en plein bois où elle retrouvait la limite naturelle du petit
ruisseau. Très souvent les moutons, indifférents à ces gra-

ves questions, franchissaient la frontière pour s'en aller paître, de l'autre côté, un peu d'herbe allemande — histoire de goûter des deux et de se faire une opinion — mais d'un claquement de langue, le père Blanquin réveillait la vigilance endormie de Gourmande. La chienne se ruait aux jarrets des déserteurs et les ramenait dare dare sur les terres de la Faloise.... Or, que se passait-il ?

La moitié du troupeau s'égaillait déjà dans la prairie, le reste se pressant encore au long de la route... Le brouillard était dissipé, le soleil se levait dans une splendeur... Tout à coup, Blanquin, bâton à la main, besace au dos, se mit à courir... Le troupeau docile, dévala derrière lui..

Le berger arriva à un tas de pierres, se pencha, resta ainsi quelques secondes à genoux, puis se relevant, se mit à hurler avec des gestes d'appel :

— Au secours ! au secours !

Les gestes, Clément et Renaud pouvaient les voir. Les cris, ils ne pouvaient les entendre. Et il faut croire que Blanquin s'en rendit compte, car il reprit sa course, mais cette fois revenant dans la direction des deux hommes, pendant que tout le troupeau, en son entier, rassemblé en un clin d'œil par la vaillante Gourmande, se pressait à ses talons, dans une galopade affolée qu'augmentait encore la dent de la chienne....

— Est-ce que mon vieux Blanquin est devenu fou ? murmurait Clément.

Renaud se taisait, pâli, l'œil trouble.

— Tu comprends ce qui se passe, toi, Renaud ?

— Ma foi non !

Et le jeune homme fut surpris du son de sa voix, éteinte, rauque, balbutiante.

Clément se mit à rire :

— Blanquin est fou, ses moutons sont fous, Gourmande est folle.... Il faut qu'il y ait une catastrophe... une bande de loups dans le troupeau.... Et encore, je connais Blanquin, il ne reculerait pas !... Alors....

Le berger se rapprochait et ses cris arrivaient plus distinctement.

— Au secours ! au secours !

Clément le Doux ne songeait plus à rire.

— Il y a quelque malheur... dit-il... Viens, Renaud, viens vite !

Et lui-même courut à la rencontre du vieux.

Renaud ne le suivit pas, cloué au sol, semblait-il, par une émotion extraordinaire....

Les mêmes mots, qui trahissaient chez lui une préoccupation étrange, la même phrase, qu'il répétait sans cesse depuis la nuit dernière, depuis sa rentrée à la Faloise, lui revinrent encore aux lèvres, à cette minute où Clément le Doux rejoignait Blanquin, lequel, avec un geste indiquait un tas de cailloux.

Et cette phrase, ces mots, c'était :

— Qui donc m'a volé ma vengeance ?

Sans s'inquiéter de Renaud ni savoir si le jeune homme l'avait suivi, Clément le Doux se hâtait maintenant vers les pierres.... Blanquin lui emboîtait le pas... Gourmande, irrésolue, hésita devant ce troisième changement d'itinéraire.... Après quoi, furieusement, le troupeau gambada dans une belle ruée, dans une buée chaude, dans un nuage de poussière lourde, derrière le vieux berger désemparé...

Auprès du tas de cailloux, Clément le Doux s'arrêta.

Sur le tas de cailloux, il y avait un cadavre...

Le mort portait l'uniforme d'officier d'infanterie allemande, grande tenue, et en regardant de plus près, Clément lut le n° 166, d'un régiment en garnison à Metz.

Il était tête nue, le casque avait roulé dans le fossé de la route et la chevelure blonde, divisée en deux sur le front par une raie impeccable, n'était presque pas dérangée. Les mains étaient gantées de blanc, mais ce blanc était teinté de rouge, car les mains traînaient dans une mare de sang. Des flots de sang avaient coulé de deux blessures terribles, d'une seule blessure plutôt, car c'était d'un seul coup que cet homme était mort... Un sabre lui avait traversé la poitrine de part en part, jusqu'à la garde, la moitié de la lame ressortait par derrière....

Or, le fourreau était vide...

Le sabre qui avait frappé l'officier était le sien !...

Il s'était écroulé le ventre en avant sur un tas de cailloux, au rebord de la route, un peu de côté, et c'était la lame même du sabre, en piquant dans le sol, qui s'était arc-boutée en étayant le corps et l'avait empêché de rouler dans le fossé

L'homme avait les yeux vitreux, il était froid.

La mort remontait à quelques heures déjà...

Le tas de cailloux était en territoire français, à cent ou deux cents mètres de la borne-frontière.

Le tas de cailloux était horriblement rouge.

En France, les cantonniers versent sur leurs pierres du lait de chaux qui leur est une certitude contre le vol. Là, c'était rouge... Et un filet avait coulé sur des joncs desséchés et roux, qui poussaient dans le fossé de l'accotement.

L'officier était grand et maigre. La figure était osseuse, rendue plus osseuse, aux pommettes plus saillantes, par la mort. La bouche était légèrement entr'ouverte et un peu de sang, avec de la mousse rose, était venu se figer là.

La fin avait dû être foudroyante...

Peu de marques de lutte... le col de la tunique dérangé... un bouton enlevé... Il avait dû être surpris, avait dû ne point avoir le temps de se défendre... à moins qu'il n'eût été assailli par un adversaire d'une vigueur tellement exceptionnelle que sa résistance avait été vaincue du premier coup, et qu'il n'avait même pas pu s'opposer à l'arrachement de son sabre..

Blanquin tira sa blague et son couteau, celui-ci attaché au bouton de son pantalon par une courroie de cuir. Il coupa méthodiquement un morceau de sa carotte de tabac, et le glissa dans le fond de sa bouche, du côté gauche.

Après quoi, il voulut faire connaître son opinion :

— Un sale coup, monsieur Clément, sauf respect... Un sale coup !!

L'examen de Sauvageot avait duré longtemps.... Renaud, indécis, et chancelant, avait fini par le rejoindre... Lorsque Sauvageot se retourna vers lui, il le trouva tout près... Sa propre émotion l'empêcha de remarquer la pâleur du jeune homme... telle qu'on eût dit qu'il allait défaillir...

— Un officier allemand, assassiné en territoire français, voilà qui va faire du bruit, Renaud ! dit l'oncle...

— Oui... non pas seulement à cause de sa qualité d'officier, ce qui suffirait, mais à cause de sa personnalité....

— Tu le connais ?

— Le capitaine comte Ulrich de Lilienthal.

— Un parent des Fischer....

— Il était chez mon père hier soir...

Les deux hommes gardèrent le silence, troublés par cette tragique découverte... Le regard de Renaud tomba sur lui-même, sur ses manches où du sang séché raidissait l'étoffe comme d'un empois... Et sa pâleur s'accentua encore...

Des ouvriers de la ferme qui allaient aux champs remarquèrent le groupe que formaient les trois hommes.

Ils s'approchèrent lentement, sur un appel de Clément Sauvageot.

— Toi, Lucien, tu vas courir à Thiancourt prévenir le commissaire de police, et toi, Désiré, va à Villaville prévenir mon frère, d'abord, et aussitôt le commissaire de police allemand.... Ne perdez pas une minute... Ne vous amusez pas en route.

Les deux ouvriers partirent au pas de course.

Il en restait un troisième.

— Théophile, tu garderas ce mort jusqu'à l'arrivée des autorités des deux pays... Tu ne quitteras ton poste que lorsque tu en seras congédié... Blanquin, menez vos moutons dans le pré et tenez-vous à portée... Comme c'est vous qui le premier avez découvert le cadavre, on recevra sans doute votre déposition... Nous, Renaud, rentrons à la Faloise, et attendons les événements...

Un claquement de langue réveilla Gourmande... Un autre claquement lui donna un ordre... En une seconde le troupeau sauta dans le fossé et se répandit dans la prairie... après quoi la bonne bête vint se ranger derrière son maître en remuant la queue et avec des yeux qui clairement disaient :

— Je ne comprend pas du tout ce qui t'arrive...

Blanquin lui tapota la tête et lui caressa les oreilles.

— Moi non plus, ma vieille... Mais c'est des affaires qui ne nous regardent pas !...

Et lançant un coup d'épaules pour remettre en équilibre sa besace, il s'éloigna sans plus se préoccuper de sa lugubre trouvaille.

. En rentrant à la Faloise, ils y trouvèrent Line et Pervenche. Pervenche, comme il l'avait promis, était allé prendre l'aveugle chez la Drouard qui ne s'en était pas séparée sans beaucoup de larmes, et venait la confier à Sauvageot et à Josette.

— Tu as bien fait de penser à nous, mon garçon, dit Sauvageot en lui serrant les mains... Cette enfant sera ici dans sa famille... et c'est une sœur que tu nous apportes pour ma fille.... ajouta le Doux en embrassant Line qui balbutiait des mots de remerciement et de tendresse....

Alors, Renaud se tourna vers Pervenche.

— Lucas, connais-tu la nouvelle ?

Pervenche se trouble. Son regard naïf tremble, se voile et sa figure prend une couleur terreuse. Il avale difficilement sa salive et balbutie :

— Non, Renaud... qué nouvelle ?

— Le comte de Lilienthal, un officier que tu connaissais.... car tu le connaissais, si je ne me trompe ?

— Un peu ! fit le noué — et il se frotta la joue et la mâchoire, par souvenir — qu'est-ce qui lui étiont arrivé ?..

— Il est mort.

Le noué se signa :

— Que le bon Dieu lui fasse la grâce de le recevoir dans son saint Paradis !... oùs qu'y n'aura plus l'occasion de casser les dents à personne...

— Mort ! assassiné ! son sabre passé au travers du corps !

Le géant fut secoué d'un frisson, tordu pour ainsi dire, comme un arbre sur la cime duquel s'abat le coup de vent d'une tempête.

Puis le sang-froid revenu, il se contenta de dire :

— Assassiné !... C'est du propre !...

Son oraison funèbre n'alla pas plus loin. Pervenche manquait d'imagination !

L'aveugle n'avait pas cessé de lui tenir la main... Personne ne la regardait.... Ce fut heureux pour elle... pour Pervenche aussi peut-être... car on eût sans doute rapporté à Pervenche les multiples et intenses émotions qui apparurent, au fur et à mesure de ces mots échangés, sur les traits délicats de l'enfant... Ce que ressentit le noué, en ces quelques minutes, traversa son grand corps et aboutit à ses doigts.... De ses doigts, toutes les impressions passèrent à l'aveugle... Elle lut cette tempête du cœur de Pervenche que le garçon lui dérobait depuis la nuit dernière.... Elle comprit qu'à la première question de Renaud, il avait fait l'étonné.... mais qu'il savait !... que la nouvelle du meurtre ne lui apprenait rien !... et que, la nuit, c'était bien ce meurtre auquel l'aveugle avait assisté sans voir.... dont elle avait entendu la lutte, avec les rauques soupirs, et le râle, surtout, le râle de bête agonisante... dans l'écroulement d'un corps, pour toujours.... Et il lui avait fait jurer de ne rien dire.... « On aura beau me poser des questions, je ne répondrai pas ! » Et quand elle avait demandé : « C'est donc bien grave ! » il avait simplement répondu : « C'est terrible ! » La main de Pervenche se glaça, elle sentit le frisson qui la parcourait. Après quoi, ce fut un courant de chaleur brûlante qui la parcourut... Elle n'osa plus penser à rien.... parce que tout ce qui lui venait à l'esprit la rendait folle... surtout... surtout...

— J'étais couverte de sang !... D'où provient-il ?

Pervenche l'avait portée dans ses bras.... c'était donc de Pervenche ?... Alors ?... Alors ?...

Elle se mit à prier tout bas.... remuant les lèvres.... et Sauvageot s'en aperçut.

— Line, tu voudrais nous dire quelque chose ?...

— Non... que dirais-je moi qui suis étrangère à votre vie... Je prie pour le mort..... et je demande à Dieu de pardonner à celui qui a tué..

La main de Pervenche se retira d'entre les doigts de Line, brusquement.... Peut-être le noué eut-il, à ce moment, l'intuition que Line devinait, par l'attouchement.... Son regard se posa sur cette figure énigmatique, mais que pouvait-il y voir ?... Une intime souffrance ? Quelque chose de cruel qui passait sur son petit cœur d'enfant et le torturait ? Le noué pouvait-il voir ces choses ? .. Ils avaient si longtemps vécu ensemble, dans un échange de leur vie pour ainsi dire, qu'il devait pourtant y avoir entre eux une communication d'âme à âme.

Pervenche entraîna l'aveugle vers l'habitation.

Puisqu'on avait dit que Line serait la sœur de Josette,
il allait confier Line à Josette. N'était-ce pas son premier
devoir ?....

Mais lorsqu'il fut un peu écarté et que Renaud et Clément ne pouvaient plus entendre, il murmura d'une voix
bien douce :

— Line, il ne faut pas souffrir....

Comme l'éclusier qui ouvre son écluse et fait jaillir les
flots du canal ou de la rivière, Pervenche fit jaillir les
larmes des yeux de l'infirme — de ces pauvres yeux inutiles.... et qui n'étaient bons que pour les pleurs.....

La voix du noué se fit encore plus douce, pleine de reproches :

— Line, il ne faut pas avoir peur !....

La source des larmes paraissait inépuisable....

La voix du noué devint celle d'un père, se fit plus grave :

— Line, il faut te souvenir que tu dois te taire... toujours.... toujours...

Il vit qu'elle se mordait les lèvres jusqu'à les faire saigner, pour retenir un sanglot que les autres eussent entendu...

Alors, la voix du noué se fit effrayée et hésitante, et dit :

— Mais, Line, Line, à quoi donc que tu penses ?...

— J'avais du sang, cette nuit, partout sur moi !!...

Il parut se faire un travail dans l'esprit de Pervenche.
Certains souvenirs s'éveillèrent, certains rapprochements ;
il n'était pas d'un jugement assez solide, et sa réflexion ne
pouvait s'étendre assez loin pour que, de ces souvenirs et
de ces rapprochements, il tirât une conclusion.... mais il
entrevit confusément certaines choses dont la vision rapide
sans doute devait être bien terrifiante, car il considéra
l'aveugle avec un reproche douloureux, une épouvante
réelle et il dit, en une sorte de plainte :

— Oh ! Line ! Oh ! ma Line !

Elle se méprit et bégaya :

— N'aie pas peur, je ne dirai rien... quand même on
devrait me couper le cou !...

Pervenche n'eut pas besoin d'entrer à la Faloise et d'a-
mener l'aveugle à Josette,... Celle-ci avait entendu, de sa
chambre, son père et Renaud. Elle avait prêté l'oreille.

Rien de précis n'était monté jusqu'à sa fenêtre. Mais, en se penchant, elle avait vu leur air effaré et surtout la pâleur de Renaud.

Elle se douta de ce qui s'était passé, de la découverte du cadavre.

Renaud ne lui avait-il pas dit, en rentrant, la nuit, ce simple mot tragique :

— Il est mort !

Alors elle voulait être auprès de Renaud, pour lui donner du courage.

Lorsqu'elle arriva dans la cour, Clément Sauvageot disait :

— Tu ne vas pas rester avec ces vêtements.... Prends dans ma garde-robe ce qu'il te faut. Nous sommes de même taille... J'enverrai chercher ton linge et tes malles dans le courant de la journée.... Ce sang, vois-tu.... ce sang.....

Il n'acheva pas... Il tremblait... Il détourna les yeux.

Et Pervenche s'aperçut alors, pour la première fois, que des taches de sang souillaient le costume de Renaud... ainsi que lui-même en avait été souillé, ainsi que Line elle-même....

— Voyons ! voyons ! murmura-t-il.

Et sa large main agrippa ses cheveux par dessus sa casquette.

Clément achevait :

— Je vais te choisir quelque chose... Tu monteras dans ma chambre....

Il fut silencieux un instant.

On eût dit qu'il aurait voulu adresser une question suprême au jeune homme.

Mais il n'osa et partit, sans plus rien ajouter.

— Lucas, disait Josette, faites conduire Line chez moi. Tout à l'heure je la rejoindrai et je l'aiderai à s'installer.... Car, si j'ai bien compris, elle sera des nôtres ?

— Vous avez compris, oui, mam'selle Josette... Renaud déserte, moi aussi... Line serait seule... Alors voilà... avec vous, pas besoin de plus d'explication.... quand on a un bon cœur comme le vôtre, on est un peu sorcière...

Line et Pervenche s'éloignèrent lentement. Elle avait

repris la main du noué, presque malgré lui. Et quand ils
eurent fait quelques pas, elle demanda :

— Tu es malade, Pervenche ?

— Mais non, Line... la maladie et moi on ne se con-
naissiont pas encore...

— Ta main est brûlante.

Il eut un gros rire derrière lequel il essaya de cacher
son embarras.

— C'est que, tu ne trouves pas qu'il fait une chaleur, à
ce matin ?

Or, il faisait un froid sec et vif, comme s'il avait gelé.
Le ciel continuait d'être pur et le soleil brillait, mais le
vent du nord s'était levé et balayait la plaine.

Il était évident que Pervenche mentait et Line soupira...
En même temps qu'elle soupirait, Pervenche, de la main
qui était libre, essuyait de grosses gouttes de sueur qui
roulaient de sous sa casquette sur son front...

Renaud et Josette restèrent un instant seuls, dans la
cour.

D'ardentes paroles s'échangent entre eux.... Rien ne
pourrait peindre leur trouble, chez Josette surtout que les
événements rejettent ainsi d'abîme en abîme.... Hier, c'était
elle la victime.... mais seule à souffrir.... Aujourd'hui, victime encore, puisqu'elle souffrait pour Renaud.

Les mots partent de l'un à l'autre, à voix basse, fiévreux,
haletants ...

— Renaud, que se passe-t-il ?

— On a trouvé son cadavre.

— Lilienthal ?

— Oui... Son sabre au travers du corps....

Elle se cacha la tête dans les mains.

— Dieu qui me voit sait bien que je ne peux pas avoir
pitié de cet homme. Sa mort est le juste châtiment de son
abominable crime... Mais je meurs d'épouvante, Renaud,
d'épouvante à cause de toi....

— Pourquoi, Josette ?

— Tu le demandes !!

— Je te demande, Josette, pourquoi cette frayeur....

Elle le regarde, hébétée, avec la vague sensation que le
cerveau du jeune homme vient d'être troublé brusquement...

8

— Renaud, reviens à toi ! !

— J'ai toute ma raison, Josette, et c'est avec toute ma raison que je te demande de nouveau d'où te vient une pareille frayeur....

— Si l'on te soupçonne ?....

— Je repousserai les soupçons.

— Si l'on t'accuse ?

— On accusera un innocent.

— Un innocent !

— Tu croyais ?... Oui, c'est vrai, lorsque je t'ai quittée, je t'ai dit : « Lilienthal est mort », et tout souvenir venant de cet homme devait mourir avec lui.... Tu avais donc raison de croire... Pour toi, toutes les apparences sont contre moi... Pourtant, Josette, ce n'est pas moi qui ai tué ce misérable.... et je le regrette, je t'avoue !.... Quelqu'un est venu qui m'a volé ma vengeance... et je ne sais pas quel est celui-là !

— Ce n'est pas toi qui l'as tué ?....

— Par tout l'amour que je te garde, Josette, je le jure !

Elle joignit les mains, en une prière muette. Et la réaction fut si forte en elle qu'elle chancela... Il lui prit le bras....

— Essaye de marcher, faisons quelques pas... éloignons-nous....

Elle se remit.... Son pauvre regard apeuré, toutefois rassuré un peu, interrogeait son ami. Renaud devina et reprit :

— Oui, tu sauras tout ce qui s'est passé, après que je t'eus quittée... Du reste, que s'est-il passé ? Rien, en somme.... Je voulais rentrer à Haute-Goulaine, et si je n'y avais pas rencontré Lilienthal, j'étais décidé à pousser jusqu'à Metz, au risque de perdre ma liberté et de me voir condamner à être soldat chez eux.... Tout cela m'importait peu... Une chose luisait devant moi.. et je suivais cette lumière, qui était celle de ma vengeance... Je me hâtais... J'avais rejoint la grand'route... Tout à coup j'aperçois une forme humaine étendue sur un tas de pierres... Je crus à quelque ivrogne... Il y avait eu fête, le long de la frontière... J'allais passer sans m'arrêter, lorsque je remarquai un uniforme... La lune éclairait les boutons... et l'argent du casque, qui avait roulé dans le fossé... Un soldat allemand é'ait étendu là en terre française... J'allais passer quand même... que m'importait cette rencontre ! Rien au monde ne m'intéressait que ma vengeance... La terre était trop petite, l'air trop raréfié, pour que je pusse y vivre, tant que Lilienthal vivrait. Quel instinct, malgré tout, fit que je me penchai sur cet homme étendu.... D'abord, je ne vis point la figure... mais je reconnus un officier... la face écrasée contre les pierres, une lame de sabre ressortant par les omoplates... Je le pris dans mes bras... Pourquoi ?... Je le soulevai, le dressai, tournai son visage vers la lumière de la lune... Pourquoi ?... Et, dans cet homme mort, et dont le sang ruisselait encore tout chaud, je reconnus Lilienthal... Je le laissai retomber... Et je m'enfuis, plein d'horreur. ne pensant qu'à une chose.... cette mort... n'ayant qu'une vision... ce cadavre dont la fin avait dû être foudroyante... et ne répétant qu'une phrase, toujours la même, dans le désarroi de mes idées :

— Qui donc ? Qui donc m'a volé ma vengeance ?

Josette répéta, comme lui, à voix basse, perdue dans tout le mystère de ce drame :

— Oui, quel est celui-là ?

Clément Sauvageot se montra à une fenêtre. Il appela Renaud qu'il ne pouvait voir.

— Si tu veux venir, je crois avoir trouvé ton affaire.

Et il agitait gilet, veston et pantalon.

Josette frissonna, et désignant d'un geste peureux les taches brunes qui raidissaient certaines parties du costume de Renaud.

— Ce sang !... Si on voyait ! Si on savait !...

Des larmes vinrent à ses yeux. Des sanglots montèrent à sa gorge.

— Mon Dieu ! que de malheurs !...

— Courage et sang-froid ! Josette !...

C'était elle qui était venue pour le réconforter. C'était lui qui la consolait.

Ils étaient seuls.... Les hangars et les bâtiments des communs les protégeaient contre tout regard, dans l'angle de la bergerie où ils étaient venus se réfugier.

Il lui tendit les bras.

Elle s'abattit contre la poitrine de celui qu'elle aimait

et ils se tinrent ainsi longtemps embrassés, dans une étreinte passionnée.

Clément, de sa fenêtre, criait :

— Renaud ! Renaud ! où es-tu donc ?

— Va ! dit-elle... va vite changer de vêtements et que ces taches disparaissent !

Ils se séparèrent.

Une demi-heure se passa, puis des hommes apparurent en bas de l'avenue des tilleuls, se pressant vers la ferme.

Il y avait le commissaire de police François Lefresne, de Thiaucourt, accompagné de deux gendarmes. L'ouvrier de Sauvageot, qui était allé le prévenir, montrait au loin le bois des Moines et donnait des explications avec de grands gestes.

Clément aperçut le magistrat et descendit à sa rencontre.

Au même moment, sur la frontière des deux pays, mais sans dépasser la borne-limite au-delà de laquelle c'était la France, arrivait le commissaire de police allemand, Heppner, de Villaville, accompagné d'un gendarme et d'un douanier.

Ils s'arrêtèrent au poteau, les yeux fixés sur ce cadavre qu'on apercevait distinctement, de l'endroit où ils étaient, étendu et raidi sur le tas de pierres.

Le vent soufflait fort, par rafales violentes suivies d'accalmies, et balayait la route en soulevant des tourbillons de poussière rougeâtre.

Bientôt apparut le commissaire de police français.

Les deux magistrats se saluèrent et s'abordèrent.

Gendarmes et douaniers restèrent hors de la limite frontière, attendant des ordres de M. Lefresne pour la franchir et se rapprocher du cadavre.

Les commissaires de police furent donc seuls durant quelques minutes, auprès du tas de pierres rougies de sang. Et ils échangèrent leurs premières impressions. Ils parlaient alternativement allemand ou français, sans hésitation et sans embarras, chacun d'eux étant familier avec la langue du pays voisin. Il y avait, dans leurs rapports, une affectation de politesse... avec, du côté de l'Allemand, quelque chose d'obséquieux et d'empressé pour son collègue français, plus réservé et plus froid...

— Monsieur, dit Heppner, voici une aventure qui va faire du bruit...

— Oui... pourvu qu'on n'en fasse pas une affaire politique !... D'autant plus que, je ne sais si vous pensez comme moi, il est fort possible que nous nous trouvions devant un meurtre commis par des rôdeurs de frontières... allemands ou français...

— Plutôt français...

— Pourquoi ?

— Officier allemand... Nous avons le respect et la crainte de l'uniforme.

M. Lefresne répliqua avec une douce raillerie :

— Croyez-vous que si quelque malandrin d'Allemagne avait voulu lui voler sa bourse, il se serait enquis d'abord si elle était dans la poche d'un uniforme ?...

— Enfin, nous verrons... L'assassinat et le guet-apens me paraissent évidents.

— Oui... je ne vois pas de traces de lutte... Pourtant.... si... remarquez... l'agrafe du col est tordue, brisée, et le col raide de la tunique est fripé comme si l'officier avait été pris là par une main robuste, et serré rudement...

— En effet, dit Heppner, l'observation a son importance... Voici également un bouton arraché, ce qui semblerait prouver que vous avez raison...

M. Lefresne s'était mis à genoux pour être plus près du corps.

M. Heppner l'imita.

Chacun d'eux avait soulevé un bras raidi, examiné les mains gantées.

— Il ne s'est pas défendu... Il a été surpris... ce qui fait croire au guet-apens...

— Le meurtrier a dû s'approcher de lui par derrière, sans être entendu, lui saisir le cou d'une main pour l'étouffer, tirer le sabre du fourreau de l'autre main... Le tout en quelques secondes... Mais ces secondes, ont dû permettre à l'officier de se dégager, de se retourner, de faire face à l'agresseur... et c'est ainsi qu'il a été frappé en plein corps, de ce furieux coup ! ! !... Le meurtrier a dû peser de tout son corps et de tout son élan sur le sabre pour le faire entrer pareillement...

— Au sang coagulé... à la raideur cadavérique... il est assez facile de fixer l'heure du meurtre, même avant l'arrivée des médecins... La mort remonte à six, sept ou huit heures au plus... Le crime a dû être commis entre onze heures et une heure du matin... cette nuit... que vous en semble ?... Vous pensez de même ?... Bon, c'est un point acquis....

Blanquin, du fond de la prairie, s'était rapproché lentement.

— C'est moi qui ai fait la trouvaille, ce matin, au lever du jour...

Et vous n'avez rien remarqué de particulier ?

— Non... Si ce n'est ce que vous voyez probablement vous-même... dit le vieux berger en clignant ses petits yeux....

— Certainement, mon brave, dit Heppner, nous le voyons....

— Alors, c'est bon, dit Blanquin...

Et tirant sa carotte de tabac, il en coupa un morceau et la fourra dans sa bouche, les yeux mi-clos, voluptueusement.... après quoi, il s'éloigna, lent et lourd....

— Je vous demande pardon, mon cher collègue, dit Lefresne, mais je n'ai pas d'amour-propre.... Qu'avez vous donc vu que le père Blanquin avait vu avant nous ?...

Heppner parut gêné... Lefresne eut un sourire discret... Il rappela Blanquin :

— Expliquez-nous donc ce que vous remarquez... Cela nous permettra, à M. Heppner et à moi, de savoir si nos trois observations concordent et leur donnera plus de prix.

Blanquin n'y voyait pas malice.

— Dam ! c'est bien simple... Ce qui m'a frappé, c'est la position du cadavre... couché sur le ventre, ou plutôt sur le côté, avec la lame du sabre qui lui sert d'étai dans le dos pour l'empêcher de rouler dans le fossé...

— Et vous concluez ?

— Vous dites ? fit le berger, qui ne comprit pas.

— Vous pensez ? dit Lefresne, s'exprimant plus clairement pour le bonhomme.

— Je pense qu'il a fallu une force de cheval pour le tra-

verser de part en part... Je pense qu'avec un pareil coup,
c'est pas sur le ventre qu'on tombe... je pense qu'à cause
de la poussée, c'est sur le dos, ventre en l'air, que l'homme
a dû rouler, pour ne plus remuer... car sûrement il n'a pas
pu dire ouff !

— Donc ?

— Donc, ce que je voyais, ce que vous étiez en train de
voir aussi c'est qu'on l'a dérangé puisque, si vous êtes de
mon avis, il n'occupe plus la position où il était quand il
est mort !... ou bien, c'est qu'il n'était pas mort sur le
coup....

— Ce qui est invraisemblable... la lame a dû traverser
en plein cœur...

— Voilà ! c'est ce que je me disais...

— C'est tout, père Blanquin ?

— C'est tout !... le reste, ça vous regarde et ça saute
aux yeux.

— Le reste ?

— Oui, ce sang... Est-ce que c'est naturel qu'il ait giclé
si loin ? On l'aurait envoyé avec un tuyau d'arrosoir que ça
serait pareil... Il y en a partout, jusqu'au bout du tas de
pierres et le tas de pierres est plus long qu'il doit être ré-
glementairement, à cause des sillons des voiture qui ont
passé dessus, qui ont écrasé, élargi, allongé... Il y a deux
mares pleines... et puis, des gouttes... S'est-il relevé, pour
retomber ?... Ou bien est-on venu à son secours ?... Et l'a-
t-on laissé, en voyant qu'il n'y avait plus rien à faire, c'est
ce que je ne sais pas... et là-dessus vous serez plus savants que moi...

Il salua, puis donna un coup de sifflet pour appeler sa
chienne.

— Gourmande, tu ne vois pas le bélier qui va sur la
frontière ?

La bonne bête comprit et ramena dare dare le délin-
quant.

Les deux commissaires prirent des notes minutieuses
sur la position du cadavre, et même M. Heppner fit un
topo, au crayon, exact comme une photographie.

Le cadavre ayant été découvert sur le territoire français, c'était en France que l'enquête devait se poursuivre.

Cependant, les magistrats des deux pays se livrèrent à une enquête simultanée dont les résultats, quels qu'ils fussent seraient concentrés au parquet de Nancy. Par les soins de M. Lefresne, une dépêche avait été envoyée à Nancy et le juge et son greffier arriveraient d'une heure à l'autre. La même précaution avait été prise par M. Heppner, qui avait télégraphié à Metz. Ils étaient là pour des constatations de la première heure, qui avaient, du reste, leur réelle importance, car c'est souvent dans les heures qui suivent la découverte d'un crime que des indices se découvrent, en apparence de nulle valeur et qui sont plus tard très graves.

Heppner et Lefresne se livraient, ensemble et séparément, à un examen minutieux de tous les alentours, relevant toutes les traces.

Sur la route, on ne put rien découvrir.

Le troupeau de moutons du père Blanquin avait piétiné partout... et ces milliers de pieds qui avaient soulevé des nuages de poussière eussent effacé sûrement les traces du passage d'un régiment de cavalerie.

Dans les champs, même déconvenue...

De chaque côté de la grand'route, les moutons avaient fait même besogne.

— Peut-être avons-nous affaire à des rôdeurs, braconniers et contrebandiers ? fit M. Heppner.... Ils auront rencontré l'officier et l'ont tué pour le dévaliser....

— Possible... tout est possible en matière criminelle... Toutefois, ils n'auraient pas laissé le cadavre sur la route... le bois des Moines est à deux pas... ils l'auraient caché dans les broussailles et même dans quelque trou de la carrière abandonnée. Ils auraient fait, de leur mieux, disparaître les traces de sang, en bousculant le tas de pierres... et ils auraient eu chance de bénéficier ainsi d'une disparition qui leur eût donné des journées de répit.... En outre, si le meurtre a eu le vol pour mobile, rien n'est plus aisé que de nous en assurer...

M. Lefresne fit un signe au gendarme qui se tenait à quelque distance ; le gendarme fouilla le corps, dérangeant la position le moins possible.

Il tira un porte-monnaie où il y avait quelques pièces

d'or, un portefeuille avec des billets... Dans une pochette, une montre de grand prix, enrichie de diamants...

Il fallait écarter l'idée du vol.

Heppner examinait le portefeuille, poche par poche.

Il tira une carte et lut :

— Comte Ulrich de Lilienthal... Diable !... un des jeunes officiers les plus en vue de la garnison de Metz.... parent des Fischer... Diable ! Diable !...

— Que venait-il faire sur notre territoire... et en uniforme, encore ?

— Il a passé la journée à Haute-Goulaine... Il aura voulu se promener, le soir... se sera égaré... peut-être.

— Oh! sur la route?.. à quelque cent mètres de la borne?

— Il l'aura franchie sans prendre garde, par distraction.

— J'admets plutôt cette hypothèse...

Heppner feuilletait toujours, tirait des papiers, les lisait, les passait à Lefresne. Et, à chaque fois, il disait :

— Sans importance !...

Lorsque, tout à coup, Lefresne le vit plus attentif à une lecture au bout de laquelle l'Allemand ne retint pas une brève exclamation :

Il tendit une lettre à Lefresne.

Tous deux s'éloignèrent de quelques pas et Lefresne lut à demi-voix :

« Ma douce Josette, je renonce à te voir à dix heures,
» comme il était convenu. A cause de la réception que l'on
» prépare, ce serait s'exposer, dans les alentours de la
» carrière, à des rencontres de soldats, gendarmes, doua-
» niers, forestiers ou simples curieux, qu'il vaut mieux
» éviter... Tu sais de quoi je veux te parler... Je ne quit-
» terai point Haute-Goulaine aujourd'hui, pour ne point
» provoquer un scandale par ma faute, si elle venait à
» être connue.... et elle le serait... mais je n'attendrai pas
» mon dernier jour de demain, mon dernier jour de li-
» berté, pour partir et j'irai cette nuit vous rejoindre....
» Cette nuit, j'aurai enfin réalisé mon rêve et je me serai
» rapproché de la France et de toi... Je serai soldat chez
» nous, je ne serai pas soldat chez eux... Je t'envoie notre
» devise : « S'aimer malgré tout. »

C'était signé : « Renaud », et les deux hommes relurent cette lettre, silencieusement, à plusieurs reprises, plongés dans des réflexions contradictoires.

Tout d'abord, celle-ci :

Comment cette lettre, écrite de Haute-Goulaine par Renaud Sauvageot, et adressée à Josette, à la Faloise, était-elle en la possession de cet officier ?

Premier mystère.

Pourquoi cet officier avait-il gardé cette lettre et de quelle utilité pouvait-elle être pour lui ?...

Enfin, y avait-il un rapport entre cette lettre et l'assassinat ?

Quel rapport ?

Et dans le meurtre de Lilienthal, quel rôle auraient joué Josette et Renaud, les deux peut-être, ou l'un ou l'autre séparément ?

Était-il même possible qu'ils eussent joué un rôle dans ce drame ? Et ne devaient-ils pas ignorer que la lettre eût été communiquée à cet homme ?

Heppner dit, après longtemps :

— J'ai été avisé cette nuit que Renaud Sauvageot songeait à échapper au recrutement. Il devrait être parti aujourd'hui pour rejoindre à Coblentz le régiment auquel il est affecté... Des précautions avaient été prises pour l'empêcher de s'échapper... Il les a déjouées... J'ai, ici, un homme qui peut nous renseigner... Voulez-vous lui permettre de s'approcher ?

— Oui.

Heppner fit un geste vers le gendarme allemand resté en deçà de la frontière.

Le gendarme s'avança. C'était un bon gros garçon au visage rose, épanoui, poussant devant lui une bedaine redoutable, coiffé du casque à boule, propre et tiré à quatre épingles. Il salua d'un traditionnel :

— A vos ordres, monsieur le commissaire.

Puis, il attendit.

Heppner lui posa des questions précises.

Le gendarme expliqua :

— Oui, hier, nous avons reçu des ordres pour nous opposer, même par la force, à la désertion de M. Renaud Sauvageot....

Lefresne intervint, avec un sourire :

— J'entends parler de désertion... Je ferai remarquer à mon collègue que ce n'est pas le mot qu'on puisse employer.... Désertion s'applique à un soldat qui fuit son régiment... Il ne l'eût été que ce soir, à partir de l'heure même où il aurait dû faire son entrée avec les autres recrues, à la caserne de Coblentz... Donc, sans du reste autrement discuter des événements encore mystérieux, en poursuivant Renaud, en tirant sur lui, les autorités allemandes ont agi contre tout droit, et avec un arbitraire singulier.

— Nous avions reçu des ordres....

— Qui vous les avait donnés ?...

— Monsieur le capitaine de Lilienthal....

— Celui-là même qui...

— Qui est ici, sanglant, sous vos yeux, oui, monsieur le commissaire...

Lefresne se retourna vers Heppner.

— Et de quel droit ?... Le capitaine était-il donc chargé de la police de la frontière ?

— Il se peut, mon cher collègue... à cause de la visite impériale...

— Soit, je l'admets !

Et Lefresne, mécontent, s'adressant de nouveau au gendarme :

— Continuez de nous dire ce que vous savez....

— Nous avons reçu nos ordres dans la soirée... avec l'indication de nos postes de surveillance... Nous étions assez nombreux éparpillés dans la plaine autour des usines et il était impossible à Renaud Sauvageot de passer sans être vu... Il était neuf heures... Depuis plus d'une heure nous attendions, quand nous vîmes un officier allemand qui s'en allait vers le bois des Moines.

— Lilienthal ?

— Pas du tout. Ce n'était autre que Renaud Sauvageot qui avait volé l'uniforme.... Ah ! c'est un gars déluré... Un signal nous avertit presque aussitôt... et la poursuite commença... Il avait de bonnes jambes... Moi, fit naïvement le gendarme, je suis un peu lourd, comme vous voyez, et les autres aussi, sauf les forestiers... J'étais bien essouffié... et la sueur coulait sur moi comme si j'avais été dans un bain... Il échappa... C'est moi qui lui ai envoyé une balle de revolver aux oreilles, acheva le brave homme, avec un sourire paisible... Juste au moment où il franchissait la limite...

Les gendarmes français n'étaient pas loin du groupe... Ils écoutaient et comprenaient.

Un d'eux, au dernier mot de l'Allemand, s'avança avec vivacité, la main au képi.

— Vous voulez me parler, Braveau ?... Dites...

— Oh ! rien qu'un mot, monsieur le commissaire.... Il y a erreur dans ce que l'on vient de vous raconter... M. Renaud Sauvageot avait déjà franchi la frontière de plus de cinquante mètres quand on a tiré... J'étais là, dans les vignes... Même que, cinq minutes plus tard, en prenant congé du pauvre garçon, on s'est donné une poignée de mains comme de vieux amis et que je lui ai souhaité bonne chance...

— Merci, Braveau... Tout s'éclaircira, n'ayez pas peur..

Le gendarme salua d'un geste bref et recula pour aller rejoindre son camarade.

En attendant que tout s'éclaircisse... murmura Lefresne, ce ne sont pas les ténèbres qui nous manquent... Qu'en pensez-vous, collègue ?..

Heppner réfléchissait et ne répondit pas tout de suite. Il s'y décida enfin :

— Il serait utile de savoir à quelle heure de la soirée le gendarme Braveau a rencontré Renaud Sauvageot dans les vignes et lui a adressé la parole.

— Vous avez entendu, Braveau ? demanda M. Lefresne

— Parfaitement, monsieur le commissaire.... Onze heures sonnaient à Thiancourt....

— Renaud Sauvageot a pris la fuite vers dix heures.... la poursuite a pu durer une heure, en effet... A onze heures, cette rencontre est donc normale... Il vous restera à savoir, mon cher collègue, ce qu'est devenu Renaud Sauvageot après onze heures.

— Il s'est réfugié à la Faloise, chez son oncle.

— Alors, il vous restera à savoir à quelle heure il y est arrivé cette nuit... Et en comparant l'heure de cette arrivée

avec celle, probable, du meurtre, vous aurez peut-être lieu
d'être satisfait des explications que ce garçon vous donnera.

— Déjà une accusation, monsieur Heppner ? Vous
allez vite en besogne !

— Non pas... un indice tout au plus... autour duquel
vous grouperez sans doute d'autres indices, vous de votre
côté et moi du mien... Vous aurez la Faloise, vous et le
juge du parquet de Nancy, comme centre d'action... moi
j'aurai, comme centre d'enquête, Haute-Goulaine.... A
Haute-Goulaine je connaîtrai tout ce qui s'est passé au
courant de la journée d'hier, s'il s'est passé quelque chose
de saillant entre ce déserteur — permettez-moi de continuer de l'appeler de ce nom — et le comte de Lilienthal.
J'établirai les menus faits de la journée, autour de l'un et
de l'autre... Vous, mon cher collègue, vous tâcherez, à
la Faloise, de savoir l'histoire de cette lettre.... Vous êtes
chez vous... Ce mort vous appartient jusqu'à ce que le
parquet de Nancy soit venu faire son enquête, ce qui ne
peut tarder... Ensuite, je le ferai transporter à Metz....
Mais, en attendant, je cours à Haute-Goulaine...

Ils se saluèrent, courtoisement, avec une froideur polie.

M. Heppner était arrivé dans un petit tonneau à deux
places, qui partit à fond de train, au galop d'un poney
impatient.

M. Lefresne consulta sa montre. Le juge de Nancy et
son greffier ne devaient pas être loin.

Il relisait la lettre de Renaud à Josette. Et il murmurait
après chaque lecture :

— Là est le nœud de la question !... Quel intérêt particulier, de haine et de vengeance, cet officier avait-il à
empêcher le jeune Sauvageot d'entrer en France ?... Etait-
ce pour s'assurer que ses ordres étaient suivis qu'il rôdait
auprès de la frontière ?... Sa haine était donc bien forte ?...
Car une pareille conduite, chez l'officier, ne pouvait être
dictée par l'envie de conserver un soldat de plus à l'Allemagne...

Le trot d'un cheval, vers la Faloise, attira son attention..
En même temps, une voiture arrivait du côté de Metz...
Elle s'arrêta en avant de la limite.... **Les magistrats de**

Metz et de Nancy se trouvaient ensemble au rendez-vous, avec leurs greffiers. Il y avait d'une part M. Falkenhein, juge d'instruction au parquet de Metz, et de l'autre M. de Saint-Cast, juge d'instruction à Nancy. Ils se connaissaient, ayant eu quelques enquêtes judiciaires à poursuivre de concert et se tenaient tous deux en grande estime. Déjà, M. Falkenhein, qui s'était arrêté quelques instants à Haute-Goulaine, connaissait, par Heppner, les détails des premières constatations. De son côté, Lefresne en instruisait M. de Saint-Cast.

L'intervention des deux parquets, sur le lieu du meurtre, revêtait plutôt le caractère d'une formalité officielle destinée à éviter, entre les deux pays, tout froissement diplomatique, toute discussion qui pouvait devenir dangereuse.... Les derniers échos de certains incidents, comme l'affaire de Raon-l'Etape, celle de Schœneblé qui faillit amener la guerre, retentissaient encore, en vagues menaces, aux oreilles des gens de la frontière... Avec l'arrogance insupportable d'un des deux pays, l'excessive nervosité de l'autre, un faux bruit, une imprudence, une parole malheureuse, pouvait déchaîner des désastres.

Une heure après, les deux magistrats se séparaient, chacun d'eux devant poursuivre son enquête, selon ses découvertes, ses propres soupçons, selon le hasard.

Une voiture régimentaire était venue de Metz.

On y plaça le cadavre rigide, couvert d'un grand linceul noir, du capitaine comte Ulrich de Lilienthal... et le convoi lugubre, un peloton de soldats en avant, un peloton par derrière, prit lentement le chemin de Metz.

Quand le cortège passa sous le kiosque de Haute-Goulaine, le vieux Sauvageot, qui s'y trouvait, ôta sa pipe de sa bouche et se découvrit....

Déjà, depuis la première heure du matin, la nouvelle s'était répandue... A Metz, l'absence du comte avait été remarquée... Il devait se trouver, à sept heures, sur le champ de manœuvre de Frascati... L'inquiétude avait été extrême... On avait envoyé chez lui.... Personne... Lilienthal n'était pas rentré... Or, la veille, à Haute-Goulaine, ses camarades n'avaient pas été sans remarquer son aspect sombre... ils avaient été surpris de son obstiné si-

lence... puis ils avaient constaté sa disparition... mais
avaient cru que, sans les attendre, le capitaine était rentré
seul à Metz.... Au dernier moment, et lorsque eux-mêmes
étaient repartis, le bal terminé, ils avaient vu le cheval de
l'officier tiquant sur sa mangeoire, à l'écurie de Joseph
Sauvageot... L'un d'eux s'était mis à rire, en disant simplement :

— Ulrich aura trouvé une aventure....

Or, voilà que cette aventure avait tourné au tragique...
Un coup de sabre en plein corps ! et quel coup ! ! ! ! En un
clin d'œil la sinistre nouvelle fut connue de toute la garnison et y souleva une stupeur profonde, d'abord...

Une sourde colère, ensuite....

Cependant, M. le juge Falkenhein était allé rejoindre
Heppner au château de Haute-Goulaine et sans désempa-
rer avait commencé son instruction.

VIII

L'ENQUÊTE ALLEMANDE

A Haute-Goulaine, la nouvelle, apportée par Heppner,
avait éclaté comme un coup de foudre, jetant la consterna-
tion. Déjà la fuite de Renaud avait mis le désordre dans
les esprits ; le meurtre de Lilienthal ajoutait encore à ce
désarroi.

Lorsque le commissaire de police était survenu, il avait
rencontré Joseph Sauvageot au moment où celui-ci sortait
du château pour se rendre à la fabrique. Des ouvriers, de-
ci, de-là, étaient occupés à enlever les restes de la fête de
la veille, à abattre les longs mâts, où les oriflammes aux
couleurs impériales avaient voltigé, claquant à la brise ;
à débarrasser la cour des tentes, des plantes, des fleurs,
des banquettes en amphithéâtre, de tout ce qui avait enca-
dré, hier, le triomphe de Sauvageot. Et il semblait que,
pas plus dans les jardins, que dans ce cerveau et dans
ce cœur, rien ne restât de l'orgueil soulevé la veille par

l'apparition du souverain. Sauvageot le Dur portait sur son front les traces d'une nuit d'insomnie où la colère et les remords s'étaient partagé les heures.

Il crut que le commissaire de police venait constater la fuite de Renaud.

— Oui, monsieur Heppner, il est parti... malgré moi... J'ai tout tenté pour le dissuader de prendre ce parti extrême... son caractère violent s'oppose à tout conseil...

— Ce n'est point ce motif qui m'amène chez vous de si grand matin, monsieur... Les accidents de ce genre sont trop fréquents sur notre frontière pour que j'y attache une bien grande importance...

— Alors, quoi donc ? fit Joseph, surpris.

— Vous avez eu hier parmi vos invités le capitaine de Lilienthal ?

— Oui.

— Le capitaine a été assassiné cette nuit.... sur le territoire de France...

— Assassiné ! !

Et Sauvageot pâlit... Brusquement, sans qu'il sût pourquoi, la pensée de Renaud traversa son esprit et il l'écarta en disant :

— Lui ! Lui ! Non, c'est impossible !

Heppner se méprit et crut que Joseph parlait de Lilienthal.

— Je vous l'affirme... Je viens de voir son cadavre... déjà raidi... à deux cents mètres de l'autre côté du bois des Moines... D'où vient votre émotion ?

En effet, Sauvageot chancelait, dans un trouble inexprimable. Il s'appuya contre le tronc d'un arbre, près du pavillon habité par le grand'père....

Le vieux Sauvageot était sur son banc, près de sa porte.

C'était là qu'il avait passé une partie de la nuit, pensif, immobile. La veille, il avait fui cette fête dont chaque détail lui portait au cœur une blessure cruelle. Il avait erré au hasard par les champs, était revenu, poussé par son instinct qui le ramenait au gîte. Et il s'était installé, sans plus bouger, là où il se trouvait encore... là où Pervenche l'avait aperçu, de la fenêtre de sa lucarne... Il avait sa casquette un peu de travers, et il ne s'en doutait pas... Les

gros souliers étaient maculé par la boue des terres la-
bourées... Sa blouse commençait à se sécher seulement,
sous les premiers rayons du jour, de l'humidité qui l'avait
trempée à travers les hautes herbes, pleines de rosée, les
broussailles et les halliers... Il mordillait, de ses gencives
édentées, le tuyau noir de sa pipe, mais il ne fumait pas.
La pipe était éteinte. Il était trop près de Heppner et de
son fils pour n'avoir pas entendu, sans en perdre un mot,
ce qui venait d'être dit... Cependant rien, sur ce maigre et
osseux visage n'accusa qu'il avait écouté, et qu'il avait
compris... Et son immobilité était si complète, qu'on n'eût
pas dit qu'il y avait là un être vivant...

— Grand-père, vous avez entendu ?

Le vieux parut s'éveiller, tourna lentement la tête vers
son fils...

Sans prononcer une parole, il la baissa par deux
fois...

Cela voulait dire oui !...

Après quoi il reprit son attitude énigmatique. Seulement, fut-ce un peu de trouble, de surprise, ou une autre
émotion, fut-ce à cause du geste qu'il venait de faire ?

Le tuyau de sa pipe se cassa entre ses gencives dures
comme des os... Il cracha le court morceau resté entre
ses lèvres... et ne ramassa pas le fourneau.

Joseph Sauvageot était trop habitué au mutisme du vieillard pour s'en étonner, mais il était, d'autre part, trop familier avec l'indifférence manifestée par le grand-père
pour les événements, petits ou grands, qui se passaient
dans l'ordre de sa vie, pour ne pas être frappé par ce
brusque geste. .

Cette créature si près de la tombe, et privée de toute
sensibilité, sur laquelle rien n'avait prise, désormais, ni
deuils, ni affections, ni haines, cette statue de marbre avait
paru pourtant s'animer... Oui, c'était une émotion, forte,
qui avait brusquement resserré les lèvres du vieux et qui
avait coupé net ce tuyau de terre...

Joseph le Dur est traversé d'un vague soupçon...

— Grand-père, est-ce que vous sauriez quelque chose ?..

Le vieux ne répond pas. Joseph répète sa question.
Alors, pour la seconde fois, le vieux, dans un effort visi-

ble et qui lui coûte, tourne la tête vers son fils... Ses yeux
semblent morts.... L'intelligence, aussi, est morte en ce
cerveau dans lequel roulent déjà les ténèbres du néant....
Et Joseph frissonne au regard sans âme qu'il a reçu...

Heppner est mal à l'aise... Il se hâte d'emmener Sauvageot.

Sans qu'il sache pourquoi, le vieux lui fait peur...
comme un mystère... comme une menace qui part de la
nuit, et dont l'effet grandit à cause de la nuit même...

Ils s'éloignent en causant.

Alors, seulement, le grand-père ramasse le fourneau de
sa pipe. Il y a encore deux ou trois centimètres de tuyau.
Juste de quoi ne pas se brûler. Il tira sa blague faite avec
une vessie de porc, et à laquelle pend, pour débourrer, un
os de lièvre jauni par l'usage. Il emplit le fourneau de
tabac, appuie avec le pouce, allume, et fume, pensif, les
yeux perdus au loin....

Lorsque M. Falkenhein arriva, l'enquête prit tout de
suite une allure imprévue.

Une copie de la lettre de Renaud à Josette lui avait été
remise par M. de Saint-Cast.

Il commença par la communiquer à Joseph Sauvageot.

— Ceci, monsieur le juge, n'indique rien qui ne fût
prévu... bien que j'eusse espéré jusqu'au dernier moment
que mon fils ne mettrait pas son projet à exécution...
Toutefois, cette lettre est de Renaud, adressée à Josette...
Comment est-elle entre vos mains ?

— Elle a été trouvée sur le cadavre de Lilienthal.

Sauvageot fit un brusque mouvement.

— Et de quelle façon était-elle tombée entre les mains
de cet officier ?

— J'avais compté que vous pourriez me renseigner...
Le pouvez-vous ?

— En aucune façon. Et je suis aussi surpris que vous-
même..

— Peut-être cette explication nous donnerait-elle la clef
du mystère...

Joseph Sauvageot parut tout à coup plus soucieux. Le
motif de la querelle de son fils avec Lilienthal ne lui était

pas connu.... Renaud avait insulté l'officier... s'était même porté à des voies de fait... Pourquoi ?

Ni Renaud, ni Lilienthal, ne lui en avait fait la confidence...

Après une longue hésitation :

— Il est un incident que je ne peux vous laisser ignorer... et que j'aime autant vous conter moi-même dans la crainte qu'il ne soit grossi et défiguré si vous l'apprenez d'un autre que moi... car il n'est un secret pour personne et chacun, ici, pourra vous dire ce qui s'est passé.

M. Falkenhein dressa l'oreille et assura, d'un geste de deux doigts, ses larges lunettes d'or.

— Mon fils et le comte de Lilienthal se sont querellés hier, dans la matinée...

— Devant témoins ?

— Je le crois.

— La raison de cette querelle ?

— Je l'ignore...

— Est-il bien certain que vous l'ignoriez ? fit le juge avec une moue.

— Je l'affirme... au besoin, je vous le jure.

Le juge s'inclina...

— Nos officiers sont peu patients, monsieur. Comment se fait-il qu'il n'y ait pas eu, à cette querelle, de sanction immédiate ?

— Mon fils a été retenu toute la journée enfermé dans sa chambre, sans sortir....

— Après quoi il a volé un uniforme allemand et s'est enfui. Ces détails, je les connais... Mais si vous me le permettez, nous procéderons avec méthode... Voudriez-vous me conduire dans la chambre de votre fils ?.... Nous y trouverons peut-être des renseignements.

Sauvageot ne bougea pas, combattu par une révolte de son orgueil.

— Une perquisition chez mon fils ? Oseriez-vous l'accuser, par hasard ?

— A Dieu ne plaise ! fit le juge avec un gros rire... Mais cette lettre... cette lettre... c'est le problème. Il faut que j'en cherche partout la solution... Ne redoutez rien de moi, monsieur... Je sais quelle noble visite vous avez reçue hier, et je ne manquerai à aucun des égards que je vous dois... Puis, c'est un de vos fabulistes qui l'a dit : « Il y a des juges à Berlin ! »

Deux minutes après, il étaient, avec le greffier, dans la chambre de Renaud.

Rien n'y avait été changé depuis la veille... la porte était restée ouverte après l'irruption des gendarmes qui avaient constaté la disparition singulière du jeune homme.

Tous les meubles, les tiroirs, les recoins, les cachettes furent scrupuleusement fouillés.

On ne trouva que des lettres de Josette... lettres d'amour chaste, lettres de passion... Et aussi quelques menues et jolies choses qui avaient touché la gentille fillette et qui déjà dataient de bien longtemps, des fleurs séchées, cueillies ensemble au temps de leur enfance, des rubans, une dentelle, un petit gant...

— Ils s'aimaient ? dit le juge.

— Ceci n'était un secret pour personne... Nos sages conseils n'y purent rien !... Ils s'aimaient malgré nous, « malgré tout ! », car c'était leur devise !...

M. Falkenhein se pencha à la fenêtre.

— Impossible de sauter par là, dit-il... il se fût brisé les os... Donc, pour sortir sans passer par le couloir où veillaient les gendarmes, il a dû filer par cette vaste cheminée...

Il se pencha un peu plus, à la fenêtre, et du doigt indiquant les tilleuls :

— Votre père....

Le vieux, chose étrange, chose unique, venait de s'asseoir sur une chaise du jardin, sous les tilleuls et là, sans rien regarder, achevait tranquillement sa pipe. Il était juste en face de la fenêtre. Sans doute ce que l'on faisait là-haut ne l'intéressait guère. Alors, pourquoi un pareil changement dans ses habitudes ? Il y avait des années et des années qu'il n'avait mis le pied dans les dépendances immédiates du château... Sa seule promenade, lorsqu'il ne voulait pas sortir en pleine campagne, était le verger.... Il lui avait fallu, pour arriver jusque-là, passer devant la façade, contourner les pelouses, fouler avec ses sabots les allées sablées que le jardinier était en train de ratisser, afin de faire disparaître le désordre de la veille... Joseph le Dur se dit cela, et son regard tomba sur le vieux, au-dessous de lui, s'appuya pour ainsi dire longuement sur ce corps maigre, à la blouse flottante....

Mais le vieux inattentif, tirant la fumée à petits coups, ne daigna pas lever la tête.

M. Falkenhein revint à la cheminée. Des morceaux de suie, détachés du boyau, avaient roulé dans le foyer, et jusque sur le tapis. Le juge haussa les épaules et dit :

— C'est clair ! Connaissiez-vous à votre fils ce talent de gymnaste ?

Il se blottit sous le manteau et regarda en l'air.

Il me paraît toutefois difficile qu'il soit monté là, à moins d'y avoir été aidé... et je suis sûr que si nous étions sur le toit, je découvrirais bien vite le frottement d'une corde contre la cheminée extérieure... Conduisez-moi sur le toit, monsieur Sauvageot....

Il fallait obéir, Sauvageot le fit, avec répugnance. Pour lui, il n'y avait aucune liaison entre la fuite de Renaud, de quelque façon qu'elle se fût produite, et le meurtre de Lilienthal. La curiosité du magistrat était donc inutile et déplacée. Il se tut.

La lucarne qui éclairait la chambrette de Pervenche était proche de la cheminée. Ce fut par la chambre qu'ils se haussèrent sur les toits.

Et tout de suite, M. Falkenhein fit certaines observations.

A vrai dire, Joseph Sauvageot les relevait aussi, ces observations, mais, sans trop savoir pourquoi, il gardait le silence.

Des traces de pas étaient visibles sur les ardoises, entre la cheminée et la lucarne.

Le juge, là aussi, ramassa de la suie... montra autour des briques de la cheminée le frôlement d'une grosse corde : des débris de brique restaient sur les ardoises, et même quelques brins de chanvre arrachés à la corde par la pe-santeur et les secousses du lourd fardeau de Renaud, lorsqu'il avait grimpé.

Il se retourna triomphant vers Sauvageot :

— Eh bien, monsieur, qu'en dites-vous ?

— A quoi cela vous avance-t-il ?

— Monsieur, en matière de justice criminelle, tout est bon à savoir.... et l'on est coupable quand on néglige le moindre des détails... Celui-ci m'amène à vous poser la question suivante : « Quel est celui de vos serviteurs qui habite 'a chambrette ? »

— Un jeune garçon en qui j'ai toute confiance.... Lucas Giraud... mais nous l'appelons toujours Pervenche..... élevé chez moi...

— Son âge ?

— Vingt ans.

— L'âge de votre fils... Hé ! Hé !

Le juge assura ses lunettes d'or sur son nez.

— Est-ce que ce Lucas Giraud ne fait pas partie du contingent ?

— En effet...

— Alors, il est parti, pour aller rejoindre son régiment.

— J'en doute... Pervenche n'a pas été vu ce matin au château... et je ne crois pas trop m'avancer en affirmant qu'il a dû suivre Renaud et le rejoindre à la Faloise....

— Parfait ! Parfait ! murmura le juge.

Mais il était difficile de deviner à quelle satisfaction intime s'appliquait cette exclamation. Il la répéta à plusieurs reprises, tout en pensant à autre chose...

— Nous devons trouver la corde dans la chambre de Lucas Giraud...

— Et quand vous l'aurez trouvée ? fit Joseph avec une impatience mal déguisée.

Le juge ne répondit pas. Ils étaient redescendus par la lucarne, où le greffier les attendait. En un clin d'œil, et avec une habileté qui dénotait une grande expérience, l'armoire et la malle de Pervenche furent mises sens dessus dessous.

La corde s'y trouvait. Pourquoi Pervenche l'eût-il cachée ?

— Bravo ! Bravo ! disait M. Falkenhein.

A quoi Sauvageot répliqua :

— Et maintenant, le nom du meurtrier ?

— Patience ! Patience !

Du fond d'une malle, le greffier tirait du linge, des vêtements, un col, une chemise, le tout empreint d'humidité, et il les étala sur une petite table en bois blanc.

— Tiens ! est-ce que ce Lucas Giraud faisait lui-même sa lessive ?....

Dans sa hâte, et malgré le soin que Pervenche avait mis à les détacher, des taches rousses y apparaissaient encore, visibles par places...

M. Falkenhein les examinait, de très près, longuement.

Il se contenta de dire ensuite, laconique :

— Du sang !

Sauvageot tressaillit.

Le greffier faisait un ballot des effets, qu'il emporta, avec la corde.

— Vous voyez, monsieur, qu'en partant de rien, on arrive parfois à quelque chose... Lucas Giraud voudra bien expliquer au juge de Nancy d'où viennent ces taches de sang.... et pourquoi il avait un intérêt si grand et si pressant à les faire disparaître... Oh ! il trouvera une explication toute naturelle, je n'en doute pas... non, non... Pour la lui faciliter et puisque je ne peux l'interroger lui-même, je vous prie de faire venir vos gens au salon... Ils me donneront assurément sur ce garçon, sur sa vie, sur son caractère, des détails curieux.... Notez, monsieur, que je travaille en ce moment pour mon collègue français.

— Soyez sûr que Lucas vous donnerait une explication toute simple et naturelle.

— J'en suis convaincu, monsieur, dit le juge... c'est mon collègue de France qui la recevra.... Je n'y mets point de parti pris et je n'ai pas besoin de vous dire que je n'ai qu'un but : châtier le coupable...

Dans un des salons du rez-de-chaussée, M. Falkenhein se livra à son enquête.

Tous les gens du château furent interrogés, longuement, avec une patience minutieuse, énervante.

Ce fut sur Renaud, également.

A force d'insistance, de ruses, de menaces, voici, après deux heures, ce qu'il réussit à apprendre.

— Sur Pervenche, d'abord :

— Le noué semblait nourrir contre l'officier une ran-

cune particulière dont les motifs restaient inconnus... Dans
la matinée de la veille, Lilienthal, s'amusant aux préparatifs de la fête, était passé tout près de Pervenche..... Il
s'était arrêté brusquement à sa vue, comme s'il le recon-
naissait... l'avait regardé un instant et lui avait tourné le
dos.... Or, Pervenche, pourtant d'habitude si timide, s'était
mis à rire de toutes ses forces, bruyamment, derrière l'officier qui s'éloignait... Puis, il s'était précipité sur un mât
énorme, que dix hommes eussent soulevé avec peine et
quand il l'eut dressé, à lui tout seul, il se mit à crier : « Y
en a des ceuss qui ne pèseriont pas lourd entre mes bras. »
Et il fut évident à tous ceux qui assistèrent à cette scène
bizarre que ces paroles s'adressaient à Lilienthal....
qu'elles étaient une sorte de provocation ou de menace...
ou simplement de colère, peut-être, la colère d'un être qui
avait eu à subir quelque injustice, qui n'avait pas osé se
révolter, et qui voulait prouver, par un fait à côté, accompagné d'allusion, qu'il n'aurait tenu qu'à lui de se venger..
Lilienthal n'y avait pas pris garde... Sans doute, même,
n'avait-il pas entendu....

— Et c'est tout ? avait demandé M. Falkenhein.

— Oui, monsieur le juge, c'est tout du moins tout ce que
nous savons...

Quant aux faits et gestes de Pervenche aux courant de
la même journée, ils n'avaient, au dire de tous, rien présenté d'anormal... Il avait fait comme tout le monde... il
avait voulu voir l'empereur... et, en simple qu'il était, il
ne dissimulait pas sa curiosité naïve... Oh ! pour naïve,
elle l'était — ajoutaient les gens interrogés — car Pervenche avec le large rire que chacun lui connaissait, répétait
à qui voulait l'entendre . « L'empereur, oui, oui, il aviont
une belle moustache ! ! » Évidemment, le pauvre garçon
n'y entendait pas malice... Par exemple, dans la soirée,
on ne savait trop ce qu'il était devenu... jusqu'à l'heure où
il était allé demander aux deux filles préposées au vestiaire
de prêter à Renaud une capote, un sabre et un casque
d'officier... A partir de ce moment, personne ne pouvait
plus renseigner le juge sur son compte.... Le noué était
un familier de la maison, avait une clef de l'office, sortait,
rentrait comme il voulait... Du reste, doux comme un mou

ton et rangé comme une jeune fille.... On ne lui connaissait qu'une habitude et qu'une joie... l'habitude de courir
chez la Drouard, à Villaville, quand il avait le temps, et la
joie d'aller se promener avec Line... au bord de la Moselle...

Le greffier avait pris note de toutes les dépositions.

M. Falkenhein demanda, sous forme de conclusion :

— Vous n'avez pas remarqué que Lucas se soit blessé,
dans le courant de la journée, assez grièvement pour avoir
taché sa chemise et le devant de ses vêtements de tout son
sang répandu.

Les gens se regardèrent avec surprise.

La réponse fut unanime :

— Non, monsieur le juge !

Ensuite vint le tour des questions qui concernaient Renaud.

Sauvageot n'assistait pas à ces interrogatoires et le juge
se sentait beaucoup plus libre. Il revint sur la querelle surprise entre Renaud et Lilienthal. Les gens, intimidés, et
qui aimaient le jeune homme, ne se décidaient pas à parler. Ou ce n'était que des choses vagues, comme :

« Oui, on a cru voir qu'ils causaient... vivement... mais
de là à une querelle... non !... Et puis, est-ce qu'on se
querelle comme ça en plein air devant tous ?.. » Il y en
eut un cependant, timoré, tenaillé par Falkenhein, qui finit
par avouer : « Moi, je passais, avec des planches sur l'é-
paule, que je portais à l'estrade des musiciens... L'Allemand et M. Renaud avaient tout de même l'air d'être pas
contents l'un de l'autre... L'Allemand faisait des yeux en
boule et M. Renaud était blanc comme le col de sa chemise... Il avait saisi le poignet de l'officier et l'autre avait
beau se tordre, il était retenu comme dans un étau... C'est
qu'il est fort, M. Renaud ! N'y a guère que Pervenche, chez
nous, pour le battre.... Et j'ai entendu aussi M. Renaud
qui disait tranquillement : « Je prendrai mon bien de
force puisque vous m'y contraignez ! » Dame ! faut croire,
sans vous commander, que l'autre l'avait volé.... Et quand
on est volé, on a le droit de se défendre.

— Ensuite, interrompit rudement le juge.

— Ensuite, c'est tout. L'officier, en se voyant le plus

faible, a crié au secours... Il lui fallait de l'aide, à c't'homme, pas vrai... Y avait là des soldats, ils sont venus et l'on n'a plus aperçu notre jeune maître de la journée...

— C'est tout ?

— C'est tout pour moi.... et je ne sais pas s'il y a autre chose,... S'il y a autre chose, je connais une femme qui peut vous renseigner là-dessus... elle était à deux pas... même que j'ai failli la cogner avec mes planches.... Celle-là, si elle n'a rien vu, c'est qu'elle est aveugle, et si elle n'a rien entendu, c'est qu'elle est sourde....

— Une femme ? Son nom ?

— Mademoiselle Elise Fischer....

Le greffier prit le nom.

Au même instant, une petite toux sèche attira l'attention de M. Falkenhein. Cela venait du dehors. Les fenêtres étaient ouvertes. Il se pencha.

Sur les marches du perron, un homme était assis, fumant sa courte pipe.

Le grand-père ! !...

M. Falkenhein fut encore retenu à Haute-Goulaine pendant une heure par son enquête. S'il s'était intéressé au grand-père Sauvageot, et s'il avait eu la curiosité de le suivre des yeux, il aurait pu le voir s'en aller des jardins presque aussitôt et gagner la campagne... D'abord il avait marché à pas très lents, traînant la jambe un peu, comme s'il avait été paralysé... Mais il eût été bientôt surpris par un spectacle étrange.

Le spectacle du vieillard s'éloignant à toute vitesse, souple comme un jeune homme, dévorant le chemin....

Mais quel chemin ?

Il avait pris par les sentiers des champs, négligeant la route...

Seulement, celui qui eût connu les parages se fût dit :

« Le vieux s'en va vers la maison des Fischer.... »

Et c'était bien vers Montecreux, en effet, qu'il se dirigeait.

Son enquête provisoire terminée, M. Falkenhein partit.

Une demi-heure après, il demandait à parler au père Fischer. Celui-ci était absent. Ce fut Elise qui le reçut.

— C'est, du reste, à vous que je désirerais parler, mademoiselle, dit-il.

A Montecreux, depuis quelques minutes la nouvelle du meurtre était connue et Élise était encore à l'arrivée du juge, dans le plus grand trouble. D'abord, elle n'avait pas voulu croire à cette nouvelle, dans l'horreur d'un pareil crime... Et quand on lui dit comment avait été retrouvé le cadavre, elle se voila les yeux avec les mains, car elle craignait qu'on ne vît son épouvante, et que tant d'épouvante fît naître le soupçon !....

Le soupçon de quoi ?....

La jolie Elise sentait-elle retomber sur sa tête un peu de tout ce sang répandu ?

Elle se rappelait l'effroyable bouleversement de Lilienthal, la veille au soir, dans le kiosque, pendant que les bruits lointains de la fête parvenaient jusqu'à eux...

Elle se rappelait les dernières paroles de ce tourment, de ce remords.

— J'ai été lâche ! J'ai été infâme !! Ce que j'ai fait est abominable. Et vous, Elise, vous êtes plus lâche encore et plus infâme que moi !!

Et si elle éprouvait en ce moment, la jolie Elise, les affres de la peur, c'est qu'elle se disait :

— Qui donc a châtié Lilienthal ?... Et moi, moi, ne va-t-on point me frapper aussi ?

Voilà pourquoi, devant le juge, elle restait frémissante et silencieuse.

— Mademoiselle, dit Falkenhein, qui parut surpris de ce trouble extrême, vous avez entendu hier une altercation qui s'éleva entre Renaud Sauvageot, en ce moment déserteur, et monsieur le comte de Lilienthal... Je vous prie de me dire ce que vous savez.

Le seul nom de Renaud mit une flambée sur le foyer de sa haine... Elle redressa le front... Elle conta la scène de provocation, disant tout ce qu'elle avait surpris. Le juge l'écouta jusqu'au bout avec une attention intéressée.

— Ainsi, dit-il, il s'agissait d'une lettre ?

— Oui.

— Que ce garçon réclamait, avec menaces, à Lilienthal ?

— Il me semble....

— Le contenu de cette lettre.... en avez-vous connaissance ?

Elle hésita. Dirait-elle la vérité ? Allait-elle mentir ? Et dans l'un ou dans l'autre cas, que lui arriverait-il ? Nul ne pouvait affirmer que la lettre, c'était Elise qui l'avait volée... On ne pouvait que la soupçonner.... Et encore !... Tout autre ne pouvait-il l'avoir ramassée, dans le fossé où Line avait roulé après l'accident de voiture ?... Elle mentit.

— Comment l'aurais-je connu ?... Réfléchissez, monsieur... C'était impossible....

— Du moins, peut-être, au cours de cette altercation, Lilienthal et Renaud Sauvageot ont-ils laissé échapper quelques paroles qui ont pu vous faire deviner de quelle façon cette lettre intime de Renaud, adressée à sa cousine, était tombée entre les mains de Lilienthal ?

— Ce détail aurait-il une grande importance ?

— Oui.

— Laquelle ?

— Cela prouverait une intention de nuire... cela grefferait sur cette affaire, une autre affaire, sans doute.... dévoilerait une intrigue.... est-ce qu'on sait jamais ?

— Par malheur, monsieur, je ne peux rien dire...

— Renaud Sauvageot n'était-il pas votre fiancé ?

— Non....

— Les pourparlers ont été suspendus ? les fiançailles rompues ?

— Oui.

— Par lui ?

— Non, par moi ?

— Pourquoi ?

— Monsieur, fit-elle hautaine, ne vous paraît-il pas que votre curiosité est exagérée ?

Le juge s'inclina et dit : « Pardon ! ! » Il venait de penser que les Fischer étaient tout puissants et apparentés à la plus haute noblesse de Prusse. Il avait cru, pourtant, aux hésitations de la jeune fille, entrevoir qu'elle ne disait pas toute la vérité. Il était perplexe.

— Est-ce tout, monsieur ?

— Oui, c'est tout....

A ce moment, on frappa au salon, où cet entretien avait lieu.

En même temps, une femme de chambre entra,

Elle tenait une lettre à la main, dans une enveloppe jaune, grossière, sur laquelle on aurait pu lire, à dix pas, tant l'écriture était grosse, le nom de Mlle Elise.

— Il paraît que c'est très pressé ? disait la femme de chambre.

Et ayant remis l'enveloppe à la jeune fille, elle sortit.

Quel vague, invincible effroi, s'empara du cœur d'Elise.. Cette lettre, ce chiffon de papier, entre ses doigts, parut tout à coup peser d'un poids énorme...

L'écriture, sur l'enveloppe, était évidemment contrefaite... Cela se devinait aisément.

Elle n'osait ouvrir, comme si, de la déchirure, allaient s'élancer des choses terribles.

Elle se remit et en essayant de sourire :

— Puisque c'est urgent, vous permettez, monsieur ? dit-elle.

Le juge, déjà saluait et se dirigeait vers la porte... Le juge, déjà, avait disparu.

Elise lisait, éperdue, la simple phrase qui l'aveuglait comme un éclair :

« Si vous ne dites pas à M. Falkenhein la vérité, toute la « vérité, quelle qu'elle soit, vous verrez bientôt revivre « l'arbre mort dont les racines se pourrissent au courant « profond de la rivière.... »

Le visage d'Elise devint d'une pâleur de cire.... mais les yeux !... En une seconde, il y passa de l'épouvante, et surtout le sentiment de son impuissance.... de l'impossibilité où elle était de découvrir d'où venait la menace mortelle... et la rage de se savoir à la merci d'un inconnu.... Elle eût donné pour échapper à ce mystère, toute la fortune qu'elle devait posséder un jour !... car ce mystère, c'était sa vie... pour échapper à cette menace, elle se fût donnée elle-même.

De qui ? De qui donc, cette lettre ?

De Renaud ? Non....

Il eût fallu que Renaud fût près de Montecreux, surveillant Elise et le juge, prévoyant ce qui se passait .

Renaud, déserteur, revenu pour cette besogne en territoire allemand ? Non, cela n'était pas possible et l'on ne pouvait s'arrêter à cette pensée.

Alors, qui ?

Mais la menace ? En tiendrait-elle compte ? Elle vécut une minute d'angoisse affreuse.

On entendait Falkenhein qui piétinait dans le vestibule, remettant son pardessus.

Elle entr'ouvrit la porte et ce fut une voix sourde, étrange, qui murmura :

— Monsieur, je désire vous parler encore...

Le juge s'empressa... son regard se fit aimable... mais dans cette amabilité il y avait je ne sais quelle ironie... et comme la joie du soupçon qui ne s'était pas trompé.

D'emblée, Falkenhein disait :

— Ainsi mademoiselle, vous êtes prête à m'apprendre de qui Lilienthal tenait cette lettre ?

— Qui vous fait croire ? balbutie la jeune fille éperdue.

Le juge est devenu froid... Son regard est aigu, tenace, derrière les lunettes d'or...

Elise a caché dans son corsage la lettre de l'inconnu. Cela lui brûle la poitrine. Elle y porte la main machinalement. Cela torture son cœur et l'étouffe... Ses mains fines et élégantes se recroquevillent avec le geste de griffer et d'étreindre... Avec quelle volupté elles se resserreraient, les jolies mains autour d'une gorge, jusqu'à ce que le râle s'ensuive ! !... Mais elle se meut dans les ténèbres... Et puisque l'inconnu ordonne qu'elle parle, eh bien ! elle parlera ! !

— La vérité ! dit la lettre terrible.... et toute la vérité ! !

Elle obéit....

Le juge l'écoute dans un profond silence. Le greffier s'est assis à une table et il écrit. Et de temps en temps, la jeune fille tourne un regard effaré vers cet homme qui se contente d'écrire, pendant que l'autre se contente d'écouter... Elle se rend compte que toutes ses paroles deviennent définitives et qu'elle ne pourra plus se contredire, car, tout à l'heure, bien sûr, on lui demandera de les signer.... « La vérité ! toute la vérité !... Ou vous verrez revivre l'arbre mort, dont les racines se pourrissent au courant profond de la rivière.... » Alors, elle dit la rencontre de Line sur la route.... Elle dit la bousculade de l'enfant.... Elle dit la lettre, échappée à l'aveugle et roulant dans le fossé...

Elle dit le soupçon... à ce nom de Josette sur l'enveloppe...
Elle dit à quel sentiment de jalousie elle a obéi... Elle dit
qu'elle s'est emparée de la lettre.... Elle dit qu'elle l'a lue...
et qu'elle l'a remise à l'officier... « La vérité ! La vérité entière ! ! » hurle à ses oreilles la menace inconnue.... Ici
pourtant, son courage faiblit... Non, aucune terreur, aucune force humaine ne pourra l'obliger à révéler à quelle
basse rancune, à quelle effroyable pensée de crime honteux elle s'est arrêtée soudain, en lisant cette lettre... En
ce papier tombé des mains de Line, deux choses fulgu-
raient... l'amour de Renaud pour Josette.... le projet de
désertion de Renaud... ce que nul pouvoir ne lui ferait
dire — dût-il revivre l'arbre mort pourrissant au tourbillon de la Moselle — c'est qu'elle avait rêvé le déshonneur
de Josette, et que ce rêve, elle l'avait fait entrevoir à un
autre qui devait le réaliser... C'est que c'était d'elle qu'était
venue la pensée hideuse du crime ! ! Non, non, jamais....
Et ce fut la désertion de Renaud qui lui fournit le moyen
d'échapper à l'obsédante fixité de ces yeux de juge qui la
fouillaient et qui déshabillaient son âme....

— Ainsi, disait lentement Falkenhein, vous avez voulu
tout simplement, en avertissant votre cousin Lilienthal,
empêcher Renaud Sauvageot de s'enfuir ?

— Oui.

— Vous avez voulu l'obliger à faire son service militaire
en Allemagne ?

— Oui.

— Vous l'aimez donc ?...

— Je ne sais pas... Je l'aime et je le hais !... Maintenant, je vous ai tout dit... Je l'ai voulu pour soulager ma
conscience.... Tout cela n'a rien de commun avec le meurtre dont vous cherchez l'auteur... Livrerez-vous mon nom
au scandale des débats publics ?

— Veuillez signer votre déposition...

— Vous ne m'avez pas répondu ?

— Signez, mademoiselle, je vous prie.

Sous le regard sévère du juge, Elise signa.

Alors, Falkenhein, froidement, prononça :

— Mon collègue du parquet de Nancy fera de ces renseignements ce qu'il jugera convenable.

Il s'inclina, après un petit coup de deux doigts sur ses lunettes, et s'éloigna.

Elle resta rêveuse, énervée, pommettes rouges.

Puis, en un accès de rage, elle tendit ses petits poings fermés vers l'inconnu, dans l'espace :

— Qui donc ? Qui donc ? Ah ! je veux le savoir ! !

Elle appuya, nerveusement, à coups pressés, sur un bouton de sonnette électrique.

La femme de chambre accourut... Elise était violente... Devant ce visage de colère... les lèvres entr'ouvertes sur les dents blanches comme prêtes à mordre, elle prit peur :

— Mademoiselle ! Oh ! Mademoiselle ! !

— D'où vient la lettre que vous m'avez remise ?

Elle a été apportée par Hans... Je n'en sais pas plus.

— Faites venir Hans... tout de suite... mais dépêchez-vous donc !

Une minute se passa.

Elise trépignait dans le salon : ses ongles roses s'incrustaient dans la paume de ses mains ; et, parfois, ses mains allaient retrouver la lettre qui brûlait son cœur.

— Hans entra ; c'était un petit groom, tout timide et tremblant.

Elle le secoua furieusement par le bras.

— Qui t'a remis cette lettre ! Parle ! Veux-tu parler ou je te gifle !

La gifle suivit la menace. Le groom se mit à pleurer.

— C'est un ouvrier de l'usine...

— Son nom ?

— Sébastien Lafleur.

— Va le chercher ! mais va donc !

Il se passa un quart d'heure. Après quoi, un ouvrier entra au salon, poli, courbé, la casquette à la main, et attendit qu'on l'interrogeât.

La même question fiévreuse, haletante sur les jolies lèvres pâles de courroux :

— Qui vous a remis cette lettre ?

Sébastien Lafleur caressa, d'un court geste nerveux, sa moustache noire. Il y eut, dans ses yeux bruns, une ironie rapide, un défi goguenard...

Et doucement, paternellement, il répondit :

— Je ne sais pas, sauf respect, mademoiselle....

Elle sursauta, s'élança vers l'ouvrier, la main levée, imprudente, exaspérée. L'homme redressa la tête en souriant, et dit, calme :

— Votre main est si petiote que ça ne ferait pas grand mal !

— Vous dites que vous ne savez pas qui vous a remis cette lettre ?

— C'est la pure vérité.... Je m'en venais à l'usine et j'étais aux Quatre-Chemins, lorsque j'ai été rejoint par un mendiant, besace au dos, qui m'a dit : « V'là une commission pour vous... On m'a remis un mark pour la faire... Vous allez à Montecreux, ça épargnera le reste à mes vieilles jambes.... » Je pris la lettre. Le vieux voulait me donner deux pfennigs pour la peine. Je refusai. En passant devant le château, j'ai appelé Hans que je voyais occupé devant les écuries et je lui ai confié le mot... Voilà !

— Ce mendiant, vous le connaissez ?

— Ma foi non, mademoiselle.... Des chemineaux, il en passe tant et tant !

— Vous pourriez le retrouver ? Il ne doit pas être loin...

— Possible ! dit Sébastien Lafleur, en caressant sa moustache, l'air rêveur.

— Amenez-le moi... Il le faut... Je le veux... je vous en prie, dit-elle, changeant de ton et devenant presque suppliante ; car la détente s'opérait en elle et elle sentait monter une crise de nerfs, tandis que le parquet du salon semblait osciller sous ses pieds... Amenez-le moi, hâtez-vous, je vous récompenserai...

— On tâchera, mademoiselle, on tâchera... Seulement, vous préviendrez à l'usine que Sébastien Lafleur a été retenu pour votre service...

— Oui. N'ayez aucune crainte. Hâtez-vous, hâtez-vous !

Lafleur sortit, sans trop se presser, il faut le dire.

A peine était-il parti qu'Elise tombait sur un canapé, en proie à une attaque violente, mordant son mouchoir pour étouffer ses cris.

L'ouvrier s'en alla vers Villaville, entra dans une auberge, s'attabla... Une heure se passa... Il ne bougeait pas, à moitié endormi devant une bouteille de bière... Deux

9

heures s'écoulèrent... Alors, il se leva, régla sa consommation.

— J'ai assez cherché ! murmura-t-il.

Il revint à Montecreux, d'un pas de promenade, et demanda à parler à Elise. Elle accourut, frémissante d'espoir. Sébastien Lafleur s'était arrangé artistement la tête en plaquant ses cheveux sur son front, et il épongeait avec son mouchoir une sueur imaginaire. Il avait peine, du reste, le brave et dévoué garçon, à reprendre son souffle.

— Eh bien ? interroge-t-elle angoissée.

— Mademoiselle, j'ai fait au moins trois lieues, aux alentours en courant... J'ai interrogé tout le monde... Faut croire que ce mendigo de malheur était descendu du ciel et qu'il y est retourné, car personne n'a pu me renseigner sur son compte... Comme vous voilà pâle, mademoiselle, on dirait que vous allez vous évanouir !...

— Je vous remercie de votre zèle, Lafleur... dit la jeune fille d'une voix faible.

Elle lui tendit des pièces d'or. Il les refusa, honnêtement. Il ne voulait pas être payé pour un travail qu'il n'avait pas fait... Elle insistait... Il refusa toujours...

— Non, mams'elle, non... tout dévoué à vos ordres, quand vous voudrez...

Et il laissa Elise à demi morte de frayeur et d'impuissance... Elise, qui entendait à ses oreilles bourdonner la phrase fatale... « Vous verrez bientôt revivre l'arbre dont les racines se pourrissent au courant profond de la rivière.... »

— Ah ! je me vengerai, oui, je me vengerai malgré tout ! Malgré ces menaces même ! Et nul ne saura que la vengeance vient de moi !!

Dès le soir même, M. Falkenhein envoyait un rapport succint à M. de Saint-Cast.

En outre, il le prévenait qu'il allait continuer son enquête à Metz où peut-être lui seraient fournis des renseignements sur la vie et les habitudes de Lilienthal.

Avant de revenir à l'enquête particulière à laquelle, en cette même journée, se livrait M. de Saint-Cast, à la Faloise, et qui devait amener, par ses découvertes successives, des complications presque insurmontables, nous sui-

vrons M. Falkenhein à Metz, afin de ne point abandonner
l'unité de notre action.

Un retour de quelques heures en arrière nous permettra
ensuite de ne plus quitter l'instruction qui allait se poursuivre sur le territoire français.

A Metz, le corps du comte Ulrich de Lilienthal, qui était
catholique, était exposé sur le lit, en grand uniforme, dans
le salon transformé en chambre ardente. Les yeux étaient
à demi ouverts... On n'avait pu les fermer.... et ce regard
du mort, fixé sur l'éternité, était émouvant et tragique....

M Falkenhein, après une courte visite, parmi le défilé
silencieux des officiers, camarades de Lilienthal, qui passaient devant le cadavre, fit convoquer à son bureau di-
vers soldats de la compagnie du capitaine et les officiers
du 166e régiment, qu'il interrogea avec sa méthode et sa
minutie habituelles.

Il comptait, surtout, que les invités à la fête de Joseph
Sauvageot pourraient le guider dans le dédale du mystère
qu'il avait à débrouiller.

Les détails qu'il reçut furent, pourtant, peu concluants.
Ils portèrent sur la tristesse et la préoccupation de Lilienthal en cette journée de fête. Même, il avait refusé de
prendre part au bal. Il s'était tenu à l'écart. Puis, on ne
l'avait plus revu.

Il avait gardé le silence sur les motifs et sur la gravité
de l'altercation avec Renaud ; là-dessus, dans l'esprit des
officiers, une certaine indécision régnait. Tous avaient
connu cette sorte de mise aux arrêts du jeune homme, rigoureuse, certes ; mais les officiers en avaient approuvé
la sévérité, puisqu'ils étaient chargés de veiller à la sécurité du souverain, et que dans l'état d'exaltation où se
trouvait Renaud, un esclandre, fâcheux pour tous, eût été
à redouter. Pourquoi Lilienthal n'avait-il pas levé ces arrêts, après le départ de l'empereur ?... Il avait emporté ce
secret dans la tombe. De même, il leur fut impossible d'expliquer la promenade nocturne de Lilienthal hors de la
frontière... En somme, M. Falkenhein n'avança pas son
enquête en cette première heure.

Il convoqua les deux ordonnances de l'officier.

Les deux soldats, abrutis par l'effroi, ne bégayèrent que

des paroles vagues... Leurs réponses monosyllabiques, et
qui toutes se résumaient par des *Non* effarés, indiquaient
que les pauvres diables avaient peur de se trouver mêlés,
de quelque façon que ce fût, à une procédure judiciaire
redoutable... Ils se taisaient obstinément.

Le juge désespéré, se débattait dans ce néant lorsque
deux sous-officiers d'artillerie, dont le quartier se trouvait
près de la porte Serpenoise, demandèrent à lui parler.

Il les fit entrer aussitôt.

Ils racontèrent qu'un jour, il n'y avait pas bien longtemps, au moment où leur batterie défilait sur le quai, ils
avaient assisté à une scène singulière.

Lilienthal avait, sans provocation d'aucune sorte — les
sous-officiers se hâtaient de l'affirmer — abordé un grand
paysan, un jeune colosse, qui lui barrait le passage sur
le trottoir, et lui avait asséné un coup de poing en plein
visage...

Alors, ils avaient tourné la tête, malgré la discipline....

Le paysan, un instant étourdi, n'avait pas répondu à
cette brutalité.... et l'officier s'en était allé.... sans toutefois le perdre de vue...

Tout à coup, le géant avait avisé les démolitions de la
porte qu'on faisait sauter à la mine... Des pierres, des
moellons, étaient éparpillés partout....

Il avait saisi une pierre, telle qu'il aurait fallu plusieurs
hommes pour la remuer, il l'avait déplacée, enlevée au-
dessus de sa tête...

Les soldats qui passaient n'avaient pu retenir une
sourde exclamation admirative.

Et le paysan avait lancé le bloc à dix pas, devant
lui...

Après quoi, il s'était retourné vers Lilienthal et il avait
dit — les sous-officiers s'en souvenaient parfaitement —
car ces mots les avaient frappés, dits en français, en patois
lorrain, avec lequel l'un des deux était familier :

— Faut ben le dire... Vous péseriez pas lourd !....

Alors, le juge eut une vraie joie... De la lumière venait
dans ces ténèbres... Le jeune paysan, ce ne pouvait être
que Lucas Giraud, dit Pervenche... cette menace, il la
rapprochait de celle qu'on avait entendue à Haute-Gou-

laine : « Y en a des ceuss qui ne pèscriont pas lourd entre mes bras..... »

Et il murmura, en se frottant les mains :

— Allons, c'est plus facile que je l'aurais cru... Voilà de la besogne bien taillée pour mon collègue de France ! !

On revit M. Falkenhein dans la même journée à Villaville.

En effet, Elise Fischer avait dit :

— La lettre était apportée à Josette par l'aveugle Line... c'est Line qui l'a perdue.

Le juge tenait à interroger l'aveugle, afin de savoir d'elle si Elise n'avait pas menti.

Il entra chez la Drouard ; la porte de la maison était ouverte, et par la porte il avait aperçu la paysanne assise sur un escabeau, immobile, rêveuse, les mains sur son tablier. Il la contempla un instant, ainsi, sans être vu, après quoi il entra.

Alors, il remarqua que les yeux de la paysanne étaient très rouges.

Elle avait longtemps pleuré.

Le juge déclina son nom et sa qualité. Il s'exprimait en allemand.

La bonne femme répondit, la voix attristée :

— Je ne comprends rien à votre jargon... je suis trop vieille pour ne pas parler la langue de mon père et de ma mère, et de mon grand-père et de ma grand'mère, que j'ai connus.

Alors, M. Falkenhein s'exprima en français.

— Ah ! vous êtes juge d'instruction à Metz ? fit-elle avec indifférence... Ça me fait bien plaisir... qu'est-ce qu'il y a pour votre service ?....

— Veuillez faire venir la jeune aveugle à laquelle vous servez de mère... Je tiens, avant toutes choses, à la questionner.

— Ce serait avec plaisir, monsieur, mais elle n'est plus chez moi.

— Où est-elle ?

— En France, à la Faloise.

— Depuis quand ?

— Depuis ce matin... Pervenche est venu me la re-

prendre et voilà pourquoi vous me voyez si triste... **Je m'é-**
tais attachée à cette enfant. J'avais fini par croire qu'elle ne
me quitterait jamais... Je ne réfléchissais pas qu'en somme
elle n'est rien pour moi et que celui qui, seul, a des droits
sur elle, c'est le bon Pervenche qui me donnait ses gages...
sans les gages de Pervenche, je n'aurais pas pu garder
Line... Donc, je n'ai pas le droit de me plaindre... Seulement, je suis triste...

— A quelle heure est-il venu la chercher ?

— Oh ! tout à fait au lever du jour.

— Et Pervenche ne vous a rien dit ?

— Non. Si ce n'est que voulant vivre en France, avec
M. Renaud Sauvageot, il emmenait Line avec lui, comme
de juste...

— Et dans l'existence de cette enfant, hier, au courant de la journée, vous n'avez rien remarqué d'anormal ?

— D'anormal ? interrogeait la Drouard sans comprendre.

— Je veux dire quelque chose qui ait plus particulière-
ment, attiré votre attention.

— Si fait, j'ai remarqué deux choses.... une, surtout.

— Dites les deux.

— La première, c'est que Line m'a inquiétée. Elle est
restée absente toute la journée. Mais je la savais à la
Faloise. Quand le soir est venu, j'ai été surprise de ne pas
la voir rentrer... Et ce n'est que vers minuit que je l'ai
revue.

— Comment a-t-elle expliqué ce retard ?

— Paraîtrait qu'à la Faloise, la fête terminée, on l'a
oubliée, la pauvre petite, dans son coin... personne ne
l'a vue... personne n'a songé à la reconduire chez moi...
Heureusement, la nuit, pour elle, c'est sa vie de toujours
et elle a trouvé son chemin.

— Vous disiez que vous aviez remarqué deux choses...

— L'autre, c'est plus singulier, et j'ai eu bien peur....
Le matin, à la pointe du jour, lorsque je me suis levée et
que je me suis approchée du lit de la fillette, qu'est-ce que
j'ai vu sur ses vêtements ? Du sang, **monsieur le juge, du
sang partout.**

M. Falkenhein fit un léger mouvement de surprise.

— L'enfant s'était blessée en cherchant son chemin...

— C'est ce que j'ai cru... c'est, du reste, ce qu'elle m'a dit... qu'elle s'était cognée, qu'elle avait saigné du nez... Mais c'est bien la première fois de sa vie que j'ai constaté qu'elle me cachait la vérité... Car, faut vous dire, monsieur, Line n'est pas menteuse...

— Et ce mensonge ?

— C'est qu'elle n'avait pu se tacher pareillement en saignant du nez, puisque son corsage était souillé aussi bien par devant que par derrière...

— Vous avez conservé ces vêtements ?

— Bien sûr, et j'allais les laver avant de les lui envoyer, avec son linge, et tout son petit avoir, qu'elle n'a pas pris le temps d'emporter...

— Elle est partie avec tant de précipitation ?

— Oui... mais c'est pas elle qui le voulait.... c'est Pervenche....

— Ce départ ressemblait donc à une fuite....

— Pour le garçon, c'en était bien une.... il ne veut pas être soldat en Prusse... Et à présent que je vous ai dit tout ce que je sais, pouvez-vous me dire, à votre tour, pourquoi vous m'avez posé toutes ces questions ?

M. Falkenhein jugea inutile de la renseigner et répondit vaguement :

— Lucas Giraud venait souvent chez vous ?

— Très souvent... à cause de Line....

— Vous ne l'avez jamais entendu proférer des menaces contre un officier, contre des officiers de la garnison de Metz ?

— Non... Et si je l'avais entendu, eh bien, je ne vous le dirais pas !

M. Falkenhein ne releva pas cette parole. C'était un homme doux et calme.

Peu d'instants après, il quittait la maison de la Drouard pour remonter dans la voiture qui l'avait amené.

La paysanne avait fait un paquet des vêtements de Line que le juge emportait.

Et dans le trajet de Villaville à Metz, le magistrat résumait les points principaux auxquels s'accrochait un peu de lumière — oh ! bien faible encore ! — dans l'enquête à laquelle il se livrait.

1° La lettre de Renaud à Josette, trouvée sur le cadavre de Lilienthal ;

2° L'intervention d'Elise Fischer, pour la possession de cette lettre ;

3° L'altercation de Renaud avec l'officier, à Haute-Goulaine ;

4° Une première rencontre de Pervenche avec Lilienthal, à Metz ;

5° Une seconde rencontre, à Haute-Goulaine ;

6° La fuite de Renaud Sauvageot ;

7° Suivie, aussitôt, de la fuite de Pervenche ;

8° Le sang trouvé sur les vêtements de Pervenche ;

9° Le sang trouvé sur les vêtements de l'aveugle.

Certes, la lumière était faible et bien des incertitudes restaient. Pour se former une opinion, M. Falkenhein aurait eu besoin de poursuivre son enquête en France. Ce n'était pas de sa compétence. Du reste, tous les éléments de cette enquête, les principaux — allaient se trouver réunis, sous la main de M. de Saint-Cast, Renaud, Pervenche et Line n'étaient-ils pas rassemblés, en ce moment, à la Faloise ?... Pour les autres, c'est-à-dire pour les témoins qu'il serait utile d'entendre, et qui habitaient la Lorraine annexée, la procédure habituelle aux deux pays interviendrait... Les témoins déposeraient devant M. Falkenhein, par commission de son collègue de France, et même rien ne s'opposerait à ce qu'ils fussent entendus par M. de Saint-Cast en cas de nécessité.

Il y avait urgence à instruire celui-ci de toutes ces découvertes.

M. Falkenhein rentra chez lui et se mit au travail.

Ce fut une simple série de documents que le magistrat se garda de faire suivre d'aucune argumentation personnelle.

L'instinct de son expérience lui disait qu'il n'y avait point là un meurtre vulgaire. C'était un crime où, sans doute, la passion avait tenu le premier et grand rôle tragique. Il se défiait. Puis, déjà, les journaux de Metz et de Strasbourg, ceux de France et ceux d'Allemagne s'étaient emparés de l'affaire, la grossissaient ou la diminuaient, selon leur tempérament. Il se garda de donner un aliment aux discussions qu'il prévoyait. Et, avec le geste familier de ses deux doigts sur ses lunettes d'or, il résuma ses pensées, tout haut, en terminant son travail :

— Sans rien conclure ! !

IX

L'ENQUÊTE FRANÇAISE

M. de Saint-Cast était resté sur la route, auprès de la borne-frontière, jusqu'au moment où une voiture régimentaire de Metz était venue enlever le cadavre.

Après quoi, il était rentré à la Faloise.

Son premier soin — son premier devoir — était de procéder à une enquête que rendait nécessaire la découverte sur Lilienthal, de la lettre écrite par Renaud.

Il hésitait à croire que cette lettre pût être le point de départ du drame.

Dans tous les cas, Renaud le renseignerait et sans doute Josette.

Ce point éclairci, l'affaire, de compliquée qu'elle se présentait, deviendrait plus claire.

Il demanda à Clément Sauvageot la permission de s'installer, avec son greffier, dans une des pièces du rez-de-chaussée.

Après quoi, et sans perdre de temps, il fit appeler Renaud devant lui.

Le jeune homme se présenta aussitôt

Il était pâle, mais son regard indiquait une résolution énergique. Bien qu'il n'eût reçu aucune confidence, il avait réfléchi depuis le matin, deviné les événements qui allaient surgir, et pesé l'importance de ces événements.

La première réflexion qui lui vint fut que le corps de Lilienthal serait fouillé.

Or, il était certain que l'officier n'avait pas déchiré la

lettre de Josette. Il avait dû la garder, cette lettre, avec soin, car le projet de désertion de Renaud, qui s'y étalait en toute franchise, autorisait et protégeait les mesures de rigueur auxquelles Lilienthal avait eu recours, au courant de l'après-midi, la veille.

Le cadavre, fouillé, on retrouverait la lettre.

Et celle-ci devait être, maintenant, entre les mains de la justice.

Nos lecteurs savent qu'il ne se trompait pas.

Renaud s'attendait donc à être interrogé sur ce fait.

La vérité, il la dirait — tant qu'il jugerait que cette vérité n'irait pas jusqu'à faire soupçonner l'acte infâme et criminel commis sur la pauvre Josette.

Cet acte devait, pour l'éternité, rester inconnu de tous...

Cet acte, trois créatures, au monde, l'auraient connu...

La victime, qui, jamais, n'en parlerait.....

Lui Renaud, qui en avait provoqué et reçu la confidence.

Le bourreau... .

Celui-là était mort !...

Il ne restait que Renaud et Josette !... N'avait-il pas raison de se dire que le crime resterait enseveli dans les ténèbres pour l'éternité ?.... Il fallait que Josette sortît, de tout ce drame, la pure vierge que tout le monde aimait.... Il fallait que, même innocente, et victime, l'ombre même d'un soupçon ne vînt pas l'effleurer... Car, un soupçon, c'était la mort de la jeune fille !... Un soupçon, c'était la mort du père ! !...

Voilà pourquoi il se présentait devant M. de Saint-Cast, très pâle, mais résolu....

Enfin nous devons ajouter, pour expliquer dans quel état d'esprit se trouvait le juge, qu'il n'avait aucun motif de soupçonner Renaud d'une participation à ce crime, ou d'une complicité. Les éléments d'un pareil soupçon lui manquaient et ne pouvaient lui être fournis que par l'enquête allemande. Cette enquête, ces éléments, il ne pouvait les prévoir. Les questions qu'il adressa à Renaud ne furent donc inspirées, chez lui, par aucune arrière-pensée. Elles étaient presque amicales.

Renaud, seul — qui savait — se tenait sur la défensive.

— Monsieur, dit le magistrat en indiquant un fauteuil au jeune homme, vous auriez lieu d'être surpris de ma curiosité si je n'avais à cœur de vous la faire comprendre et de vous la faire excuser tout de suite... Connaissiez-vous le capitaine de Lilienthal ? Aviez-vous avec lui des rapports de nature à justifier des confidences intimes, je veux dire, des confidences de votre cœur ?

Renaud pensa :

— Je ne me suis pas trompé ! on a découvert sur lui la lettre de Josette.

Et il répondit :

— Il y a huit jours, je ne connaissais pas le comte de Lilienthal et je n'avais jamais entendu parler de lui.

— Et depuis huit jours ?

— J'ai entendu prononcer son nom, au passage de son régiment, devant Haute-Goulaine et je l'ai revu deux fois...

— Deux fois ?

— Oui, la première à Montecreux, chez les Fischer ; la seconde, hier, chez nous, où il était de service pour escorter l'empereur.

— Là se sont bornées vos relations ?

— Le mot *relations* n'est pas exact, monsieur.... Je n'en ai eu aucune.

— En effet, je retire le mot, fit M. de Saint-Cast en souriant. Il est donc tout à fait surprenant que cet officier ait été trouvé possesseur d'une lettre de vous, d'une lettre délicate, adressée à votre cousine.... et qui est celle-ci...

Le juge tendit la lettre à papier légèrement bleuté, de forme commerciale, arrachée par Renaud Sauvageot à son bloc-notes.

Renaud y jeta un regard, à peine....

Il dit sans émotion apparente :

— Cette lettre est bien de moi, adressée à Josette.

— Vous ne me semblez pas autrement surpris de la retrouver dans le portefeuille d'un officier prussien, et d'un officier prussien que l'on vient d'assassiner ?

Le juge avait parlé avec quelque vivacité.

— Nullement surpris, en effet, dit Renaud....

— Ceci demande un commentaire ?

— Que je vous donnerai tout de suite.... La lettre, que

vous avez lue, vous explique pourquoi elle a été écrite...
Je la confiai à Lucas Giraud, un brave garçon que j'aime
comme un frère, et que vous entendrez sans doute après
moi... Lucas ne pouvant s'absenter de Haute-Goulaine
pour la porter à son adresse, me prévint qu'il la remettrait
à son amie, l'aveugle Line.

— Cette lettre à un aveugle ?... Quelle imprudence !

— Non, il n'y avait rien là d'imprudent. Line est cou-
tumière de ces sortes de choses. En chemin, elle fut bousculée par la voiture des Fischer. Elle perdit la lettre.
Celle-ci fut ramassée par Élise Fischer. Et au lieu de la
restituer à l'aveugle, Élise la garda pour elle.

— Comment le savez-vous ? Comment pouvez-vous préciser ces détails ?

— Par Line, j'ai connu l'accident ?....

— Mais vous accusez Elise Fischer d'une indélicatesse,
d'un vol, même ?

— Oui.., Et c'est Elise qui, après avoir pris connaissance du contenu de cette lettre, la remit au capitaine de
Lilienthal.

— Encore une fois, comment le savez-vous ?

— C'est bien simple, monsieur, je l'ai vu.

Et Renaud raconta comment, de sa fenêtre, il avait assisté à la scène.

— Ce papier bleu, ce format attirèrent mon attention...
J'eus peur... Je voulus savoir... Je me hâtai de descendre
et j'interrogeai le comte de Lilienthal.

— Alors ? demanda le juge, intéressé.

Renaud, en effet, venait de marquer une légère hésitation.

— Celui-ci le prit de haut et refusa toute explication...

— Et... cet entretien se passa dans le calme ?.... sans
aucune colère ?

— Je ne l'affirmerais pas, monsieur, dit paisiblement
Renaud.... Il m'eût été difficile, en effet, de garder tout
mon sang-froid, alors que j'avais la preuve d'une pareille
indiscrétion, aussi vilaine, aussi basse... Je ne ménageai
pas mes paroles....

— Cet officier était de service ?

— Oui... Et il en abusa.... en me faisant enfermer dans

ma chambre où je restai prisonnier sous la garde de deux gendarmes, jusqu'au soir... c'est-à-dire jusqu'au moment où je pris la fuite en m'en allant par les toits.

M. de Saint-Cast était devenu sérieux et fronçait les sourcils.

Cette histoire le prenait au dépourvu.

— Et vous n'avez plus revu le capitaine ?

Nouvelle hésitation chez Renaud, si courte, si imperceptible... Mais M. de Saint-Cast avait maintenant l'attention en éveil. Il s'en aperçut. Il était inquiet.

— Je pris la fuite. Je réussis à passer la frontière malgré ceux qui me poursuivaient... Dès lors, comment aurais-je pu rencontrer de nouveau cet officier ?

— C'est juste.

Mais le juge réfléchissait que Renaud avait évité de répondre clairement.

— Quel intérêt Lilienthal avait-il à posséder votre lettre?

— Il n'avait aucun intérêt, monsieur... Il ne la connaissait pas..... Ce fut le hasard qui la fit tomber entre ses mains.

— Soit... mais ce hasard étant admis, je ne comprends pas que Lilienthal l'ait gardée et surtout ait refusé de vous la rendre, malgré vos instances.... Quel intérêt, je le répète, avait-il à la garder ?

— Il y a entre vos deux questions, une légère nuance... Aucun intérêt à la posséder.... Mais le comte, une fois nanti de cette lettre, avait presque le droit de la garder...

— Pourquoi ?... Cela me paraît bien subtil...

— Pour un esprit français comme le nôtre, mais non pour un esprit allemand... Je faisais prévoir ma désertion... En fallait-il davantage ?

— Je l'admets. Toutefois, m'expliquerez-vous de même, et aussi facilement, l'intervention de Mlle Fischer, dont le rôle, en tout ceci, m'apparaît comme très coupable et très louche....

— On voulait me fiancer à cette jeune fille.

— Ce serait donc une question de jalousie ?.... Une vengeance de femme ?

— Je le crois... Moralement, j'en ai la certitude...

— Bien. Tout cela est à retenir...

M. de Saint-Cast réfléchit.

— Lorsque vous vous êtes enfui de Haute-Goulaine, vous êtes venu directement à la Faloise ?

— Directement... non... J'étais poursuivi, je vous l'ai dit... La frontière, de ce côté, était si fortement gardée que je ne pouvais essayer de la franchir.... J'ai dû faire un détour très long... jusque vers la Moselle, par les coteaux de vigne....

Avec indifférence, le juge questionna encore :

— A quelle heure êtes-vous arrivé à la Faloise ?

— Vers minuit, minuit et demi.

— Vous avez réveillé votre oncle ?

— Ma foi non, je n'ai voulu réveiller personne et je suis allé, tout simplement, me coucher auprès de notre berger Blanquin....

Encore une indécision, chez le juge, avant de formuler la question suivante :

— Ne pouvez-vous rien me dire au sujet de l'assassinat de Lilienthal ?

— Que pourrais-je vous dire, monsieur ?.... Je n'en sais pas plus que vous ?

— Avez-vous, du moins, à ce sujet, une opinion ?... En rôdant, comme vous l'avez fait, cette nuit, aux environs, n'avez-vous point fait rencontre de vagabonds ? n'avez-vous pas entendu quelques cris ? des appels ? Enfin, n'est-il pas un détail qui ait attiré votre attention et que vous puissiez nous faire connaître, dans l'intérêt de la vérité ?

Renaud répondit lentement :

— Si, dans l'intérêt de la vérité, je pouvais vous donner quelques renseignements, je n'hésiterais pas.... croyez-le bien... Je n'ai entendu aucun cri... aucun appel... Je n'ai rencontré aucun vagabond.... Je vous affirme, au besoin je vous jure qu'il m'est impossible de vous donner aucun détail pouvant vous aider dans l'enquête sur ce crime... Est-il rien de plus précis que cette réponse ?

M. de Saint-Cast sourit, s'inclina et dit :

— Non.

— Je puis me retirer ?

— Certes.

M. de Saint-Cast se leva. Les deux hommes se serrèrent la main. Renaud sortit.

Pourquoi éprouva-t-il un soulagement énorme ?.... De quoi avait-il eu peur ? Assurément, il ne pensait pas qu'on pût l'accuser. Jusqu'au dernier moment, les innocents n'ont pas de ces frayeurs. Ils ne songent à se défendre que lorsqu'il est trop tard. Ils ne s'imaginent pas que ce qui est pour eux l'évidence peut tout à coup être battu en brèche et détruit par des arguments, par des détails infimes, par des *juxtapositions* de menus faits, lesquels pris à part, ne prouveraient rien, et réunis, coordonnent un soupçon, et de ce soupçon font germer une preuve. Les innocents se disent encore : « Allons donc, ce serait ridicule et fou ! » alors que déjà les juges se disent : « Qui sait ? Et pourquoi pas ? » Et les innocents continuent de dormir quand les juges s'éveillent.... Mais le soulagement de Renaud ne venait pas de la conviction où il était que M. de Saint-Cast ne l'accusait pas du meurtre. Cela lui paraissait naturel. Il venait de ce que le nom de Josette avait été à peine prononcé au cours de cet entretien. Et coûte que coûte, il fallait que Josette restât hors de cette affaire.

Il s'était réjoui trop tôt.

Au moment où il sortait, le juge lui disait :

— Voudriez-vous prendre la peine de prier Mlle Josette Sauvageot de venir causer avec moi ?

Renaud eut une révolte. Tous ses espoirs s'évanouissaient.

— A quoi bon, monsieur ? Est-ce vraiment utile ?

Le juge se contenta de répondre avec une indifférence ponctuée d'un sourire doux :

— Il le faut !

En rejoignant Josette, Renaud se contenta de lui dire :

— N'oublie pas que tu ne sais rien !...

Comme mot d'ordre, entre eux, cela suffisait. Ils n'avaient pas besoin de plus de paroles pour se comprendre. Leur vie était commune, leur pensée commune, ils avaient le même but. Leurs efforts, à tous deux, tendraient à ce que nul ne pût se douter du drame qui avait eu pour théâtre la carrière abandonnée.

Toute blanche, les yeux cernés et fiévreux, sentant le malheur sur sa tête, elle dit :

— Non, je ne sais rien !

Et elle alla rejoindre M. de Saint-Cast. A son entrée, le juge se leva avec empressement.

— Mademoiselle, je vous prie de m'excuser.... Nous avons parfois des devoirs rigoureux auxquels nous nous soumettons à contre-cœur... Permettez-moi de vous adresser quelques questions, plutôt comme une formalité à remplir, que parce que j'ai l'espoir qu'elles seront de quelque utilité à mon instruction... Si je ne vous les posais dès aujourd'hui, je serais obligé d'y revenir peut-être tôt ou tard..... Mieux vaut donc tout de suite....

— Ne soyez pas gêné, monsieur, et interrogez-moi.

— Veuillez prendre connaissance de cette lettre...

Et pendant qu'elle lisait, il l'observa.

Josette était sur ses gardes. Elle eut pourtant un frémissement intérieur en parcourant ces lignes. Tout son malheur venait de là !... de ces quelques lignes de tendresse craintive et de prudence que Renaud lui avait écrites et qu'elle n'avait pas reçues. Ce que le juge allait lui apprendre, elle le savait. Elle prévint donc son récit.

— Cette lettre m'était adressée... Elle a été perdue par Line....

— Et retrouvée sur le cadavre de Lilienthal.... N'ayant pas reçu la lettre de votre cousin, qui contremandait un rendez-vous, vous êtes allée à ce rendez-vous ?

— Oui, fit-elle faiblement.

— Et vous n'avez fait aucune des rencontres dangereuses que l'on redoutait ?

— Aucune.

— Le capitaine de Lilienthal vous était-il connu ?

— Nullement...

— Son nom même...

— Son nom même m'était inconnu, fit l'enfant qui se sentait mourir.

— Remettez-vous, mademoiselle, dit le juge avec bonté.. Je n'ai plus qu'une question à vous adresser... soupçonnez-vous l'officier d'avoir eu l'intention, en gardant cette lettre, de s'en servir contre Renaud qui y faisait prévoir sa désertion ?... Et soupçonnez-vous Elise Fischer, par jalousie contre vous, d'avoir voulu se venger de Renaud et vous atteindre, en se servant de Lilienthal comme complice? Car, si vous aimez Renaud, ce que personne n'ignore, Elise Fischer, dit-on, l'aimerait aussi...

Un peu du trouble qu'elle éprouvait devint visible sans doute car, le juge pour la seconde fois, lui dit :

— Remettez-vous, mademoiselle, et ne voyez en moi qu'un ami.... Si vous voulez bien me faire l'honneur de me considérer ainsi....

Le trouble profond de Josette venait de ce qu'en somme tout le drame était là dans les deux faces de la question, posée par M. de Saint-Cast.... Elle avait bien réfléchi depuis la veille, et elle avait fini par deviner le secret motif de l'intervention d'Elise. Non, ce n'était pas seulement pour empêcher la désertion de Renaud que l'officier avait intercepté cette lettre, mais pour profiter de la solitude où il savait Josette et assouvir sur elle sa passion !... Et ce n'avait pas été seulement pour se venger de Renaud en l'obligeant à faire un service militaire, qu'il avait en horreur, que la jolie Elise avait apporté la lettre à Lilienthal ; mais elle l'avait fait, Josette se le disait et c'était cela qui était abominable, pour inspirer à l'officier l'idée du crime.. ainsi, se vengeant doublement ! !

En ce moment, Josette n'éprouvait plus de haine pour Lilienthal.

Cet homme était mort.... et, ainsi que Renaud l'avait dit, avec lui était mort son souvenir, comme s'il n'avait jamais vécu !

Mais de la haine, et quelle haine ! renaissait en son cœur, qui jusqu'à maintenant, n'avait connu que la tendresse et l'amour, haine terrible pour une femme, cause de tout le mal....

M. de Saint-Cast regardait Josette hésitante et émue.

Il n'interrompit pas sa méditation.

Et peu à peu elle semblait oublier qu'il fût là et qu'elle n'était pas seule !

C'est que d'autres pensées lui venaient encore.... et pour la première fois !.... et qui, la surprenant, la laissaient sans force et défaillante.

Elle et Renaud s'étaient dit :

— Personne ne connaîtra plus ce crime, puisque Lilienthal est mort....

Tout à coup Josette venait de penser :

— Et Elise ?

Oui, Elise devait être dans le secret de cette honte, s'il était vrai qu'elle l'avait inspirée ! ! Peut-être même, de Lilienthal, en avait-elle reçu l'aveu ?

— Enfin, puisque Renaud se proclamait innocent de ce meurtre, quelle était la main mystérieuse qui avait si terriblement frappé ?

En frappant, cette main, n'avait-elle pas voulu venger Josette ?

Et alors, celui-là, le vengeur, connaissait donc le crime, lui aussi ?

Qui ?... où se cachait-il ? Se montrerait-il jamais ?

M. de Saint-Cast disait doucement :

— Vous est-il donc si difficile de répondre à ma question, mademoiselle ?

Elle tressaillit, se redressa.... Elle revait.... Elle était si loin, si loin ! !

— Les deux suppositions dont vous parlez sont possibles, monsieur... Il est possible que cet.... officier... ait considéré comme son devoir d'empêcher la fuite de Renaud.... et il est possible également que cette fille... cette... Elise Fischer.... ait écouté, en lui livrant cette lettre, la rancune de sa déconvenue.... Je ne puis rien affirmer....

Et se souvenant de la recommandation que Renaud lui avait faite :

— Que pourrais-je dire ? Je ne sais rien....

— Vous n'avez pas appris cette nuit, que votre cousin s'était réfugié à la Faloise ?

— Je me suis sentie souffrante et fatiguée hier au soir, après la fête. Je suis rentrée chez moi. Et c'est ce matin seulement que j'ai entendu la voix de Renaud qui causait avec mon père, dans la cour... Il faisait jour à peine...

— Par qui avez-vous appris la mort de Lilienthal ?

Elle fit un geste vague.

— Quand je suis descendue de chez moi, toute la ferme connaissait la nouvelle.

M. de Saint-Cast s'inclina. Josette se levait. Il la reconduisit jusqu'au seuil. Mais quand elle fut sortie et que la porte fut refermée, il resta là, les yeux fixés sur cette porte, songeur, indécis, le regard mécontent....

— Pourquoi cette émotion ?... Pourquoi, à certains moments, un pareil trouble ?... Elle cherchait ses mots.... elle étudiait ses réponses, oui, elle les étudiait... Est-ce l'attitude et la parole d'une femme qui ne sait rien, comme elle le prétend ?... ou d'une femme qui sait, mais qui ne veut rien dire ?.....

Il eut un geste d'impatience, en faisant claquer ses doigts, et il revint s'asseoir à sa table, la tête dans les mains, attentif à quelques notes déjà crayonnées.

Il manda Line et Pervenche.

Il ignorait encore les découvertes de M. Falkenhein, tant chez la Drouard que dans la perquisition faite chez Lucas Giraud.... les taches de sang découvertes chez l'aveugle et chez Pervenche... la saisie des vêtements souillés.

Ignorant cela, il se proposait simplement de recevoir leurs dépositions au sujet de la lettre, puisque, forcément, c'était autour de ce chiffon de papier que semblait vouloir évoluer l'instruction.

La petite aveugle et « son père » entrèrent ensemble, et se tinrent debout. Le juge remarqua que Line gardait la main de Pervenche dans sa main, comme une enfant qui a peur de perdre celui qui la guide et qui la protège.

Pourtant, ce n'était pas ce sentiment qui faisait agir l'aveugle.

Toutes les émotions de Pervenche se traduiraient par des frémissements, si imperceptibles qu'ils fussent. Ces frémissements, chaleur, froid, frissons, contractions, passeraient dans la main de Pervenche, et Line en recevrait le contre-coup... C'est ce qu'elle désirait... Ainsi, elle *verrait* ce qui se passait dans cette âme et peut-être, comprendrait-elle un peu les terribles choses qui l'avaient tant effrayée, la dernière nuit... Car, lorsqu'à son arrivée à la Faloise, le meurtre de Lilienthal lui avait été appris, elle serait tombée défaillante si la forte main de Lucas Giraud ne l'avait soutenue....

Et elle avait murmuré un mot, un seul... que Pervenche entendit peut-être :

— Le sang ! Le sang ! !

En pétrissant, dans ses petits doigts délicats, les rudes doigts du noué, qui sait si elle n'avait pas, non plus, l'espoir de faire passer dans l'âme de son ami, sa propre force, son énergie de femme... afin qu'il résistât mieux aux subtilités au milieu desquelles M. de Saint-Cast allait essayer de le surprendre ?

Sa terreur était prématurée. Elle se tranquillisa vite. Le juge n'était pas assez armé pour leur poser des questions difficiles et dangereuses.

Pervenche lui-même s'en rendit compte, malgré sa simplicité d'esprit...

Seulement, il arriva pour eux ceci, que, se croyant à l'abri de tout ennui et ne se voyant pas menacés, ils s'engagèrent dans des réponses nettes, catégoriques, qui devaient plus tard, leur être représentées et reprochées comme autant de mensonges... Et, mis en demeure d'en expliquer la contradiction, ils ne le pourraient plus.

Sur la lettre, Line et Pervenche donnèrent les détails que nous connaissons et qui ne firent que préciser ce que M. de Saint-Cast connaissait de son côté.

Leur récit terminé, leur calme revenu, le juge demandait :

— Sur le crime lui-même, vous ne pouvez rien nous dire...

— Oh ! moi, monsieur, dit l'aveugle.

Et elle fit un geste triste vers ses yeux.

— Oui, vous, peut-être, reprit le juge avec bonté ; mais Lucas Giraud ?

Le noué eut un gros rire, un de ces rires qui fendaient sa figure en deux.

Et tout à coup, rassuré sans doute, soulagé, pris d'un besoin de parler, d'autant plus singulier qu'en général il était toujours silencieux, le voilà parti dans une histoire longue, longue, à la grande surprise de Line et à son grand émoi également. Pervenche explique qu'il lui serait difficile de donner des détails sur le meurtre, puisqu'il n'a pas quitté Haute-Goulaine... Même qu'il n'a pas pu faire

la commission que Renaud voulait lui confier et porter sa
lettre à Josette.... Il raconte qu'il n'avait eu garde de quitter Haute-Goulaine, où l'on s'amusait.... où l'on chantait...
où l'on buvait... car c'était fête pour les petits comme pour
les grands.... Seulement, comme il n'avait pas plus que
son maître l'idée de porter le casque à pointe, il avait filé
le matin, de bonne heure, afin de se mettre à l'abri et il
était venu rejoindre Renaud à la Faloise en passant par
Villaville où il avait enlevé sa petite Line à la Drouard...
Quant au meurtre, dam ! est-ce qu'on sait jamais ? D'abord,
pourquoi avait-il franchi la frontière, cet officier, et en
uniforme encore ?.... s'il était resté à Haute-Goulaine, probable que le malheur lui aurait été épargné.... Il se sera
querellé, peut-être bien, avec quelque vagabond, amené
là par la fête.... sur les frontières, il y a toujours des rôdeurs... sûrement, si lui, Lucas Giraud, savait de quoi il
retourne, il n'hésiterait pas à le dire à la justice... Mais,
bonté de Dieu, il ne savait rien de rien... De sa vie il n'avait
entendu parler de cet officier... de sa vie il ne l'avait vu...
Pour sûr que non.... et voilà !

Et de temps en temps, un coup d'œil clairement exprimait :

— Oui, oui, je devine ce que sa main m'envoie... Je devine qu'elle me donne raison de raconter au juge toutes
ces histoires....

Enfin, il s'était tu, très fier. Et Line, soulagée, respira.

M. de Saint-Cast arrêta ce flux de paroles.

— Je ne vous en demandais pas tant ! dit-il avec un sourire.

Mais il avait été frappé par ce verbiage, par cette envie
de parler à tort et à travers qui venait de prendre le simple... Et au milieu de tout cela, il avait cru démêler le besoin qu'éprouvait Pervenche d'expliquer pourquoi un
soupçon ne devait pas l'atteindre, puisqu'il pourrait, à la
rigueur, justifier de l'emploi de son temps, à Haute-Goulaine.

Ce garçon avait donc peur ? De quoi et pourquoi ?

En vain, Line l'avait-elle prévenu et mis en garde.... Jamais Pervenche n'en avait tant dit... Et l'enfant, pressen-
tant un danger, lui serrait la main de toutes ses forces,

par petits coups brusques, pour l'avertir, pour attirer son attention.... Pervenche les sentait, les étreintes légères et peureuses.... mais il ne les comprenait pas.... même il les comprenait à rebours.....

Mon Dieu, oui, le bon Pervenche les prenait pour des encouragements !

— C'est bien, dit M. de Saint-Cast, vous pouvez vous retirer.... Mais vous vous tiendrez à ma disposition ces jours prochains.... Il se peut que j'aie besoin de vous entendre, à nouveau.

Dans la cour, Line craintive, murmurait :

— Pourquoi en as-tu tant dit ?

— Pour qu'y ne se doutiont de rien...

— Et s'il apprend que tu as passé une partie de la nuit hors de Haute-Goulaine ?... que tu m'as reconduite à Villaville à minuit ?... et que, avant celte heure-là.... sur la route..... quand tu m'as laissée toute seule si brusquement, il y eut une lutte, des cris, un râle, oh ! ce râle d'agonie qui retentira dans moi jusqu'à ma mort.... Si tout cela, le juge finit par le savoir, comment lui expliqueras-tu tes mensonges d'aujourd'hui ?... Et à moi, Pervenche — fit-elle encore plus bas — pourquoi n'as-tu rien dit, de ce qui se passait... ni de ces cris, ni de cette lutte, ni de ce râle... et pourquoi ne m'as-tu pas prévenue que tu étais tout souillé de sang.... et que moi-même, Pervenche, moi-même, j'avais du sang partout.... jusque sur mes mains...

— On l'a vu ? fit-il d'une voix étouffée...

— J'ai senti mes mains gluantes et je les ai lavées à la fontaine.....

— Alors, c'est bon, personne n'en saura rien...

— Tu te trompes, Drouard a vu aussi.... elle peut parler....

— Bon Dieu de bon Dieu ! fit le simple... Qué malheur ! Qué grand malheur ! !

Il vit que les lèvres de l'aveugle s'agitaient, proférant des mots à voix basse.

— Qu'est-ce que tu dis encore, Line ?

— Je ne dis plus rien, Pervenche..... je fais ma prière...

— Pour qui ?

— Pour toi ! !

Il eut un soupir ; et, comme elle était appuyée sur lui, la commotion que lui porta ce simple mot de l'aveugle se répercuta contre elle.... Alors, elle pâlit un peu plus.... et sur ses jolies lèvres que la fièvre dessécha brusquement, la prière se fit plus ardente, plus éperdue.

Cette première journée d'enquête de M. de Saint-Cast ne devait pas amener de résultats.

Ce qu'il ignorait encore, c'est que ce meurtre, commis en France, ne pouvait être expliqué que par des renseignements venus d'Allemagne.

En Allemagne était la genèse de ce crime.

Il repartit le soir pour Nancy.

Et le lendemain matin, à son réveil, il recevait par courrier spécial, un dossier qu'il parcourut sur-le-champ et qui était l'enquête de M. Falkenhein.

Deux heures après, il descendait à la Faloise.

On ne l'y attendait plus.

La nuit avait été très calme... On eût dit que cette violente tempête, déchaînée sur la paisible demeure, s'apaisait enfin.... Peut-être, au fond de certains cœurs, l'épouvante de l'avenir régnait-elle encore.... Mais les visages n'exprimèrent que la joie... Il fallait feindre.... Pour Renaud et pour Josette, la vie se passerait à dissimuler.... A la veillée du soir, où ils étaient tous réunis, même Line, même Pervenche, des amis de Thiancourt étaient venus, sachant que Renaud s'était exilé d'Allemagne.... Et longuement, devant la cheminée où l'on ravivait le feu, de temps à autre, par quelques bûches, on avait causé de ces choses qui sont toujours d'actualité, toujours suspendues en menaces, sur nos frontières : de la guerre possible, qu'un incident pouvait faire naître... Le meurtre de Lilienthal serait-il l'incident redouté par les uns, espéré par les autres ?.... Et la guerre, provoquée par la mort de cet homme, apparaissait à Renaud et à Josette, comme une catastrophe abominable... Deux peuples s'entre-tuant pour un misérable et pour un lâche ! !...

Lorsque M. de Saint-Cast descendit de voiture devant la Faloise, ce fut Clément qui le reçut.

Et le juge avait un visage si grave, si changé, que Sauvageot le Doux prit peur.

— Du nouveau, monsieur de Saint-Cast ? interrogea-t-il en hésitant.

— Oui... beaucoup... beaucoup.....

Il se dirigea à pied vers la frontière. M. Falkenhein l'y attendait. Les deux magistrats eurent une longue conversation. Ils étaient seuls, sans aucun appareil de justice. Les gens, des deux côtés de la limite, qui travaillaient dans les champs, et qui les voyaient, s'arrêtaient parfois pour considérer leur promenade durant laquelle ils échangeaient leurs réflexions.

Ils cessaient de parler, à certains moments, restaient sans doute inquiets de leurs observations et des résultats logiques qui s'en suivaient.

Puis, c'étaient de grands gestes.....

M. Falkenhein montrait les bâtiment de Haute-Goulaine ! Il se retournait et montrait ensuite la Faloise qui s'étalait toute blanche sur son coteau...

Après quoi, ensemble, ils se dirigeaient vers le tas de pierres du bord de la route, et, pensifs, l'examinaient, comme s'ils avaient été déçus de toutes les paroles échangées, comme si le mystère demeurait toujours en leur esprit, et comme s'ils avaient espéré que ces pierres inertes, encore tachées de sang humain, livreraient leur secret...

Enfin, ils se séparèrent, en se saluant.

Et M. de Saint-Cast reprit le chemin de la Faloise.

Quand il y arriva, il parut plus soucieux encore et il alla s'enfermer pendant une heure dans le petit salon qu'on lui avait réservé, feuilletant et étudiant, page par page, ligne par ligne, tout le dossier qui lui avait été remis, prenant des notes, marquant des points de repère, soulignant des détails....

Son retour à la ferme n'était point passé inaperçu. Il avait apporté avec lui un nuage qui assombrissait les cœurs.

Josette demandait à Renaud :

— Que sait-il ?

Renaud la tranquillisait en disant :

— Puisque je suis innocent !

Pervenche ne cessait pas de rire, de son rire énorme ;

mais Line, en l'écoutant, Line qui le connaissait si bien, le pauvre garçon, se disait en tremblant :

— Il a peur ! !

Entre Josette et Renaud — et Pervenche et Line — aucune réflexion ne s'échangeait.

Tous les quatre, ils s'attendaient à de nouvelles questions, plus pressantes, cette fois, et qui s'appuieraient sur des faits, sur des indices, sur des découvertes.

Et tous quatre se demandaient, anxieux, gorge sèche :

— Quel est celui d'entre nous que l'on accusera !....

Ce fut Clément Sauvageot qui vint dire à Line :

— Mon enfant, M. de Saint-Cast voudrait vous parler...

L'aveugle resta un moment interdite. Tout un monde de pensées, d'épouvantes. Elle ? Pourquoi, elle première ? Pourquoi, elle, avant les autres ? Sans doute, parce qu'elle était faible et infirme, craintive et sans défense ?... Parce qu'on espérait qu'elle parlerait ? Et qu'on agirait sur elle par la menace, si la persuasion ne suffisait pas ?...

Pervenche était auprès de Line, aussi affolé que son amie....

Son rire devint plus énorme.... Jamais il n'avait tant ri !.. Jamais il n'avait eu si peur !...

Il jeta sur Line un regard navrant, un regard qui aurait voulu lui rappeler la recommandation suprême qu'elle avait reçue, là-bas, sur la grand'route, quand elle venait d'entendre le râle d'un agonisant : « Il faut te souvenir que tu dois te taire, toujours. »

Mais ce regard, l'aveugle ne pouvait le voir.

Se rappellerait-elle la recommandation ?

Clément Sauvageot lui avait pris la main.

— Venez, mon enfant, je vais vous conduire...

La main de l'aveugle était glacée.

— Comme vous êtes émue !...

— Que me veut cet homme ? Il me fait peur. Restez près de moi, monsieur Sauvageot.

— Impossible, mon enfant..... Mais pourquoi vous effrayer ?... Savez-vous donc quelque chose ? Et si vous savez quelque chose, pourquoi ne le diriez-vous pas ?

Elle redressa sa petite taille... Du sang, de la chaleur, afflua dans sa main.

— Que saurais-je ? Les aveugles peuvent-ils voir ? Le monde est fermé pour eux.

— Ils peuvent entendre, dit Sauvageot doucement. Avez-vous entendu ?

Elle se raidit, les lèvres dures, résolue, inébranlable.

— Je n'ai rien du tout à dire et je voudrais qu'on me laissât tranquille.

Une porte s'ouvrait. On la fit entrer dans une chambre close. Elle ne perçut plus même le bruit de ses pas qui s'amortissait sur des tapis. Une autre main que celle de Clément la conduisit jusqu'au fauteuil. Une autre voix que celle de Clément lui disait de s'asseoir... Machinalement, elle obéissait....

Elle venait de comprendre qu'elle se trouvait devant le juge.

Elle sentit peser sur son crâne un lourd regard.... oui, elle le sentit.... vraiment. Et elle eut cette impression physique de fardeau.

Elle ne baissa pas la tête...

L'aveugle se disait qu'elle était plus forte que tout, que tous, puisqu'elle marchait dans les ténèbres parmi lesquelles nul être humain, nulle puissance au monde, ne pouvait apporter de lumière.... et la surprendre.....

— Mon enfant, dit le juge, lorsque je vous ai interrogée hier, pour la première fois, ne vous avais-je point priée de me dire la vérité ? Ne vous rendez-vous pas compte que la justice est une chose très grave et très sainte, la plus grave et la plus sainte des choses qui existent, puisque c'est d'elle que dépendent la liberté et la vie, le déshonneur ou l'honneur ?... N'aviez-vous pas réfléchi à cela? Il le faut croire puisque, de tout ce que j'ai appris depuis hier, il résulte que vous ne m'avez pas dit toute la vérité ?...

Elle dit bravement :

— Il faudrait que vous m'expliquiez, pour que je sache en quoi j'ai menti.... Jusqu'à présent, monsieur, je l'ignore !

— C'est ce que je vais faire.... Redites-moi, je vous prie, l'emploi de votre journée, celle d'avant-hier, du jour de la fête....

Line obéit et s'arrêta dans son récit à son arrivée à la Faloise, après son accident de voiture et la perte de la lettre.

— Ensuite, demanda M. de Saint-Cast, qu'avez-vous fait ?

— Oh ? monsieur, rien du tout. Qu'est-ce qu'ils font les aveugles quand on s'amuse autour d'eux ? Comment prennent-ils part aux amusements des autres ? Ils restent dans le coin où on est venu les faire asseoir, et ils écoutent les cris, les rires, les chants et les danses, comme des choses lointaines, très lointaines qui sortiraient d'un autre monde. Pourtant, je n'ai pas à me plaindre car chacun, chacune faisait attention à moi. D'abord, on s'était distrait à m'habiller je ne sais pas comment, mais point comme je suis habillée d'habitude et il paraît que cela était très seyant car on me disait que j'étais très jolie... Je ne sais guère ce qu'il en est d'être jolie ou d'être laide.... mais d'entendre dire que j'étais jolie, ça me faisait chaud au cœur... j'étais très heureuse et très fière....

Elle s'anima, mais d'une animation un peu factice, un peu fiévreuse, parce qu'elle sentait toujours sur elle le regard lourd, et parce qu'elle avait peur....

— Figurez-vous, monsieur, qu'on a voulu me faire danser... oui... moi, moi...

Elle se tut.

— Ensuite ?

— C'est tout.

— Mais le soir ? Qu'êtes-vous devenue ? Comment êtes-vous rentrée à Villaville ?

— Le soir ?... Il n'y a ni matin ni soir pour moi... Je me suis aperçue que votre nuit descendait à cause de la fraîcheur qui tombait sur mes épaules... Josette m'avait enlevé mon joli costume, sur ma prière.... Et peu à peu, l'animation de la fête s'apaisait.... autour de moi.... Il faut croire que là où j'étais — où étais-je ? Je ne sais — personne ne me voyait, car il arriva un moment où je me rendis compte qu'il n'y avait plus ni fille ni garçon autour de moi... Tout le monde était allé se coucher... J'étais oubliée...

— Et vous avez été effrayée ?

— Pas trop, d'abord. Je connais mon chemin. Je n'ai tremblé en me mettant en route, que lorsque je me suis mise à penser à ce que Pervenche m'avait dit un jour...

— Et que vous avait-il dit, votre ami Pervenche ? fit le juge, ému de cette grâce touchante.

— Que c'était pendant votre nuit, à vous autres les voyants, que les méchantes gens sortaient de chez eux pour commettre toutes sortes de mauvaises actions....

— Et c'est ainsi que vous êtes rentrée chez la Drouard ?

—Oui, monsieur, dit-elle, sans hésiter, ayant prévu cette question depuis longtemps.

— A quelle heure êtes-vous partie de la Faloise ?

— Il pouvait être dix heures et demie, onze heures..... j'ai entendu sonner onze heures à Thiancourt quand j'étais déjà sur la route....

— Et quand vous êtes entrée chez la Drouard ?

— Ah ! dit-elle vivement, cette fois, je suis sûre... j'ai entendu sonner minuit à Villaville.

— De telle sorte que, pour venir de la Faloise à Villaville vous n'auriez mis qu'une heure, ou une heure un quart, tout au plus ?

— Probablement, monsieur, puisque vous me le dites...

— C'est, mon enfant, beaucoup moins de temps qu'il n'en faudrait à un homme vigoureux, marchant à grands pas sur la route, en plein jour, et sans s'arrêter....

— Vous croyez, monsieur ? fit l'enfant, frappée tout à coup par l'approche d'un danger... Pourtant, je ne fais pas beaucoup de chemin... D'abord, il paraît que je suis petite.... et après faut bien que je tâtonne avec mon bâton, pour ne pas buter et tomber, aussi bien que je réfléchisse, des fois pour ne pas me tromper de chemin...

— Il est donc impossible qu'en un peu plus d'une heure vous ayez fait un pareil trajet sans être accompagnée.... Et même, au bras d'un homme dont votre petite taille eût ralenti le pas, il vous aurait fallu courir....

Elle tressaillit... Ce juge, sur un indice, devina tout ce qui s'était passé....

Pourtant elle ne faiblit pas.

— Je me suis peut-être trompée sur les heures... Peut-être était-il beaucoup plus tôt, dix heures, même neuf heures, quand j'ai quitté la Faloise....

— C'est une explication, dit le juge... j'en retiendrai ce qu'il faudra.

Et elle crut deviner, dans cette parole, du mécontentement, et comme une menace.

Brusquement, après un long silence pénible, M. de Saint-Cast demanda :

— Voyons... dites-moi la vérité... qui vous a ramenée chez la Drouard ?

— Personne !...

— Vous l'affirmez ? Prenez garde de mentir, car je finirai par savoir la vérité...

— Personne ! redit-elle, sur le même ton, bas et décidé, dans un entêtement qu'il devina.

— Vous avez donc un intérêt à mentir ?

— Qui vous prouve que je mens.

— L'impossibilité matérielle de faire en si peu de temps le trajet parcouru par vous.

— Il faut pourtant bien admettre que c'est comme ça ! fit-elle en essayant de rire.

— Non, je ne l'admettrai pas, mon enfant.

Elle entendit un froissement de papier. Le magistrait compulsait des notes.

— Durant le trajet de la Faloise à Villaville... par où êtes-vous passée ?

— Monsieur, je ne peux pas dire, je ne connais pas bien les endroits.... n'est-ce pas ? Mais j'ai tout le temps suivi la route... Ça j'en suis sûre....

— Et vous n'avez fait aucune de ces mauvaises rencontres dont vous aviez peur ?

— Aucune, monsieur....

— Vous n'avez eu à vous défendre contre aucune brutalité, aucune agression ?

— Mais non, monsieur, mais non ! dit-elle rieuse.

— Vous n'êtes pas tombée ?... Personne ne vous a bousculée ?

— Non monsieur, encore une fois non !

— Par conséquent vous ne vous êtes pas blessée ?

Elle frémit. Voilà que soudain elle voyait clair, dans ces questions d'apparence inoffensive.

— Elle mit du temps à répondre... Et toujours, sur elle, le lourd fardeau du regard.

— Blessée ? Non pas.... Mais je me suis cognée contre un arbre de la route, assez rudement, et j'ai saigné abondamment du nez. J'en ai encore le nez endolori....

Et elle posa la main sur un joli nez fin, dont les ailes mobiles tremblaient, palpitaient d'épouvante, car, l'autre question, Line la prévoyait maintenant.

— Quand on saigne du nez on peut se tacher les mains, se rougir la figure, souiller son corsage et son col, par devant... mais il est bien difficile de se faire des taches si larges, si profondes, que ce n'eût pas été un simple saignement, mais une hémorragie qui les eût motivées....

— Bien sûr, je n'avais pas de sang dans le dos ! fit-elle nerveusement.

— Vous en aviez surtout dans le dos...

— Alors, comment cela s'est-il fait ? demande-t-elle naïve.

— C'est la question que je vous adresse....

— Je ne peux pas y répondre.

— En outre, quand on a un saignement de nez, la première précaution que l'on prend en général, c'est de tirer son mouchoir et de s'en servir pour se tamponner.... Sur votre mouchoir, il n'y avait pas une goutte de sang...

— Qui vous a si bien renseigné ?

— La Drouard.

— Eh bien, à défaut de mouchoir, je me serai servie de mon tablier....

— Vous n'aviez pas de tablier, mon enfant....

— Alors du pan de ma jupe....

— Non... il n'y a aucune trace de sang sur le bas de votre jupe.... Vos vêtements sont ici !... Et je vous prie de ne pas plus longtemps mentir.... Il se peut, à cause de votre infirmité, que vous ne sachiez pas très exactement quels événements se sont déroulés, cette nuit, auprès de vous.... Mais sans y être mêlée, vous en avez eu peut-être connaissance... Dans tous les cas, il est un détail que vous voulez me cacher, et vous y mettez votre énergie tout entière... Vous n'étiez pas seule sur la route de Thiancourt à Villaville. . Je veux savoir qui vous accompagnait.

Obstinée, la voix devenant rude :

— Personne.

— Je suis obligé, pour l'instant, de m'en tenir à votre déclaration... mais laissez-moi vous faire remarquer comme elle est grave... Le jour où je saurai la vérité, où je vous aurai convaincue de mensonge, il faudra que vous me disiez pourquoi vous avez menti... et le jour où je vous aurai nommé l'homme qui vous accompagnait, il faudra que vous me disiez aussi dans quel intérêt vous avez voulu le protéger, le sauver, par votre mensonge.... Enfin, une fausse déposition est chose dangereuse. Votre infirmité ne vous met pas à l'abri de la loi.... Vous pourrez être punie... enfermée dans une maison de correction..

Elle dit doucement:

— Je suis faible... incapable de faire du mal..... je ne vois pas la vie..., on ne peut me punir !...

Certes, devant une voyante, le visage du juge serait resté sévère... Mais Line ne pouvait le voir... et les yeux de M. de Saint-Cast s'emplirent, pour cette enfant, d'une bonté infinie...

— Allez ! dit-il... je n'ai plus rien à vous demander.

Elle étendit les mains pour se guider, cherchant la porte.

Et ce fut lui qui la reconduisit....

Presque aussitôt Pervenche entrait.... Il n'avait pu échanger aucune parole avec Line. Il l'aurait bien voulu. Mais l'aveugle passa près de lui. Et il la regarda. Il n'était pas très physionomiste, le bon Pervenche. Mais il avait si grande habitude de vivre avec Line qu'il savait déchiffrer sur ce joli visage quand elle était triste ou quand elle était gaie. Et il vit qu'elle était un peu pâlotte, mais pas troublée. Et puis, il la savait si fine qu'elle eût bien trouvé le moyen de l'avertir de quelque danger, par une ruse quelconque, même sous les yeux du juge. Il avait toussé pour l'avertir qu'il était là. Elle s'était contentée de sourire. De tout cela, dans son jugement simple, le noué déduisit que, selon leurs conventions, Line n'avait rien dit...

Il était donc assez tranquille en se retrouvant devant M. de Saint-Cast.

— Bien le bonjour, monsieur, dit-il poliment.... au plaisir de vous voir...

L'interrogatoire — car c'en fut un — commença aussitôt, rapide, serré, sans que, dans ces premiers instants, le bon Pervenche en soupçonnât la gravité.

— De votre première déposition, que vous avez signée et que j'ai là, sous mes yeux, il résulte que vous prétendez n'avoir pas quitté Haute-Goulaine le jour de la visite impériale ?... Et la preuve, avez-vous dit, c'est que vous n'avez même pas pu vous charger de la lettre que M. Renaud Sauvageot avait voulu vous confier... Est-ce exact ?

— Oui.

— Vous maintenez votre affirmation ?

— Oui... Je vois pas pourquoi je dirions le contraire...

— Vous n'avez pas quitté Haute-Goulaine, même le soir, même la nuit ?

Lucas Giraud fut pris d'un accès de toux. Quand l'accès fut fini, il répondit :

— Même le soir, même la nuit.

— A quelle heure êtes-vous parti le lendemain pour vous réfugier à la Faloise ?

Il faisait à peine jour. La Drouard, de Villaville, pourra le dire, puisque je suis passé chez elle pour lui reprendre Line....

— Sur le meurtre du capitaine Lilienthal vous avez prétendu ne pouvoir rien dire ? Persistez-vous dans votre première déclaration ?

— Quoi que je pourrais bien dire ?

— Je vais vous donner lecture d'une phrase de votre déposition. Vous avez affirmé et voici vos propres paroles : « De ma vie, je n'ai entendu parler de cet officier... De ma vie, je ne l'ai vu !... Pour sûr que non !... Et voilà ! ! » Je suppose que vous vous rappelez ce que vous avez dit ?

— Mais oui.

— Et vous persistez ?

— Mais oui

— Bien !... Je vais maintenant vous prouver que vous avez menti sur différents points de votre déposition....

— Ah, fit Lucas, déconcerté et se grattant la tête. Si j'ai menti, c'est sans le savoir.

Et il parut satisfait de son explication toute simple, même un peu fier.

— Des gens de Haute-Goulaine — nous vous confronterons avec eux s'il en est besoin — vous ont vu sortir dans le courant de la soirée, vers dix heures, un peu après la fuite de Renaud Sauvageot, et vous vous êtes dirigé vous-même vers la frontière... Personne ne vous a vu rentrer... Vous avez une clé de la porte, du côté des communs et vous entrez et sortez comme vous voulez... Il est prouvé, toutefois, que vous êtes revenu, pour vous coucher ; vous-même, vous convenez que vous avez passé la nuit au château.

— Pourquoi qu'on s'intéresse tant que ça à mes nuits ? fit le noué.

— Répondez, au lieu de m'interroger !

— Ben, oui, je suis sorti.... et je sommes rentré..... Ça peut arriver à tout le monde.

— De quelle heure à quelle heure ?

— Je sais point....

— Pourquoi avez-vous prétendu le contraire ?

— Pour qu'on me laissions tranquille. J'aime point à être dérangé... et voilà !

— Ainsi, c'est un premier mensonge... Vous avez prétendu, énergiquement, et à deux reprises, ne point connaître Lilienthal et ne jamais vous être trouvé en sa présence.... Vous avez menti encore... A Metz, l'officier, pour un motif que nous ignorons et que vous pourriez sans doute nous faire connaître, s'est approché de vous et vous a brutalisé.... Vous n'avez pas riposté à sa brutalité, malgré votre vigueur bien connue... il y avait là des soldats qui étaient témoins de la scène et qui auraient pu intervenir... Mais pour montrer votre force... en manière de menace... et, ici, Lucas, je ne peux, moi, juge, et moi, Français, vous donner tort, vous vous êtes élancé vers les démolitions des remparts et vous avez soulevé et jeté loin de vous un bloc de pierre énorme, dont le poids eût défié plusieurs hommes...

Ce souvenir amena un peu de terreur au front de Pervenche.

— Ah ! vous savez ça ?.... Eh bien, c'est vrai !... Et ce que je comprenions pas, c'est que je n'ons point cassé l'officier en deux, sur mon genou, comme on casse un bâton.

Et il s'essuya le front avec sa casquette.

— Vous avez montré plus de courage en domptant votre colère que si vous vous y étiez abandonné... Mais, je répète, pourquoi avoir menti ?

— Parce que ces choses n'avions pas d'importance pour vous et qu'elles ne regardions que moi.....

— Est-ce tout ?.... N'avez-vous jamais revu cet homme ?

— Si... il était à la fête, chez Sauvageot le Dur... On s'est trouvé face à face.... on s'est reconnu et on s'est regardé dans les yeux, tout droit... Et j'avions voulu lui montrer que je l'oubliais point... J'avions soulevé un mât pour lui faire comprendre que j'avions peur ni de ses bottes, ni de son sabre, ni de son écharpe, ni de son casque... Si j'avions eu cette idée, j'aurions pu le prendre par la ceinture et lui faire faire le tour du verger, au-dessus de ma tête, en haut de mes deux bras.... C'est ça qu'aurait été rigolo... Mais j'avions rien fait du tout. Je suis pas méchant pour deux liards.....

M. de Saint-Cast contempla longuement le brave garçon, dont les yeux, admirables et naïfs, n'exprimaient ni colère ni ressentiment....

Et, certainement, le juge se disait, en se livrant à cet examen silencieux :

— Est-ce lui qui a tué ?.... Est-ce possible !... Lui si fort, tuer lâchement, par surprise ?

Et chaque trouvaille de l'enquête épaississait le mystère autour de lui !... Cependant, il se demandait pourquoi cet homme avait essayé de le tromper, s'il n'était pas coupable. Il devait avoir un but. A ce mensonge, il y avait un intérêt. Comment savoir ?... Et ces mensonges s'arrêtaient-ils là ?...

Le silence du juge semblait gêner Pervenche, plus que les questions. Il se tournait et se retournait sur sa chaise comme s'il avait été assis sur des épines.

Et du reste, il pensait dans son for intérieur :

— Moi, je voudrais bien être à cent lieues de par ici !...

Il était un peu désorienté, le bon Lucas. Entré là avec la ferme conviction que Line n'avait rien dit et avec l'énergique résolution de ne rien dire non plus, peu à peu, il se voyait lancé en pleines confidences.... Ah ! ce juge était adroit !... Maintenant, il était sur ses gardes, Pervenche, et il ne dirait plus rien !... Avant de répondre, il tournerait dix fois sa langue dans sa bouche. De cette façon, l'autre pourrait bien préparer ses pièges.... Lucas ne s'y laisserait point prendre.....

Mais le piège le surprit là où il ne s'y attendait guère.

Brusquement, comme parlant d'une chose toute simple sur laquelle il aurait su à quoi s'en tenir — et même sans avoir l'air d'apporter à ce détail la moindre importance, M. de Saint-Cast demanda :

— A quelle heure avez-vous quitté Line, cette nuit, après l'avoir reconduite chez la Drouard, à Villaville ?

Pervenche, yeux écarquillés et bouche ouverte, aurait pu servir de modèle pour une statue de la stupéfaction.

En une seconde, mille réflexions lui bouleversèrent le cerveau... Il s'était donc trompé ?... Line a parlé ?... a tout conté ?... Qu'a-t-elle dit ?... Si elle a parlé, c'est donc qu'il n'y a point péril à le faire ?.... Mais savait-elle, seulement, qu'il y eût péril ?... Non, puisqu'elle ne pouvait rien voir, l'aveugle ?... Et si elle avait parlé, pourquoi ce visage, si rassuré, si calme, en quittant le juge ?... Pourquoi, surtout, si elle a parlé, Line a-t-elle oublié sa recommandation... à lui, Pervenche... de ne rien dire... elle, qui était si effrayée qu'elle avait prié pour son ami ?... Un autre cerveau que celui de Pervenche se fût fatigué à comprendre, et le brave garçon n'avait pas le cerveau très solide...

Il ne vit pas le piège et s'y enfonça des deux pieds :

— Ma foi, monsieur, il pouvait être minuit...

Le juge n'eut pas le moindre signe de joie... Vraiment, c'était une victoire facile et il ne songeait guère à en triompher. Il se contenta de prendre note :

— Vous avouez encore avoir menti, dans votre première déposition.

— Que je reconduise Line, ou non, ous qu'est l'intérêt de la justice, là dedans ?...

— Ce n'est pas à vous de vous en préoccuper, mon garçon... Votre devoir était de répondre en toute franchise aux questions que je vous adressais. Ce que vous n'avez pas fait.... De ces mensonges avoués, il m'est permis de conclure que vous avez menti, également, lorsque vous affirmez ne rien connaître du meurtre de Lilienthal...

Cette fois, ce fut presque rudement que Pervenche parla:

— Monsieur, je ne savions pas ce que vous voulez me faire dire... mais tenez-vous le pour sûr.... je ne dirai que les choses que je sais et par conséquent, rien de plus....

— Si, Pervenche, vous direz quelque chose de plus....

Le visage du jeune paysan prit une expression d'obstination farouche.

— M. le juge d'instruction Falkenhein a fait son enquête à Haute-Goulaine. De cette enquête, il résulte que c'est vous qui avez favorisé la fuite de Renaud Sauvageot en lui lançant une corde par la cheminée, en le faisant passer par votre chambre et en lui procurant un uniforme d'officier allemand....

Du même ton rude, avec une nuance de défi :

— C'est la vérité.... je m'en vante ! M'en feriez-vous un reproche ?

— Non... je ne vous blâme pas.... je ne trouverai pas en moi ce courage.... je suis officier de réserve, Pervenche...

Le bon garçon sourit, joignit les talons et salua militairement, à la française.

Et le juge, qui préparait pourtant une question terrible, se disait encore :

— Est-ce possible ?... Ce serait lui ?....

Il feuilleta quelques notes.

— M. Falkenhein, en passant par votre chambre, a été assez naturellement porté à y chercher des détails.... des indices.... sans idée préconçue.... sans rien croire et sans rien soupçonner... Et... vous devinez probablement, Lucas, ce qu'il n'a pas été difficile de découvrir ?

— Non... fit la voix enrouée de Pervenche.

— Des vêtements et du linge souillés de traces récentes de sang.... Ces traces, vous aviez essayé de les faire disparaître en les lavant, car tout était encore mouillé.... mais elles restaient visibles, aisément reconnaissables... Vous allez me dire, je l'espère, d'où provient ce sang... Si c'est de vous, et que vous vous soyez blessé... montrez-moi votre blessure.... et contez-moi comment elle fut faite.... Si ce sang n'est pas le vôtre.... de qui est-il ?... Parlez sans hésiter.... Il y va de votre liberté peut-être... Je veux savoir la vérité...

Dans son trouble, Pervenche, si poli toujours, se recoiffa machinalement de sa casquette. Il s'en aperçut, l'enleva en toute hâte... Et ses beaux yeux de bête traquée relevèrent sur le magistrat un regard éperdu.

— Pour dire que le sang vient de moi, fit-il enfin, c'est pas possible... Ça ne seriont point la vérité... Je ne le dirions donc point.... Même si je le prétendais, faudrait le prouver et je pourrais pas... Alors...

— Alors, puisque ce n'est pas de vous... de qui ?

— Ah ! voilà... je savions point.

— Voyons, Lucas, réfléchissez à ce que vous me dites... Est-il admissible que vous ne sachiez pas comment, à la suite de quel... accident... je n'emploie pas d'autre mot, vous voyez... vos vêtements étaient ensanglantés...

— Je savions point.

— Que vous ne vous en soyez pas aperçu tout de suite, dans cette promenade mystérieuse que vous avez faite pendant la nuit, je le crois.... mais vous vous en êtes aperçu aussitôt après votre rentrée chez vous.... et il faut bien penser que vous avez eu peur, puisque votre première précaution a été de faire disparaître ces traces ?.... Pourquoi cette peur ?... Autrement, et si votre conscience avait été en repos, vous auriez simplement donné votre linge à laver, aux femmes chargées de ce soin....

— Je savions point.

— Faites attention, Pervenche, et ne vous obstinez pas dans une pareille réponse...

— Je savions pas....

— Pour la dernière fois, je vous ordonne de me dire ce que vous savez.

— Puisque je savions rien....

Les yeux étaient calmes, le front obstiné... Il y avait,

chez le noué, une inébranlable volonté de ne rien dire de plus. Cela était facile à deviner.

M. de Saint-Cast eut un geste d'impatience.

Cela lui répugnait d'accuser cet homme... en qui il voyait, malgré ces réticences, une âme toute naïve, toute simple—et, malgré ces mensonges, une âme toute droite... Mais, justement à cause de cela, il soupçonnait que mensonges et réticences cachaient quelque mystère... dont Pervenche tenait la clef.

Il résuma brièvement :

— Vous avez menti sur l'emploi de votre temps, pendant la nuit au cours de laquelle le capitaine de Lilienthal a été assassiné... Le reconnaissez-vous ?

— Oui, je le reconnaissions...

— Vous avez menti en affirmant que vous n'aviez jamais eu aucun rapport avec cet officier....

— Je le reconnaissions....

— Et vous ne trouvez plus aucun mensonge pour expliquer la provenance du sang sur vos vêtements...

Pris au dépourvu et déconcerté par cette découverte, Pervenche se tut. Maintenant, il avait les yeux clos, comme s'il avait voulu s'enfermer encore plus avant dans son obstination

— Et pour la dernière fois, je vous demanderai la cause de ces mensonges...

Même silence.

— Votre petite amie, l'aveugle, était elle-même couverte de sang... Elle aussi a menti... Comme vous... Et comme vous, elle sait donc la vérité ?

Même mutisme... Pervenche a l'air de dormir.

— Je vais donc la faire venir et l'interroger et la convaincre, devant vous.

Un frisson, dans le grand corps du colosse. Et c'est tout. Il est visible qu'il souffre.

Cinq minutes après, Line, de nouveau, comparaissait devant le juge.

Elle entendit la respiration oppressée de Lucas... et elle seule pouvait l'entendre.

— Tu es là ? fit-elle.

— Oui, ma Line...

Elle tendit sa petite main vers la voix. Il la prit et la garda dans la sienne.

M. de Saint-Cast n'y fit point attention Il ne savait pas qu'ils s'entendaient ainsi, parfois.

— Mon enfant, vous m'avez caché tout à l'heure que vous aviez regagné Villaville en compagnie de Lucas Giraud... Pourquoi ce mensonge ?...

Pervenche rouvrit les yeux. Il venait de comprendre que le juge l'avait trompé... que Line n'avait rien dit.... Il eut un mouvement de colère et murmura :

— C'est pas bien, c'est pas bien !...

— Vous m'avez même, poursuivait M. de Saint-Cast, donné des détails si précis sur votre retour, par la nuit, qu'il me paraît certain que votre mensonge avait été prévu par vous, et, sans nul doute, concerté avec Pervenche...

— C'est si peu grave ! dit-elle, faiblement.

— Vous en jugez ainsi. Moi, j'ai le droit d'en juger autrement. Vous avouez ?

— Puisque Pervenche a commencé !...

Les doigts délicats de Line interrogèrent la main du paysan.

Le paysan serra longuement, longuement, la main de l'aveugle.

Que comprit-elle ?

— Et même, reprit la fillette, qui ne semblait plus troublée, puisque Pervenche vous a parlé de ça, il a dû vous conter aussi le reste ?

— Le reste ? sans doute... Dites, à votre tour... et ne mentez plus....

— Il vous a raconté que, comme j'allais trop lentement, et que j'avais hâte de rentrer chez la Drouard — qui me gronderait — il m'a prise dans ses bras, et il m'a portée jusqu'à Villaville.... C'est même à ce moment-là, et pendant qu'il me portait, que j'ai eu un saignement de nez... violent... Je lui disais, comme ça : « Je vais tout te salir !» Mais lui, répondait : « Bast ! on se lavera ! »

— Juste ! fit le garçon qui se réveilla... Je voulais pas vous donner ce détail, voyez-vous, monsieur le juge... J'aime ma petite Line comme un père aime sa fille... et je voulais pas qu'on sache, tout de même, dans le pays, que

je la portions dans mes bras, la nuit... Les langues, quéquefois, sont si venimeuses, dans les villages..... Et voilà !

La main de Pervenche *dit* à la main de l'aveugle :

— Tu viens de me sauver....

La main de l'aveugle *répondit* à la main de Pervenche :

— C'était bien facile, tu vois ?

Quant au juge, attentif et triste, il pensait :

— Ils continuent de mentir.... Mais que me cachent-
ils ?... Cette histoire de saignement de nez est une inven-
tion, sans aucun doute... Jusqu'à minuit, ce garçon et cette
fille ne se sont pas quittés.... et si l'un des deux voulait
m'expliquer le mystère de ce sang, il m'expliquerait du
même coup le meurtre.....

Et, tout haut :

— Vous pouvez vous retirer. Je vous prie de vous tenir
à ma disposition. J'aurai besoin de vous interroger encore...

Il avait parlé sévèrement.

Ils sortirent, lentement, se tenant toujours par la main,
soulagés malgré tout.

Quelques minutes après, M. de Saint-Cast sortait à son
tour. Il avait besoin de réfléchir avant de pousser plus loin
son enquête ; et, allumant un cigare, il s'égara dans la
campagne. Égarer n'est pas le mot, car il savait où il
allait ; et, au bout de l'avenue qui précédait la Faloise,
tournant à gauche sur la route, il se dirigea, s'arrêtant
presque à chaque pas, vers le poteau-frontière.

Il ne poussa point jusque-là !....

Non loin du tas de pierres sur lequel avait été découvert, son sabre au travers du corps, le cadavre de Lilienthal, dans le pré bordant la route, un troupeau de moutons paissait... Gourmande courait de-ci de-là, affairée.
après quoi, retournait se coucher aux pieds du père
Blanquin... Et dans ce calme matinal de la campagne, attristée ce jour-là par des nuages bas, immobiles, ciel gris
s'interposant entre le ciel bleu et les hommes, le vieux
berger faisait retentir les échos de la solitude en jouant
sur sa clarinette l'air martial de *Sambre-et-Meuse*. Chaque
chose a son temps, et les douces mélopées des pâtres de
Virgile, s'échappant, au gré de leur fantaisie, de leurs

pipeaux mélancoliques, n'eussent point trouvé un cadre digne d'elles, en ce pays ravagé par la guerre, où les veillées nocturnes sont pleines encore de souvenirs funèbres....

M. de Saint-Cast lui fit un signe et le vieillard s'approcha.

— Quelle heure était-il lorsque Renaud Sauvageot est venu partager votre lit ?

— Il me semble bien, monsieur le juge, avoir, en me rendormant, entendu sonner douze coups au clocher de Thiancourt... M. Renaud vous le dira mieux que moi... parce qu'il n'a pas bien dormi... Un peu de fièvre, vous comprenez ? après une pareille aventure ! après avoir failli être repris par les Allemands !... et blessé ! !... le pauvre garçon.... légèrement, faut croire, puisqu'il n'a pas voulu se soigner. Et même il ne se plaignait pas.... et il n'aurait rien dit, probablement, si le matin, en me levant, je ne m'étais pas aperçu que ses vêtements étaient tout souillés de sang !.... Même qu'il lui a fallu mettre un costume à M. Clément le Doux, en attendant qu'on lui expédie ses affaires de Haute-Goulaine.... Hein, ces Allemands ?... Tirer sur un pauvre garçon, parce que, étant Français, il ne veut pas coiffer le casque ?... Des brutes....

Et comme le juge restait interdit par cette révélation qui lui arrivait si inopinément, Blanquin pensa qu'on n'avait plus besoin de lui, salua d'un signe de tête et s'éloigna.

Presque aussitôt, on entendit de nouveau la clarinette et les accents de *Sambre-et-Meuse*.

— Renaud Sauvageot aussi ! murmurait M. de Saint-Cast. Du sang sur les vêtements de l'aveugle... du sang sur les vêtements de Pervenche... du sang sur les vêtements de Renaud.... qu'est-ce que tout cela signifie ?

Il revint à la Faloise, très perplexe, rentra au salon, feuilleta le dossier, chercha la première déposition de Renaud et la relut attentivement... ensuite, il relut les notes et les rapports de M. Falkenhein...

— Pervenche s'était rencontré avec Lilienthal, avait été victime de ses brutalités... devait nourrir contre l'officier une secrète et profonde rancune... Est-ce lui le coupable ?.. Renaud avait à se plaindre de Lilienthal... s'étant pris de querelle avec lui, avait été enfermé et retenu prison-

nier par les ordres de l'officier.... Est-ce lui l'assassin ?..
Et Line, quel rôle a-t-elle joué en tout ceci ? aucun rôle
sans doute, mais que sait-elle ?...

Longtemps, il resta seul au salon, à réfléchir....

Ce qui paraissait se dégager de ces premières enquêtes
c'était la complicité de Pervenche et de Renaud.... Ils
étaient amis, malgré la différence des conditions, ils
avaient déserté ensemble.... s'étaient enfuis ensemble... E
sur tous les deux, dans la même nuit, le sang.... du même
homme, sans doute...

Et cependant, M. de Saint-Cast répugnait à prendre des
mesures décisives.

De même que pour Pervenche, il disait, en pensant à
Renaud .

— Est-ce possible, voyons, est-ce possible ?

Il sonna. Un des domestiques que Clément avait mis à
sa disposition entra.

— Veuillez prier M. Renaud de venir me trouver.

Et il attendit, perplexe...

On peut dire de Renaud qu'il n'avait aucune défiance,
mais qu'il les avait toutes.

Il ne devinait pas l'objet de la nouvelle démarche du
juge en ce qui le concernait ; mais il était trop perspicace,
pour ne point se dire que l'enquête ne se résumerait pas,
pour lui, aux premières questions qui lui avaient été
adressées.

Maintenant qu'avait-on découvert ?

Sur quoi allait-on l'interroger ?... Il se le demandait
non sans angoisse. Et son angoisse ne fut pas sans être
justifiée par l'accueil sévère, réservé, qu'il reçut.

Il avait trouvé, la veille, en M. de Saint-Cast, un ami.

Il retrouvait un juge.

Mais il reparaissait, devant lui, avec la même inflexible
résolution : personne, au monde, dût-il lui en coûter la vie,
à lui, Renaud, ne connaîtrait le crime commis sur Josette
dans la carrière abandonnée...

Le juge dit froidement :

— Monsieur Sauvageot, veuillez m'expliquer pourquoi
vous portez, depuis votre séjour à la Faloise, des vêtements qui appartiennent à votre oncle ?

— Ma garde-robe est à Haute-Goulaine, et jusqu'à ce qu'il plaise à mon père de me la faire parvenir...

— Est-ce la vraie raison ?

— Il en est une autre, c'est que le costume que j'avais en fuyant a été sali par la boue du ruisseau où je me suis tenu longtemps caché...

— N'était-il sali que par la boue ? insista le magistrat.

Renaud devina que Blanquin avait eu la langue trop longue.

Il se reprocha alors de n'avoir pas recommandé le silence à ce vieux et brave serviteur de Sauvageot. Assurément, il se serait tu. Il avait parlé sans penser à mal. A présent le mal était fait.

Renaud tenta cependant de prendre ce détail en gaieté.

— Ma foi, monsieur, je n'ai pas attaché grande importance...

— Vous étiez tout souillé de sang...

— Il paraît.

— Vous ne vous en étiez pas aperçu ? dit le juge, avec négligence.

— Ma foi non !

— Et vous l'avez appris ?

— Le matin, à l'aube, par Blanquin... Et c'est Blanquin qui a dû vous le dire.

— Oui... d'où venait ce sang ?

Renaud hocha la tête. Il était déterminé à mentir — ou à ne lâcher des bribes de la vérité qu'au fur et à mesure qu'il y serait obligé par les découvertes de M. de Saint-Cast.

— Je n'en sais absolument rien...

— Réfléchissez... votre réponse est-elle admissible ?...

— Et votre insistance, monsieur le juge, ne renferme-t-elle pas une insinuation qui a pour moi l'apparence d'un soupçon ?...

— Où est le costume ensanglanté ?

— Vous le trouverez à la Faloise... on n'a pas dû le laver encore... Rien ne presse...

— Vous voudrez bien me le faire remettre sur-le-champ.

Renaud s'inclina. Comme il se retournait pour sortir, le juge l'arrêta :

— Non, restez encore.. Je désire que vous me précisiez quelques détails de votre première déposition. Rappelez bien vos souvenirs... Il était dix heures lorsque vous vous êtes échappé de Haute-Goulaine ?

— Oui... et il n'était pas dix heures lorsque je quittai ma chambre..

— La poursuite dura longtemps ?

— Une demi-heure...

— Vous vous trouviez loin de la Faloise ?...

— Sur les coteaux de vigne, près de la Moselle... Je croyais vous l'avoir dit...

— Précisez l'endroit...

— Les coteaux de l'Ancien-Manoir... à cause de la légende de l'ancien soldat qui vint à bout, dans la même journée, par la ruse, d'un lion, d'un loup, et d'un renard.

— Je sais la légende... De l'Ancien-Manoir à la Faloise, il n'y a pas vingt minutes de chemin... il me semble... J'ai chassé le perdreau dans ces parages...

— Vous ne vous trompez pas... vingt minutes à peu près...

Et avec quelque inquiétude, Renaud pensait :

— Où veut-il en venir ? Ces questions banales ont un but...

Il le comprit vite.

— A quelle heure êtes-vous entré dans le lit de Blanquin ?

— Passé minuit, probablement minuit et demi...

— De telle sorte que, d'après vous-même, vous avez mis près de deux heures pour faire un trajet qui ne demande que vingt minutes...

— Mon Dieu, c'est possible...

— Comment et à quoi avez-vous occupé ces deux heures ?

Renaud releva le front. Puis, avec le plus grand calme :

— Prenez donc garde, monsieur, qu'en ce moment vous me traitez en accusé...

— Je répète : comment avez-vous passé ces deux heures ?...

— Ceci est mon affaire, monsieur, et ne vous regarde nullement....

— Ce qui revient à dire que vous refusez de répondre ?

— On ne peut plus clairement traduire ma pensée...

— Il se peut qu'un jour vous veniez de vous-même à plus d'explications... si vous tenez à vous tirer d'une situation que je considère comme dangereuse... Je vais vous la résumer : vous vous êtes pris de querelle avec un officier allemand ; et, de tous les témoignages reçus par M. Falkenhein, il résulte que vous avez proféré des menaces contre cet officier et que, sans l'intervention des soldats et des sous-officiers accourus, vous vous seriez laissé aller à des voies de fait... Vous le reconnaissez dans votre première déposition... Vous avez pris la fuite, dans la soirée, autant pour vous dérober au service militaire en Prusse, que pour échapper au châtiment que vous réservait M. de Lilienthal insulté devant ses hommes.... Dans la même soirée, ayant reconquis votre liberté, n'avez-vous pas tenté de vous retrouver devant cet officier ?... qui sait, même, si quelque rendez-vous n'avait pas été pris de part et d'autre, afin de vider une querelle qui paraît grave, mais dont les causes restent mystérieuses ? Cela expliquerait que M. de Lilienthal eût quitté Haute-Goulaine au lieu de rester au bal, se fût hasardé, peut-être à votre recherche, jusque hors de la frontière allemande et fût entré en France... Et une rencontre a pu s'en suivre... De là, un meurtre ! de là, le sang dont vous étiez couvert lorsque vous êtes revenu à la Faloise...

— Monsieur, dit Renaud, je suis obligé de vous interrompre. Vous bâtissez un roman où il n'entre aucun fait de la réalité et où vous donnez trop aisément cours à votre imagination... Je vous ferai simplement remarquer ceci... Vous parlez de rencontre, c'est-à-dire de rendez-vous concerté, par conséquent de duel... Il ne peut être, en cette affaire, question de duel, puisque M. de Lilienthal a été retrouvé avec son propre sabre passé au travers du corps... Il y a donc meurtre autant qu'il est vraisemblable...

— Il y a eu lutte, aussi... la seule inspection de l'uniforme le prouve...

— Lutte pour arracher l'arme ?

— Très certainement...

— Et vous pensez que ce serait moi...

— Je ne crois rien... je cherche... et je voudrais vous précautionner, dans votre intérêt, contre les soupçons que votre attitude en ce jour-là, vos actes et vos paroles ne manqueront pas de faire naître...

— Monsieur, dit Renaud qui se possédait entièrement, je vous jure que ce n'est pas moi qui ai tué M. de Lilienthal...

— Le meurtrier ?

— Ce n'est pas à moi qu'il appartient de vous le dénoncer...

M. de Saint-Cast tressaillit...

— Le connaîtriez-vous ? Serait-ce Lucas Giraud, peut-être ?

— Je ne connais pas le meurtrier et j'ignore pourquoi vous pensez à Pervenche.

— Je vous ai prévenu tout à l'heure que vous vous trouveriez dans une situation périlleuse, si vous vouliez vous obstiner dans votre silence... Je poursuis mon résumé : Vous avez quitté Haute-Goulaine vers dix heures... Vous avez mis deux heures à pénétrer à la Faloise alors que, de votre aveu, il vous eût fallu vingt minutes pour ce trajet, en venant de l'Ancien-Manoir... C'est durant ce temps que vous avez pu rencontrer Lilienthal... Là est le péril... Je désire vous donner tout de suite, avant de poursuivre mon enquête, le moyen de vous épargner de gros ennuis.. En ces deux heures de votre vie, pendant cette soirée, qu'avez-vous fait ?... Il est bien évident que vous n'aviez pas d'autre but que de gagner la Faloise, pour vous mettre à l'abri auprès de votre oncle, et vous y reposer de tant d'émotions... Au lieu de venir à la Faloise, vous avez passé deux heures, mystérieusement, à quoi faire ?

— J'ai déjà répondu.

— Je n'insiste pas. J'ai accompli tout mon devoir de juge, de juge conciliant, qui désire éviter de grands scandales, peut-être de grands malheurs...

M. de Saint-Cast se leva, marcha fiévreusement dans le salon.

Il avait une résolution à prendre. Il hésitait.

— Il va m'arrêter peut-être, se disait Renaud... En ce moment, mon sort se décide.

Mais le juge ne se sentait pas suffisamment armé pour une mesure aussi grave que celle d'accuser publiquement — par une arrestation — le jeune homme, connu, estimé, aimé, presque populaire, des deux côtés de la frontière.

Il lui manquait, dans son enquête, quelque chose comme une soudure qui eût coordonné certains faits, certaines idées, qui eût fait prendre corps à certains soupçons... un rien pouvait faire naître la lumière... ce rien lui échappait...

Curieusement, mais vraiment angoissé, Renaud suivait sur le visage du juge le travail de ces irrésolutions, le heurt des indécisions, la lutte du pour et du contre.

Brusquement, M. de Saint-Cast :

— Vous haïssez Lilienthal ?... Pourquoi ?

— Lilienthal est mort ! dit Renaud, avec un **calme** étrange. Et je vous jure, qu'en ce qui me concerne, je ne sais plus s'il a existé.

Geste de colère chez le juge.

Il murmure entre ses dents :

— Oh ! je finirai bien par savoir !...

Et le même geste congédie Renaud qui sort en se disant :

— Il ne m'arrête pas aujourd'hui, mais ça ne tardera guère.

X

L'ENFANT DE LILIENTHAL

Les vêtements de Pervenche, ceux de Line, avaient été saisis par M. Falkenhein ; les vêtements de Renaud avaient été saisis et mis sous scellés par M. de Saint-Cast, le tout pour être soumis à une analyse attentive et méticuleuse des experts chimistes de Nancy, commis à cet effet.

En outre, l'uniforme de Lilienthal avait été envoyé au parquet de France par les soins du juge d'instruction allemand.

On attendit assez longtemps le résultat des expertises :
les savants qui en étaient chargés ne voulaient remettre
leur rapport qu'en toute certitude, afin d'éviter les discussions si fréquentes en pareils cas, et rendre toute erreur
impossible.

Les trois premiers vêtements examinés, et malgré le
lavage qu'avait subi le linge de Lucas Giraud, présentè-
rent les mêmes observations et les mêmes caractères.

Tous trois avaient été souillés par le sang humain...

Tous trois, par le sang du même homme.

L'analyse des taches relevées sur l'uniforme de l'officier
démontra que le sang était le même que celui des trois autres costumes civils.

Et la conclusion était que le sang analysé était celui de
Lilienthal.

Conclusion déconcertante, certes, à laquelle M. de Saint-
Cast et M. Falkenhein s'attendaient peut-être, mais qui
n'était point faite pour jeter de la clarté dans l'affaire, déjà
très embrouillée par elle-même.

M. de Saint-Cast se perdait en conjectures.

Y avait-il donc trois meurtriers, trois complices ?...

Pouvait-on s'arrêter à une pareille supposition alors que,
parmi ces trois complices, se trouvait une femme.... une
enfant.

Et cette enfant, une aveugle ! !...

Or, si le sang trouvé sur les vêtements devait servir de
base à une accusation, il n'y avait aucune raison pour
accuser les deux hommes en épargnant Line !

Celle-ci, comme Renaud et Pervenche, avait été prise
en flagrant délit de mensonge ; on ne ment point par
plaisir ; et si elle avait menti, c'était donc par intérêt et
pour cacher une vérité dont la révélation eût été accablante.

Tout cela, hypothèse, raisonnements de hasard et subtilités, se disait le juge perplexe, tout cela semble m'indiquer que Renaud, que Pervenche, que Line aussi connaissent le meurtrier... Est-ce l'un des trois ? Et ce
meurtre, dans quel but ?.... Pour quelle vengeance ?... Si
Renaud et Pervenche sont complices, Renaud a donc
aidé Pervenche à châtier l'officier... et, pour une injure

qui ne lui est point personnelle, le jeune homme serait devenu un assassin ?

Il haussa les épaules.

— Peut-on s'arrêter à pareille idée ? Et, pareillement, Pervenche aurait donc voulu aider Renaud à venger un outrage... problématique. Et Renaud aurait augmenté la gravité de ce meurtre en le doublant d'une lâcheté et d'un guet-apens ? Est-ce possible ? Non...

Des jours et des jours s'écoulèrent. L'automne touchait à sa fin... L'enquête restait ouverte, avivée presque quotidiennement par les discussions passionnées auxquelles elle donnait lieu en Allemagne et en France. L'affaire, au bout de deux mois, restait d'actualité comme au premier jour. Le soupçon du juge, suspendu, flottant, incertain sur trois têtes. Sur Line, sur Pervenche, sur Renaud.

Si Pervenche, seul, eût été souillé du sang de Lilienthal, M. de Saint-Cast n'eût pas hésité à le faire arrêter, car la conviction se serait formée en lui que le noué avait voulu châtier l'officier de sa brutalité....

Mais Renaud ?... Il fallait donc conclure, pour le fils de Sauvageot, qu'il avait tué, simplement parce qu'il avait trouvé Lilienthal possesseur d'une lettre d'amour écrite à Josette ?... On n'assassine pas pour un pareil motif.... On se bat en duel... ou bien, on méprise...

Vraiment, M. de Saint-Cast s'y perdait.

Ce qui lui manquait, c'était la soudure... réunissant tous les éléments épars... et il la cherchait, la demandait... sans rien voir venir, ni de France, ni d'Allemagne.

Et il commençait à s'énerver et à perdre son sang-froid devant le mutisme obstiné des deux hommes et de l'aveugle, refusant d'expliquer comment, en cette nuit lugubre, le sang de Lilienthal les avait tous trois marqués sinistrement....

Ç'avait été une vie d'angoisse dans les premiers temps....

A la Faloise, l'alarme avait été chaude, et chacun s'était attendu, de jour en jour, de semaine en semaine, à une catastrophe....

Le soir, chacun se couchait en pensant :

— Ce sera pour demain, les gendarmes.

Le lendemain arrivait et les gendarmes demeuraient invisibles....

Alors, on respira... Les figures redevinrent plus sereines... les yeux moins apeurés... des sourires reparurent, même, parfois, sur les lèvres fatiguées.

On entendait bien encore des grondements de tonnerre, mais très loin, très loin. L'orage passait. Il avait été terrible, mais la foudre n'était pas tombée.

Pervenche et Renaud, prévenus par le juge d'avoir à se tenir à sa disposition, n'avaient pas encore pu exécuter leur projet de s'engager dans la Légion étrangère.

Ils patientaient... Puis, se sentant soupçonnés malgré tout, ils n'avaient garde de donner prise à un soupçon plus grave en quittant la Faloise....

Seule, Josette restait triste... avec des yeux hagards.... et tous les jours plus silencieuse.

Josette, pour tous, même pour Renaud, pour Renaud surtout, était une énigme. Elle le fuyait, alors qu'elle aurait pu passer ses journées auprès de celui qu'elle aimait, puisque Renaud vivait à la Faloise, comme un fils de Clément le Doux. Elle s'enfermait chez elle, évitant toutes les occasions de le voir, et redoutant même — on l'eût juré — de se trouver devant son père. Aux premiers temps, le jeune homme n'en avait pas été autrement inquiet. C'était la réaction qui s'opérait chez elle, après tant de souffrances.

Mais un jour qu'il lui disait, doucement, presque douloureusement :

— Josette... l'homme est mort... rien n'existe plus.... et je t'aime...

Elle répondit, en s'enfuyant :

— Non, tu te trompes, l'homme n'est pas mort

Il la crut frappée de folie. Cette parole, il ne la comprenait pas.... Et l'allure de Josette devint plus inexplicable encore... Puisqu'elle le fuyait — lui comme tous les autres — il ne la recherche plus, afin de lui laisser le temps de reposer son esprit dans la solitude dont elle avait besoin ; mais il la surveillait pourtant, car il avait peur... Il l'avait surprise au bord de la Moselle avec des idées de suicide ; elle avait bien promis de vivre, mais tiendrait-elle sa promesse.... Et l'intense fièvre qu'il lisait dans ses yeux égarés permettrait-elle à l'enfant de se retenir au bord de l'abîme, sans essayer de chercher l'oubli dans le néant ?

Elle était si changée, si amaigrie et si pâle qu'elle faisait pitié !

Souvent Clément Sauvageot en parlait à Renaud.

— Qu'as-t-elle donc ? Pourquoi cette tristesse ? Le sais-tu ?

Il questionnait sa fille. Alors elle souriait — quel pauvre sourire désolé ! — et pour rassurer son père, elle mentait.

Et Clément disait encore à Renaud :

— Elle ne veut rien me dire. Interroge-la... Tâche de m'apprendre...

Renaud faisait une nouvelle démarche.

Et toujours, il était reçu par la même parole d'épouvante et de folie :

— L'homme n'est pas mort ! L'homme n'est pas mort !!

Il la trouvait parfois, isolée au fond du jardin, insensible au froid qui était venu, aux pluies glacées d'hiver qui tombaient en rafales, à la neige qui tourbillonnait autour d'elle et lentement recouvrait ses épaules. Il semblait qu'elle recherchait pluie, neige et froid, pour s'y exposer, dans l'espoir peut-être que sa vie s'en irait ainsi, par une cause naturelle, sans que personne soupçonnât jamais sa ferme volonté de mourir... Abîmée dans des rêves lourds, elle ne prenait pas garde à l'arrivée de Renaud.... Il fallait, pour qu'elle entendît, qu'il répétât ses doux reproches :

— Josette... ma Josette... tu attristes tous ceux qui t'aiment...

Alors, elle se réveillait tout à coup, ses dents claquaient. Des frissons l'agitaient de la tête aux pieds, et il était obligé de la soutenir, presque de la porter, jusqu'à la maison. Et toutes ses tendresses venaient se heurter à un silence obstiné, farouche...

Souvent, elle le regardait longuement. Quel étrange regard ! On eût dit que l'âme était absente ! Puis, elle fermait les yeux, pour ne plus le voir, ou, sans doute, parce qu'elle se sentait attendrir et qu'elle n'était pas sûre de retenir plus longtemps son secret.

— Parle ! Parle ! disait-il... Puisque je t'aime ! puisque je suis l'ami de ta vie...

— Je n'ai rien à te dire, balbutiait-elle.

— Tu mens.... Jure ! Jure ! que tu n'as pas de secret !

Elle le considéra, vague, lointaine, de plus en plus énigmatique.

— Je jure....

— Tu oses ?

— Je jure que mon secret, tu le connais... puisque je t'ai dit ce qui m'épouvante, ce qui me fait mourir.... Lilienthal n'est pas mort ! !

— Ma pauvre Josette, reviens à toi !

— Il n'est pas mort, te dis-je, il n'est pas mort !

Et comme si, en effet, un fantôme venait de se dresser devant elle, horrible, sanglant, elle prit la fuite vers le château, appuyant les mains sur ses yeux, pendant que Renaud, pâle, les yeux pleins de larmes, murmurait :

— Elle est folle ! !

Quand il la revit le soir, elle était toute changée, plus calme, certes, aussi triste, mais ayant un air de résolution et de gravité qui le surprit.... Ce n'était plus ce visage de fièvre, d'exaltation, d'affolement, qui le désespérait... Il y avait toujours, dans ces jolis yeux, l'angoisse, une angoisse indéfinissable, mais en somme c'était bien Josette qu'il revoyait, qu'il retrouvait... une Josette changée, vieillie... mais dont le regard n'avait plus ce vide qui effrayait Renaud.... et qui lui donnait le vertige, comme donne le vertige un abîme immense... dont on ne connaîtrait pas le fond...

Elle lui dit, doucement :

— C'est vrai, j'ai été folle... il me semble que je viens de m'éveiller d'un long sommeil pénible... C'est si affreux, mon Dieu ! ce que j'ai à te dire.... si affreux ! !

— Ton secret, n'est-ce pas ? tu avais bien un secret, méchante ?

Elle secoua la tête.

— Je t'ai dit la vérité... L'homme n'est pas mort ! !

— Josette ! fit-il, repris de ses craintes.

— L'homme n'est pas mort... Renaud... oh ! mon Renaud, puisqu'il va revivre en moi, par l'enfant que je porte dans mon sein.... Comprends-tu, dis, la chose horrible ?... cette vie qui vient de l'infâme ?.. et à laquelle je donne ma vie ?...

Il eut une sourde exclamation, un râle d'agonisant :

— Josette ! Josette ! !

Il sentit que ses jambes fléchissaient, que ses yeux s'aveuglaient... Il eut la sensation, aussi, qu'un grand trou se formait sous ses pieds ; une sueur glacée roula sur son front, et il ne vit plus rien, il n'entendit plus rien, le monde avait disparu... Il venait de rouler, évanoui, aux pieds de Josette... Elle avait essayé de le retenir... et la tête de Renaud, tête chérie, blême comme celle d'un mort.... resta sur les genoux de la jeune fille, entre les mains qui l'étreignaient convulsivement et qui la caressaient....

Il revint à lui, sous ces caresses....

Et, se rappelant tout de suite ce qu'elle avait dit, il se cacha les yeux... balbutiant :

— Ce n'est pas vrai.... Josette, cette chose abominable ne peut pas être....

— Notre amour était donc maudit ? fit-elle tout bas.

— Dis que ce n'est pas vrai, Josette, suppliait-il, vraiment fou, à son tour.

— Hélas ! je ne sais pas comment j'ai gardé ma raison... Pourquoi ne me suis-je pas tuée ?... Parce que je t'avais promis de vivre ? Mais quand j'avais promis, je ne savais pas.... Que faire ? C'est fini... C'est horrible.... N'avais-je pas raison de te dire « Lilienthal n'est pas mort ! ! » Et c'est moi, moi qui vais le faire revivre.... Je vais donner mon sang, ma chair, mon âme, au cadavre infâme pour qu'il se réveille de la tombe, sous la forme d'un enfant. Et cet enfant, éternellement, tant que je vivrai, sera l'image de l'autre, le souvenir de l'autre... le rire de l'autre... le crime de l'autre... Est-ce possible, dis ? Est-ce possible ?

— Mon Dieu, qu'allons-nous devenir ?

Et Renaud, à bout de force devant tant de fatalité, éclata en sanglots.

Elle, au contraire, gardait les yeux secs. Elle avait trop pleuré, en secret, en ces derniers temps : elle avait tari la source même de ses larmes.

Que faire ? Que faire ?

— Oui... la mort n'est-elle pas préférable à tout ? Est-ce que je peux supporter un pareil déshonneur ?... Croira-t-on que j'...i été victime, oh ! mon Renaud, mon Renaud... et ne croira-t-on pas, plutôt que j'ai été complice ?

— Tais-toi !... Ne dis pas ces choses....

— Mourir ! mourir !..... Pourquoi m'en avoir empêchée...

Elle glissa ses mains dans ses admirables cheveux et ses doigts firent saigner son front, sa respiration haletait et son regard redevenait éperdu.

— Si nous mourions ensemble ?

— Ce serait nous accuser de la mort de Lilienthal.

— Qu'importe ! nous ne serons plus là... La mort nous aura réunis....

— Et ton père, Josette, ton père ?....

Devant l'image paternelle, brusquement évoquée, elle retrouva pourtant des larmes.

— Que faire, alors ? dis, mon Renaud, conseille-moi... je ne sais plus penser.... Quand je tente de réfléchir, de raisonner, des douleurs aiguës traversent mon cerveau... devant moi c'est le néant, et je me sens dans un tourbillon qui m'emporte...., c'est le vide, le vide partout... Dis, mon Renaud, que faire ? Est-ce que je peux vivre, avec un pareil avenir, une telle honte !... Vivre, mon Renaud, avec la petite créature qui naîtra, et que je vais haïr, horreur ! haïr de toutes mes forces.... moi, mon Dieu, qui avais tant rêvé d'être mère !...

Ses larmes coulaient toujours, lentes, et les sanglots de Renaud ne cessaient pas....

— Je serai la mauvaise mère.... la mère criminelle... celle qui ne pourra jamais regarder son enfant sans terreur... celle qui pensera toujours, en le voyant, au père infâme.... Je serai la mère misérable, frappée de malédiction par la nature, la mère unique, pareille à aucune autre, la mère destinée à la haine... Oh ! mon Renaud ! mon Renaud !... C'est ta fiancée, celle qui t'aime, que tu aimes, ta Josette, qui sera cette mère-là ! !

— Tais-toi, Josette, tais-toi, tu me brises le cœur....

— Pardon, Renaud, pour tout le mal que je te fais....

Il joignit les mains, avec un regard sublime de pitié et de tendresse.

— Et c'est elle, pauvre victime, victime plus que tout autre, qui demande pardon !

Elle poursuivait en phrases hachées, entrecoupées de soupirs, de longs silence :

— Ou bien, et ce serait plus affreux encore, qui sait si je ne me mettrai pas à aimer cet enfant.... comme toutes les mères aiment les petits êtres sortis de leurs entrailles... alors, quel pourra être un pareil amour.... fait de compassion et d'horreur ?... Est-ce que les forces humaines résistent à des chocs aussi redoutables ?.... Aimer l'enfant de Lilienthal.... qui aura peut-être les yeux de Lilienthal, ces yeux qui m'ont regardée, là-bas, dans le fond de la carrière, avec une sauvagerie, une passion de bête, et qui m'ont fait évanouir de peur, parce que ces yeux n'avaient plus rien d'humain.... Ce serait ce regard que je retrouverais dans le regard de mon enfant !... Aimer l'enfant de Lilienthal qui aura peut-être la voix de Lilienthal et qui, toutes les fois qu'il dira : « J'aime maman. » me rappellera l'aveu écœurant de l'autre, lorsqu'il m'a dit : « Je t'aime et je veux que tu sois à moi ! ! » Aimer l'enfant de Lilienthal.... qui, toutes les fois qu'il me tendra les bras, me fera souvenir de l'autre dont je sens encore autour de mes poignets et de ma poitrine, l'étreinte de mort et de honte.... Aimer l'enfant de Lilienthal, oh ! mon Renaud, est-ce que ce ne serait pas aimer l'âme infâme de mon bourreau ! !

— Calme-toi, Josette.... ma Josette chérie....

— Je te le dis, Renaud... quel que soit le désespoir de mon père, il vaut mieux mourir... sa douleur ne serait-elle pas plus grande, insupportable, si la vérité lui était connue ? et ne faudrait-il pas la lui révéler, cette vérité, un jour.... le jour terrible où le capitaine comte Ulrich de Lilienthal revivra dans son enfant....

— Ecoute-moi, Josette... je suis aussi triste que toi, triste à mourir, non moins troublé aussi... Oui, c'est affreux... Je ne sais pas ce qu'il faut que nous fassions.... Je sens ma tête perdue... Un seul souvenir radieux reste en moi et je m'y attache comme si de lui dépendait, pour

toi et pour moi, le salut.... Plus rien n'existe que ce souvenir... C'est par lui et pour lui qu'il faut vivre... maintenant... et qui sait si de lui ne viendra pas l'espérance de
pouvoir vivre, plus tard.... Dans le désordre de mon esprit, dans mon égarement, Josette, je ne me rappelle plus
rien, rien au monde, que la promesse que je t'ai faite, que
la promesse que j'ai reçue de toi : « S'aimer, oh ! ma
Josette, s'aimer malgré tout ! » Jure ! Jure !

— J'ai horreur de l'avenir !

— Jure, ma Josette.

— Tu ne peux plus m'aimer... Tu m'avais dit : « Je
t'aimerai et pourrai t'aimer comme par le passé, puisque
Lilienthal mourra.... Lui mort, son souvenir disparaîtra ! »
Mon Renaud, l'homme n'est pas mort !... L'enfant perpé-
tuera sa mémoire !....

— Jure ! Josette... Il le faut... Qui sait si d'autres malheurs ne nous attendent pas.

Ils étaient près de la grille d'entrée. A ce moment ils en-
tendirent le roulement d'une voiture sur la route, malgré
la neige dans l'épaisseur de laquelle le bruit s'étouffait.
La voiture prit l'avenue qui conduisait à la Faloise.

Renaud se pencha et tressaillit.

Sur le siège, il y avait, près du cocher, un gendarme...
Et, par la portière, une tête se pencha, coiffée d'un képi.
Dans la voiture, il y avait un autre gendarme.

— D'autres malheurs, Josette... tu vois.... je les avais
prévus...

— Que dis-tu ? que crois-tu ?...

— On vient pour m'arrêter....

— Mais tu es innocent !

— Oui... Jure, ma Josette, hâte-toi de jurer... Ne me
laisse pas partir sans ton serment, avec l'épouvante atroce
de te laisser ainsi, en proie au désespoir... Jure, Josette,
que tu m'aimes encore... comme par le passé....

— Oh ! mon Renaud.....

— Hâte-toi, Josette, les voici qui s'approchent.... ils
m'ont aperçu.... me laisseras-tu partir, Josette, dans les
affres de toutes les terreurs..... sans que tu m'aies dit que
tu m'aimes toujours, oh ! ma douce amie, que tu m'aimes
malgré tout.....

— Je t'aime !

— Ce n'est pas cela que je veux.... Dis, dis la promesse complète dont dépend notre vie.... Hâte-toi, cruelle.... les voici qui descendent de voiture..... Dans quelques secondes, il sera trop tard.... et tu auras le remords d'avoir tué mon cœur...

— Je t'aime, Renaud.... oh ! mon Renaud, je t'aime malgré tout !.....

Il eut un brusque frisson d'intense joie ; puis, redevenant soudain très calme :

— C'est bien, dit-il... Maintenant, ils peuvent m'arrêter... Je sais que tu vivras ! !

Ils s'éloignèrent de la grille pour laisser les gendarmes libres d'agir ainsi qu'il leur conviendrait ; et, Renaud fit seulement prévenir Clément le Doux.

Le jeune homme ne se trompait pas.

Les gendarmes venaient le mettre en état d'arrestation, mais ils n'avaient pas qu'un seul mandat, ils en avaient deux...

Le second visait Lucas Giraud, dit Pervenche....

Pervenche était à la ferme.

Il ne fut pas autrement ému, quand on vint le prévenir. Il se gratta simplement la tête par-dessus sa casquette et, s'adressant à Renaud :

— J'avais dit que je te suivrais à la légion, de même que je t'aurais suivi au service de la Prusse.... V'là maintenant qu'on te conduisiont dans les prisons de Nancy.... et ils aviont la bonne pensée de m'emmener avec toi.... Je sommes content....

Renaud lui tendit les deux mains, sans prononcer un mot.

Line, à cet instant, s'avançait, amenée par le père Blanquin. Tous les gens de la ferme accouraient, navrés, irrités en même temps contre une mesure qui était une injustice.

En apercevant Line, Pervenche se troubla.... La délicate figure de l'aveugle exprimait une torture cruelle.... ses jolies lèvres étaient lourdes de sanglots qu'elle comprimait.

— Line, tu ne seras pas seule, tu restes auprès de mam'selle Josette !

— Mon Pervenche !...

Ce fut tout ce qu'elle put dire... Les sanglots éclatèrent..
elle les étouffait en appuyant la tête contre la poitrine du
grand garçon... Alors, il se mit à la regarder, en essayant
de sourire, pour paraître calme et faire l'homme qui se
moque de la justice... Puis, que se produisit-il en lui ?..
Il percevait contre son cœur les soubresauts de ces sanglots... et les larmes intarissables coulaient sur lui....
toute la vie de la pauvrette avec son bonheur, semblait se
fondre en lui... Il eut un grand attendrissement... Peut-
être la vérité arriva-t-elle jusqu'à son âme, à travers la
lourdeur de son esprit... La vérité, c'est-à-dire l'amour
profond et silencieux de l'enfant... De l'enfant qui, sans
doute, avait deviné depuis longtemps que lui, Pervenche,
ne s'occupait que de Josette, rêve de fou...

Et il eut honte ! Et il éprouva un remords. Il pressa
Line plus fortement et il embrassa les cheveux qu'il avait
juste sous ses lèvres. Elle tressaillit et dit encore :

— Mon Pervenche !

Alors, troublé, sans savoir, sans rien s'expliquer, entraîné par l'émotion :

— Line, ne pleure plus... je reviendrai, ma Line, pour
t'aimer... Car je t'aimions bien, je le voyons à présent...
et je t'aimerions toujours, ma Line....

Il la sentit trembler, collée à lui, comme un oiselet qu'il
eût tenu dans la main, et c'est ainsi qu'il la confia à Blanquin en lui disant de l'emmener...

XI

LA TEMPÊTE EST DÉCHAINÉE

Un nouveau rapport avec enquête supplémentaire, venant de Metz, envoyé par M. Falkenhein à M. de Saint-
Cast, avait déchaîné la tempête.

Au reçu de cette instruction et des interrogatoires et
dépositions qui la composaient, M. de Saint-Cast n'avait
plus hésité.

La « soudure » qu'il cherchait partout, il venait de la trouver.

Et il signa un mandat d'amener contre Renaud Sauvageot.

D'autre part, il lui semblait difficile, à cause de la coïncidence étrange des taches de sang découvertes sur l'un et sur l'autre, qu'une complicité n'existât pas entre Renaud et Pervenche, étant admis, surtout qu'en cette journée qui s'était terminée par le meurtre de Lilienthal, les deux jeunes gens avaient agi de concert, depuis le matin, soit lorsque Renaud avait confié sa lettre à Pervenche, soit lorsqu'il avait voulu s'échapper de sa chambre où il était retenu prisonnier, soit enfin lorsqu'il avait quitté Haute-Goulaine pour se réfugier à la Faloise.

Il décerna un second mandat d'amener contre Lucas Giraud.

Le soir même, ils étaient tous deux écroués à la prison de Nancy.

La nouvelle éclata comme un coup de foudre, à Haute-Goulaine, où elle fut connue dès le lendemain à la première heure.

Aux premiers temps de l'enquête, Sauvageot le Dur avait eu peur. Sans croire Renaud coupable, il discernait certains indices qui pouvait le faire accuser. L'enquête traînant en longueur, il s'était rassuré. Soudain, c'était la catastrophe.

Il monta chez la malade, afin de la prévenir doucement, avec tous les ménagements possibles, car elle était de plus en plus faible, n'avait plus qu'un souffle.

Au moment d'entrer dans la chambre, il fut surpris d'entendre un bruit de voix.

Jamais elle ne recevait personne, en dehors de son fils ou de Joseph. Et par la porte fermée, Joseph croyait reconnaître celui qui parlait, d'un ton bas et monotone.

— Mais c'est mon père ! murmura-t-il au comble de la surprise.

Depuis des années et des années, le vieux Sauvageot n'avait pas mis les pieds dans ce château. Nous l'avons dit. Depuis des années et des années, c'est à peine si l'on avait entendu quelque vague parole brève, interjection plu-

tôt que parole, sortir de la bouche mince et **invisible du**
vieillard...

— Il faut qu'il sache que Renaud et sous les verrous,
murmura Sauvageot... Et le désastre a réveillé son âme
morte... Mais qu'est-il venu dire à ma femme ?

Il essaya d'écouter, ce fut inutile. Du reste, l'entretien
semblait terminé, car il y eut un bruit de sabots... le grand-
père était entré là comme il était venu — et pour ne pas
être aperçu en flagrant délit d'espionnage, Joseph ouvrit
brusquement.

En effet, le vieillard se disposait à sortir. A la vue de
son fils, il s'arrêta.

Joseph promena lentement son regard de l'un à l'autre.
Le père Sauvageot présentait, comme d'habitude, une figure froide, indifférente, fermée pour ainsi dire. Quant à
la malade, elle venait, à coup sûr, d'éprouver une violente émotion ; car, à la place de sa pâleur ordinaire si
profonde, il y avait un léger nuage rose... et des frémissements l'agitaient encore...

— Je ne savais pas vous rencontrer ici, dit Joseph...
Très heureux de vous y retrouver, mon père... Appren-
drai-je du moins pourquoi ?... Peut-être est-ce le même
malheur qui nous réunit aujourd'hui et vous êtes-vous
souvenu, un peu tard, que Renaud est votre petit-fils.

Le vieillard laissa tomber un coup d'œil de colère et de
mépris sur Joseph.

Il ne répondit rien... repris de mutisme... enfermé dans
sa tombe.

Tout à l'heure, pourtant, c'était lui qui parlait, avec
volubilité, avec une sorte d'ardeur fiévreuse, comme s'il
avait voulu laisser déborder son cœur longtemps contenu...

— Qu'est-ce que tout ceci veut dire ? se demandait Joseph soupçonneux.

La malade, la voix lente et faible, expliqua :

— Ton père a voulu que je n'apprenne point le
grand malheur qui nous frappe par un autre que lui....
Renaud est arrêté, Renaud est accusé... Voilà ce qu'il m'a
dit....

— Et ce que je venais t'apprendre, moi aussi...

— Merci... C'est bien... Renaud ne peut être coupable.. Je suis donc tranquille.

Elle était calme, oui, singulièrement... Rien ne décelait l'épouvante dans cette mère si terriblement éprouvée, pourtant... Un coup pareil aurait dû l'achever, la tuer... Sans doute, le père Sauvageot avait été prudent, adroit, avisé... Sans doute, il avait usé de précautions infinies avant d'arriver à la vérité... Et qui sait s'il n'avait pas fait entrevoir à la malade qu'il était impossible de condamner Renaud sur les indices relevés contre lui et qu'il fallait être patient, ne point s'énerver, avoir confiance, jusqu'au jour où, bien certainement, la preuve éclaterait de son innocence...

— Tu n'as pas peur ?...

— Non.

— Et vous, père ?... dit-il au visage glacé dont le regard farouche le poursuivait.

Le vieillard refusa de répondre. Il se contenta de hausser les épaules, et se retourna vers la malade. Mais alors, sa figure s'adoucit... Une grande pitié, une grande tendresse remplaça la dureté de ses traits... Une lueur limpide emplit ses yeux.

Il redisait, sans doute, d'un seul regard, à la pauvre femme, tout ce qu'il lui avait dit en paroles, et lui redonnait pour la dernière fois confiance... La malade sembla se baigner dans les rayons de cette lumière douce... y puiser la force... peut-être la résignation... et, appuyant contre le dossier du fauteuil sa tête dolente, s'endormit d'un sommeil léger... un sommeil d'où était banni tout mauvais rêve, exclu tout cauchemar. Ce sommeil d'une mère qui ne redoutait rien pour le fils en danger.

Joseph Sauvageot comprit alors — et pour la première fois — que le grand-père et la malade vivaient, auprès du maître, d'une existence qui lui était étrangère, dont il semblait que sa pensée même fût bannie. Il était loin de ces deux cœurs, étranger à leurs affections, à leurs espoirs comme à leurs craintes.

Lui, tremblait pour Renaud. Pourquoi eux, ne tremblaient-ils pas ? Ils avaient leurs raisons. Pourquoi ne les faisaient-ils pas connaître ?

Mais son orgueil était trop grand pour qu'il s'abaissât à interroger... Son orgueil, trop humilié des rêves d'ambition à vau-l'eau... l'avenir préparé avec tant de soin, effondré... tout cela combattait encore en lui un mauvais combat.

Il se contenta de dire :

— Je suis heureux que vous partagiez ma confiance... Malgré toutes les charges qu'on a pu relever contre notre fils. Renaud ne peut-être devenu meurtrier et son innocence sortira clairement de l'enquête et des débats.

Le grand-père fit un signe affirmatif en inclinant la tête deux ou trois fois.

Puis, désignant la malade, il daigna parler :

— Elle dort !

Il sortit sur la pointe des pieds. Et Sauvageot sortit derrière lui.

Dans le couloir, pourtant, Joseph eut un mouvement de faiblesse.

Il appuya doucement la main sur l'épaule du vieillard.

— Père, est-ce que vous savez quelque chose... qui puisse me rassurer ?

— Oui.

— Oh ! alors, dites ! dites ! !

Le visage du vieillard se fit plus dur, plus sévère, plus impénétrable.

— Je sais que tout ce qui arrive, arrive par la faute d'un homme qui a voulu tout subordonner à sa volonté, et que cette volonté avait un but misérable... par la faute d'un homme qui a oublié ce qui doit rester le plus cher et le plus sacré au cœur des hommes... par la faute d'un père qui a calculé contre la tendresse de son enfant et l'affection des siens... Et c'est ainsi que tous les malheurs sont tombés sur nous... Cet homme, c'est toi Joseph ! ! Voilà ce que je sais !...

Joseph releva le front, l'orgueil reparaissait, plus fort que tout.

Et sèchement :

— C'est bien, gardez vos homélies pour vous !

Toutefois, comme l'attitude de son père lui paraissait singulière, il s'informa à Haute-Goulaine de la façon dont le vieillard avait vécu en ces derniers jours. Le père Sauvageot, dans son pavillon, était si loin de son fils qu'on eût dit que celui-ci ignorait même qu'il vécût. Des questions que Joseph adressa un peu partout, dans son entourage, il résulta que le vieillard avait fait récemment, des absences fréquentes, dont quelques-unes avaient duré plusieurs jours... Il avait séjourné à Metz... D'autre part, Joseph apprit que le père Sauvageot, immuable en ses habitudes, les avait changées depuis le début de l'enquête sur le meurtre de Lilienthal... Jadis, il ne quittait guère le verger de Haute-Goulaine dans ses promenades ; où, il se hasardait, le long de la route, jusqu'à l'orée du bois des Moines... en fumant son éternelle pipe de terre... Or, on l'avait vu maintes fois aux abords de Montecreux ; les usines des Fischer semblaient l'intéresser au premier chef, et il contemplait avec une évidente curiosité le va-et-vient des ouvriers, les wagons qui conduisaient le matériel à la gare, l'activité énorme déployée partout dans une maison en pleine prospérité... Cela lui rappelait, sans doute sa jeunesse et son âge mûr, le temps où ses affaires, à lui aussi, prospéraient... Et souvent aussi, d'un air béat, distrait, il suivait, le regard en l'air, son maigre cou allongeant ses tendons, les immenses panaches de fumée qui sortaient des cheminées et s'en allaient rejoindre les nuages, tantôt en droite ligne, quand le temps était calme, tantôt bousculés par les coups de vent, s'allongeant alors, se recroquevillant, partant au loin et revenant sur eux-mêmes, dans des luttes vaines de flocons noirs.

Plusieurs ouvriers et des paysans prétendirent même qu'il affectait de se mettre, en ces contemplations, sur le passage d'Elise, laquelle sortait tout les jours pour des visites ou des promenades.

— Est-ce que le vieux serait amoureux de la petite Fischer ? disait-on.

Et l'on riait, mais pas en sa présence, car il avait des yeux qui ne s'accommodaient pas avec la plaisanterie et un dur visage qui en imposait aux plus hardis.

Toujours est-il que, lorsque Elise passait, il la saluait bien poliment, même avec affectation, en arrachant sa casquette enfoncée jusqu'à sur ses oreilles.

De deux choses l'une... Ou le vieux avait son idée... nourrissait quelque projet mystérieux dont personne, sûrement, ne recevrait jamais confidence... ou comme disaient les gens... son cerveau commençait à battre la chamade, et il avait un grain, là...

Elise avait fini par remarquer ce grand vieillard, toujours sur son chemin. Elle le connaissait. Elle en avait peur. Ces deux petits yeux en vrille, morts pour les autres, revivaient pour elle de toute leur lumière... Et elle n'avait pas besoin de se retourner pour être sûre qu'ils la suivaient au plus loin qu'ils pouvaient l'apercevoir.

— Il vient là pour moi ! avait-elle fini par se dire... Mais que me veut-il ?

À Metz, Joseph tenta de savoir ce que son père avait fait, durant toute une semaine de séjour... Il échoua...

Ce qu'il ne put apprendre, nous allons le dire...

Le grand-père s'était informé à Metz de tout ce qui intéressait Lilienthal, de sa vie et de ses habitudes. Sous prétexte de louer la villa habitée par l'officier près de la gare de Metz, dans le quartier neuf, il s'y était présenté. Un gardien de la villa lui avait fait visiter la maison de fond en comble ; mais le gardien était loquace, ne demandait qu'à parler, et le vieux était, de son côté, moins taciturne à Metz qu'à Haute-Goulaine. Il fut facile d'amener la conversation sur le meurtre de Lilienthal. Tout le verbiage du bonhomme n'avait pas grande importance et le père Sauvageot n'en détacha et n'en retint qu'un détail...

La veille même du jour où il faisait cette visite de l'immeuble, une jeune fille s'était présentée, avec le même motif, et avait paru contrariée de ne point retrouver, chez le comte de Lilienthal, ses deux ordonnances, Hans et Bernard.

Le gardien n'avait pas eu de peine à lui expliquer que les deux soldats avaient dû être forcément réintégrés dans le régiment n° 166 de ligne d'où ils sortaient, en attendant l'occasion de servir un autre officier, occasion improbable, car tous étaient pourvus et les deux ordonnances faisaient partie de la classe.

— Vous connaissez cette jeune fille ? demanda le père Sauvageot.

— Elle m'a laissé sa carte : Elise Fischer...

Le vieillard tressaillit. Il soupçonnait Elise de vouloir intervenir dans l'enquête contre Renaud comme une fée malfaisante. Il ne se trompait donc pas.

— Pourquoi cette jeune fille voulait-elle retrouver les deux soldats ?

— Je l'ignore... mais, si vous voulez le savoir, eux vous le diront peut-être...

Où est leur caserne ?

— A la caserne vous ne pourriez les voir... mais quand ils ne sont pas de garde, ils vont tous les soirs manger de la saucisse fumée à l'Epie, rue Fournirue .. Il ne manque pas de gens curieux comme vous, qui vont les faire causer sur Lilienthal, pour tâcher d'apprendre de l'inédit... Les deux gaillards, qui sont des fricoteurs, en profitent pour se faire payer de la bière et de la choucroute, et il paraît que lorsqu'ils sont à court de détails nouveaux, eh bien, ils en inventent.

Le père Sauvageot n'insista pas. Il avait une piste. Il fallait la suivre.

Le soir, il était à l'estaminet de la rue Fournirue, placé presque à l'angle de la place d'Armes. L'Epi était tenu par un Messin d'origine. Il ne fut pas difficile à Sauvageot de s'entendre avec lui. Le cabaretier connaissait les deux soldats. Dès qu'ils entreraient, il les désignerait, d'un geste.

Ce soir-là, ils ne vinrent pas.

Le lendemain, à cinq heures, ils firent leur apparition, s'attablèrent, se mirent à boire et à manger.

Le père Sauvageot se rapprocha et lia aussitôt conversation.

Les hommes se poussèrent du coude et flairèrent un naïf auquel ils allaient faire payer un écot. Le vieux, du reste, avait fait renouveler, d'abord, les consommations.

Ce qu'il apprit ?

Il en fut, le pauvre homme, tout bouleversé !... Et cependant, lorsqu'il sortit du cabaret, s'il avait voulu résumer tout ce qu'il avait entendu, il se serait dit qu'on ne lui avait pas révélé grand'chose de nouveau... Mais ils

ne cachèrent pas l'intervention d'Elise... Deux fois, elle
était venue les voir... la menace à la bouche... Pourquoi
s'occupait-elle de cette enquête ? Oui, elle les avait menacés, criant : « Vous n'avez pas dit la vérité, toute la vérité
du moins, à M. Falkenhein... Vous avez gardé le silence
sur la visite que fit, à Lilienthal, Renaud Sauvageot et
sur ce qui s'ensuivit... Moi je sais ce qui s'est passé pendant cette visite... Si vous refusez de parler, moi je parlerai et vous serez punis sévèrement !

Que saviez-vous donc, avait demandé Sauvageot ?

Mais les deux hommes, s'obstinant dans leur silence, en
gens simples qui ont peur des responsabilités et qu'épouvante l'apparat de la justice, répliquèrent :

— Nous ne savons rien.

— Que vous a dit Elise, en vous quittant ?

Ils se consultèrent du regard. Ils hésitaient. Ils ava-
lèrent leurs brocs de bière.

Alors, Sauvageot, qui tremblait un peu :

— Je vous donne deux cents marks à chacun, si vous
me répondez franchement.

Cela leur délia la langue.

Elle nous a dit : « Je vous donne huit jours pour aller
trouver M. Falkenhein et pour lui compléter votre première déposition... Si, dans huit jours, vous ne m'avez
pas obéi, je vous ferai condamner à six mois de forteresse... Au contraire, si vous m'obéissez et si vous faites
votre devoir, je vous récompenserai en vous faisant cadeau de cent marks chacun... »

— Et qu'avez-vous fait ?

Rien encore.

— Que ferez-vous ?

— Dam ! il faudra bien s'exécuter... Six mois à l'ombre,
c'est lourd... d'abord... puis, on est de la classe, et ça
fait six mois de rabiot à tirer...

Les huit jours ne sont pas expirés.

— Non... nous avons encore trois jours devant nous...

— Mais... Elise Fischer ne se trompe donc pas... et
vous savez donc quelque chose de grave ?

Ils s'aperçurent qu'ils avaient été trop loin dans leurs
confidences.

Ils se levèrent pour partir, sans répondre. Mais leurs regards disaient clairement :

— En voilà un qui est de la police !

Sauvageot comprit, sourit, les rassura :

— Non... je suis un simple curieux... Voici la somme promise... Encore un mot, toutefois... Si Elise Fischer, avant les huit jours révolus, vous donnait l'ordre contraire et vous priait de garder pour vous ce que vous savez... si vous savez quelque chose ?...

— Alors, c'est bien simple, on se tairait...

— Bien !

Les soldats rentrèrent à la caserne. Sauvageot sortit du cabaret, inquiet, soucieux.

Ce qui s'était passé dans cette première entrevue de Renaud avec Lilienthal, je ne le devinait que trop, hélas ! une querelle, des paroles irréparables prononcées, peut-être des violences.

Il revint à Haute-Goulaine en se disant :

— Il ne faut pas que ces soldats parlent... Et il faut que ce soit Elise qui le leur défende ! !

Le lendemain, à Montecreux, Elise recevait une lettre ainsi conçue :

« Avant d'ordonner aux deux soldats, Hans et Bernard, de parler au juge Falkenhein, on vous conseille de consulter Michaël Klées...

« Si vous êtes décidée à le consulter, vous mettrez un « foulard blanc au balcon de votre fenêtre...

« Et alors Michaël Klées restera dans l'ombre où il dort...

« Sinon, il sortira de l'ombre... »

Et voilà pourquoi le vieux Sauvageot s'en alla, changeant ses habitudes, se promener en vue du château de Montecreux, le nez en l'air, avec l'apparence d'un oisif occupé à regarder courir les nuages, en réalité, guettant à la fenêtre de la jolie Elise le signal qui devait prouver qu'elle avait peur et qu'elle obéissait à l'injonction mystérieuse...

Il attendit jusqu'à midi...

Elise n'obéit pas...

Ceux qui auraient rencontré ce jour-là, Sauvageot, sur

le chemin qui le ramenait à Haute-Goulaine, n'auraient
pas été tentés de lui adresser la parole, tant ses yeux
étaient durs, miroirs de résolutions implacables.

Le soir, Elise recevait une seconde lettre, remise par
un exprès :

« Si votre mouchoir ne flotte pas demain avant midi à
« votre balcon, on vous demandera quels soins vous
« comptez donner, pour le faire revivre, à l'arbre mort
« du tourbillon de la Moselle... »

Et voilà pourquoi le vieux Sauvageot attendit encore,
le lendemain, jusqu'après-midi, le nez vers les nuages, le
signal qui ne vint pas...

Il l'attendait encore, lorsqu'Elise vint à passer, con-
duisant elle-même une haute voiture légère à deux roues...

Il la salua, poliment.

Elle ne répondit pas à son salut.

Mais il vit qu'elle était d'une extrême pâleur... les yeux
enfoncés ; et quel regard il reçut !... L'homme qui lui
envoyait ces avertissements mystérieux, elle avait deviné
que c'était le père Sauvageot... peut-être... Car, que serait
venu faire là le vieillard, sinon guetter le signal ?... Il regarda filer et disparaître la voiture au loin sur la route
de Metz et il eut froid au cœur... Allait-elle retrouver
Hans et Bernard ? Et, en ce cas, ce n'était certes pas pour
leur défendre de parler, puisqu'elle bravait la menace
terrible contenue dans les lettres qu'elle recevait ?...

Elle n'a pas peur, murmura le grand-père... elle se
croit donc à l'abri de tout ?

Le troisième avertissement arriva à Elise le même jour.

Elle le trouva à son retour de Metz, déposé sur son
petit bureau élégant, dans sa chambre, pendant son absence.

« Si Hans et Bernard se décident à parler, je vous pré-
« viens que je ferai revivre l'arbre mort dont les racines
« se pourrissent au courant profond de la Moselle...

« J'attendrai jusqu'à la nuit le mouchoir qui doit flotter
au balcon de votre fenêtre...

« S'il ne flotte pas, l'arbre revivra ! »

Elle déchira la lettre, la jeta au feu, avec un geste de
rage...

Puis, tombant dans un fauteuil, les coudes sur les genoux, la face rougie par la flamme du foyer, peut-être aussi par la fièvre, elle réfléchit .

Tout à coup, elle se lève, prend un mouchoir, se dirige vers la fenêtre...

Elle va l'ouvrir... et le mouchoir attaché au balcon donnera enfin le signal que le grand-père attend toujours...

Elle entr'ouvre les rideaux, jette un regard sur la campagne.

Il fait encore assez jour pour lui permettre d'apercevoir là-bas, sur la route, le vieux insensible au froid, fumant sa courte pipe, avec patience...

Elle crie :

— Non, non !...

Elle revient à son fauteuil. Elle rêve encore. Les ongles de ses petites mains font des striures sanglantes sur son front, à la racine de ses cheveux blonds...

Pour la seconde fois, elle se lève, se dirige vers la fenêtre...

Pour la seconde fois, elle a repris le mouchoir...

Puis elle se met à le déchirer, à le déchiqueter, dans un accès de fureur qui, gonflant ses traits, la rend presque hideuse.

— Non, non, jamais !...

Tout à coup, s'enveloppant d'un manteau de fourrure, elle sort...

Et cinq minutes après, dans la nuit tombante, le grand-père la voit s'approcher.

Ses lèvres minces s'entr'ouvrent dans un rire silencieux.

— Ah, ah ! elle y vient enfin ! La voilà qui met les pouces !

Alors, un dialogue heurté, bizarre, plein de réticences que chacun des deux comprit, plein de haine aussi, s'établit entre eux.

Sur le visage fermé, impénétrable du vieillard, on ne vit d'abord nulle émotion. Ce masque ne reflétait plus guère, depuis longtemps, les troubles intérieurs. Mais Elise !.., En dépit de son énergie, de sa force de dissimulation, cette haine transparaissait visiblement, dans un accès de fureur, qui la rendait toute blanche, elle si fraîche et si rose, et qui faisait de la jeune fille presque une vieille femme.

Elle dit, mâchant les mots, les dents serrées :

— C'est vous, n'est-ce pas ?.... C'est de vous ces menaces, ridicules et odieuses ?

— Oui.

— Expliquez-les, une fois pour toutes....

— Non....

— Pourquoi ?

— Parce que c'est inutile.... Vous êtes renseignée sur ce qu'elles veulent dire.

— Je préviendrai mon père.

— Non... vous ne le préviendrez pas.... vous n'oseriez... Du reste, lui non plus n'a rien à apprendre.... Enfin, s'il faut lui parler de l'arbre mort, du Tourbillon de la Moselle, eh bien, je m'en charge.

— Ce serait une lâcheté.

— Non, ce serait justice.

— Alors, qu'exigez-vous de moi ?

— Relisez mes lettres... Je ne suis pas éloquent et je n'aime point parler pour ne rien dire...

— Le sens de vos lettres m'échappe.

— Vous mentez... Vous avez vu Hans et Bernard.... Vous leur avez donné des ordres....

« Vous poursuivez Renaud Sauvageot de votre haine.

— De mon amour, voulez-vous dire ?

— Vous avez résolu de le perdre et de le faire accuser du meurtre de Lilienthal... en révélant aux juges l'altercation qui eut lieu à Metz, chez l'officier.... Les deux ordonnances de Lilienthal m'ont fait des confidences, de même qu'ils vous les avaient faites, à vous, en premier lieu...

— En un mot ? fit-elle, frémissante.

— En un mot j'exige de vous que vous ordonniez à ces deux soldats de se taire.... Renaud est innocent du meurtre... Malgré cela, je ne veux pas qu'on l'accuse, même un jour, d'avoir pu le commettre....

— Qu'en savez-vous ?

Le vieux ne répondit pas, et se contenta de répéter :

— J'exige.... Sinon...

— Sinon ?

— L'arbre mort renaîtra...

Elle saisit le vieillard par la manche et le secoua avec rudesse.

— Non... Vous vous tairez !...

— L'arbre renaîtra !

— Vous vous tairez... Secret pour secret... Vous garderez le mien que vous avez surpris je ne sais comment.... Sinon, je révélerai le vôtre....

— Je n'ai pas de secret....

Mais cette fois il y eut, chez lui, l'apparence fugitive d'une légère émotion.

— Vous, peut-être...

Il respira un peu plus fort... Un fardeau disparaissait de son cœur.

— Mais Renaud !

— Renaud n'a pas de secret !

— Mais Josette ?...

Il perdit tout à fait contenance, et balbutia :

— Josette est une pure enfant que le poison de vos paroles n'atteindra jamais.

Elle réprima un rire sourd ... de joie méchante.

— Secret pour secret, mon bonhomme, fit-elle, hautaine, — sentant d'instinct qu'elle reprenait le dessus et qu'elle allait vaincre, — si vous dites le vôtre, je dirai le mien... Si vous faites allusion au Tourbillon de la Moselle, je ferai allusion, moi, à une certaine carrière abandonnée près du bois des Moines, où Josette s'est rencontrée avec Lilienthal... au lieu d'y trouver Renaud, qu'elle attendait.... Vous n'avez pas d'intérêt à rendre public ce rendez-vous, dont un autre a profité..... et vous voyez que le poison de cette calomnie — qui sera la vérité — atteindra mortellement la pure enfant dont vous vous faites le défenseur....

L'obscurité était venue et, sans la réverbération de la neige, il eût fait nuit complètement....

Le grand-père bégaya :

— Ah ! la misérable fille !...

Ses longues mains maigres se tendent tout à coup vers ce visage qui s'est penché jusqu'à lui pour proférer ces horribles choses, et l'envie lui vient, dans une pensée de folie, de clore à jamais ces lèvres, coupables de tant de méchanceté. Les mains, avant qu'elle puisse deviner et s'enfuir, saisissent ce cou frêle par-dessus la fourrure et les voilà qui serrent, serrent lentement, horriblement....

Elle n'a même pas le temps de crier, ni de pousser un soupir... sa bouche s'entr'ouvre... ses yeux sont exorbités.. expriment une épouvante atroce...

S'il serrait un peu plus, ce serait fini de cette vie frêle... et le joli corps roulerait dans la neige, pour ne plus se relever.

Mais la raison revient au grand-père....

Ses doigts s'écartent.... Un peu de souffle rauque, pressé, haletant revient à la gorge, un peu de vie revient aux yeux... Il la soutient encore, par les épaules, car s'il l'avait lâchée, elle serait tombée.... Et il profère :

— Misérable ! Misérable, digne de tous les châtiments..

Elle a compris qu'elle était sauvée, qu'il n'avait osé achever l'œuvre de mort.

Dans les dernières ombres flottant encore dans son cerveau, elle a deviné que cet homme, maintenant, a peur d'elle, et de la révélation du secret de Josette.

Elle le tient. Elle triomphe.

Et son sang-froid lui est revenu.

Elle se dégage de l'étreinte qui s'est relâchée.

Vraiment, en ces quelques secondes, elle a eu la vision du meurtre qui s'accomplissait.

Elle regarde le vieillard avec horreur.

Mais elle le voit si tremblant à son tour, qu'elle se rassure tout à fait.

Le voici faible, maintenant, faible comme un enfant.

— Tenez-vous le pour dit, mon bonhomme.... C'est bien entendu ?

Il fait signe avec la tête....

— Au moindre mot de vous, je sais bien que je puis être perdue, mais j'aurai le temps de parler, moi aussi, et de parler si net et si bien, que la carrière pourra devenir un endroit de promenade et de curiosité qu'iront visiter les gens désireux de connaître les amours cachées de votre petite-fille...

Le grand-père pousse un gémissement. Ses forces se sont abattues brusquement.

Devant cet affaissement, Elise, au contraire, semble grandir et le dominer.

— Adieu !... Je n'ai nul besoin de vous revoir... Nous nous entendrons de loin...

Elle le laisse et s'éloigne en se hâtant, glissant sur la neige durcie... Il la regarde mais sans la voir, car il ne voit plus qu'une chose... le déshonneur possible de Josette, si cette fille parle ! Et il la sait capable d'exécuter sa menace !

D'un pas lent, alourdi, désespoir au cœur, il reprend, sous la bise glacée qui se lève, la route de Haute-Goulaine.

Ce qui va se passer et sans nul retard, il le devine...

Là-bas, à Metz, Hans et Bernard attendront jusqu'à la dernière heure un contre-ordre d'Elise. Et ce contre-ordre n'arrivant pas, ils iront trouver le juge pour lui révéler ce qu'ils savent.

En effet, c'est bien ce qui se passe...

Les soldats attendaient.

Au lieu d'un contre-ordre, il ne reçurent que ce mot laconique et expressif :

— Obéissez !

Le lendemain même, ils se présentaient au cabinet de M. Falkenhein pour lui raconter tout ce qu'ils avaient entendu, chez Lilienthal, de la querelle entre lui et Renaud.

Le juge leur fit préciser certaines paroles, certains points importants, après quoi il les tança vertement d'avoir gardé si longtemps le silence.

Il ne lui vint pas à l'idée de leur demander quel était le mobile de leur révélation tardive. Là-dessus, du reste, Elise leur avait fait la leçon. Ils n'eussent rien dit.

Deux jours après, M. de Saint-Cast recevait, à Nancy, les pièces complémentaires de l'enquête allemande. Il devenait nécessaire pour lui d'interroger à son tour les deux ordonnances de Lilienthal, mais il savait que les autorités allemandes et françaises donneraient les sauf-conduits indispensables aux soldats.

Et sur-le-champ, il signa un mandat d'amener contre Renaud Sauvageot et contre Pervenche dont les réponses évasives et louches laissaient malheureusement place à beaucoup de soupçons de complicité dans le guet-apens.

La déposition de Hans et de Bernard, c'était la soudure aux événements, tant cherchée par M. de Saint-Cast.

La culpabilité de Renaud devenait évidente.

Pour lui, désormais, malgré l'intime chagrin qu'il en ressentait, plus d'hésitation possible... Les faits, groupés dans leur ensemble, combattaient même la répulsion qu'il éprouvait à traiter en meurtrier, en assassin vulgaire, ce jeune homme.

— Qui l'aurait dit jamais ?... Et quel est le mobile d'un pareil crime ?... l'excuse ?...

Le mobile apparaissait dans les dépositions des soldats....

C'était une rivalité d'amour !...

Jusqu'où allait cette rivalité ? Et comment s'expliquait-elle ? Surtout, quels actes encore mystérieux avaient pu éveiller la haine de Renaud au point de lui faire répandre le sang ?...

Etait-il possible de croire que Josette l'eût trahi ?

La pensée du juge se soulevait en révolte.

Ceci est du domaine du rêve !... murmurait-il.... Pourtant !....

Dès qu'il sut que Renaud était à la maison d'arrêt de Nancy, il le fit amener, avec Pervenche, sans tarder. Dans la pénible fonction qu'il accomplissait en ces jours-là, sa hâte n'était point de découvrir un coupable, mais bien plutôt d'obliger Renaud à prouver son innocence....

Et ce fut par cette parole qu'il l'accueillit :

— Pour votre honneur et votre repos, il me faut la vérité que vous m'avez cachée jusqu'aujourd'hui... Ce me serait une grande et noble joie de vous renvoyer hors de tout soupçon.

Renaud fit un geste de gratitude, mais ne desserra pas les lèvres.

Il restait sur la défensive.

M. de Saint-Cast commença par lui donner lecture de sa première déposition.

Après quoi :

— Il résulte de vos affirmations que vous avez prétendu ne pas connaître Lilienthal et n'avoir jamais entendu parler de lui... que vous avez appris son nom seulement en l'entendant prononcer au passage de son régiment.... que vous l'avez vu deux fois en tout : la première fois à Montecreux, chez les Fischer, la seconde fois chez votre père, à Haute-Goulaine ?... Voila bien ce que vous avez dit... et, du reste, ce que vous avez signé...

— Oui.

— Or, fit paisiblement le juge, dont le regard ne quittait plus le jeune homme, tout ceci est un mensonge.... Qu'êtes-vous allé faire à Metz, chez Lilienthal ?

— Lui demander raison de certaines paroles... et de certains actes qui me déplaisaient.

— Pourquoi l'avoir voulu cacher à l'enquête ?

— Ma vie privée ne vous appartient pas.

— Détrompez-vous... Je sonderai, par vos actes antérieurs, jusqu'au plus profond de votre pensée... Je veux vous sauver si vous êtes innocent....

— Ma vie privée n'est pas seule en cause... il en est une autre à laquelle je ne veux pas qu'il soit fait même une allusion.

— Je vous comprends... mais si, pourtant, il fallait faire intervenir la jeune fille dont vous désirez que le nom ne soit pas prononcé ?...

Renaud était très pâle, quand il répondit :

— Je ne le veux pas ! Il ne le faut pas ! Cela ne sera pas !

— Le devoir des juges est parfois douloureux... Nous le verrons bien...

C'était presque une menace.

Renaud l'accueillit par un sourire de défi. Il était sûr de son secret.

— Je regrette que ce ne soit point de vous que je tienne le récit de la querelle si claire, si grave, qui vous a mis aux prises avec l'officier allemand... J'ai besoin, toutefois, de l'entendre de votre bouche....

— Non... je ne parlerai pas....

— Vous avez peur que je ne vous tende des pièges ?...

Je vous pardonne cette défiance... Il vous sera difficile, cependant, de ne pas répondre, par oui ou par non, aux précisions que je vais faire.... et qui découlent de l'enquête allemande où sont intervenus, tardivement, les deux soldats, ordonnances de Lilienthal....

— Je répondrai par oui ou par non...

— Vous aviez surpris l'amour de Lilienthal pour votre cousine Josette... Vous êtes allé le mettre en garde contre cet amour.... Vous l'avez trouvé passionnément épris et, par conséquent, l'âme fermée à tous les raisonnements, à tous les conseils, à toutes les menaces, surtout lorsque raisonnements, conseils et menaces venaient d'un homme tel que vous, son rival heureux.... Reconnaissez-vous que ceci est la vérité ?

— Oui.

— Vous l'avez, dès lors, provoqué..... vous vouliez l'obliger à se battre.

— Oui.

— Il a refusé et, coup pour coup, a tenté de répondre à votre provocation par un procédé qui, certes, n'avait rien de chevaleresque et qui est assez dans la nature allemande... il a voulu vous faire arrêter, d'abord, afin qu'au sortir des deux ou trois mois de prison que vous aviez encourus, vous fussiez versé au contingent dont vous faites partie.... De la prison, vous seriez passé au régiment.... Est-ce la vérité ?

— Oui.

— Lilienthal ne vous a pas laissé ignorer, à cet endroit de votre provocation, que celle-ci avait deux témoins qui en déposeraient s'il était utile.... Il a voulu les faire entrer pour vous arrêter.... Vous avez décroché son sabre.... Un instant, il a pu croire — ont dit les deux ordonnances — que la mort était suspendue sur sa tête... Vous vouliez l'effrayer...

— Non... je l'aurais tué....

— Il n'appela pas les soldats..... et promit de vous laisser partir libre...

— Il tint parole..., Un des deux ordonnances m'ouvrit la porte et accompagna mon départ d'un amical : «Chien !» qui me fit sourire.... Votre récit est parfaitement exact, monsieur, et je n'ai rien à y reprendre... Quelques jours après, avait lieu la réception de l'empereur, à Haute-Goulaine.... Vous savez le reste....

— Non, je ne sais pas le reste... Achevez de dire la vérité....

— Impossible, monsieur, de vous rien dire de plus.

M. de Saint-Cast fit claquer ses doigts. Il devenait nerveux. Pour se calmer sans doute, il alluma une cigarette, mais n'en offrit point à Renaud. C'était une nuance que le jeune homme comprit. On ne le traitait plus en ami ; déjà, c'était en accusé.

— Votre rivalité ainsi établie, je comprends combien dut être vive votre colère lorsque vous vous êtes aperçu, à Haute-Goulaine, que l'officier avait eu l'audace indélicate d'intercepter une de vos lettres à Josette Sauvageot..... et, cette fois, j'excuse, et j'oserai même dire que je trouve naturel, le motif d'une rencontre entre vous les armes à la main. L'officier réussit, de son côté, à exécuter sa première menace en vous faisant mettre sous les verrous.... Ceci n'était point pour calmer votre ressentiment.... Et lorsque, libre, hors d'Allemagne, vous l'avez soudain retrouvé, la nuit...

— Ne poursuivez pas plus loin, monsieur, dit Renaud... Vous pourriez faire fausse route...

— J'attends de vous le mot qui doit me remettre sur la bonne voie.... Ce mot, le voici.... que ce soit simplement et sans rien de plus, l'explication de la façon dont vous avez passé les deux heures écoulées entre dix heures et minuit.... et l'explication des taches de sang dont votre costume était souillé, lorsque vous êtes venu vous coucher auprès du berger Blanquin....

Renaud resta silencieux, torturé.....

Ces taches de sang, c'était une preuve si terrible qu'il fallait bien répondre ; ou, il le sentait, l'accusation contre lui et contre Pervenche devenait formidable.

M. de Saint-Cast devina son indécision et se hâta d'ajouter :

Les expertises des chimistes ne laissent guère de doute... J'ai ordonné une contre-expertise afin de ne point laisser de prise à une erreur possible... Les rapports des premiers experts et des autres sont concordants et concluants... Le sang qui vous couvrait, vous, Lucas Giraud et la petite aveugle.... c'est le sang de Lilienthal.....

Mais voici que Renaud relève le front.

Il se décide à parler... et il le fait brusquement :

— Comment j'ai passé deux heures de cette nuit ? Je l'ignore.... Ce que je peux vous dire c'est qu'en effet, le danger que j'avais couru d'être pris et d'être incorporé, tout cela par la faute de Lilienthal, avait doublé ma haine. Au lieu de rentrer à la Faloise pour y tranquilliser Josette et mon oncle, je revins rôder aux abords de la frontière... La colère m'aveuglait...., à ce point que j'étais résolu à rentrer à Haute-Goulaine, si je le pouvais sans être vu, et à obliger Lilienthal à se battre par une insulte qu'aucun homme au monde ne tolère, à moins qu'il ne soit un lâche. Je suivais la route.... sans me cacher encore puisque j'étais en France, lorsque je crus entendre un soupir étouffé, profond étrange ; et, devant moi, dans la nuit éclairée, sur la route, une forme noire se souleva d'un tas de pierres et retomba.... pour y rester immobile... J'étais trop loin pour distinguer nettement.... J'accourus.... Je reconnus un officier allemand.... un sabre au travers du corps.... perdant tout son sang et je le soulevai dans mes bras pour lui porter secours.

« ... La lune éclaira son visage... Ce n'était plus qu'un cadavre.... et ce cadavre... celui de l'homme que je cherchais... mon horreur fut telle que je le laissai retomber... telle que je m'enfuis dans un affolement, car je pensais qu'il y avait là, dans cette coïncidence tragique, un coup de la justice divine.... Cet homme, hors de la frontière de son pays, me cherchait peut-être, moi, comme je le cherchais, lui... pour en finir... parce qu'il savait bien qu'il y a des haines avec lesquelles on ne peut pas vivre.... une main inconnue, une main criminelle s'était interposée entre nos deux haines... Je rentrai à la Faloise, terrifié.... Voilà, monsieur, tout ce que vous voulez savoir et tout ce que je peux vous dire... Etes-vous, désormais, satisfait ?

Lentement, le juge prononça :

— Ainsi, vous accusez Pervenche ?

— En quoi, je vous prie ? Et comment ?

— Ne savez-vous pas que lui, de même que vous, était, cette nuit-là, couvert de sang....

— Interrogez Pervenche.... Il dira la vérité, comme je vous l'ai dite....

Le visage du juge était de plus en plus sévère....

— Et je peux même vous apprendre, dès maintenant, quelle sera sa réponse... Elle sera identique à la vôtre.... Il me dira, comme vous, qu'il a rencontré ce mort, qu'il a voulu, comme vous, lui porter secours.... et qu'il était trop tard....

— N'est-ce pas possible ?

— Je ne discute rien... Je me contenterai de vous faire remarquer l'invraisemblance, si tardive, de ces deux histoires si pareilles l'une à l'autre....

— N'êtes-vous pas habitué, vous, juge, à trouver de la réalité dans les invraisemblances les plus choquantes..... Vous étonnez-vous donc de quelque chose ?

— Non... nous autres, nous ne nous étonnons plus de rien... mais si le récit de Lucas Giraud concorde avec le vôtre, il sera facile d'en tirer une conclusion... c'est que vous vous êtes concertés pour mentir...

— Ainsi, vous ne me croyez pas ?

— Non...

— Je vous jure, monsieur, que je vous dis la vérité.

— Pourquoi tant d'efforts pour me la cacher, depuis le premier jour ?... Je vous ai mis en contradiction avec vous-même... Vous ne vous êtes résigné à me conter ce roman que lorsque vous avez compris qu'il vous fallait répondre quoi que ce fût, à moins de vous résigner à un aveu.... Il y a contre vous, monsieur Sauvageot, des preuves morales... qui deviennent d'autant plus redoutables, qu'elles s'appuient sur des preuves matérielles.... Je sollicite de vous, pour la dernière fois, la vérité.

— Je ne peux rien dire de plus... et je le jure...

— Je suis donc forcé de vous maintenir en état d'arrestation...

Le juge sonna. Deux gendarmes parurent. Il fit un signe.

— Emmenez !

Machinalement, Renaud salua. M. de Saint-Cast ne rendit pas le salut.

Cinq minutes après, le bon Pervenche était devant lui. Il avait vu passer Renaud dans le couloir. Il avait voulu lui parler, lui serrer les mains.

On le lui avait défendu.

Il avait obéi ; mais, son doux regard, couleur de la fleur dont il portait le nom, avait longuement caressé le triste visage du jeune homme, qui lui avait souri.

M. de Saint-Cast l'attaqua brutalement :

— La nuit du meurtre de Lilienthal vous avez essayé de faire disparaître le sang dont vous étiez couvert... Il a été reconnu, par l'analyse chimique, que ce sang était celui de l'officier... Je vous adjure de nous dire la vérité... si vous ne voulez pas laisser peser sur vous, et sur Sauvageot une accusation d'assassinat...

— Ah ! fit l'honnête garçon en se grattant la tête... vous dites que l'ana... que l'analyse...

Ces choses abruptes dépassaient la portée de son cerveau.

Comment, par quel pouvoir d'une intelligence extraordinaire, ces gens avaient-ils réussi à découvrir la vérité, c'est-à-dire qu'en effet, c'était bien le sang de Lilienthal ?... Il y avait de la sorcellerie là dedans ; et si le doux colosse ne croyait pas tout à fait aux fantômes, il croyait complètement aux sorciers...

Le juge lui expliqua :

— Oui, des savants, des hommes célèbres, pleins d'expérience et dont la vie s'est passée dans le travail et la méditation... des hommes qui ne connaissent même pas votre nom, Pervenche, et chez lesquels ne pouvait naître l'envie de vous nuire ni même de vous faire de la peine, des savants se sont réunis pour rechercher l'origine du sang qui souillait vos vêtements...

— Je les avais pourtant bien lavés ! fit naïvement le pauvre garçon.

— Il restait des traces qui furent suffisantes...

— Et ces savants, ils aviont dit que c'est moi qui ?... Alors, ils saviont rien, vos savants.

— Ils ne vous accusent pas. Ils ne vous connaissent

pas. Ils ne vous ont jamais vu. Ils ne vous verront peut-
être jamais. Je leur ai demandé de me dire : Quel est ce
sang ? Et ils m'ont répondu : « Ce sang est celui de l'officier trouvé assassiné. »

— Ah ! c'étions drôle, tout me même, oui.

Et il se gratta la tête avec plus de violence.

— Alors, vous voulions savoir la vérité, la vraie, la
vérité du bon Dieu ?

— Oui.

— Ça ne vous apprendra pas grand'chose, je vous en
prévenons...

M. de Saint-Cast était en proie à une ardente curiosité
non exempte d'angoisse.

— Je rentrai à Villaville, j'accompagnais Line qui s'en
revenait toute seule et qu'on avait oubliée, la pauvrette,
dans un coin de la Faloise. En passant sur la route, pas
bien loin de la frontière, j'aperçus un corps étendu près
du fossé... D'abord je croyais à un ivrogne, ou à un
vagabond, qui s'était mis à dormir là, sous les étoiles, et
j'allions continuer mon chemin sans y prendre garde,
lorsque la lune fit briller une lame de sabre, en pleine
poitrine de l'homme... Je courus, même sans plus faire
attention à la petite aveugle qui eut grande peur... et je
vis que ce n'était ni un vagabond, ni un ivrogne, mais un
bel officier... allemand... et il était mort... je le soulevai,
je le tâtai... je le reposai sur son tas de cailloux... j'avais
reconnu celui qui m'avait si fort assommé dans une rue
de Metz... Lilienthal... Je n'étais pas tout de même à mon
aise... Ça me troublait, cette découverte... Je revins vers
Line ; et, comme elle ne marchait pas assez vite à mon
idée, je la pris dans mes bras... Oh ! elle ne pèse pas
lourd... C'était comme un paquet de plumes, bien douces, bien douces, bien mignonnes, dont mon cœur se
réchauffait .

Le juge écoutait tristement.

Oui, c'était le récit auquel il s'attendait. Il l'avait prévu.
Récit pareil, dans le fond comme dans les détails, à celui
de Renaud.

Evidemment, pensait M. de Saint-Cast, les deux jeunes
gens s'étaient concertés, pour le cas où quelque décou-

verte de l'enquête les obligerait à une explication impossible à éviter. Et voilà ce qu'ils avaient trouvé !...

Evidente, leur entente !

Evidente aussi leur complicité !

L'une était la conséquence de l'autre. Et les détails de l'enquête, l'histoire de ces querelles de Renaud et de Pervenche avec Lilienthal, tout cela ne prouvait-il pas le guet-apens ?... l'officier attiré là !... assassiné avec son propre sabre !... A moins, oui, le juge y pensait maintenant, à moins que le meurtre n'eût été commis en terre d'Allemagne, aux abords de la frontière, et que le cadavre n'eût été transporté en Lorraine pour dérouter les soupçons et les recherches de la justice... Et cela, dès lors, expliquerait ces taches de sang, sur Pervenche, sur Renaud, même sur Line qui, peut-être, avait prêté les mains à cette besogne sinistre.

— C'est tout ?

— Oui, monsieur le juge, c'étient tout ! fit Pervenche avec un bon sourire.

— Pourquoi ne m'avoir pas dit la vérité, dès le premier jour ?

— Parce que je craignions les ennuis... et vous voyez que j'avions pas tort, puisque les ennuis, ça n'est point ce qui me manquiont depuis cette maudite affaire...

— Line a gardé le silence... sur tout cela... comme vous...

— Je vas vous expliquer. Faut pas lui en vouloir. Je lui avais ordonné de se taire.

— Dans quel but ?

— Pour s'éviter les mêmes soucis.

Un silence. Pervenche sourit. Il croit qu'il en a fini. Et à bon compte.

Il retombe vite dans la réalité.

— Je ne peux pas admettre votre récit... pas plus que je ne peux admettre celui de Renaud Sauvageot, en tous points pareil à celui que vous faites... L'entente est certaine entre vous pour tromper la justice... Je vous garde, comme lui, à ma disposition.

Et Pervenche, éperdu, fut écroué à la maison d'arrêt.

Son instinct disait au juge que Line, si elle voulait

parler, lui serait d'un grand secours pour éclaircir encore certains doutes.

Il la fit venir deux jours après.

Et usant avec elle du procédé qui lui avait réussi avec Pervenche, l'intimidant du premier coup, afin de la dominer :

— Vous aimez beaucoup Pervenche, mon enfant.

— Comment ne l'aimerais-je pas, monsieur ? C'est lui qui a pris soin de mon enfance, c'est grâce à lui qu'on ne m'a pas envoyée dans quelque hospice, que la vie a été pour moi supportable et parfois même heureuse... Il a été mon frère...

Et, souriante :

— On l'appelle même aussi : le père de Line....

— Ainsi, c'est comme votre frère que vous l'aimez ?

Elle rougit violemment.

— Ou bien, c'est comme votre père ?...

La rougeur disparut. Tout le sang reflua vers le cœur, et elle devint très pâle.

— Ne vous troublez pas, et répondez...

— Je l'aime ! dit-elle doucement en un souffle.

M. de Saint-Cast l'admirait. Sa voix restait dure, exprès ; mais ses yeux étaient tendres. Il savait bien qu'il n'avait pas devant lui une femme coupable, sa complice... mais une enfant qui avait reçu, par hasard, par le caprice du destin, la confidence d'un secret redoutable... sans doute...

— Alors, puisque vous l'aimez, vous seriez bien triste s'il lui arrivait malheur ?...

Elle joignit les mains et ses yeux s'emplirent de larmes.

— Oh ! monsieur ! Pervenche est si bon ! Si vous l'aviez vu se détourner de son chemin pour ne point écraser un papillon éclopé se traînant dans la poussière... Moi, je ne l'ai pas vu, mais souvent, il me disait : « Il ne faut jamais faire de mal à rien ni à personne... ni aux bêtes ni aux hommes... » Tout le monde, à Villaville comme à Thiancourt, vous raconterait ces choses...

— Je vous crois. Vous ferez donc, mon enfant, tout ce qui dépendra de vous pour que votre ami ne soit pas malheureux ?....

— Que faut-il faire, monsieur ?

— Dire la vérité !

— Monsieur, je suis aveugle... La vie se passe hors de moi, j'y suis étrangère... Alors, que pourrais-je dire ?... Prenez-moi en pitié... et croyez seulement ce que je vous dis... Pervenche est incapable d'une méchante action, et surtout, ah ! surtout, d'un crime...

— Vous ne voyez pas soit, mais les aveugles ont l'oreille fine... Pervenche m'a avoué qu'en vous reconduisant, il a découvert sur la route ce cadavre de l'officier assassiné...

— Il ne m'a rien révélé.

— Est-ce possible ?

— Je le jure...

— Cependant, il vous recommanda le silence sur ce que vous pouviez avoir compris...

Elle eut un geste de surprise. C'était la vérité. Pervenche avait donc parlé ? Que croire ?

— Cela est exact, fit-elle, tremblante.

— Il prétend vous avoir laissée toute seule, un instant, sur la route, pour courir à l'aide vers ce corps étendu sur un tas de pierres ?

— Cela est vrai aussi.

— Mon enfant, le récit que Pervenche a fait me paraît invraisemblable... et je vous disais tout à l'heure que votre ami est en péril... Il aura à répondre, bientôt, ainsi que Renaud Sauvageot, à une accusation terrible, celle d'assassinat, de complicité et par guet-apens... Ce sera ou le bagne à perpétuité pour tous les deux, ou la mort sur l'échafaud... Si vous pouvez sauver l'un ou l'autre, si vous pouvez les sauver tous les deux, ne considérez-vous pas que votre devoir est de nous révéler les choses les plus indifférentes, les détails qui vous paraissent les plus légers, les moins importants... au lieu de vous obstiner dans un silence que Pervenche réclamait de vous, il est vrai, mais qu'il a dû rompre, pour sa part ?...

— Ce que je peux dire, je le dirai... fit-elle, demi-morte de peur.

— Parlez !

— Tout à coup, quand nous retournions de la Faloise à Villaville, et que nous étions bien heureux d'être l'un auprès de l'autre, et même que nous faisions des projets d'avenir, voilà que Pervenche s'interrompt et pousse une exclamation étouffée... Oh! oui, je me souviens bien, allez, j'ai eu assez peur... Il a crié : « Mon bon Dieu de bon Dieu, ayez pitié de nous ! » Et il me quitte et je l'entends courir... Je l'appelle... Il ne me répond pas... Alors, alors...

— Remettez-vous, mon enfant, n'ayez aucune crainte...

— Je ne peux pas vous expliquer ce qui se passait... hélas !... Pour moi, la nuit, les ténèbres, toujours, toujours... mais j'avais peur, je me sentais mourir...

— Mais, enfin, si vous ne pouviez voir, vous entendiez ?...

— Oui, des pas, des soupirs rauques.... On se battait... Pervenche avait dû voir les gens et courait pour les séparer... Arriverait-il assez tôt ?... Je percevais très bien encore le bruit de ses pas rapides et lourds qui faisaient résonner la route, en même temps que les soupirs rauques et les halètements... et les trépignements... puis, plus rien, plus rien que le silence... Si, encore un cri, quelque chose comme le grondement rauque d'une bête qui se meurt... et c'est tout, je ne sais plus...

— Parlez ! Parlez ! Dites la vérité tout entière...

— Je jure, je ne sais plus... je suis tombée, j'ai perdu connaissance et quand je suis revenue à moi, j'étais dans les bras de Pervenche... qui m'étreignait, qui m'embrassait...

— Et vous n'avez pas eu la curiosité d'interroger votre ami sur ces bruits de lutte ?

— Si, monsieur.

— Que vous a-t-il répondu ?

— Il m'a dit... Oh ! presque avec colère... et il m'a semblé aussi qu'il avait grand effroi, il m'a dit : « Line, faut pas être curieuse... rappelle-toi l'histoire de la femme de Barbe Bleue, qui avait voulu entrer là où il y avait tant de cadavres, là où coulaient des ruisseaux de sang. » Et parce que j'insistais, disant qu'il avait été témoin d'une lutte et que peut-être il y avait pris part, il répliqua avec plus de dureté encore : « Je ne me bats jamais, je suis trop fort... et je ne me mêle jamais des choses qui ne me regardent pas ! » Alors, comme il m'avait parlé avec colère, je me suis mise à pleurer, et je pleurais encore quand nous sommes arrivés devant chez la Drouard, à Villaville... J'ai fini... Et maintenant que j'ai fini, dites-moi, oh ! dites-moi, monsieur, que vous ne le croyez pas coupable... vous voyez bien, par tout ce que je viens de vous avouer, que ce n'est pas possible... que mon bon Pervenche ne pensait à rien, qu'il y a eu là une rencontre de hasard... une lutte où il a voulu, sans doute séparer les combattants... et il est arrivé trop tard... Mais lui, monsieur, lui, il n'est pour rien dans tout cela, je vous le jure... Oh ! dites que vous me croyez, monsieur dites !...

— Peut-être ! Peut-être ! murmura le juge, soucieux plus que jamais... Toutefois, votre ami a dû reconnaître les gens qui étaient là, et combien ils étaient ?...

— Je l'ignore.

— Il ne vous a fait aucun aveu ?

— Sur le bon Dieu, je vous le jure encore... Et il n'est pas certain qu'il les ait vus...

— Qui vous fait penser ?

— C'était la nuit... il paraît que vous autres, vous êtes comme nous pendant la nuit... Vous êtes aveugles... Comment Pervenche aurait-il vu ?... Puis, le bruit que j'ai entendu venait de loin... Pervenche a couru longtemps... et quand je n'ai plus perçu, non plus, le bruit de la lutte... Et, bien sûr, que s'il y avait là un criminel, il a dû prendre peur en voyant Pervenche qui accourait, et s'enfuir au plus vite dans le bois des Moines qui était proche de là...

— C'est bien, mon enfant, dit le juge, je vous remercie... Vous pouvez vous retirer... Ah ! une question... importante... car il est évident que vous avez été témoin, sans le voir, du meurtre de Lilienthal... et vous pouvez me fixer sur un détail... Pouvez-vous me dire quelle heure il était ?

— Oui... je venais d'entendre sonner la demie, depuis quelques minutes déjà, à l'église de Villaville et aussi à celle de Thiancourt... Vous savez ? elles se répondent toujours, par-dessus la frontière.... C'était la demie de onze heures... A minuit passé je rentrais chez la Drouard.

Clément Sauvageot attendait Line dans l'antichambre. C'était lui qui l'avait conduite à Nancy. Ce fut à lui que M. de Saint-Cast la remit.

Certes, la perplexité du juge n'avait jamais été plus grande. Il passa le reste de la journée à relire son dossier déjà volumineux, à compulser toutes ses notes, à étudier, réponse par réponse, attitude par attitude, toutes les dépositions qu'il avait reçues, afin de dégager une conviction de toutes ces choses contradictoires, de tous ces récits, de toutes ces restrictions, de ces demi-aveux, de ces vérités et de ces mensonges.

Et lorsqu'il se releva, après des heures écoulées ainsi, il murmura :

— Si cette enfant a dit vrai — et elle ne semblait pas mentir — Pervenche serait bien innocent ; mais le coupable... ce serait Renaud !... Or, Pervenche se taira ! Pervenche aimerait mieux mourir, même sous le couteau de la guillotine, plutôt que de trahir son jeune maître !... C'est donc hors de Pervenche qu'il faut que je cherche !... Où ?...

C'était un passionnant mystère où il entrevoyait maintenant de la clarté, encore confuse, certes, mais qui était comme un crépuscule avant l'entrée de la pleine lumière.

Il convoqua Pervenche et Renaud dans son cabinet. Pour lui, cette confrontation lui semblait devoir être décisive.

Les deux jeunes gens, en se revoyant, s'embrassèrent. Et ce geste d'affection fut si naturel, si spontané, que le juge se trouva un instant embarrassé pour formuler la pensée qui lui était venue et avec laquelle il se proposait de les surprendre.

Il s'y décida quand même.

— Vous, Renaud Sauvageot, dit-il, et vous, Lucas Giraud, vous vous accusez réciproquement de l'assassinat du capitaine Lilienthal.

Les deux hommes se regardèrent avec stupéfaction.

Ils crurent d'abord avoir mal entendu.

Et Renaud, étonné, répliquait :

— Je vous prie de nous pardonner, monsieur, nous n'avons pas très bien compris.

— Je vais donc vous mettre en opposition l'un à l'autre avec les affirmations et les allusions de l'un et de l'autre... Vous Renaud, vous prétendez avoir trouvé l'officier mourant ou mort... alors, que vous le cherchiez pour le provoquer et le tuer... et vous vous êtes demandé « quelle était la main inconnue qui s'était interposée entre votre haine et l'homme que vous poursuiviez », se chargeant ainsi du châtiment qui devait être votre œuvre... Le meurtrier, dès lors, ne peut être que Lucas Giraud, couvert du sang de la victime et que vous ne voulez pas accuser directement à cause de l'affection qui vous lie...

Renaud se troubla visiblement.

Oui, la pensée avait traversé son cerveau, il est vrai — que c'était l'un des deux qui avait tué... et puisque lui, Renaud, était innocent du meurtre, que c'était l'autre, Pervenche, qui l'avait commis !...

— Vous, Lucas Giraud, dans un récit auquel je ne m'arrête pas et dont les détails ont été concertés entre vous et votre maître, vous prétendez également avoir trouvé Lilienthal mort ou mourant... C'est donc Renaud Sauvageot, couvert du sang de la victime, qui aurait tué ?... Lequel de vous deux ? Tous les deux peut-être ? Avouez !...

Pervenche, la voix enrouée par l'émotion, balbutiait :

— Y a pas que nous sur terre !...

— Vous affirmez que vous êtes innocent de ce meurtre ?

— Je jurions, par tous les saints du Paradis et de l'Enfer !

— Vous, Renaud ?

— Sur l'honneur, monsieur, fit gravement le jeune homme, si j'avais tué, je le dirais !

— Dès lors, Lucas Giraud, si vous voulez éviter un grand malheur... Si vous voulez éviter d'être accusé vous-même, et que l'on n'accuse votre maître, dites-nous le nom de l'homme que vous avez vu, la nuit, aux prises

avec Lilienthal, dans une lutte acharnée qui arrachait
aux deux adversaires, des halètements de rage...

— Mais, monsieur, mais... murmura Pervenche.

Et Renaud remarqua, aussi troublé que lui, que son
ami était devenu très pâle.

— Pervenche, dit-il, le juge semble connaître des choses
que j'ignore et dont tu ne m'as point parlé... Est-il vrai
que tu as vu ?

Très bas, mais résolu, le noué répondait :

— J'ons ren vu ! le juge se trompe ! !

— Si je me trompe, d'où vient que cette nuit-là, tout
à coup, vous avez manifesté tant de frayeur ? D'où vient
que vous avez abandonné l'aveugle sur la route ? l'aveugle qui entendait le bruit de votre course vers le bruit de
la lutte ? Et lorsque vous êtes revenu auprès d'elle, d'où
vient que vous étiez si ému ? et que vous avez répondu à
ses questions presque avec brutalité en lui signifiant de se
taire sur tout ce qui s'était passé... sur tout ce qu'elle devinait... sur tout ce qu'elle devait croire ?...

— Line a donc parlé ?

— Elle a parlé !

Pervenche eut un regard désolé vers Renaud, vers le
juge d'instruction.

— Ah ! la méchante ! la méchante ! dit-il.

— Pour lui faire peur, pour l'empêcher d'être curieuse,
vous lui avez même rappelé l'histoire de Barbe-Bleue...
Est-il vrai ?...

— C'est vrai. Line ne peut pas mentir....

— Elle n'a pas voulu mentir parce qu'elle s'est rendu
compte que c'est la vérité seule qui peut vous sauver...
et c'est la vérité que je vous demande...... Vous avez
assisté à la lutte où le capitaine Lilienthal a trouvé la
mort....

— Non... j'ons ren vu !

— Vous avez vu l'homme qui a tué l'officier !

— J'ons ren vu !

— Vous lui avez prêté, même, le secours de votre vigueur... et votre premier cri, que nous tenons de Line :
« Mon bon Dieu de bon Dieu, ayez pitié de nous ! » était
motivé sans doute par la crainte que vous aviez de voir

l'adversaire de Lilienthal succomber dans une lutte iné-
gale, pour tomber victime à son tour...

— J'ons ren vu !

— Et vous ne voulez rien dire aujourd'hui parce que
vous craignez d'accuser votre maître et à cause de la
profonde affection que vous avez pour lui... Car c'est lui,
c'est Renaud Sauvageot que vous avez vu... Cela est certain...

— Non, non, non ! fit Pervenche dans un gémissement
étouffé.

— Si ce n'est pas votre maître, qui ? Parlez, mais parlez
donc !

— J'ons ren vu, qu'on vous répète.

— Mais vous mentez, cela est visible... comment ne
comprenez-vous pas qu'il est impossible, sans vous faire
accuser vous-même, de soutenir plus longtemps un pareil
moyen de défense ? Vous vous perdez par votre silence, et
vous perdez Renaud Sauvageot, plus sûrement qui si
vous nous disiez la vérité... Certes, ce meurtre est horrible, mais j'y devine des causes passionnelles qui auraient de l'influence sur un jury... et qui atténueraient le
châtiment... tandis que vous encourez sa sévérité si vous
vous obstinez à vous taire...

— J'ons ren vu ! redisait le noué, avec une sorte d'entêtement violent.

Renaud l'observait depuis quelques minutes.

Pour lui comme pour le juge, il était évident que Pervenche avait vu !

Pourquoi ce silence étrange ?

Avait-il donc cru voir, lui, Renaud aux prises avec
Lilienthal !

Comment s'était-il pu tromper, à ce point ? Grâce à la
nuit, sans doute ? Mais s'il avait pris part à la lutte, s'il
était intervenu, même trop tard, dans l'acte tragique qui
s'accomplissait, il avait dû avoir la certitude que lui, Renaud, n'était pour rien dans le crime ?... Pourquoi, dès
lors, ne le disait-il pas ?

Peut-être dans le cerveau lent de Pervenche, ces mêmes
réflexions se faisaient-elles jour, car tout à coup, il dit
très bas :

— Oh ! Renaud ! Renaud ! j'ai peur... et les questions de cet homme me font beaucoup de mal... beaucoup, Renaud, beaucoup...

Sa voix était plaintive, presque enfantine.

Et le doux géant pleura.

Depuis la nuit du meurtre, la pensée de Renaud était restée attachée à ce spectacle horrible du cadavre ensanglanté, étendu au travers d'un tas de cailloux.

Et sans cesse la même question angoissée le poursuivait:

— Qui donc m'a volé ma vengeance ?

A cette question, il n'avait pas trouvé de réponse. D'autre part, et malgré qu'il fût innocent, il n'avait pas été surpris de l'accusation qui pesait sur lui et dont il sentait le danger. Tant de preuves morales existaient, jusqu'à son demi-aveu même : « Oui, j'ai voulu tuer cet homme, mais je ne l'ai pas tué ! » Or, il lui apparaissait à présent, en toute évidence, que Pervenche pouvait le sauver, que le hasard avait fait de Pervenche un témoin, que Pervenche avait vu !... Donc, Pervenche pouvait le sauver... Il ne venait pas à l'esprit de Renaud que le noué fût le meurtrier... Il connaissait sa douceur et sa timidité, surtout la crainte que le bon garçon avait de lui-même à cause de sa propre force... Ainsi pour le salut, de tous, Pervenche devait parler.

Et il le lui dit, nettement :

— Lucas, il faut que tu parles, mon ami... que tu parles sans crainte...

Les yeux douloureux du simple se détournèrent pour cacher ses larmes.

— Lucas, tu ne veux pas obéir au juge, mais à moi ? à moi, qui t'aime ?

— Ne dis plus rien, Renaud, je t'en prions !

— Je t'ordonne de parler...

— J'ons ren vu, pas plus pour toi que pour le juge !

Cette obstination devenait étrange. M. de Saint-Cast réfléchissait. Son front restait sévère et mécontent. Il n'était pas loin de penser que tout ce qu'il voyait et entendait était une comédie jouée devant lui par ces deux hommes qui, depuis des mois, avaient eu le temps de se concerter pour égarer la justice.

Mais il était très attentif.

— Alors, Pervenche, ton silence me fera condamner, et toi peut-être avec moi...

— Oh ! moi ! fit le paysan avec un geste de brusque insouciance... Puisque ma vie est de ne point te quitter, Renaud, je serai heureux près de toi, même au bagne...

— Et Line ? Line te pleurera... Et ce n'est pas tout... Il y a Josette... Tu veux que Josette aussi, soit malheureuse ? Si tu nous as aimés un peu, si nous avons été bons pour toi et si tu nous aimes toujours.....

— Ne me parle point comme ça, Renaud, tu me fais mal.

— Puisque tu refuses de m'obéir, Pervenche, tu ne refuseras pas si je te supplie ?

— Renaud ! Oh ! mon Renaud.

— Je te supplie, Pervenche, pour moi, pour Line, pour Josette...

Pervenche essuya ses yeux avec la manche de sa blouse bleue.

— Oui, je vous aime ben, mais puisque j'ons ren vu, je peux pourtant ren dire.

Il était évident qu'on se heurtait à une volonté d'une énergie singulière.

On n'obtiendrait, de lui, rien de plus, du moins ce jour-là.

Ils furent reconduits en prison.

XII

AUTOUR D'UN MYSTÈRE

Et alors, seul dans sa cellule, ramassant tous ses souvenirs, Renaud se mit à rêver.

— De deux choses l'une.... Ou bien Pervenche le croyait coupable, et ne voulant pas le livrer, s'imaginant l'avoir reconnu la nuit du meurtre, il se taisait.... Ou bien, Pervenche avait vu, et n'osait pas nommer l'homme qu'il avait vu...

En ce cas, qui celui-là pouvait-il être ?

Longtemps, Renaud rêva ainsi, évoquant les plus infimes détails de ces jours qui avaient précédé ou qui avaient suivi le meurtre... non pas seulement des jours, mais les détails des minutes.... paroles, gestes, regards, attitudes, tout !!

Et voilà que tout à coup, lui reviennent deux souvenirs...

Ces deux souvenirs se rattachent à un seul et même homme, ces deux souvenirs éveillant un seul et même nom, une seule et même pensée....

Lorsqu'il avait pris la fuite, déguisé en officier allemand, lorsqu'il avait traversé le vaste verger de Haute-Goulaine, il avait vu le grand-père qui, marchant avec précautions par les ténèbres, se glissant, d'arbre en arbre, suivait un couple formé par un homme et une femme, Elise et Lilienthal... Et le vieux s'était faufilé jusque vers le kiosque, s'était aplati en haut du mur de clôture pour écouter, sûrement, ce qui allait être dit... Il avait assisté à l'entretien mystérieux sans éveiller leur attention... Après quoi, il avait disparu dans la nuit...

Or, Renaud se rappelait aussi la grande ombre vacillante, fantomatique, entrevue par le chemin creux, bordé de haies, non loin de la Moselle, la grande ombre du vieillard, errante au hasard des ténèbres, pendant que ses bras se tendaient vers les étoiles, en lamentations et en imprécations.

C'était l'heure où Renaud pensait aux antiques légendes racontées les soirs d'hiver, au coin du foyer flambant... l'heure où Renaud regrettait tout ce qu'il laissait derrière lui de tendre, de fort, en partant pour l'éternel exil... l'heure où revivait le conte de l'Ancien-Manoir avec son lion, son loup bêta, son renard et le malin soldat qui disait : « Ça sera pour quand je repasserai par ici. » Et la jolie Jeannette qui disait : « Chut ! chut ! Je vous aime aussi !! »... l'heure, enfin, où toute sa vie d'hier réapparaissait en doux rayons sur le seuil inconnu et menaçant de sa vie du lendemain.... heure de tristesses et pourtant d'espérances...

Et l'ombre du vieux, les bras tendus vers le ciel, avait murmuré :

— Josette ! Oh ! ma pauvre Josette !!

Puis elle s'était évanouie, parmi les ténèbres, car la lune n'était point levée, et le grand-père avait paru remonter dans la direction de la Faloise. Alors, Renaud n'y avait plus pensé, parce que, tout à coup, Josette avait surgi de la nuit, courant vers la Moselle pour y ensevelir l'odieux, l'insupportable souvenir...

Dans sa cellule, Renaud, réfléchissait ·

— Qui donc lui avait volé sa vengeance ?

Deux noms, maintenant, s'imposaient à lui :

Pervenche !

Et le vieux Sauvageot !!

Pervenche, il l'écartait. Le jeune paysan ne connaissait pas l'infamie de Lilienthal, tandis que là-bas, vers le kiosque de Haute-Goulaine, le vieillard, aux écoutes, avait surpris sans doute des confidences graves, définitives.... bien graves, certes, puisque c'était ces confidences qui devaient motiver les imprécations du vieux, errant dans la nuit, et la douce, la lamentable plainte où revenait le nom de Josette....

Renaud, logiquement, déduisait :

— Si c'est grand-père, si Pervenche l'a vu, je comprends son silence... Il ne le livrera jamais... Et je suis perdu !... Et le pauvre garçon doit souffrir mille tortures... Il doit se dire que se taire, c'est m'accuser et me condamner... et que parler, c'est me sauver, oui, mais c'est condamner le grand-père... Le peut-il ?...

Renaud s'abîmait dans d'autres pensées plus intimes, plus angoissantes encore.

— Si mon grand-père est l'assassin de Lilienthal, comment ne vient-il pas trouver le juge pour lui dire : « J'ai tué et voilà pourquoi j'ai tué ! » Est-il donc décidé à laisser l'affaire se poursuivre jusqu'au bout.. à ne point paraître... à me laisser condamner même ?... moi qu'il sait innocent ?... Impossible !... Ou si les choses vont ainsi... accusations.... preuves... condamnations, sans qu'il intervienne, c'est qu'il n'est pas, lui non plus, le meurtrier... Et alors, je m'y perds !!

Il eut soudain un frisson d'épouvante.

Une pensée, une image, traversait son cerveau surexcité!

L'image, celle de Josette !

La pensée, celle qu'elle pouvait être la main qui avait frappé ! qui avait châtié !

Et Pervenche, jamais, pas plus que le grand-père, pas plus que Renaud, jamais n'oserait livrer Josette !!

— Mon Dieu ! mon Dieu !... est-ce que, là serait la vérité affreuse ?

Il cherchait... Josette ?... Non... Folie que d'y penser !... L'homme était mort d'un coup terrible, porté avec une force inouïe... La douce et fragile enfant n'y était pour rien....

Pendant qu'il s'égarait ainsi dans sa détresse, Pervenche, lui aussi, songeait. Et dans la simplicité de son cœur, ses rêveries se résumaient en une seule phrase qu'il se redisait à toute heure du jour, pour se donner du courage :

— Il n'y avont que ceux qui ne disont ren qui ne se trompiont pas !

Or, Pervenche, on l'a vu, était décidé à ne rien dire !... Et comme, seul, il avait la clef du mystère, les ténèbres autour de ce mystère menaçaient de devenir plus épaisses encore.

Pervenche avait précisé l'heure du meurtre :

— Aux alentours de minuit, avait-il répondu, sur ce point, à M. de Saint-Cast.

D'autre part, Line avait été plus précise encore... Il y avait quelques minutes qu'elle avait entendu sonner onze heures et demie lorsqu'elle fut quittée brusquement par son ami et qu'elle perçut les cris étouffés, le bruit de la lutte. Le juge pouvait donc déterminer, sûrement, l'heure exacte où Lilienthal avait été assassiné :

— Minuit moins un quart !...

Et c'est là-dessus qu'il échafauda un nouveau plan d'attaque dirigé contre Renaud.

L'obliger à déterminer, minute par minute, l'emploi de son temps, de dix heures du soir à minuit... Car minuit semblait être le point terminus où ce drame s'était parachevé... Line et Pervenche rentrés chez la Drouard... Renaud rentré à la Faloise.

Pour M. de Saint-Cast, il paraissait évident que Renaud,

— car maintenant, il le supposait coupable — avait passé les deux heures à chercher Lilienthal.... A minuit, la sinistre besogne était finie.

Les interrogatoires qui suivirent portèrent donc sur ce détail.

Les réponses de Renaud ne varièrent pas.

Pas une seule fois, il ne fit allusion à la rencontre de Josette marchant à la mort, et à la longue scène douloureuse qui avait mis les deux amants aux prises.

Il montra, dans ses réponses, une énergie farouche.

Et ce qui déroutait le juge, à chaque fois, c'est que le jeune homme ne manquait jamais d'ajouter : « Je le cherchais pour le tuer. Je ne l'ai pas tué ! »

A Haute-Goulaine, comme à la Faloise, l'angoisse régnait.

A la Faloise, Josette, en détresse, voyait de jour en jour se rapprocher le moment où son déshonneur serait connu — car qui croirait au crime ? Et ne croirait-on pas plutôt à une séduction ? — et où elle ne pourrait plus cacher son état à Clément le Doux !... Ce jour-là, elle mourrait de honte... Pourquoi Renaud, à force d'amour, l'avait-il retenue sur la rive de la Moselle ?.... Parfois, elle lui en voulait de lui avoir arraché, à elle, cette promesse de vivre !... Car rien ne la sauverait. Il faudra que tout soit connu !... On se détournera d'elle, avec dégoût. On la montrera, du doigt, et on ne songera même pas à rire, car cela était trop triste, lorsqu'on dira, sur son passage, en la voyant alourdie par sa maternité prochaine :

— C'est la maîtresse de l'officier prussien !!

Elle vivait ainsi avec ces rêves et avec ces épouvantes !...

Tous les jours, elle lisait les journaux de Nancy, qui rendaient compte de l'enquête avec les détails minutieux qu'on apporte aux affaires sensationnelles.

Elle était donc au courant de la marche suivie par le juge d'instruction.

Un jour, un article attira son attention, et, plus que tout autre, la retint frémissante....

Le journal parlait du silence obstiné, opposé par Renaud à toutes les questions du juge relatives à l'emploi de son temps, la nuit du meurtre, entre dix heures et minuit.

Comment Renaud avait passé ces deux heures, Josette le savait mieux que personne, puisque son ami était resté auprès d'elle, à l'aimer, à la consoler, à la réconforter.

D'où venait l'entêtement de Renaud, sur une question si grave, où son refus de parler équivalait presque à un aveu ?

Sans doute, parce qu'il ne voulait pas prononcer le nom de Josette.

Il lui répugnait de mêler la jeune fille à cette affaire...

— J'ai passé deux heures de cette nuit avec elle...

N'était-ce pas comme s'il avait dit :

—· Josette est ma maîtresse !..

Et, bien que cela ne fût pas, bien que leurs amours fussent restées chastes, pouvait-il laisser croire à un rendez-vous coupable ?

Avant toute réflexion, une joie emplit son cœur :

— Voilà ce qui le retient de parler !...

En même temps, une grande paix, car elle se disait aussi :

— C'est moi qui parlerai ! Et je le sauverai !!

Elle parlerait.

Elle irait dire au juge :

Renaud est mon amant et il a passé dans mes bras les deux heures sur lesquelles il ne veut pas s'expliquer...

Elle savait bien que cet aveu ne resterait pas un secret dans l'enquête et que, forcément, il deviendrait public... et qu'il en rejaillirait sur elle de la honte, mais ne fallait-il pas arracher Renaud au bagne et pouvait-elle hésiter puisqu'ils s'aimaient ?

Depuis l'arrestation du jeune homme, nul n'avait pu le voir... Le parquet avait refusé toute visite....

Cependant, la sévérité se relâcha.

Clément le Doux parla d'un voyage à Nancy. Josette devait l'accompagner.

— Ce sera ce jour-là que j'irai trouver M. de Saint-Cast ! se dit-elle.

Elle repassa dans son esprit tout ce qu'elle raconterait... Ceci, et puis ceci encore, et puis encore cela ! Et elle ferait au juge l'histoire tendre et jolie de leurs amours, les rendez-vous d'autrefois, et les promenades, et les soins

12

qu'ils prenaient à se cacher, et comment ils avaient continué de s'aimer malgré tout, contre tous !... Et alors, une suprême entrevue, dans la nuit fatale, deux heures de passion, de folie, passées côte à côte, où ils avaient oublié le monde, où ils n'avaient plus songé qu'à leur amour...

Soudain, dans sa rêverie, dans la certitude heureuse où elle est de persuader le magistrat, dans la joie de prouver l'innocence de Renaud, passe un souffle de tempête, un souffle empoisonné...

Elle ne retient pas un cri étouffé, éperdu de détresse et d'horreur.

— Mon Dieu, c'est bien simple — hurle une voix d'épouvante, au fond de son cœur — et afin que le juge n'ait aucune hésitation à te croire, tu lui diras : « Oui, je suis la maîtresse de Renaud... et la preuve... la preuve.... c'est que bientôt je serai mère !... »

Elle met les mains sur ses yeux et râle :

— C'est affreux ! C'est affreux ! !

Oui, car si elle disait cela -- elle n'y avait pas réfléchi, la malheureuse ! -- qu'arriverait-il ?.... Renaud serait sans doute remis en liberté et il deviendrait le père de l'enfant que Josette porte dans son sein ?

De l'enfant de Lilienthal !!

C'était impossbile.... odieux... atroce !... Renaud se refuserait à ce mensonge, malgré son amour... Puis, ce mensonge, Josette le repoussait avec horreur.

— Jamais !

Certes, plutôt le déshonneur public ! Plutôt le crime connu ! sa vie perdue !... Tout, mais faire que Renaud soit le père de l'enfant, non, elle ne s'y résignera pas.... et cela lui paraît si abominable qu'elle aimerait mieux, lui semble-t-il, entendre condamner le jeune homme à une peine d'infamie.

Problème infiniment émouvant.... problème insoluble pour elle...

Si elle se tait, c'est le bagne pour l'homme qu'elle aime !

Et jamais, jamais elle ne parlera !...

D'abord, Renaud ne se révolterait-il pas, devant une pareille révélation ?

Ensuite, quel mépris n'aurait-il pas, peut-être, à voir

Josette recourir, pour le sauver, à pareil et aussi humiliant subterfuge ?

D'avoir eu, même, cette pensée, la pauvre enfant rougissait.

Une tempête non moins douloureuse se déchaînait, aux mêmes heures, dans l'âme de Renaud. Peut-être que malgré l'éloignement, à travers les murs de la prison, une attraction mystérieuse réunissait leurs cœurs, leur inspirait les mêmes effrois, et leur faisait deviner leurs tortures intimes. Ces sortes de divinations ne sont point rares. Il en est des exemples nombreux. A l'instant où Josette se disait : « Je pourrais sauver Renaud, mais il faudrait lui faire payer son salut d'un prix dont il ne voudrait pas ! » à ce même instant Renaud réfléchissait : « Elle doit ne pas ignorer que si je donnais au juge l'emploi des deux heures passées avec elle, j'éloignerais beaucoup des soupçons qui pèsent sur moi... Je changerais en hésitation la certitude qui paraît peu à peu s'emparer de l'esprit de M. de Saint-Cast... Et l'hésitation, c'est le salut !... Donc, si Josette parlait, elle me sauverait !... »

Il s'abîmait dans sa rêverie.

Et c'est alors que, sans le savoir, il entrait dans l'âme de la jeune fille.

— Parler ! Oui... elle a dû y penser, elle a dû le vouloir !... Mais c'est avouer un mensonge, puisque c'est faire croire qu'elle est ma maîtresse.... Certes, pour mon salut, elle sacrifierait sa réputation.... Ne sait-elle pas que ma vie entière est à elle ?... Mais ce qui la retient !... Oh ! mon Dieu, mon Dieu, ce qui la retient, c'est la honte de sa maternité, la haine de l'enfant qui naîtra et dont je serais le père !... Est-ce possible ? Est-ce possible ?...

Certes, son amour était immense. Il ne pouvait être plus grand.

Mais un profond dégoût lui montait au cœur, devant cet avenir. Il ne raisonnait pas encore. Il se laissait aller à sa répugnance d'homme, et d'homme qui aimait. C'était instinctif et tout-puissant.

Pourtant, il lui avait bien dit :

— S'aimer quand même ! S'aimer malgré tout !

Oui, mais il reculait, fermait les yeux, éloignait ce fan-

tôme... essayait de ne plus penser... effaré en se disant que
peut-être il aurait à choisir quelque jour, et qu'il faudrait
se prononcer pour Josette avec l'enfant de Lilienthal ou
contre Josette !.... Car on ne séparerait plus la mère de
l'enfant et elle avait, la pauvrette, bien raison de crier :

— L'homme n'est pas mort !...

Il revivait en elle !!

Un danger menaçant pour Josette et qui se révéla bientôt, allait l'obliger à prendre l'une ou l'autre de ces résolutions.

Il comprit un jour, à des paroles graves du juge, que le
secret de Josette allait être connu, le crime de Lilienthal
deviné et que c'en était fait de la jeune fille s'il ne se pro-
duisait pas un de ces miracles qu'on réclame toujours en
plein désespoir, lorsqu'on a perdu tout espoir dans une
intervention humaine.

Logiquement et par déduction, M. de Saint-Cast marchait droit vers la vérité !

Le jour de la réception de l'empereur, deux faits s'étaient
passés, l'un à Haute-Goulaine, l'autre à la Faloise et qu'il
rapprochait, maintenant. Ces deux faits, c'était, à la Faloise, le départ de Josette pour la carrière du bois des
Moines ; à Haute-Goulaine, la disparition de Lilienthal,
qui, pendant une heure — l'enquête de M. Falkenhein,
dirigée sur ce point par M. de Saint-Cast le prouvait —
était resté absolument introuvable.....

Première question, que se posait le juge :

Lilienthal n'avait-il point essayé de rejoindre Josette à
la carrière ?

Josette avait pourtant affirmé n'avoir fait aucune rencontre.

Mais elle avait peut-être menti. Et, justement, son attitude pendant sa déposition, avait paru singulière au juge
d'instruction. Il avait été frappé par certaines réticences,
certaines hésitations.

Josette avait menti encore lorsqu'elle avait affirmé qu'elle
ne connaissait point Lilienthal : Hans et Bernard, ordonnances de l'officier, avaient raconté ce qu'ils avaient entendu. La preuve du mensonge était là, certaine ; Josette
avait eu à se plaindre de Lilienthal.

Ce n'était pas tout.

M. de Saint-Cast savait que, vers midi, ce jour néfaste, à la Faloise, Josette était rentrée en une sorte d'affolement. Tout le monde, au château, avait été frappé de sa pâleur, tout le monde avait entendu les paroles incohérentes qui affirmaient, malgré elle, un trouble extraordinaire.

Et durant la fête qui répondait, par sa manifestation française, à la manifestation de l'autre côté de la frontière, quelle étrange émotion ! Elle s'était évanouie.... Elle se traînait avec peine... Aux questions adressées, elle ne répondait pas.... Plusieurs dirent au juge qu'elle avait l'air d'une folle... les yeux perdus, égarés... un regard qu'on ne lui connaissait pas, qui était empreint de désespoir, d'horreur....

La fête s'était achevée sans elle....

Pourquoi, chez la jeune fille, une pareille et aussi inexplicable émotion ?

Venait-elle de sa déconvenue de n'avoir point rencontré Renaud au rendez-vous de la carrière ?... Non.... De la lettre de Renaud, qu'elle n'avait point reçue ?... Non !....

Et la déduction logique amenait le juge à se demander :

— Ne s'est-elle pas trouvée face à face avec Lilienthal ?... En cette solitude ? Et alors ?... Alors ? Un crime infâme et lâche n'avait-il pas été commis ?

Et il s'en expliqua nettement avec Renaud :

— Le mobile du meurtre de Lilienthal, je l'avais cherché jusqu'à aujourd'hui... Dès le premier jour, j'avais compris qu'il s'agissait d'un crime passionnel... Aujourd'hui, je n'hésite plus à le croire... Vous avez voulu venger Josette... et ce meurtre, dans votre pensée, n'était qu'un châtiment...

Renaud sentit comme une coulée de glace dans son cœur.

Renaud se sentit mourir.

— Par quel prodige d'énergie contint-il son trouble, présenta-t-il au juge un visage calme et impassible ?... Ses jambes chancelaient, tremblaient, et cependant il restait debout... parce qu'il se disait :

— Coûte que coûte, dût-il m'en coûter la vie, il ne faut pas que cet homme sache !

Et ce fut entre les deux, une lutte étrange, silencieuse longtemps, où ils s'observèrent presque avec des sourires, alors que l'un des deux avait l'âme emplie d'épouvante...

— Monsieur, dit Renaud, vos conclusions, quelles qu'elles soient, ne peuvent qu'être fausses, car vous partez d'un point de vue faux... Vous raisonnez comme si j'étais le meurtrier, et je vous affirme de nouveau que je suis innocent de ce meurtre...

— Mais vous avez voulu le commettre, vous l'avez dit... Les raisons sont donc les mêmes ; et celui qui se serait substitué à vous, d'après ce que vous prétendez, n'aurait fait que vous voler votre vengeance...

— Ma vengeance à moi, c'est possible, monsieur... car j'avais à me plaindre de Lilienthal ; mais vous disiez que j'avais voulu venger Josette. Or jamais Josette n'eut à se plaindre de cet homme...

Le regard attentif du juge pesait sur Renaud Sauvageot.

Il ne baissa pas les yeux, soutint le regard.

Le doute, qui était dans son esprit, le juge n'osait l'exprimer clairement, mais il en avait dit assez pour que le jeune homme pénétrât sa pensée.

Pour éloigner ce doute, que fallait-il faire ? Car si ce doute, chez M. de Saint-Cast, se changeait en certitude — en certitude de l'acte lâche commis sur Josette — c'était la honte rendue publique, affirmée encore par la naissance d'un enfant.

Tandis que s'il disait au juge :

— Josette était ma maîtresse, et c'est avec elle que j'ai passé les deux heures dont je refusais de vous donner l'explication.

S'il disait cela, la naissance de l'enfant n'évoquerait pas le souvenir de Lilienthal... Le mariage de Renaud et de Josette effacerait, au contraire, le souvenir de la chute et de la faiblesse de la jeune fille... Josette serait sauvée !... Oui, mais alors se dressait la péripétie terrible... Renaud, réclamant pour lui l'enfant de l'autre !...

Le juge le regardait toujours. Son regard devenait plus aigu. Et Renaud réfléchissait encore :

— C'est une lâcheté d'avouer que je suis l'amant de Josette, une lâcheté et un mensonge !... Ce serait une lâcheté même si je disais la vérité... Dois-je m'y résigner ?... J'encourrai le mépris de tous, sauf le mépris de Josette... qui, seule, saura pourquoi j'ai parlé et pourquoi j'ai menti... Tout le monde dira de moi : « Il a sacrifié l'honneur d'une fille parce qu'il a eu peur de la cour d'assises ! » Oui, mais qu'importait l'opinion publique !... Ne donnait-il pas à Josette une preuve d'amour telle qu'il ne pouvait y en avoir de plus admirable !... Telle, que Josette, peut-être, refuserait d'accepter un pareil sacrifice ?...

Et ce douloureux combat se compliquait encore :

— Si Josette refuse le sacrifice de Renaud, il faut qu'elle dise au juge la vérité horrible ! et pourquoi sa vie est un enfer !... et d'où viennent toutes ses angoisses... Si Josette refuse, c'est crier à M. de Saint-Cast : « Renaud a menti! » Et si Renaud mentait, c'est qu'il voulait se sauver du bagne, c'est donc qu'il était coupable ?

Alors, en cette tempête, Renaud se disait :

— Elle n'osera pas m'accuser de mensonge, puisqu'elle me perdrait. Et elle sera obligé d'accepter mon sacrifice !

Il sourit.

Le juge vit ce sourire et se demanda :

— Que se passe-t-il dans l'âme de cet homme ?

Lentement, sous l'effort tendu de ces réflexions, cette âme sortait de l'indécision... Hors de l'incertitude, elle se formait une volonté...

La volonté d'arracher Josette à une épreuve mortelle...

A la révélation de l'abominable vérité.

Il parla enfin, et il fut étonné, d'abord, du son de sa voix. Cette voix lui parut venir de très loin, comme si elle était d'un autre que lui... mais elle ne tremblait pas... Et comment ne trembla-t-elle pas en proférant de telles paroles qui engageaient sa vie à jamais et lui prépareraient, pour l'avenir, de redoutables et douloureux problèmes ?...

Il parla et voici ce qu'il dit :

— Je ne puis souffrir que votre pensée aille plus loin... Si en essayant de faire intervenir Josette dans ce débat vous avez voulu m'effrayer et m'obliger à sortir de mon silence, vous avez réussi... J'avais espéré, jusqu'à ce jour, que le nom même de Josette ne serait pas prononcé... Vous en avez décidé autrement et vos efforts seront parvenus à faire éclater un malheur de plus... Je vous supplierai pourtant de garder, autant que votre devoir de magistrat vous le permettra, le secret sur ce que je vais vous dire, afin de ne point livrer l'honneur de cette pauvre enfant que j'aime à la malignité publique...

M. de Saint-Cast inclina légèrement le front.

— Si je le puis ! dit-il.

— Vous avez voulu savoir, à plusieurs reprises, comment j'ai passé deux heures de cette nuit de crime... de dix heures à minuit... J'ai refusé de vous le dire, cela me répugnait, et vous comprendrez mes scrupules... J'hésite même encore au dernier moment car je me rends compte que je serai sévèrement jugé et que ma conduite sera critiquée par des langues qui ne m'épargneront pas.. J'avais cru, jusqu'à la dernière heure, que la révélation que vous allez entendre ne viendrait pas de moi, mais de Josette elle-même... C'est avec elle que j'ai passé une partie de la soirée, la nuit où j'ai quitté Haute-Goulaine...

Brusquement, le juge l'interrompit :

— Ceci est impossible. Josette ne pouvait savoir où vous rencontrer...

— Elle ne le savait pas, en effet, mais elle était au courant de mon projet de fuite et elle guettait mon arrivée. Elle avait prétexté un malaise pour quitter la fête de la Faloise... avait fait semblant de rentrer chez elle... avait attendu que la Faloise fût retombée dans la solitude et était sortie en se cachant, sans être vue... C'est ainsi qu'elle vint à ma rencontre... Les cris de ceux qui me poursuivaient au long de la frontière la guidaient sur le chemin que j'avais pris... Et c'est ainsi que je la trouvai me cherchant et m'appelant, sur la rive française de la Moselle...

Il se tut.

Il attendit, en détresse, l'effet de ces paroles sur les soupçons de M. de Saint-Cast.

Longuement, le juge se répéta en lui-même ce qu'il

venait d'entendre. Non seulement il n'y voyait rien d'impossible, mais l'explication était vraisemblable, même naturelle... Cela pouvait, devait s'être passé ainsi...

— Pourquoi n'êtes-vous point rentré immédiatement à la Faloise, avec Josette ?

— Monsieur, dit Renaud, à voix basse, c'est une lâcheté dont je me rends coupable, en vous avouant que Josette...

— Josette vous aime et vous l'aimez... ce n'est un secret pour personne...

— Pourquoi, monsieur, me contraignez-vous à cette lâcheté de vous dire que Josette est ma maîtresse ?...

Le juge eut un brusque geste de colère et de répulsion :

— C'est une lâcheté qui vous sauve... Mais c'est peut-être un mensonge !

Renaud faillit se trahir par son regard... le regard par lequel il remerciait le juge de ne point croire ce qu'il venait de dire... de croire en la probité de la pauvre enfant...

Mais il devait aller jusqu'au bout de ce supplice, il fallait achever le mensonge...

Et il eut une pensée hardie — qui prouvait qu'en ces minutes de fièvre il avait bien jugé la situation — la pensée d'en faire appeler par le juge à Josette elle-même, à Josette qui avait traversé les mêmes affres d'incertitude, à Josette dont il avait pressenti les angoisses et dont il prévoyait la réponse...

A Josette, enfin, qui, interrogée, serait forcée de dire non...

Et qui, alors, dirait :

— Il ment... Donc c'est lui le meurtrier !

Ou qui, interrogée, serait forcée de dire oui...

Et qui, alors, dirait :

— Je porte dans mon sein la preuve qu'il ne ment pas !

Voilà pourquoi, allant jusqu'au bout du supplice, il observa :

— Josette vous inspirera sans doute plus de confiance... quelle que soit la réponse que vous recevrez d'elle, je l'accepterai comme la vérité... Dans tous les cas, dites-lui, monsieur, oh ! dites-lui bien que si j'ai été lâche —

ainsi que vous-même le proclamez si bien — je n'ai point
pensé à moi seulement... dites-lui que je n'ai pas pensé
à mon salut... dites-lui tout ce que vous voudrez, pourvu
que vous lui disiez que je l'aime... oh ! mon Dieu que je
l'aime...

Et son énervement fut si grand qu'il éclata en sanglots...

— Je répéterai à Josette ce que vous m'avez dit... et je
me contenterai de lui demander . « Est-ce la vérité ? Est-
ce un mensonge ? »

Il fit un signe affirmatif... Il n'avait plus la force de
parler.

Mais quand il se retrouva seul dans sa cellule, il trembla.

— Si je me suis trompé !... Si elle ne veut pas de mon
sacrifice !... Si elle aime mieux... la honte... le crime
connu... l'infamie au grand jour ?...

Puis une espérance lui redonna un peu de calme :

— Elle devinera tout ce que j'ai souffert, et ce que j'ai
voulu ! Elle comprendra que je l'aime... et que... Si elle
y consent... je serai, oui, oh ! mon Dieu, envoyez-moi la
force de ce sacrifice... je serai le père de l'enfant... de
l'enfant que je hais comme elle le hait, que j'exècre
comme elle l'exècre... nuage chargé de la foudre dans la
vie qui nous sera faite... vie chargée de tortures et pleine
de larmes...

M. de Saint-Cast ne mentait pas à Renaud en lui disant que sa question à Josette serait très simple.

Il fit venir la jeune fille et lui dit :

— Renaud m'a fait les aveux les plus complets... Du
moins, il m'a révélé un grave secret auquel je ne pourrai
croire que lorsque vous m'aurez affirmé vous-même qu'il a
bien dit la vérité... Je vous prie, avant tout, de me pardonner la question délicate que vous allez entendre... Mon
devoir rigoureux m'impose de vous la poser... Vous savez, certes, comme tout le monde, que Renaud avait refusé jusqu'à aujourd'hui d'expliquer l'emploi de son
temps entre dix heures du soir et minuit...

— Oui, dit-elle faiblement, prise d'un vague effroi...

Elle prévoyait quelque torture nouvelle, la sentait proche, sans deviner encore.

— Il m'a donné l'emploi de ces deux heures... Il les aurait passées avec vous, sur la rive de la Moselle... après quoi vous vous seriez quittés pour qu'à la Falaise on ne vous vît point rentrer ensemble... et c'est entre le moment où il vous quitta et celui où il fut de retour au château qu'il aurait découvert, sur la route, le cadavre de l'officier ?...

— Cela est la vérité.

— Que vous m'aviez caché jusqqu'aujourd'hui !

— Je ne suis pas maitresse du secret de Renaud...

— En vous quittant, il voulait retrouver Lilienthal pour le provoquer et le tuer... il l'avoue...

— Peut-être, mais Lilienthal était mort.

— D'où vient pareille haine ?

— De tout ce qui s'était passé entre eux ce jour-là !

— Il n'y a pas d'autre raison ?

— Je n'en connais pas.

— Lorsque, pour la première fois après le meurtre, vous vous êtes rencontrée avec Renaud, que vous a-t-il dit ?...

— Je le croyais coupable...

— Ah !

— Vous voyez que je vous dit tout... Et je le lui dis à lui !... Il s'en défendit avec horreur... Quelqu'un était venu qui lui avait volé sa vengeance — telles furent ses paroles — et il ne savait pas quel était celui-là !... Au lieu de tuer, il voulut secourir ; et il a soulevé le cadavre dans ses bras, pour le rappeler à la vie, oubliant dans cette minute d'horreur et de pitié que cet homme le haïssait et avait tout mis en œuvre, dans la journée, pour son malheur ! ...

C'était bien le récit que Renaud avait fait...

La question délicate restait à poser.

— Pour que j'ajoute foi à l'explication de Renaud sur l'emploi de son temps, il lui a fallu me révéler le secret de l'amour qui vous lie... Une entrevue de deux heures, la nuit, prouve que vos relations étaient intimes... très intimes... et passionnées... Ce qu'il aurait dû faire, ce qu'il a eu la faiblesse coupable de me dire, c'est que vous êtes sa maîtresse... Je vous ai défendue... je ne l'ai pas

cru... sa parole était d'un lâche... accusant une femme
pour se sauver... Je le lui dis !...

Elle avait baissé la tête.

En une rapide vision, elle venait de comprendre toute
la douloureuse lutte, effroyable, dans l'âme du pauvre
Renaud...

Et, ce qu'il avait souffert, elle le souffrait à son tour...

Le problème que Renaud avait entrevu si clairement
se posait pour elle comme il s'était posé pour lui, dans les
mêmes termes et avec la même concision effrayante :

Si elle disait :

— Non, je n'ai pas été sa maîtresse... Et ce mensonge
est une lâcheté, en effet.

Elle le condamnait....

Si elle disait :

— Oui, je suis à lui, je lui appartiens...

Elle le sauvait.

Mais en le sauvant ainsi, c'était presque un crime qu'elle
commettait à son tour, puisqu'elle lui attribuait une paternité odieuse, dont il avait horreur.

Cela, il le savait !... Il y avait réfléchi !

Et, y ayant réfléchi, il n'avait pourtant pas hésité...

Et elle se rappelait ce qu'il lui avait dit, dans la gran-
deur de son cœur, lorsqu'elle lui avait avoué sa grossesse,
lorsqu'elle lui avait crié : « Aimer l'enfant de Lilienthal,
est-ce que ce ne serait pas aimer l'âme infâme de mon
bourreau ? »

Lui, si noble, si généreux, si tendre, avait répondu :

« Plus rien n'existe qu'un souvenir, plus rien au monde
« qu'une promesse, celle que je t'ai faite, celle que j'ai
« reçue de toi ; s'aimer, Josette, s'aimer malgré tout ! »

Et elle avait juré, elle s'était engagée de nouveau...
« Je t'aime, mon Renaud, je t'aime malgré tout !... »

Et dans l'éloignement, en cette minute précise, à travers
l'espace qui séparait le cabinet du juge d'instruction de la
cellule où Renaud pensait à elle, Josette comprenait, entendait que le jeune homme lui réclamait l'accomplissement de sa promesse, la forçait, enfin, à prononcer les
mêmes mots, à faire le même mensonge, à prendre le
même engagement formidable pour l'avenir...

Elle devenait faible, hésitante.

Le juge attribuait cette émotion à l'alarme de sa pudeur, si elle était coupable, ou à la honte qu'elle éprouvait de la lâcheté commise contre elle !

Il dit, doucement :

— Vous pouvez parler sans crainte...

— Oui, oui, je parlerai, il le faut... Je vois bien que je ne peux plus me taire...

— Renaud a menti, n'est-ce pas ?

On eût dit que tout croulait sous elle. Dans un grand affaissement, elle prononça :

— Renaud n'a pas menti !

— Alors, vous avez bien passé avec lui ces deux heures de nuit ?

— Avec lui... dit-elle plus faiblement encore, — avec lui, dans la solitude et les ténèbres...

— Et vous lui avez appartenu...

Mourante, les yeux clos :

— Je suis sa maîtresse... depuis ce soir-là !...

Elle se couvrit le visage avec les mains comme pour cacher sa honte. En réalité, elle cachait une pâleur extrême, celle de l'épouvante, car ce n'était pas l'image de Renaud qu'elle venait de revoir :

C'était celle de Lilienthal ! !...

Elle venait de mentir, mais sans avoir la pensée de profiter plus tard de son mensonge. Elle venait de répondre au dévouement de Renaud, mais avec la ferme décision de ne jamais réclamer du jeune homme l'héroïque abandon de lui-même, pour couvrir l'infamie d'un autre.

Ses mains s'abaissèrent.

Ses yeux étaient pleins de larmes.

M. de Saint-Cast s'y trompa.

Il crut que c'étaient des larmes de honte, regrets de la faute commise.

C'étaient des larmes de joie !... Le sublime sacrifice de Renaud voulant cacher, à tous, le déshonneur bientôt rendu public, de la pauvre enfant, ce sacrifice la touchait si profondément qu'elle souhaitait je ne sais quelles preuves d'amour à lui donner... elle se sentait si inférieure qu'elle demandait quelque chose d'impossible et d'im-

mense, afin de regagner ainsi tout de suite la distance
qui la séparait du jeune homme !... par un dévouement
d'elle-même à son tour...

Des cris de passion montaient de son âme à ses lèvres
closes :

— Oh ! Renaud ! mon Renaud ! que pourrai-je jamais
pour toi ?

Lorsqu'elle sortit du cabinet du juge, elle resta pourtant indécise et triste.

— Ai-je bien fait ?... Mon devoir n'était-il pas de refuser ce dévouement, au risque même de causer le malheur
de Renaud ?

Puis une consolation dans les affres torturantes de ces
incertitudes :

— Alors, il fallait mentir... Car, si je n'avais pas menti,
c'était le laisser condamner et l'envoyer mourir au bagne... Non, non... S'aimer, s'aimer, malgré tout !... Oh !
je l'aime, plus qu'aucun homme n'a jamais été aimé...

Huit jours après, Renaud était remis en liberté.

Il bénéficiait d'une ordonnance de non-lieu.

Quand le noué apprit que Renaud n'était plus en prison,
son visage s'éclaira :

— Sûrement, monsieur le juge, vous avions ben tra-
vaillé là ! dit-il.

— Et vous, Lucas, n'allez-vous pas dire la vérité !

— Puisque j'ons ren vu !

— Ne revenez pas sur vos dernières déclarations. Il est
avéré que vous avez vu... et que vous avez entendu... Ce
que vous avez vu... c'est la lutte entre le meurtrier et sa
victime, à moins que le meurtrier, ce ne soit vous... Ce
que vous avez entendu, ce sont les exclamations proférées
par eux... à moins que les cris étouffés de haine, de rage
qui sont parvenus jusqu'aux oreilles de l'aveugle, ce ne
soit vous qui les ayez poussés...

— C'est point moi !

— Alors, qui ?

— Je savions pas !

— Vous mentez !... Je préférerais beaucoup, pour vous,
et dans votre intérêt, que vous me disiez : « J'ai vu... et
je ne vous dirai pas ce que j'ai vu ! »

Mais le bon Pervenche, obstiné, demeurait sur une garde prudente.

Il secoua sa lourde tête... non sans s'être auparavant, gratté vigoureusement les cheveux de ses cinq doigts.

Après quoi, il voulut bien livrer au juge le secret de son entêtement :

Et sa parole se fit sentencieuse :

— Voyez-vous, monsieur le juge, y avont que ceux qui n'parlont point qui ne se trompiont jamais !

Le juge leva les épaules avec impatience :

Mais il n'y avait rien à faire.

Jadis, on eût mis Pervenche à la torture, et il aurait parlé ! !

M. de Saint-Cast se trouva vaincu, devant le mur de ce cerveau qu'il ne pouvait franchir, mais derrière lequel il voyait bien qu'il se passait quelque chose...

Il le garda sous les verrous.

Tant que Pervenche avait partagé son malheur avec Renaud, il avait montré du courage et de la gaieté ; mais lorsqu'il sut qu'il était seul et resterait seul, lorsqu'il se vit séparé de son jeune maître, il eut un moment de découragement et, en rentrant dans sa cellule, il lança sa casquette avec fureur sur son lit en murmurant :

— Tout de même, y en a des ceuss qui pourraient parler, et qui ne parl'ront point...

Des mois s'étaient écoulés depuis le meurtre ; car l'enquête, retardée par les renseignements que le parquet français était obligé de prendre ou de contrôler en Allemagne, avait été pénible, cahotant de détails en détails, avec des journées perdues à l'infini, malgré la bonne volonté témoignée de part et d'autre.

Malgré sa prudence, ses précautions, malgré l'épouvante que Josette éprouvait et qui lui faisait mettre son corps à la torture, le moment approchait où elle ne pourrait plus cacher son état.

Le moment où il faudrait tout avouer à Clément le Doux !...

Quand Renaud reparut à la Faloise, ce fut une joie très grande ; car l'instruction, dangereuse avec ses découvertes de chaque jour, n'avait pas été sans effrayer Clément le

Doux. Et du reste, il flottait sur cette affaire un brouillard qui n'était pas sans inspirer des craintes pour l'avenir. Devant les charges accumulées contre Renaud, Clément se demandait s'il n'eût pas été préférable, pour le jeune homme, de sortir victorieux des débats publics de la cour d'assises, plutôt que d'être renvoyé en liberté sur une ordonnance de non-lieu. Il avait peur que cette mesure, qui n'est qu'une demi-mesure, ne laissât survivre des doutes sur l'innocence de Renaud, et ses craintes de l'avenir avaient d'autant plus de raison qu'il ne connaissait pas les motifs secrets qui avaient dicté la décision du juge. Ces motifs, par un scrupule facile à comprendre, M. de Saint-Cast les avait gardés pour lui et avait tenu à ne les point livrer à la publicité.

La première entrevue entre Renaud et Josette, après ce qui s'était passé chez le juge, et leurs aveux mensongers réciproques, fut émouvante.

Renaud n'avait pas prévenu son oncle de son retour.

Il arriva sans être attendu...

Il était dix heures du matin. Le mois d'avril était, cette année-là, tout ensoleillé ; et déjà les feuilles d'un vert tendre poussaient aux arbrisseaux, aux épines des haies, aux lilas, aux groseilliers. Les arbres fruitiers du jardin et ceux de l'avenue qui conduisait à la route revivaient sous cette semaille de renouveau, et les oiseaux, pinsons, chardonnerets et fauvettes, surtout, qui ne craignent pas les abords des maisons, avaient déjà choisi la place de leurs nids.... En avril, l'oiseau fait son nid. En mai, il est fait.... En juin, il est plein !... Pendant que les grives et les merles, ivres de tous les vermisseaux, que les premières chaleurs faisaient monter sous les feuilles poussées des chênes, s'égosillaient à qui mieux mieux le long du clair ruisselet du bois des Moines, au fond de la Combe.

Clément le Doux était aux champs, à surveiller des ouvriers récemment embauchés.

Josette se trouvait seule, chez elle, avec Line, qui continuait à filer comme elle filait chez la Drouard. La fenêtre était ouverte sur la campagne, du côté de la route ; en ce moment, on n'entendait aucun bruit ; les chiens se taisaient au chenil ; les animaux semblaient dormir ou ruminaient

dans les étables. Et si ce n'avait été le caquettement très
doux et assourdi de quelques poules grattant le fumier,
ou parfois le chant aigrelet d'un tout petit coq qui se
haussait sur l'ergot pour se faire entendre de plus loin,
le château et la ferme eussent été ensevelis dans le silence
d'une solitude absolue.

Tout à coup, la grille grinça, puis battit, repoussée contre son montant.

Et un pas pressé bruissa sur le gravier de l'allée...

Josette dit, sans se déranger :

— C'est mon père.

Mais Line avait dressé l'oreille. Elle écouta, très attentive, et fut émue.

— Non, ce n'est pas M. Clément... Oh ! mademoiselle,
je n'oserais pas dire.

— Qui, Line ?

Elle se pencha, mais le visiteur avait tourné l'angle des
bâtiments et disparu.

— J'ai peur de causer une grande joie à mademoiselle...
mais j'ai reconnu le pas... et c'est.... je le jurerais, tant
pis si je me trompe... je jurerais que c'est M. Renaud.

Josette jeta brusquement son ouvrage dans le panier,
en proie à un trouble extrême.

Elle se lève, s'élance vers la porte... s'arrête... Elle s'arrête parce que des pas rapides montent l'escalier.... et que
la porte s'ouvre... et que, sur le seuil, surgit l'apparition
aimée, tant désirée, et si redoutée tout ensemble....

— Renaud ! Oh ! mon Renaud !

— Ma Josette !

Ils s'étreignent.

Furtive, sans éveiller leur attention, Line vient de quitter
la chambre. Son instinct lui fait pressentir qu'ils ont de
graves paroles à échanger et qu'il ne faut pas qu'elle soit
là, malgré l'affection qu'ils ont pour elle....

Josette est retombée sur sa chaise, assise, sans forces.

Et il s'est agenouillé auprès d'elle, en lui enserrant les
deux mains.

Longuement, d'abord, ils se regardent sans prononcer
un mot. Ils ont trop de choses à se dire. Ils sont heureux,
certes, et malgé tout bien tristes, envahis par la crainte

d'aborder un sujet pénible... et de revenir sur ce qu'ils ont dit au juge.

— Oh ! mon Renaud, pourquoi as-tu fait ce mensonge ?

— Parce que j'étais sûr que cela t'obligerait à mentir à ton tour... et parce qu'il le fallait... parce que si j'avais continué de me taire, M. de Saint-Cast serait allé droit vers la vérité... parce qu'il allait découvrir, enfin, l'infamie dont tu as été victime.... ma pauvre enfant, et, plutôt que cela, il valait mieux mourir... Alors, comme je t'aime et que je ne veux pas que tu meures, comme je t'en ai empêchée déjà, comme je veux que tu vives pour moi, parce que je t'aime... J'ai menti pour te sauver.... et pour mon salut.

— Et j'ai dû mentir comme toi... car autrement c'eût été t'accuser.... Mais la situation où je suis est horrible, mon Renaud.... et je te le jure, je n'y vois pas d'autre dénouement que la mort.... Je ne veux pas que tu sois le père de l'enfant misérable que je porte en moi... Je ne veux pas accepter ce sacrifice ; te condamner à une pareille vie, ce serait abominable.... Jamais, mon Renaud, jamais je ne serai ta femme...

— Josette !

— Oui, j'ai menti ; mais en mentant, je me disais : je n'accepterai pas son nom pour couvrir la lâcheté d'un autre... Cela, ce serait au-dessus de mes forces... Et c'est horrible, je le répète ; car je ne peux plus cacher ma maternité... et si je n'en fais point l'aveu à mon père, il la devinera.... m'interrogera.... comme tous ici, autour de moi, la devineront et me questionneront avec une curiosité dont je rougis, mon Dieu !

— C'est vrai, notre peine n'est pas finie, et voilà pourquoi il faut que nous nous redisions ce que nous nous sommes dit tant de fois : « S'aimer, Josette, s'aimer malgré tout. »

— Que vais-je devenir !... Que dire à mon père ?....

— Ecoute ! !....

De nouveau on perçut le claquement de la grille.

Ils se penchèrent vivement à la fenêtre.

C'était Clément Sauvageot qui rentrait à la ferme. Ils allaient se séparer.

— Souviens-toi, Josette, que notre mensonge devant le juge nous a liés pour la vie entière.... et que nous ne pouvons plus nous en délier.

Enfiévrée, dans un affolement, elle se débattait contre cet inévitable :

— Non, non, je ne veux pas de cette vie pour toi... Je n'ai pas le droit... Ce serait mal... ce serait un crime.... l'éternelle torture... Laisse-moi tout dire à mon père... Je suis victime. Il me plaindra... Car je n'ai pas besoin qu'on me pardonne... Et il m'aimera, parce que je suis malheureuse... plus qu'il ne m'a jamais aimée...

— C'est possible, dit froidement Renaud...

— Tout, je lui dirai tout....

— Mais plus sûrement tu le tueras ! !

— Ah ! Dieu ! fit-elle dans une exclamation d'épouvante et d'horreur.

Renaud l'avait quittée et il se hâtait de descendre à la rencontre de Clément... lorsqu'un cri de Josette le rappela, le retint. Il eut peur et revint sur ses pas.

Josette était étendue sur le tapis de sa chambre en proie à une crise nerveuse extraordinaire. Elle ne le reconnut même pas. C'était l'instinct seul qui lui disait que Renaud était là... l'instinct qui lui jetait aux lèvres ce seul mot :

— Ne me laisse pas seule avec lui ! Ne t'en vas pas !!!...

Et alors qu'il se penchait pour la soigner, pour la relever, la transporter sur son lit, Clément le Doux entra et le reconnut :

— Renaud !

— Mon oncle !

Le vieillard lui tendit les bras, et sans lui demander d'explication sur sa présence, sur sa mise en liberté, réservant pour plus tard toutes les questions, il s'empressa auprès de sa fille... Josette avait des gémissements étouffés.... Maintenant ses dents se serraient dans une convulsion et ses membres se raidissaient.

Clément tourna vers Renaud un regard douloureux :

— Elle est malade ! voici la troisième fois depuis quinze jours qu'elle m'offre le spectacle de son pauvre corps ainsi tordu par des tortures atroces.

Il voulut la prendre dans ses bras. Et alors, chose

étrange ! Comme si, à travers ses souffrances, Josette avait
compris quel danger la menaçait, et que sous les yeux de
son père le secret de sa maternité pouvait être révélé brusquement ; comme si cette effroyable menace avait été le
remède infaillible qui, tout d'un coup la guérissait, elle
se calma, presque subitement.... ses membres retrouvèrent leur souplesse... ses yeux révulsés retrouvèrent un
regard humain... Ses dents se desserrèrent... laissèrent
passer une plainte encore, mais une plainte plus douce...
Elle se souleva sur les mains....

— Ce n'est rien !... Ne vous effrayez pas mon père !

— Non, ce n'est rien... Du moins, voilà ce que tu me
dis... et puis, tout à l'heure, demain, dans huit jours, une
autre émotion te donnera une nouvelle crise... Tu refuses
de consulter un médecin...

— Non, je ne veux pas... jamais ! jamais ! dit-elle avec
une frayeur qui le frappa.

— Pourquoi ce refus ? Pourquoi une pareille répulsion ?

— Mais, père, parce que je ne suis pas malade...

Clément le Doux resta silencieux... Il était déconcerté
et très pâle.... et la même terrible pensée leur vint à tous
les deux — à Renaud comme à Josette — c'est qu'il soupçonnait peut-être la vérité... .

Il dit, la voix basse et tremblante :

— Tu es malade, ma fille, et j'ai fait prier le docteur de
passer à la Faloise... Il se peut que ce ne soit rien, et je
le pense comme toi... Il se peut que tu aies besoin de soins
spéciaux... il nous le dira...

Elle ne répondit plus. Elle releva seulement sur Renaud
ses yeux pleins de navrement. C'était la désolation, sans
plus aucune espérance de salut. C'était la fin. C'était la
mort !... Renaud murmura, des lèvres, sans prononcer,
une phrase qu'elle devina tout de suite, ainsi que les
sourds-muets lisent les paroles qu'ils ne font que voir
sur des lèvres amies... et cette phrase, c'était : .

— S'aimer malgré tout...

Elle crut aussi qu'il avait ajouté :

— Nous sommes liés pour la vie par notre mensonge ! !

Et les deux hommes s'en allèrent ensemble. Clément

resta longtemps pensif. On eût dit qu'il hésitait à parler. Quand il s'y décida, ce fut pour faire raconter à Renaud à la suite de quels incidents M. de Saint-Cast l'avait remis en liberté. Renaud ne pouvait lui dire la vérité tout entière... du moins, il ne s'y résignait pas encore. Du reste, Clément se contenta des explications qu'il entendit. Son esprit était ailleurs, préoccupé de l'état de santé de sa fille, et c'est là-dessus qu'il revint presque aussitôt.

— Oui, je suis inquiet... Je ne sais plus ce qui se passe en elle et je ne reconnais plus ma Josette. Elle fuit ma présence. Elle est pâle. Jamais un sourire, ou si elle s'efforce de présenter un visage souriant, l'effort est si visible que ce n'en est que plus triste.

— Elle m'aime, vous le savez !... N'était-il pas tout naturel qu'elle fût inquiète sur mon sort ?

Il secoua la tête. Il avait bien fait lui-même cette réflexion, mais il faut croire qu'elle ne lui avait pas suffi pour le rassurer, car il ajouta :

— Cela ne date pas du jour de ton arrestation. Pendant les semaines qui se sont écoulées entre le meurtre de ce malheureux.....

Renaud tressaillit... Clément plaignait Lilienthal ! !

— ...et le jour où tu fus accusé de ce meurtre, alors que tu demeurais auprès de nous et qu'il ne semblait pas qu'un soupçon pût t'atteindre, elle aurait dû être heureuse.... et déjà elle était infiniment triste... et déjà ses yeux rougis trahissaient bien souvent des larmes versées en secret.... Tiens, ce changement dans son humeur et dans sa santé date de la fête que nous avons donnée à la Faloise.... alors que mon frère recevait l'empereur à Haute-Goulaine..... Plusieurs fois, en cette journée, elle s'évanouit... Je l'observais.... Elle n'avait pas la force de se tenir debout.... Elle résistait en sentant mon regard peser sur elle, mais quand elle me voyait ou me croyait inattentif, ses traits se creusaient et il n'y avait plus que le masque d'un désespoir immense... Enfin, elle dut rentrer chez elle le soir, interrompant la fête... A toutes mes questions, à toutes mes tendresses, elle n'avait pas voulu répondre... Et je n'ai pu comprendre le secret qu'elle me cache.... Car, certainement, elle me cache un secret... Et c'est ainsi que fut notre vie, à elle et à moi, depuis lors.... Ton arrestation, les injustes soupçons qui pesèrent sur toi augmentèrent encore la tristesse de son attitude, si cela était possible, et ce fut presque le silence, le silence toujours, le silence absolu, entre nous.... Elle est malade, sans aucun doute, et je veux savoir la vérité sur son état...

Il s'arrêta, appuya la main sur ses yeux. Il tâchait de ne pas pleurer. Nous avons dit combien il adorait sa fille, pourquoi il l'adorait doublement, l'enfant dont les traits lui rappelaient sans cesse, avec une douloureuse exactitude, la mère disparue.

Il reprit, d'une voix plus contenue et qu'on eût dit pourtant plus profonde :

— La vérité ! Si tu savais ce que j'ai fait pour la connaître, à quelles basses besognes de surveillance et presque d'espionnage je me suis livré !... C'était ma tendresse pour elle qui me poussait, mon effroi surtout de la voir ainsi dépérir presque misérable... J'allais, pieds nus, la nuit, écouter à sa porte.... Que de fois j'ai surpris ainsi des gémissements !... Et souvent c'était ton nom qui revenait, très doucement, à travers ses plaintes, ton nom comme un espoir, comme un rayon de lumière..... « Renaud, mon pauvre Renaud !.... » Et aussi, la même phrase courte, celle de votre chaste amour, que j'approuve et que je bénis.... celle qui vous a fait surmonter bien des obstacles, déjà : « S'aimer, s'aimer malgré tout. »

De la sueur d'angoisse coula de son front.... Il balbutia :

— Parfois je m'imagine des choses terribles.... si terribles, Renaud, que si cela était vrai, ce serait à en devenir fou...

Puis, brusquement, serrant, à le briser le bras du jeune homme :

— Mais toi, Renaud, tu ne vois donc rien ? Tu ne te doutes de rien ?

Renaud tremblait, et n'avait pas la force de répondre.

— Il y a des jours, Renaud, où je m'imagine que Josette est coupable... qu'elle n'est plus la douce, tendre et chaste vierge que j'ai élevée, celle que tu aimes, qu'elle a commis une faute... et qu'il faut que cette faute soit bien honteuse, puisqu'elle nous la cache à tous les deux, à toi comme à moi... Coupable envers toi ! Coupable envers moi ! Comprends-tu ce que je souffre ?.... Et devant ce silence obstiné, devant cet impénétrable visage, c'est à mourir de douleur...

Alors, Renaud comprit que l'heure venait où Clément ne devait plus rien ignorer.

Le mensonge raconté au juge, il fallait que le père l'entendît à son tour.... On ne pouvait plus retarder.... Encore un retard, et le médecin convoqué par le vieillard dissiperait tous les doutes, cruellement....

Comme devant le juge, il allait engager sa vie...

Devant le père, c'était bien autrement redoutable... Il aurait à subir ses reproches, lui qui était innocent.... et qui ne pourrait jamais le lui dire...

Lilienthal vivant, jamais il n'aurait trouvé pareil courage.

Lilienthal mort, son souvenir même n'existait plus.....

Et il parla... il avoua la faute d'amour qu'il n'avait pas commise... lui qui était victime, comme Josette, d'un crime d'amour... Il inventa toute une histoire de leur passion exacerbée par les obstacles, par la haine des deux frères, la crainte d'être séparé de la jeune fille par son service militaire en Allemagne... la surexcitation de Josette qui savait quels dangers il courait.... Il dit tout ce qui pouvait faire excuser la faute, enfin, si la faute avait été, alors qu'elle n'était pas... Car il fallait que Clément le crût, ainsi que de son côté, M. de Saint-Cast avait cru... et chez Clément comme chez M. de Saint-Cast de vagues soupçons étaient nés, qu'un rien pouvait changer en certitude, et qu'il fallait détruire par un mensonge vraisemblable, par un aveu.

Sauvageot dut prêter l'oreille et se pencher très près de Renaud pour écouter la fin de cette histoire, car le jeune homme achevait, en disant que, de cette chute, une preuve naîtrait bientôt... et que c'était l'effroi de la colère paternelle qui rendait Josette malade...

Et c'était tout... Il n'avait plus rien à dire... L'aveu pénible était fait.

Clément ne l'avait pas interrompu...

Depuis longtemps, il pleurait.

Lorsque Renaud cessa de parler, le vieillard se contenta de murmurer par deux fois :

— Je n'aurais jamais cru... non, je n'aurais jamais cru..

Et doucement, ce fut à lui-même qu'il adressa des reproches... Il avait été trop faible, trop bon et trop confiant... Certes, il avait vu naître jadis cet amour fort, et il avait vu aussi cet amour se développer avec les années... Il avait songé à s'y opposer, un moment, et il avait été, lui comme eux, emporté ainsi que dans une tourmente de passion... Mais sa confiance dans la chasteté de sa fille, dans la loyauté de Renaud, qu'il considérait et aimait comme un fils, avait toujours été aussi grande... Et voilà qu'il apprenait maintenant qu'on l'avait trompé... Certes, la réparation suivrait de près la faute, mais la chute de ses illusions n'en était pas moins profonde... et ses larmes étaient bien amères....

— C'est mal ! C'est mal !

— Je vous demande pardon de la peine que je vous cause... disait tout bas Renaud....

Ah ! s'il avait su, le père !... Il serait mis à genoux devant cet homme.... et peut-être que lui non plus, pareil à Josette, n'aurait pas voulu d'un sacrifice si sublime...

Il se tourna vers Renaud... vers Renaud très pâle et qui pleurait aussi... mais que soutenait sa noble et généreuse résolution....

— Laisse-moi... j'ai besoin d'être seul... d'abord.... ensuite, je veux parler à Josette...

Ce ne fut pas sans terreur que Renaud s'éloigna.... Il vit le vieillard se diriger vers sa maison, y entrer lourdement, d'un pas indécis, lui si vigoureux encore, comme si vingt années, d'un seul coup, venaient de s'abattre sur son cerveau et sur ses muscles... Presque aussitôt, il vit apparaître sa haute silhouette devant la fenêtre ouverte de la chambre de Josette.

Qu'allait-elle lui dire ? Quel martyre nouveau allait-elle endurer ? Et lorsque le père prononcerait le mot de mariage, qu'allait-elle répondre ?... Torturée, à l'agonie, la pauvre créature se révolterait-elle toujours contre sa seule chance de salut ?....

Renaud n'avait pas besoin d'être dans la chambre ; de

loin, il voyait ces terreurs, entendait ces réponses qui se
faisaient vagues, qui tentaient de remettre à plus tard,
dans un avenir indéfini, le parti qu'il fallait prendre... Et
les répliques graves et pressantes... et la surprise... devant le refus de Josette qui sans honte ne voudrait pas
donner le nom de Renaud à l'enfant dont Lilienthal était le
père... et le doute de Clément.... et sa colère... et peut-être
l'outrage... et peut-être, enfin, la vérité ! ! Oui, tout cela
devait se passer ainsi, dans la chambre coquette et fraîche
qui avait abrité tant de rêves, tant de bonheur, et après,
tant de désolation !...

Il s'était assis sur un fauteuil de jardin, dans la cour.

Les coudes sur les genoux, la tête dans les mains, les
yeux fermés, il suivait en pensée tout ce qui se passait
là-bas.

Midi venait de sonner à Thiancourt... Les ouvriers rentraient.... Le mouvement renaissait dans la ferme ; des
gens le virent, le reconnurent, lui adressèrent la parole....
gaiement.... Il n'y prit pas garde... Il n'entendait du fond
de son cœur, que ce qui se disait là-haut, dans la chambre,
entre le père et la fille... La cloche sonna, appelant les
hommes et les femmes au repas de midi... Des attelages
circulèrent autour de lui avec fracas.... Puis au milieu de
tout ce bruit, un bruit plus doux, cadencé, le choc léger
d'un bâton sur les pavés de la cour et le glissement d'un
pas furtif.... Devant lui, le choc cessa, et le pas s'arrêta...

C'était Line...

Line avait perçu des soupirs... et elle avait deviné la
présence de Renaud..... Il y avait là un banc et c'était sur
ce banc qu'on l'avait oubliée, elle, la petite aveugle, le soir
de la fête.... Toc, toc.... et le long bâton s'assure qu'il y
a une place vide, auprès du jeune homme... Un pas furtif,
encore... Et Renaud sent contre lui le frôlement d'une
robe... Il rouvre les yeux... il revient à la vie juste pour
entendre :

— Elle vous aime à la folie.... Pourquoi vous désolez-
vous ?...

Presque aussitôt, Clément apparaissait sur le seuil du
château. Renaud le vit et il eut peur, tant le pauvre
homme était pâle.

Clément se dirigea vers Renaud, le prit par le bras, le souleva, l'emmena.

Et quand il furent loin de toute oreille indiscrète, il dit, désespéré :

— Et elle ne veut pas de toi pour son mari... entends-tu, Renaud, entends-tu ?...

Après quoi, avec des gestes désordonnés qui disaient le désordre de son pauvre cerveau affolé, aux prises avec les affres de l'angoisse et du doute, il s'enfuit....

Renaud resta longtemps cloué à la même place par l'épouvante...

Une main toute petite vint caresser sa main...

Et une voix bien douce murmura encore, tout près de son oreille :

— L'amour est plus fort que tout !... plus fort que la mort !...

Toc, toc, et le bâton s'éloigna.... Toc, toc, et le glissement furtif s'évanouit...

Renaud allait essayer de revoir Josette et de lui faire entendre raison, au nom de leur amour, et déjà il se dirigeait vers le château, lorsqu'il se retourna.

Quelqu'un l'appelait, vivement, de loin, et accourait vers lui.

C'était le berger Blanquin.

— Monsieur Renaud, dit-il, je suis content de vous revoir, mais bien triste de la nouvelle que je vous apporte.. Tout à l'heure, comme je ramenais mon troupeau près du poteau-frontière, un homme de Haute-Goulaine me rejoignit. Il était chargé par Sauvageot le Dur, de prévenir M. Clément que sa belle-sœur était au plus mal.

— Ma mère !

— Oui... Paraît qu'elle a passé une mauvaise nuit... le médecin est venu.... puis un autre, de Metz... Mais voyez-vous, quand la mèche est usée et qu'il n'y a plus d'huile dans la lampe, tous les marchands d'huile de la terre n'y feraient rien.... On ne sait pas si elle vivra jusqu'à demain... C'était une bonne femme, douce aux pauvres gens, elle s'en ira avec les larmes de tout le monde, dans le pays de Villaville et de Thiancourt.

Renaud était atterré.. Sa mère, mourante !

Et lui, si près d'elle, condamné à ne point la voir, à ne pas être là pour recevoir son dernier caressant regard, sa suprême parole de tendresse, son souffle d'agonie....

Était-ce possible que les lois des hommes fussent si cruelles ?... Il n'était point de pays au monde, même parmi les plus barbares, où l'on n'eût permis au fils de venir embrasser sa mère !... C'était une chose sacrée, ce baiser que la mère emportait dans l'éternité. Et c'était un sacrilège que d'empêcher cela !

Déjà Blanquin avait prévenu Clément qui accourait, oubliant pour un instant sa propre détresse pour ne plus songer qu'au désespoir de ce fils.

— J'ai fait atteler... Je vais à Metz... Je solliciterai pour toi un sauf-conduit.

— Oh ! mon oncle ! que vous êtes bon... Hélas !

— Il est impossible qu'on me le refuse.

— Je crains tout... Ils sont inexorables.... Ils refuseront... A un fils d'annexé, qui a fui son pays, et qui a brisé les chaînes de leur esclavage, ils n'ont jamais permis de venir consoler une mère mourante, un père à sa dernière heure.....

— Peut-être ! Peut-être ! Ce serait odieux... Je tâcherai de les convaincre....

— Allez, mon oncle... allez et revenez bien vite...

Cinq minutes après, Clément roulait sur la route de Metz. Les heures qui suivirent, Renaud les passa dans les sanglots, entre les bras de Josette qui ne songeait plus à rien qu'à le consoler... Ils étaient montés sur la terrasse de la Faloise, ménagée jadis sur le toit par Clément, afin de pouvoir communiquer avec Joseph, au temps où la haine ne les avait pas séparés. L'air était lumineux. Haute-Goulaine apparaissait nettement au loin, morne, dans une inactivité et un silence qui en disaient long sur le malheur qui s'abattait dans la maison, car les usines ne marchaient plus et semblaient mortes. Autrefois, une forte lunette, installée là, permettait à Clément de suivre, chez son frère, les moindres détails, les allées et venues, de reconnaître les gens qui passaient, de vivre enfin la vie de ce coin de l'autre frontière.... Après la brouille, la lunette avait disparu. Josette y pensa. Ce serait peut-être une consolation pour Renaud de se rapprocher ainsi des tristes lieux où agonisait sa mère... Elle donna des ordres.. Une demi-heure après, tout était réinstallé !... Elle regarda la première.

— Je vois le grand-père, dit-elle, debout devant le perron... immobile, sans un geste, pareil à une statue.... tournant le dos à la maison dont toutes les fenêtres et les persiennes sont fermées.... et il regarde... oh ! je ne me trompe pas... il regarde vers la Faloise...

Il pense à moi.... à ton père aussi... et à toi, Josette, à toi qu'il aime tant.... Peut-être sait-il aussi que je suis libre... et alors, il doit deviner l'angoisse du fils... Oh ! Josette, tu auras le bonheur de voir ma mère, toi, tout à l'heure... alors, tu lui diras que je l'aime, et que je pleure... tu lui diras tout ce que tu devines que je souffre et que je pense....

— Oh ! mon Dieu !

— Qu'y a-t-il ?

— Vois, Renaud, vois !

Renaud prit la place de la jeune fille... Un long frisson l'agita tout à coup...

— Le grand-père a dressé les bras vers le ciel, comme dans un reproche à Dieu, dans un accès de colère, dans une imprécation de douleur.... Je comprends son âme... c'est à moi qu'il pense...

Soudain, en une crise de folie, comme si le vieux pouvait l'entendre :

— Tu as raison, grand-père... c'est une cruauté infâme, sans nom, et j'irai, je te le jure, j'irai, même malgré eux, embrasser maman....

Il s'abattit en pleurant sur l'épaule de Josette, tremblante :

— Mon Renaud, tu ne peux y songer... on te surveille... au premier pas que tu ferais de l'autre côté de la frontière, tu serais perdu.... repris.... soldat chez eux...

— J'irai, je le veux.....

— Renaud !

— Est-ce que je peux laisser mourir ainsi ma mère, là, sous mes yeux ?.. Mais c'est horrible, et au fond tu m'approuves....

— Je t'approuve, mais j'ai peur... Renaud, tu te perdras....

— J'irai, il le faut, c'est mon devoir... J'attendrai le retour de ton père... dont je prévois la réponse.... Ils ne voudront pas.... ils sont sans pitié dans leur puissance de peuple victorieux.... comme ils ont été sans pitié pendant la guerre.... Mais ce que je te promets, c'est de prendre toutes les précautions pour leur échapper... Ce que je te promets — et je ne peux faire davantage — c'est de profiter de la nuit... Que Dieu veuille me garder ma pauvre et chère maman jusqu'à cette heure-là... Si j'arrivais trop tard, quels remords, Josette !

— Ta mère s'opposerait à ta résolution, si elle était consultée...

— Oui, mais quelle tristesse, pour elle !... Car elle pense à moi, en ce moment, si elle peut penser encore.... et elle ne pense qu'à moi seul!.... Donc, je l'ai dit, j'irai...

Josette baissa la tête...

Lorsque Clément revint, la réponse qu'il rapportait était bien celle que Renaud avait prévue.

Les autorités allemandes refusaient impitoyablement, sourdes à toutes les supplications.

Clément repartit presque aussitôt pour Haute-Goulaine. Il emmenait Josette. Renaud demeura sur la terrasse. Il put suivre ainsi la voiture qui emportait le père et la fille. Là-bas, le grand-père, immobile devant le perron, semblait abîmé dans une douleur morne qui lui enlevait toute volonté, toute envie d'agir, même de remuer... Bientôt, la voiture de Clément apparut. Alors, la statue s'anima.... fit quelques pas vers Clément... tendit les bras... Ils pleurèrent... Puis, le vieillard attira Josette contre son cœur, et Renaud vit qu'il la retenait dans une étreinte passionnée, étrange, alors qu'il relevait les yeux vers le ciel.... Il l'éloigna de lui... pour la mieux considérer.... l'étreignit de nouveau. On eût dit qu'il ne pouvait se séparer d'elle.

Clément et Josette pénétrèrent dans la maison.

Le grand-père resta sur le seuil, à son poste, mais son âme venait de s'attendrir, sans doute, car Renaud remarqua nettement, qu'il venait de porter ses deux mains

contre ses yeux.... et qu'il s'attarda aussi, dans cette attitude de tristesse, longtemps, longtemps.

— Il pleure !...

Il y eut des visites, l'après-midi... La nouvelle courait
le pays.... Les gens s'informaient... Même Renaud crut
reconnaître Fischer....

Mais Elise ne vint pas....

Alors le jeune homme comprit pourquoi le grand-père
gardait le seuil...

Si Elise était venue, le vieillard l'eût chassée !...

Puis, la nuit descendit... Jusqu'à la dernière minute,
Renaud ne quitta pas la terrasse.

Il attendit le retour de son oncle.

Et le premier mot de Clément fut :

— Ta mère t'aime... elle te bénit.... elle te défend de
venir à elle....

— J'irai !

— Renaud, le danger est certain... tu ne pourras y
échapper.... un malheur t'arrivera.... et ta mère mourra
désespérée....

— J'irai ! fit-il, farouche....

Alors, Clément se tut. Tout ce qu'il pouvait dire était
inutile. Mais il soupira.

La nuit se fit de plus en plus épaisse. Il n'y avait pas
de lune. C'était une chance.

Les adieux furent déchirants :

— Renaud, reviens vite... Je vis dans un mystère qui
me rend fou... L'âme de Josette m'échappe... Renaud, je
sens des catastrophes suspendues sur nos têtes.

— Ayez confiance en elle !... En moi !... Avant minuit,
je serai de retour...

Il s'approcha de Josette, dont la pâleur disait assez
l'émotion extraordinaire.

— Josette, notre mensonge nous lie... Pourquoi veux-tu
désespérer ton père ? Tu avais promis, tu avais juré...
toi !... s'aimer, s'aimer malgré tout...

— Je ne veux pas...

— Et moi, je veux !... Obéis à ton amour, Josette, et
au mien... Viens, avant que je parte, mettre un peu de
calme dans le cœur de ton père... car, vois-tu — à toi,

je le dis — ce que je vais tenter est impossible... et je ne sais si je reviendrai !...

Elle le suivit, sans force comme sans pensée.

Ils retrouvèrent Clément dans son cabinet de travail, accoudé à son bureau, rêveur... Ils s'approchèrent de lui sans qu'il les entendît et virent qu'il pleurait doucement.

Ils s'agenouillèrent devant le vieillard. Alors, il abaissa le regard sur eux...

Ce fut elle qui parla, parce que Renaud l'ordonnait ainsi :

— Père, Oh ! mon père, nous te demandons pardon !...

— Pourquoi, méchante fille, m'as-tu fait tant souffrir ?

— Pardon, père, pardon.

Et Renaud :

— Vous me donnerez Josette et tous les mauvais souvenirs disparaîtront.

— Je ne te l'aurais jamais refusée, Renaud, dit le vieillard... mais je ne pourrai jamais oublier le passé... ni l'insulte que vous avez faite à ma confiance... Maintenant, va vers le danger certain qui t'attend... nous, ici, Josette et moi, nous t'attendrons, en courbant le front, si tu ne reviens pas, moi, sous mon déshonneur prochain... elle sous sa honte !

Renaud partit, plus calme.

Du moins, il ne laissait aucune menace derrière lui. Ce qu'il avait voulu, c'était que le nom de Lilienthal ne vînt pas... de même que sa pensée... effleurer d'un doute odieux l'esprit de Clément le Doux. Il épargnait au vieillard l'abominable vérité !... A Josette il refaisait une vie — douloureuse, certes — mais possible, enfin, grâce à l'amour...

Et il se trouvait plus fort, dans cette nuit où il marchait contre le péril vers lequel il se dirigeait comme à plaisir... dans une témérité folle...

Les ténèbres étaient intenses. C'est à peine si deux ou trois étoiles luisaient entre des groupes compacts de nuages immobiles. Vraie nuit d'aventures, faite pour son audace.

Il avait quitté la route, tout de suite, au bas de l'avenue du château et il s'était jeté en pleins champs. Le moindre sentier lui était familier.

Or, son plan était bien simple...

Il se doutait que la surveillance devait s'exercer vers le
côté du bois des Moines et surtout autour de Haute-Goulaine. Et il avait résolu de descendre jusqu'à la Moselle,
et d'en remonter le cours en terre française, faisant ainsi
un détour énorme, pour retomber ensuite en pays annexé.
Le premier danger serait évité. Resteraient les environs
du château.

Là, il serait obligé d'agir avec la plus extrême prudence.

Renaud, malgré sa douleur profonde, gardait entière sa
présence d'esprit. Il était donc tout à fait en forme pour
courir au-devant du danger certain qu'il prévoyait.

Tant qu'il fut en terre française, il marcha, ou plutôt il
courut jusqu'à en perdre le souffle, ne s'arrêtant que pour
reprendre haleine, quand il sentait ses jambes fléchir.

A partir du moment où il fut en pays annexé, il ralentit sa course. Il connaissait tout ce pays admirablement. Il
s'y était tant de fois promené à pied, en voiture et surtout
à bicyclette ! Malgré la nuit, il n'avait pas une hésitation,
lorsqu'il se trouvait au carrefour de plusieurs sentiers qui
s'entre-croisaient. Cependant, dès lors, il chercha les cou-
verts, au long des vignes, qui déjà lui offraient un abri
où il se coulait en se courbant invisible, ou dans les bois
ou entre les haies... Il négligeait pourtant les haies, car
ces chemins étaient moins sûrs... il courait le risque de
se trouver, à un détour, face à face avec un forestier, un
douanier, ou un gendarme... Et tous devaient avoir reçu
un mot d'ordre, avec le signalement du jeune homme...

Il jouait de bonheur. Il n'eut aucune alerte...

Ce fut ainsi qu'il atteignit les bâtiments de l'usine. Là,
il se reposa un peu. Ses yeux s'étaient habitués à l'obscurité. Il resta caché sous des décombres, derrière un chariot, l'oreille aux écoutes, l'œil au guet... Il fit bien, car il
entendit, derrière une remise, des pas réguliers d'homme
en faction... Etait-ce un surveillant ?... Alors, il serait
sauvé, car on l'aimait, on l'aiderait... Etait-ce un gendarme qui, fatigué de son immobilité, trompait l'attente
par une promenade monotone ?... Alors, le danger était
là...

Il se coula parmi des poutres, des amoncellements de minerais, des outils, avec la sûreté et le silence d'un serpent qui rampe vers sa proie...

Au coin du bâtiment, il avança la tête...

Il reconnut dans les ténèbres la lourde silhouette sanglée d'un uniforme... et la pointe du casque, accrocha, pendant une seconde, le rayon d'une étoile.

C'était un gendarme qui bâilla bruyamment, à se décrocher la mâchoire.

Renaud rétrograda, dans le même silence absolu, se coula plus loin, fit le tour des bâtiments, constata qu'il y avait un second factionnaire, puis un troisième...

L'usine était mystérieusement gardée.

Pas si bien gardée toutefois que Renaud ne finît par bâtir son projet...

Toute une ligne symétrique de wagons de ballast s'allongeait sur une voie étroite. Il réussit à gagner le dernier wagon, se coucha dessous, et rampa sur la voie, jusqu'au premier... Là, en rase campagne, il se releva... Le mur de clôture de Haute-Goulaine était près de lui... il le savait, car la nuit épaisse empêchait de voir... De ce côté, le mur, légèrement dégradé, offrait jadis des saillies où il s'était amusé bien des fois à grimper, enfant... Il tâta quelque temps, puis rencontra les trous... Le mur n'avait pas été réparé !...

En une minute, il fut en haut... En haut, il se suspendit par les mains et se laissa tomber.

Il était dans le jardin potager...

Là, du moins, personne ne viendrait l'arrêter.

Il écouta si quelque bruit du dehors ne l'avertirait pas qu'on avait découvert sa présence... Des souffles légers parcouraient la campagne... puis s'apaisaient...

C'était tout...

Alors, il se dirigea vers l'habitation...

Là, tout était noir. On eût dit la maison inhabitée... La mort veillait, seule.

Devant le perron, une grande ombre immobile...

Et Renaud eut une commotion violente au cœur...

C'était le grand-père... il était là depuis le matin, statue de douleur et d'effroi...

Il vit Renaud en même temps que Renaud le voyait et lui tendit les bras.

Le jeune homme se sentit serrer avec une force inconnue contre une poitrine qui battait en tumulte... Des larmes tombèrent, brûlantes, sur son front...

Et une voix bégaya :

— Oh ! mon enfant !... Malheureux enfant... Pourquoi es-tu venu ?

— Il le fallait, grand-père.

— Tu es perdu... Ils te surveillent ! !...

— Pourtant, vous le voyez, j'ai passé...

— Hélas ! ce n'est rien... qui sait s'ils ne t'ont pas vu... te laissant prendre au piège...

— Non, calmez-vous !... Ils ont le cerveau un peu lourd...

— Prends garde au retour... ils savent attendre et dissimuler...

— Je serai prudent.

— Va auprès de ta mère... Elle sera bien heureuse, malgré tout, enfant... Et hâte-toi, si tu veux recevoir son dernier soupir, si tu veux qu'elle te reconnaisse... Moi, je vais faire le tour du château pour préparer ta fuite.

Renaud entra... Une lampe était allumée dans le vestibule... Un silence absolu régnait dans la maison... Il monta au premier étage... Là-bas, c'est la chambre maternelle... Avant d'ouvrir, il s'arrête... Il étouffe... Il ne voit plus clair... Il essuie ses yeux... reprend courage, et ouvre doucement... La chambre est éclairée d'une lumière tamisée par un abat-jour descendu très-bas... Une garde-malade est près du lit... Et dans un fauteuil, près du lit également, Joseph Sauvageot, Sauvageot le Dur, est affalé en proie à une tristesse morne... Il n'a pas entendu le bruit de la porte... La garde sommeille et n'a rien entendu non plus...

Renaud fait quelques pas vers le lit, son cœur gonflé à se rompre.

Alors, une voix faible et tremblante, un souffle murmure :

— Oh ! mon Renaud, je savais, malgré tout, que tu viendrais recevoir le baiser de ta mère...

La garde-malade s'éveille et ne bouge pas. Quant à Sauvageot, il a eu un mouvement instinctif vers Renaud ; et, sans réfléchir, lui a ouvert les bras. Devant la mère mourante, toute rancune disparaît... La mort, toute-puissante, égalise la vie...

Le fils se penche ensuite sur le lit de sa mère...

Il sent sur son front le baiser de deux lèvres froides...

Mais elle a la force de tendre la main, et la main caresse les cheveux, les yeux... et, par un effort qui est la dernière manifestation de cette vie, entoure le cou du jeune homme...

Elle murmure alors :

— Mon fils... mon fils aimé !!!

Ainsi retenu par ce bras, il la contemple longuement...

Elle ne bouge plus... elle ne parle plus... mais ses yeux restent fixés sur les yeux de Renaud... La mère et le fils se regardent ainsi pendant un temps infini...

Soudain, Renaud est envahi par l'effroi...

Les yeux de sa mère ont changé... Ils sont troubles, maintenant... vitreux... Il n'y a plus là ni vie, ni tendresse ni rien... il n'y a plus que le vide...

La main glisse du cou sur le drap du lit et y reste immobile.

Et, figé sur les lèvres blanches, un sourire désormais éternel, un sourire de glace...

Le sourire de la morte à son enfant.

Car elle vient de s'éteindre ainsi, doucement, comme si elle n'attendait, pour partir, que l'arrivée de Renaud...

— Oh ! maman ! Oh ! maman !

Il tombe à genoux et sanglote.

Pendant que la tête dans les mains, Sauvageot le Dur pleure silencieusement...

La garde-malade a abaissé les paupières. Une paix étrange est descendue sur ce doux visage qui était, depuis longtemps, d'une pâleur de cire...

Mais ce que l'on n'enlèvera pas, ce que la morte emportera dans la tombe, c'est le divin sourire... c'est la pensée, et l'amour, et la vie de son fils...

Une heure se passe ainsi...

Renaud ne songe plus ni à la Faloise, ni au retour, ni au péril qui l'attend...

Il a tout oublié dans sa douleur.

La porte de la chambre vient de s'entr'ouvrir... Une ombre gigantesque et maigre se profile sur le seuil... inspecte... comprend...

Le grand-père s'avance, fait le signe de la croix, embrasse la morte sur le front.

Puis, il se tourne vers Renaud :

— Va-t-en tout de suite, par le même chemin... que tu as pris pour venir... La route est libre... les gendarmes sont endormis...

Renaud ne peut se séparer de sa mère... Ses sanglots redoublent... Il a une faiblesse...

Rudement, le grand-père le secoue et redit :

— Va-t-en !... Au nom de ta mère, je t'ordonne de partir !...

Il faut qu'il se résigne.

Au moment où il va sortir, une main timide le saisit, essaye de le retenir...

C'est Sauvageot le Dur...

Le père et le fils échangent un regard, et cela suffit. Ils se sont compris.

— Mon père ! !

— Pardon, mon enfant... Oublie tout le passé... Aime-moi toujours...

— Oh mon père, je n'ai jamais cessé de vous aimer...

Les lèvres desséchées et minces du grand-père se desserrent pour prononcer :

— Enfin !...

Puis un geste autoritaire indique la porte.

— Hâte-toi !... Ce serait terrible s'ils te prenaient...

Et Sauvageot le Dur, tête basse, redit comme le grand-père, très bas et comme honteux :

— Oui, oui, hâte-toi... et ne reviens plus !

Un dernier baiser à la morte et Renaud est parti...

Parti dans la nuit qui lui semble encore plus noire... mais parti en tournant bien souvent la tête vers la maison où repose la morte...

Il se dirige vers le coin du mur dégradé... Il y trouve

une échelle... C'est le grand-père qui a tout prévu et qui, ainsi, a rendu l'escalade, de ce côté, plus facile... En un instant, il est en pleine campagne... Il suit à la lettre le conseil du vieillard... il se coule sous les wagons de ballast... il rampe entre les chariots... Un bruit singulier, monotone, régulier, l'arrête... Il écoute... c'est le ronflement du premier gendarme qui s'est étendu sur un banc et qui dort d'un profond sommeil... Renaud poursuit son chemin... tourne lentement au long des bâtiments de l'usine... s'arrête encore en entendant le même bruit, et frôle, au passage, un second gendarme enfoui dans un amas de bottes de paille et qui gronde, dans son sommeil, comme un chien en colère...

Deux heures après, ayant fait un long détour, il rentre à la Faloise...

En le revoyant, Josette, qui n'avait pas voulu se coucher, ne dit qu'un mot :

— Sauvé !...

Et elle tombe évanouie dans les bras de Clément, resté près d'elle.

— C'est vrai, mon enfant, je t'avais cru perdu...

Mais Renaud, sombre et résolu, se replonge dans la terreur et le désespoir !

— On enterrera ma pauvre maman dans deux jours... Je veux aller, une fois, prier sur sa tombe ! !...

Deux jours après, Clément et Josette, en deuil, avec Line également en noir, se rendaient à Haute-Goulaine, pour l'enterrement. Renaud, en détresse, restait à la Faloise...

Il était défendu au fils d'accompagner sa mère !...

Il monta sur la terrasse du château... C'était de là qu'il allait suivre, de loin, le triste cortège se déroulant à travers les campagnes ensoleillées, et verdissantes sous les premières chaleurs printanières.

Depuis neuf heures du matin, la cloche de l'église de Villavilla tintait, à coups lents, espacés, le glas des funérailles, et chaque coup venait résonner, avec une souffrance aiguë, chaque fois nouvelle, dans le cœur de l'enfant.

Les abords de Haute-Goulaine étaient emplis d'hommes

et de femmes, massés dans les jardins et au long de la route qui conduisait au village. Des paysans et des paysannes des environs, tous les ouvriers de l'usine, des amis de Metz étaient venus... Celle qui s'en allait avait su conquérir l'affection de tous... et, de plus, leur compassion, à cause de ce qu'elle avait été malade, depuis tant d'années, elle qui aurait pu être heureuse...

Les détails, Renaud les vit distinctement, quand ses yeux n'étaient point brouillés de larmes — mais alors il se hâtait de les essuyer...

Sur la route poudreuse, il vit s'avancer, à pas pressés, le prêtre en surplis avec son étole noire, précédé par un enfant de chœur qui portait une haute croix noire, dont le Christ n'était pas encore voilé... suivi par des chantres en surplis...

Ils entrèrent, pour lever le corps...

Quelques minutes s'écoulèrent... puis Renaud eut un sanglot bruyant, lamentable...

La croix reparut, mais cette fois le christ était voilé par un linge blanc qui lui ceignait les reins... et derrière la croix, ce fut le cercueil...

Les six plus anciens ouvriers de l'usine le portaient...

Six autres marchaient, à gauche et à droite, pour prendre leur place, quand ils seraient fatigués... Ils étaient tête nue, en blouses bleues et pantalons noirs...

Derrière, une voiture prit place, sous des amoncellements de fleurs...

Renaud essuya ses larmes... lèvres tordues par cette torture...

Il regarda, il voulait voir jusqu'au bout...

Le cortège s'allongea sur la route... Oh ! quelle tristesse !... Les chants des psaumes lents, aux répons espacés, il ne les entendait pas... et pourtant il croyait les entendre...

Les premiers, le vieux Sauvageot et Sauvageot le Dur, le chapeau à la main, suivaient...

Jamais le grand-père n'avait eu l'air aussi grand : il dépassait son fils, de toute la tête... et près d'eux, Clément ; puis, des hommes, des hommes, toujours des hommes en une interminable théorie... marchant derrière le prêtre et les chantres... Après les hommes, c'était les femmes, et en avant des femmes, Josette, qui s'appuyait sur la petite Line... Et le cortège funèbre ondula aux tournants de la route, pendant que la cloche de l'église tintait, tintait, lente, sans relâche, comme si elle voulait que chacun l'entendît, comme si elle avait voulu dire à tous :

— C'est ici, c'est ici qu'il faut venir... Ne vous égarez pas !

Le cortège arriva au village et disparut dans l'unique rue, vers l'église... Mais comme il fut obligé de s'arrêter au moment où l'on entra à l'église, longtemps il put distinguer encore les dernières parmi les femmes qui suivaient le cercueil.

Puis, ce fut tout, et la cloche, sinistre, cessa de tinter.

Mais sa pensée ne quittait pas sa mère...

Il vit le cercueil, dans la nef, au milieu des cierges allumés... et distinctement il voyait aussi le pauvre corps avec sa figure de cire, étendu dans le cercueil, les mains jointes, les yeux clos...

Et les lèvres souriant à son fils.

Un heure se passa. Beaucoup, là-bas, priaient pour la morte, et ceux qui n'avaient pas la foi étaient émus et faisaient un retour sur eux-mêmes.

Tout à coup, la cloche se remit à tinter...

C'était l'absoute...

Et elle ne cessa plus, jusqu'à la fin...

Renaud se remit à son poste et regarda... Il ne pouvait plus pleurer... Seulement son cœur était si serré, broyé par la douleur que parfois le souffle lui manquait et il s'imaginait que c'en était fini de lui aussi et qu'il allait rejoindre sa mère dans son triste voyage... C'était, en effet, une affreuse torture, que celle qui lui était faite, et unique peut-être... pour un fils... Libre et esclave... Enchaîné à deux pas de la frontière... spectateur lointain de la cérémonie la plus douloureuse pour un enfant... Il se rappela confusément des paroles échangées avec Josette, lorsqu'ils étaient tout petits... « Pourquoi sommes-nous obligés de nous cacher quand nous voulons nous voir ? Nous faisons partie de la même fa-

mille... Ton père et le mien sont frères... Nous avons le
même grand-père et la même grand'mère ?... » Et lui,
Renaud, déjà savant de certaines choses, instruit de certaines injustices, avait répondu : « C'est que je _uis en
Allemagne, toi en France.... » Et ils avaient entendu,
une fois Clément le Doux, parlant de cela, leur dire :
« C'est un grand crime qui a été commis ! » Aujourd'hui,
il ne s'agissait plus ni de Josette ni de Renaud, ni de
leurs amours enfantines. Il s'agissait d'un devoir sacré,
d'un devoir pieux à remplir... Il s'agissait d'une mère
qui était morte, que l'on conduisait à sa tombe, et que
le fils ne pouvait accompagner, parce que la mère était
en Allemagne, et parce que le fils était en France !...

Toujours, la cloche tintait...

Il ne pouvait voir ce qui se passait autour de l'église,
à cause des maisons ; mais, tout à l'heure, le cortège
reparaîtrait, s'en allant lentement vers un petit carré entouré de murs blancs, qu'il distinguait nettement avec
la longue-vue, dans lequel étaient des croix, les unes
petites, les autres grandes, par-dessus lesquelles des
saules inclinaient la calme protection de leurs branches
apitoyées — et voilà pourquoi on les appelle des saules
pleureurs — et où se dressaient aussi de hauts sapins
sombres, dont la verdure rappelait l'éternité, mais qui
semblaient desséchés en ce printemps, parmi ce renouveau de feuilles, d'herbes aux couleurs tendres, de brindilles revivantes sous une semaille de feuilles légères...

Et là-haut, contre l'allée qui coupait en deux le cimetière,
c'était la tombe familiale, abritant les vieux Sauvageot....
les restes des anciens Français qui s'étaient éteints en ce
coin de France....

Plusieurs hommes se tenaient là, attendant le travail à
faire...

C'étaient les fossoyeurs...

Et, à leurs pieds, Renaud vit quelque chose de noir...

C'était un grand trou...

Mais il ne pleurait plus. Il avait trop pleuré depuis deux
jours. Il ne le pouvait plus.

Sur le chemin qui conduit au cimetière, entre des haies
et des arbres fruitiers en fleurs, dans toute cette vie re-

naissante, et cette gaieté, voici la tête du cortège... la
grande croix noire avec son christ voilé d'un linge blanc...
puis le cercueil, puis le reste... Il y a une dizaine de marches qui grimpent du chemin bas au cimetière, et le cortège oscille....

— Maman ! maman !

A partir de cet instant, Renaud ne put rien voir. Et tant
mieux... c'était trop... ses yeux n'avaient point de larmes,
mais ils étaient chargés d'un nuage où rien ne transparaissait plus....

Il s'affaissa dans le fauteuil de jonc où il était assis. Il
n'était pas évanoui. Il était comme endormi... sans un
mouvement... enseveli dans sa souffrance....

Et en cette torpeur, il ne perçut plus qu'une seule chose
de la vie :

La cloche, qui tintait son glas, toujours, toujours....

Ce furent des voies amies qui le réveillèrent, une heure
après... Les voix de Clément, de Josette et de la petite
Line.. On était monté sur la terrasse tout de suite parce
qu'on s'était bien douté que Renaud y serait allé chercher
de la souffrance...

Et quand il rouvrit les yeux, il sentit autour de son cou
le doux collier des bras de Josette qui l'étreignaient.... et
il reçut, tout contre ses yeux, un lumineux et profond regard d'amour....

Déjà, il était plus calme, plus fort — mais comme il
était pâle ! — et il redit, en suivant une pensée qui n'avait
pas dû le quitter en cette matinée de détresse :

— J'irai, cette nuit, prier sur sa tombe... Ce serait un
sacrilège, si je ne faisais pas cela !

Il s'enferma jusqu'au soir dans sa chambre. Le soir
seulement, il descendit, causa avec son oncle, et avec Josette.... Il avait l'esprit plus libre... toutes ses facultés en
ce moment tendues vers ce qu'il allait entreprendre...

Il disait :

— Rassurez-vous ! Le danger n'est plus aussi grand
que l'autre fois... Ils ne savent pas que je suis venu à
Haute-Goulaine.... Personne n'a pu le leur dire... Et ils
ne croiront pas que je me hasarderai à aller au cimetière,
auprès de ma mère, dans sa tombe, alors qu'ils sont per-

suadés que je n'ai pas osé aller l'embrasser quand elle était à l'agonie.... .

Mais ils n'étaient pas rassurés, malgré tout....

— J'ai réussi une fois, sans trop d'efforts.... je réussirai une deuxième fois....

— C'est tenter Dieu deux fois ! murmura Line.

Et ils tressaillirent, en entendant cette voix timide qui sortait en quelque sorte de la nuit, des ténèbres.... qui semblait venir d'une vie lointaine... la voix de l'aveugle...

Essayer de lui faire abandonner son projet était inutile.

La nuit se présenta, propice, comme la première fois.

Il leur dit encore :

— Je vous jure que je n'ai aucune crainte, vraiment...

— Pourtant, s'il t'arrivait malheur !...

— Eh bien, Josette, s'il m'arrive malheur, pense à ceci : « S'aimer, s'aimer malgré tout ! »

Il leur fit ses adieux et partit.

Il était minuit.

Comme il devait se rendre, non à Haute-Goulaine, mais à Villaville, il n'avait pas à faire un aussi long détour.... Il marcha dans les champs parallèlement à la frontière, en se tenant le plus loin possible de celle-ci, dont les sinuosités capricieuses étaient pareilles aux méandres d'une rivière... En s'en tenant trop près, et bien qu'il connût le pays, il aurait pu dépasser la limite par mégarde et faire une mauvaise rencontre.... Ces erreurs sont communes, même aux chasseurs du pays qui franchissent parfois la frontière pour une randonnée imprévue de quelques centaines de mètres, en territoire français.... Il n'est pas de mois, pas de semaine où des erreurs de ce genre ne soient signalées et ne donnent lieu à des incidents...

Quand Renaud jugea qu'il devait être en face de Villaville, il s'arrêta.

Il avait suivi jusque-là un vallonnement assez profond dont, devant lui, le couronnement formait frontière.

Il monta entre les seigles verts, les blés en herbe, les trèfles en fleurs et les plants de vignes, jusqu'au faîte... La nuit était si épaisse qu'il ne voyait pas Villaville à ses pieds ; mais, grâce à des points de repère, il savait que le village était là, tout près...

Tout était calme, il ne sentait aucun danger.... Il s'engagea en terre annexée...

Il était évident qu'il raisonnait juste lorsqu'il pensait que la surveillance des autorités allemandes avait dû se relâcher complètement après la mort de la mère. On savait, en effet, chez le commissaire spécial de Villaville, que Renaud Sauvageot était rentré à la Faloise et l'on avait espéré qu'il se ferait prendre aux alentours de Haute-Goulaine.

Puisque Renaud avait eu peur, il fallait renoncer à sa capture, maintenant que sa mère était enterrée et que rien ne devait plus attirer le jeune homme sur ce coin de Lorraine dangereux pour lui.

Il descendit le coteau....

A la fin d'avril, les nuits sont courtes déjà. Il n'avait que trois heures devant lui avant le jour... avant de pouvoir regagner Thiancourt sans encombre.

Il se hâta.

Il n'avait pas besoin de traverser Villaville pour entrer au cimetière. Il se contenta de contourner les jardins. Il aurait pu, tant il était familier avec les lieux, mettre un nom sur chacune des maisons qu'il apercevait par derrière. Les lignes longues et régulières des jardins clos de haies de groseilliers, remontaient jusqu'aux paisibles demeures, encore ensevelies dans le repos. Des parfums de fleurs arrivaient jusqu'à lui. Deux fois seulement des chiens aboyèrent. Un lièvre, qui avait profité de la nuit pour faire une expédition dans un potager, dévala sous ses pieds. Un rossignol ne cessait de chanter. Ce fut tout.

Il s'arrêta derrière un pommier, dans un pré, il regarda plus attentivement.

Là, juste en face, c'est la gendarmerie avec son jardin divisé par carrés. Autant de gendarmes, autant de carrés de jardin. Une toute petite porte à claire-voie, prise dans la haie vive, donne sur la campagne et permet aux soldats de sortir ou de rentrer sans être vus...

Renaud fait deux remarques qui retiennent son esprit pendant quelques secondes.

La porte est ouverte....

Est-ce oubli ? Ou les gendarmes sont-ils partis en expédition ?

Dans la maison, une lueur tremblote à une fenêtre du premier étage. Il y a là évidemment quelqu'un qui veille. En pleine nuit, c'est étrange. Renaud s'absorbe et regarde. Cinq minutes se passent. Aucune ombre devant les rideaux blancs de la fenêtre fermée. Et, comme pour le rassurer, la lumière disparaît, non pas éteinte, mais transportée dans une pièce, sur le devant de la maison, vers la rue...

Pourquoi ?

Et c'est, de nouveau, les ténèbres...

Il continue sa marche. Le village est derrière lui. Le cimetière n'est pas loin !...

Il approche... Il arrive... Il sait que la grille n'est jamais fermée... il entre...

Pieusement, il va s'agenouiller devant la tombe de sa mère, dans l'herbe foulée par tous ceux qui sont venus avant lui, et qui est humide d'une rosée glacée....

Il reste là longtemps, enseveli dans sa profonde et douloureuse rêverie.

C'est toute sa jeunesse, toute son enfance, qui est partie avec la pauvre femme. Il y avait bien le père, réconcilié, mais il n'y avait jamais eu, et il n'y aurait jamais la même étroite intimité entre les deux hommes. La dureté et l'autorité violente de Joseph avaient toujours tenu les siens à l'écart, dans une crainte respectueuse.

Donc, plus personne pour rappeler à Renaud les jolis souvenirs d'autrefois, ces souvenirs qui restent dans le cœur des mères, et dont les enfants, même, ne se souviennent pas, car ils remontent souvent au premier âge...

Il n'entendrait plus la douce voix qui lui disait : « Te rappelles-tu, mon Renaud ? C'était une fois... tu allais avoir trois ans.... » Ou bien : « Te rappelles-tu bien qu'un jour, tu allais sur tes cinq ans et tu étais déjà grand garçon... lorsque.. » Et les gros chagrins vite consolés contre le cœur maternel... Et quels doux yeux l'accueillaient, même quand il avait commis quelque faute, quelque grosse sottise... car elle ne savait pas gronder.... sa voix était si tendre et si musicale qu'elle ne savait point la grossir pour avoir l'air de se montrer en colère...

Tout était fini...

— Maman ! Ma pauvre maman !

Il se releva et il fut surpris d'apercevoir, dans un regard circulaire toutes choses autour de lui.... les tombes, les croix, les pierres avec les regrets, les arbres, les fleurs, les herbes.... enveloppés d'un grand calme, d'une paix immense...

L'aube naissait... Le jour approchait, avec sa clarté pleine de périls.

Il tressaillit... adressa un dernier regard à cette tombe qu'il ne reverrait peut-être jamais... ou avant de longues, longues années...

Et il se dirigea vers la grille...

Au moment où il allait l'atteindre, il crut avoir perçu un bruit singulier au dehors, comme un cliquetis de sabre qui a frôlé une pierre....

Il écouta... Plus rien !

Mais sa prudence était éveillée.. Il revint sur ses pas, longeant le mur au dehors....

Il escalada les basses branches d'un sapin, avec des précautions infinies... on n'entendit pas le froissement de ses pieds et de ses mains contre le tronc... Aucune branche ne cassa ni ne bougea.... L'arbre, inconscient, semblait l'aider dans sa manœuvre.

Et il jeta un coup d'œil au dehors.....

Près de la grille, un gendarme, rasé au long de la muraille, veillait....

A cent pas de là, un autre...

Tous deux avaient le revolver à la main....

Le respect des morts les empêchait d'entrer dans le cimetière, qui restait pour quelques minutes un lieu sacré d'asile, inviolable.

Renaud traversa les tombes, exécuta, de l'autre côté, la même manœuvre....

Il s'enleva le long d'une branche de saule pleureur...

Espacés par une centaine de mètres, le dos au mur, deux gendarmes veillaient, là aussi.

— Comme les deux autres, ils avaient le revolver en mains, prêts à tirer, en cas de résistance.

Alors, Renaud sentit une sueur froide couler lentement sur son front.

Il eut un moment d'angoisse effroyable.

Il se voyait perdu....

Une pensée traversa son cerveau en délire :

— Comment a-t-on pu me soupçonner ? Me suivre ? On a donc été prévenu ? J'ai donc été traqué, depuis la Faloise ?... J'ai donc été trahi ?...

Mais l'heure n'était pas de chercher le traître.

Il fallait fuir, coûte que coûte....

Fuir, oui !... Comment ? puisque le cimetière était gardé sur toutes ses faces ?

Et le jour grandissait, et les brumes du crépuscule du matin s'évaporaient, pour faire place à la lumière, comme si elles redoutaient de se rencontrer avec le soleil... Et les cris et les chants des oiseaux emplissaient les arbres tristes d'une vie ailée et gazouillante....

Il devait prendre un parti, tout de suite, ou se rendre...

Il entendit de lourdes bottes maladroites qui éraflaient le mur, au dehors.

Un gendarme essayait de grimper, pour s'assurer sans doute que Renaud était bien là,

Le jeune homme se laissa tomber à plat ventre le long d'une tombe et fut invisible, et coulant son regard au ras des herbes, entre deux pierres tumulaires, il vit la pointe d'un casque, qui émergeait, puis le casque, puis une figure barbue, essoufflée et rouge de l'effort de cette ascension... qui inspecta le cimetière....

Après quoi, tout disparut.... Et ce fut encore le silence...

Justement, de ce côté, c'est la frontière en droite ligne que l'on pouvait atteindre par des champs mouvementés, traversés par des chemins creux, jusqu'aux coteaux... Partout ailleurs, la campagne plate... périlleuse... La frontière !... Quatre kilomètres de course affolée... et il était sauvé..

Il avait confiance dans son agilité. Déjà une fois, en fuyant de Haute-Goulaine, il s'était joué d'eux... Il ne pouvait choisir... C'était le seul moyen de salut !...

Un danger, en somme, unique...

Ils tireraient sur lui... Et s'il était blessé ?.... C'était une chance à courir...

Lentement, avec la prudence d'un chat qui guette un

oiselet, Renaud refait l'ascension du mur, et tel a été son silence que le gendarme, de l'autre côté, ne paraît pas avoir l'attention éveillée... Renaud le voit, en train d'allumer sa pipe au fourneau de porcelaine et comme le vent s'est levé, ses allumettes s'éteignent, bien qu'il garantisse la flamme avec ses deux mains....

Renaud se dresse debout sur le faîte du mur, prend un élan en l'air afin de retomber de plus haut, et s'écroule comme une masse sur le gendarme, les deux pieds portant sur le casque qui s'enfonce jusqu'à la bouche... Renaud roule dans l'herbe, se relève et bondit.... pendant que l'homme reste immobile, évanoui, assommé, la pointe du casque piquée en terre, en une posture grotesque..... Mais les autres ont entendu le bruit... Le plus proche accourt, voit, crie, appelle.... les deux autres arrivent....

Et la poursuite haletante, éperdue, commence à travers champs....

Un coup de feu....

Une balle siffle aux oreilles du jeune homme... Il n'a pas été atteint.... Il se met à rire.

— S'ils tirent en courant, ils ne m'auront pas....

Maintenant, pour ne pas perdre haleine, il a pris une course méthodique, rythmée, les coudes aux côtés, la poitrine dégagée, comme s'il se fût trouvé à la gymnastique ; seulement, au lieu de courir en droite ligne, il fait des détours brusques et variés, et bien lui en prend, car deux autres balles coupent des branchettes d'épines dans une haie, à sa droite et à sa gauche... Il était évident que tantôt l'un, tantôt l'autre, des trois gendarmes qui le poursuivaient, s'arrêtait pour mieux viser... Seulement, cette manœuvre leur faisait perdre, à chaque fois, un peu de terrain... Renaud comprit, toutefois, qu'il avait affaire à des coureurs aussi agiles que lui.... Sans doute les avait-on pris parmi les plus jeunes et les plus entraînés.... avertis par la première aventure dont Renaud était sorti si aisément.

Les champs s'animaient, reprenaient leur vie de tous les matins....

Les coups de revolver avaient fait dresser l'oreille aux paysans.... Ils voyaient... Ils se rendaient compte.... De champs en champs, des cris partirent :

— C'est Renaud Sauvageot avec les gendarmes à ses trousses....

Alors, mon Dieu, ce fut très simple.

Une même pensée traversa l'esprit de tous ces braves gens....

Il fallait, sans en avoir l'air, aider Renaud à se sauver... et pour cela, il y avait toute sorte de moyens.... Dam ! après, il en cuirait peut-être un peu, à quelqu'un ! Mais tout de même, pendant un bon moment, on aurait bien ri....

Au fur et à mesure que Renaud les rencontrait, il leur criait, vaillant :

— Bonjour ! Bonjour !

— Courage, monsieur Renaud, on va vous aider !

Et voilà pourquoi, dans l'étroit chemin creux qu'il suivait, un chariot chargé de fumier barra tout à coup le passage... Sûrement, ce n'était pas la faute du charretier, mais du cheval, qui avait pris peur, qui se cabrait, qui reculait, comme si toutes les mouches de la création lui eussent piqué les flancs, tant et si bien qu'il finit par tomber, avec le charroi de fumier, juste au travers du chemin.... et juste au moment où les gendarmes arrivaient.....

Ils auraient bien sauté par dessus le cheval et par dessus le fumier ; mais le charretier perdait la tête, sans doute ; car, à force de tirer sur l'animal, celui-ci devenait enragé et envoyait des coups de pieds furieux, brisant tout.

Ils cherchèrent et trouvèrent en rétrogardant, une trouée dans la haie.

Après quoi, la poursuite reprit plus ardente.

Mais ils avaient une demi-minute de retard, qu'un des gendarmes essaya de regagner en visant soigneusement Renaud, à l'instant où celui-ci, sortant du chemin creux d'entre les haies, surgissait en pleine campagne.....

Le coup partit...

Renaud s'était arrêté net, mais reprit sa course... on ne vit pas de différence ni de faiblesse dans son allure qui garda, tout d'abord, la même aisance et la même rapidité.

Cependant, lorsque les gendarmes quittèrent aussi le chemin encaissé, l'un d'eux aperçut comme une large fleur rouge sur des herbes vertes.

Il se pencha.

Il eut un hurlement de joie et d'espoir.

— Blessé ! Il est blessé !

C'était vrai. La balle avait éraflé fortement la cuisse de Renaud. Telle était son énergie qu'il ne voulut point ralentir. Déjà deux kilomètres étaient franchis. Sur les côtes, la poursuite devenait très difficile pour les gendarmes et il lui serait aisé de leur échapper.

Mourir, soit ! Mais il ne voulait pas mourir en leur pouvoir....

Il préférait venir tomber exténué, de l'autre côté de la limite....

L'espoir de le rejoindre redoublait l'ardeur des gendarmes....

La jambe de Renaud s'alourdissait.... Il lui semblait qu'il traînait à cette jambe un fardeau énorme.... et sa blessure qui d'abord ne lui avait causé qu'une sorte d'engourdissement, le faisait à présent cruellement souffrir.

Il croisa un berger qui conduisait une centaine de moutons.

— Hardi ! Monsieur Renaud, hardi !!

Renaud souffla :

— Je n'en peux plus !

— C'est bon, fit l'homme, avec un œil malicieux.

Tout à coup, il envoie des coups de sifflets à ses deux chiens qui se précipitent vers le troupeau, le rassemblent, dans un élan, et le précipitent comme une catapulte chargée de centaines de projectiles dans les jambes des gendarmes, avant qu'ils aient pu se garer. Ce n'est pourtant pas la faute du berger, car il ne cesse pas d'envoyer à ses chiens des coups de sifflet stridents, lesquels, au lieu de les calmer, en font des bêtes féroces. Deux gendarmes roulent parmi les moutons affolés, disparaissent dans la poussière, se relèvent aveugles, tirent leurs sabres et se mettent à frapper à tort et à travers, dans le tas, pour se faire de la place.... Le troisième a pu rester debout, il a déchargé deux fois son revolver autour de lui... Le berger envoie toujours des coups de sifflet, qui sonnent aux oreilles de ses bêtes comme des sonneries guerrières.... Un

instant, on aurait pu croire qu'il a modulé le fameux :
« Il y a la goutte à boire, là-haut ! » Les chiens grondent,
et sans doute que l'instinct de la propriété l'emporte chez
eux sur toute prudence, car ils se jettent aux mollets des
gendarmes, mordent les mollets, attaquent les cuisses....

Là-bas, Renaud, péniblement, regagne le terrain perdu.

Il marque chacun de ses pas d'une goutte de sang.

Deux fois déjà, il a trébuché... ses yeux se troublent...
Ah ! sans cette maudite blessure, il serait arrivé déjà, il
serait sain et sauf, de l'autre côté de la frontière...

Il jeta devant lui un regard désespéré....

Trouverait-il encore quelqu'un pour l'aider ?

Non, plus personne... plus de charrois, plus de troupeaux, rien que des paysans dans leurs champs ou leurs
vignes, qui s'arrêtaient de travailler pour suivre anxieuse-
ment le drame, mais qui ne pouvaient lui apporter aucun
secours....

Les gendarmes s'étaient débarrassés des moutons et des
chiens...

Le berger avait fini par retrouver la modulation du
coup de sifflet qui les rappelait

Renaud se retourna.

Ils n'étaient plus que deux, acharnés derrière lui, le
revolver au poing. Le troisième était assis contre un
arbre, n'en pouvant plus et hors d'haleine...

Mais les deux qui restaient n'avaient pas l'air fatigué...

Renaud étouffa un soupir de désespoir...

— Je suis perdu !

Il ne courait plus. Il marchait... Marchait-il, même ?
Hélas ! il se traînait... Les gendarmes comprennent qu'il
n'ira pas loin et redoublent leurs efforts...

Renaud rencontre la route... la reconnaît... C'est celle
qui mène de Villaville à Thiancourt... Il s'y engage ; et
sur ce terrain plus solide, il retrouve plus d'élasticité...

Puis, soudain, à quelques mètres, là, devant lui, le
poteau frontière se dresse... comme un mât sauveur...
qui l'attire... qui lui redonne de la vigueur...

Et de l'autre côté de la frontière, que voit-il, juste
Dieu !...

Une femme à genoux, qui, défaite, en désordre, pareille à une folie, appelle d'un cri strident qui le bouleverse :

— Renaud ! mon Renaud !...

Josette ! Josette qui lui tend les bras...

Derrière lui, les pas se rapprochent... Il entend un souffle rauque... Un ordre rauque :

— Arrête ! ou je tire !!!

Encore dix mètres peut-être... pas plus !... Et c'est Josette, c'est l'amour, la liberté, la vie ! C'est la France... Comment fait-il pour courir sur ses jambes amollies qui fléchissent à chaque pas, comme si, à chaque pas, il avait reçu un coup de faux dans les jarrets...

Plus que cinq mètres...

Il y voit Josette, morte de peur, qui n'a plus la force de crier...

Déjà, il a senti une main lourde qui essayait de le saisir... de l'arrêter...

Il y a échappé...

Il sent, sur son cou, le souffle des deux hommes qui le poursuivent, haletants, pantelants.

Plus qu'un mètre...

Il tend la main pour saisir le poteau, s'y accrocher comme un noyé s'accroche à la planche qu'on lui jette...

Il va le saisir...

Et il s'abîme, évanoui, avec un sourd gémissement, entre les mains des gendarmes...

En un clin d'œil il est garrotté...

L'épisode qui fait suite, a pour titre : LES AMANTS DE LA FRONTIÈRE.

TABLE DES MATIÈRES

————

————

www.ingramcontent.com/pod-product-compliance
Lightning Source LLC
Chambersburg PA
CBHW072342030726
47505CB00013B/458